中國語言文字研究輯刊

十四編

許錟輝 主編

第 11 冊

邵晉涵《爾雅正義》同族詞研究

林永強 著

花木蘭文化事業有限公司

國家圖書館出版品預行編目資料

邵晉涵《爾雅正義》同族詞研究／林永強 著 -- 初版 -- 新北市：花木蘭文化事業有限公司，2018〔民 107〕

目 6+298 面；21×29.7 公分

（中國語言文字研究輯刊 十四編；第 11 冊）

ISBN 978-986-485-273-4（精裝）

1. 爾雅 2. 研究考訂

802.08   107001302

中國語言文字研究輯刊

十四編　　第十一冊　　　　　ISBN：978-986-485-273-4

邵晉涵《爾雅正義》同族詞研究

作　　者　林永強

主　　編　許錟輝

總 編 輯　杜潔祥

副總編輯　楊嘉樂

編　　輯　許郁翎、王　筑　美術編輯　陳逸婷

出　　版　花木蘭文化事業有限公司

發 行 人　高小娟

聯絡地址　235 新北市中和區中安街七二號十三樓

　　　　　電話：02-2923-1455／傳眞：02-2923-1452

網　　址　http://www.huamulan.tw 信箱 hml810518@gmail.com

印　　刷　普羅文化出版廣告事業

初　　版　2018 年 3 月

全書字數　219324 字

定　　價　十四編 14 冊（精裝）　台幣 42,000 元

邵晉涵《爾雅正義》同族詞研究

林永強 著

作者簡介

林永強，台灣雲林人，畢業於淡江大學中國文學系、政治大學中國文學研究所，現任教於新北市國中。本書能順利付梓，由衷感謝業師竺家寧教授、周美慧教授、宋韻珊教授、丘彥遂教授，李長興講師，以及內子簡汎純的批評指導，另著有：〈《方言箋疏》同族詞所反映的詞根形式舉隅〉。

提　　要

本文以邵晉涵《爾雅正義》「因聲求義」243 條詞條作為研究對象，全文共分六章，首先探討「同族詞」的定義、研究概況以及和「同源詞」之間的概念區分；其次整理、系聯《爾雅正義》的同族詞，並以現代語言學的角度加以分析，從中構擬出 103 組同族詞的詞根形式以及 15 組同族聯綿詞，按照李方桂先生的上古二十二韻部加以排列；接著藉由系聯的成果，進而分析《爾雅正義》同族詞所表現的「語音關係類型」和「詞義關係類型」，並就整體來觀察《爾雅正義》在同族詞研究上的貢獻與局限。以下分別論述各章大要：

第一章首先論述本文的「研究動機與目的」，其次介紹本文所使用的「研究方法」和「研究步驟」，第三部分是「文獻探討」，包括邵晉涵《爾雅正義》的研究和《爾雅》注本及其詞源研究兩個方面，並且對於前人研究的成果作全面性的檢討。

第二章分為四個小節：第一節主要論述邵晉涵的生平背景和個人著作，第二節則介紹《爾雅正義》的成書背景和現存的兩個版本，第三節以黃侃先生〈爾雅略說〉對於《爾雅正義》所區分的六大體例舉例說明之，第四節主要論述《爾雅正義》在「因聲求義」的理論和實踐上，可分為「破假借」、「明轉語」、「辨連語」、「別重語」、「系聯同族詞和同族聯綿詞」和「探求事物得名之由來」六個方面。尤其在「明轉語」方面，筆者全面性統計《爾雅正義》一書所使用「因聲求義」的詞條，總計 243 條 (包含單音詞 212 條和複音詞 31 條)，使用「轉語」的術語更高達 45 種。

第三章首先論述「同族詞」的定義，並引用現代學者對於「同源詞」和「同族詞」是否區分的看法以及本文的立場。其次回顧「漢語同族詞」研究的歷史，主要是從「傳統詞源學」(聲訓說、右文說、語轉說) 和「現、當代詞源學」兩方面著手。最後介紹本文系聯《爾雅正義》「同族詞」的判斷原則和分析依據，原則上根據「音義兼顧原則」，語音關係上採用李方桂先生的上古音系統，並分為「音同」、「音近」和「音轉」三大類；詞義關係上則使用胡繼明先生「詞義相同」和「詞義相關」的分類，再加上筆者所獨立「同族字和同族詞之重疊部分」一類，總共分為三類。

第四章是本文研究的重點，首先全面分析、考察《爾雅正義》「因聲求義」212 條單音詞的詞條，並且系聯出 103 組同族詞組，按照李方桂先生上古二十二韻部加以排列。其次再探討《爾雅正義》「因聲求義」31 條複音詞的詞條，進而系聯出 15 組同族聯綿詞。

第五章是根據本文所系聯的 103 組同族詞組，分析《爾雅正義》同族詞的語音關係和詞義關係；在語音關係上，主要分為「音同」、「音近」和「音轉」(聲轉、韻轉、聲韻皆轉) 三類，在詞義關係上，則分為「同族字和同族詞之重疊部分」、「詞義相同」(本義和本義相同、本義和引申義相同、引申義和引申義相同) 和「詞義相關」(具有相同特徵、具有相同特質、特指與泛指) 三類，最後再加以統計分析各小類所占的百分比例。

　　第六章分為三個小節：第一節論述《爾雅正義》在同族詞研究上的貢獻，主要是從「理論層面」(存古義、廣古訓、存古音)、「方法層面」(系源法) 和「實踐層面」(系聯同族詞、涉及同族字和同族詞之重疊部分、系聯同族聯綿詞) 三方面著手。第二節探究《爾雅正義》在同族詞研究上的局限，可分為「同音詞和同族詞相混」、「同義詞和同族詞相混」、「本字、通假字和同族詞相混」、「異體字和同族詞相混」和「術語使用的任意性」五大缺失。第三節則是討論本文尚待研究之處，未來將擴展至其他漢語的文獻材料，找出相對應的藏緬詞語，建立漢藏同源詞表和形態類型，最終目標是希望能夠重新建構原始漢藏語的形式。

　　最後希望本文探討《爾雅正義》詞條類聚群分的詞語關係，分析歸納其義衍音轉的漢語詞族，可以初步了解邵晉涵《爾雅正義》中同族詞的性質和內容，並且進一步還原《爾雅正義》在漢語詞源史上的地位和成就。

目
次

表格目次

第一章　緒　論

第一節　研究動機與目的

　　漢語同族詞的研究是「詞源學」（Etymology）的一項重要內容，其中不僅涉及到「詞彙」、「語音」、「詞義」等各領域，更是探究漢語音義結合規律的一個新興課題。所謂「同族詞」，顧名思義，乃指同一群詞族（Word family）中的語詞，也就是具有同一個音義來源的語詞。﹝註1﹞前輩學者時常使用「同源詞」、「同源字」、「同根詞」、「同根字」等術語，雖然其指涉的內容和「同族詞」大同小異，但本文仍採用「同族詞」的名稱，其原因有二：一是考慮到「同族詞」此術語出現後所承載的特定義項，故必須和其他術語作嚴格的區分。二是本文的研究目的在於探討漢語內部義衍音轉的詞族關係，並未涉及到其他親屬語言的同源關係，故以「同族詞」的概念來加以界定。

　　我們觀察漢語詞源研究的歷史，大致上可分為三個方面：﹝註2﹞

　　一、聲訓研究：以劉熙《釋名》為代表。

　　二、轉語研究：以揚雄《方言》為代表。

﹝註1﹞ 任繼昉：《漢語語源學》（重慶：重慶出版社，2006 年 6 月第 2 版），頁 13。

﹝註2﹞ 參見劉又辛、李茂康：《訓詁學新論》（四川：巴蜀書社，1989 年 11 月），頁 183 〜184。

三、右文研究：以宋代「右文說」爲代表。

其中清代的詞源研究，可謂集傳統詞源學之大成，不僅在「轉語」和「右文」的研究上達到了巔峰，更將「因聲求義」的訓詁方法發揮到極致，故丁邦新先生云：「我們可以說，清儒在一百六七十年前有『以音求義，不限形體』的觀念，是劃時代的貢獻。」〔註3〕所謂「因聲求義」，簡單的說，就是通過對漢字聲音線索分析來探求和詮釋詞義的一種訓詁方法。〔註4〕宋末元初戴侗的《六書故》是最早提出「因聲以求義」的專著，開啓了方以智（西元 1611～1671 年）、戴震（西元 1724～1777 年）、段玉裁（西元 1735～1815 年）、王念孫（西元 1744～1832 年）、郝懿行（西元 1757～1825 年）、王引之（西元 1766～1834 年）、錢繹（西元 1770～1855 年）、朱駿聲（西元 1788～1858 年）等運用「因聲求義」訓詁方法的新局面。

邵晉涵（西元 1743～1796 年）《爾雅正義》中也運用「以聲音通訓詁」的原則，從音義結合的關係去研究詞義，使用「聲近義同」、「聲近義通」、「聲義相兼」、「音義同」、「音義通」、「音義相兼」等術語，可謂體現了「因聲求義」的訓詁方法。可惜在清代《爾雅》的注本中，前輩學者大多只著重於郝懿行的《爾雅義疏》，而邵晉涵《爾雅正義》尚未受到重視。另外，在「清代詞源學」的研究上，歷來學者皆將研究重心放在戴震《轉語》和《方言疏證》、程瑤田〈果臝轉語記〉、段玉裁《說文解字注》、王念孫《廣雅疏證》和《釋大》、郝懿行《爾雅義疏》、錢繹《方言箋疏》和朱駿聲《說文通訓定聲》等著作，尚未留意到邵晉涵《爾雅正義》在「同族詞」的研究中已逐漸萌芽，如《爾雅正義·釋言第二》：「《墨子·經篇》云：『始，當時也。是始，即故也。』肆爲發端之詞，故爲申釋之詞，其義相通，**古、故，以聲爲義也。**」〔註5〕依照李方桂先生的「上古音系統」〔註6〕，「古」、「故」上古皆爲見母魚部，具有「音同」關係，詞義上具有共同的核義素「舊」，故二者可系聯爲一組同族詞。

〔註3〕丁邦新：〈以音求義，不限形體——論清代語文學的最大成就〉，收錄於《中國語言學論文集》（北京：中華書局，2008 年 12 月），頁 536。

〔註4〕黎千駒：《訓詁方法與實踐》（桂林：廣西師範大學出版社，1997 年 2 月），頁 26。

〔註5〕〔清〕邵晉涵：《爾雅正義·釋言第二》，收錄於《續修四庫全書·經部·小學類》（上海：上海古籍出版社，1995 年），第 187 冊，卷第三，頁 66。

〔註6〕李方桂：《上古音研究》（北京：商務印書館，1998 年 5 月）。

　　本文以邵晉涵《爾雅正義》「因聲求義」243 條詞條作爲研究對象，首先探討「同族詞」的定義、研究概況以及和「同源詞」之間的概念區分；其次整理、系聯《爾雅正義》的同族詞，以現代語言學的角度加以分析，從中構擬出 103 組同族詞的詞根形式以及 15 組同族聯綿詞，並按照李方桂先生的上古二十二韻部加以排列；接著藉由系聯的成果，進而分析《爾雅正義》同族詞所表現的「語音關係類型」和「詞義關係類型」，並就整體來觀察《爾雅正義》在同族詞研究上的貢獻與局限。最後希望本文探討《爾雅正義》詞條類聚群分的詞語關係，分析歸納其義衍音轉的漢語詞族，可以初步了解邵晉涵《爾雅正義》中同族詞的性質和內容，並且進一步還原《爾雅正義》在漢語詞源史上的地位和成就。

第二節　研究方法與步驟

一、研究方法

（一）系源法

關於「系源法」的定義，王寧先生云：

> 在根詞不確定的情況下將同源的派生詞歸納和系聯在一起，叫作系源。歸納全部詞族，叫作全部系源，僅歸納系聯一部分同源詞，叫局部系源。〔註7〕

根據王寧先生的看法，「系源法」是在尚未確定「根詞」之下而系聯同族詞，並可分爲「全部系源」和「局部系源」兩種情形。可見「系源法」是一種平面式、共時性的系聯方法，因爲還不需要去探求同源派生詞的根本來源，只須將同一平面的同族詞初步系聯起來即可。殷寄明先生更進一步指出：

> 系源，指系聯同源字或同源詞……其中，系源工作根據應用目地的不同劃分爲訓詁實踐中的系源和專書編寫中的系源。訓詁實踐，首先指對古典文獻語詞的詮釋，即隨文釋義，亦及黃侃先生所云「隸屬之訓詁」；同時也指語文著作中對詞義的訓釋，即所謂「獨立之訓詁」。專書編寫乃指《釋大》、《轉語二十章》、《文始》、《同源字典》、《形聲

〔註7〕 王寧：〈淺論傳統字源學〉，收錄於《訓詁學原理》（北京：中國國際廣播出版社，1996 年 8 月），頁135。

多兼會意考》等一類匯集同源字或同源詞的著作的寫作。〔註8〕

由上述可知，殷寄明先生認爲「系源法」就是系聯同源字或同源詞的方法，又將其稱爲「音義二元蟬聯法」〔註9〕，並將系源的工作分爲「訓詁實踐」和「專書編寫」兩大方面；其中「訓詁實踐」的系源方法可分爲「根據聲訓原理系源」、「根據語轉說原理系源」、「根據右文說原理系源」和「根據轉注字原理系源」四種，「專書編寫」的系源方法則分爲「根據語義相同線索系源」、「根據音義相似線索系源」、「根據聲符相同線索系源」三種方式。

本文採用平面式、共時性的「系源法」，首先全面歸納、整理邵晉涵《爾雅正義》所列「因聲求義」的詞條，其次剔除在語音或詞義上不相關「非同族詞組」，最後再將確定的「同族詞組」系聯在一起。舉例說明如下：

【表 1-1】歸納《爾雅正義》「因聲求義」的詞條

編號	詞條	術　語	上古聲紐	上古韻部
1-1	協	義　同	匣	葉
1-2	賓		幫	眞
2-1	揫	音義同	精	幽
2-2	遒		精	幽

【表 1-2】剔除「非同族詞組」

編號	詞條	術　語	上古聲紐	上古韻部	同族詞組
1-1	協	義　同	匣	葉	×
1-2	賓		幫	眞	
2-1	揫	音義同	精	幽	O
2-2	遒		精	幽	

〔註8〕殷寄明：《語源學概論》（上海：上海教育出版社，2000 年 3 月），頁 196。

〔註9〕「同源字、同源詞的系源方法，總的似乎可以稱作『音義二元蟬聯法』。因爲既然要系聯同源字或同源詞，總是要兼顧音和義兩個方面的。」參見殷寄明：《語源學概論》，頁 197。

【表1-3】系聯同族詞組

編號	詞條	術語	上古聲紐	上古韻部	上古擬音	核義素	語音關係	詞義關係
2-1	摷	音義同	精	幽	*tsjəgw	聚	音同	相同
2-2	遒		精	幽	*tsjəgw			

由【表1-1】至【表1-3】可見：筆者首先在【表1-1】羅列出「協：賓」和「摷：遒」兩組「因聲求義」的詞條，其次在【表 1-2】剔除「協：賓」這組上古音不相近的「非同族詞組」，最後在【表1-3】中再將「摷：遒」這組同族詞組作「擬音」、「核義素」、「語音關係」和「詞義關係」的分析。由於本文的文獻材料僅限於《爾雅正義》一書，尚未擴展到整個漢語的詞族，故屬於王寧先生所謂的「局部系源」。

（二）推源法

「推源法」和「系源法」是系聯同族詞的兩個主要方法，關於「推源法」的界定，王寧先生說道：

> 確定派生詞的根詞或源詞，叫作推源。確定根詞爲完全推源，僅僅確定源詞爲不完全推源。[註10]

由上述可知，王寧先生認爲「推源法」又可分爲兩種：一是確定派生詞的「根詞」，稱之爲「完全推源」；二是確定派生詞的「源詞」，稱之爲「不完全推源」。「系源法」和「推源法」兩者最大的差別在於：前者是平面的、共時性的，僅在同一平面上系聯同族詞，故屬於「共時系統」；後者則是歷史的、歷時性的，先推求同源派生詞的「源詞」，再探析同源派生詞的「根詞」，確定了「根詞」→「源詞」→「派生詞」三者之間的先後關係，故屬於「歷時系統」。另外，殷寄明先生更進一步提到：

> 尋求、推斷語源，是微觀的語源學研究過程中相對獨立的一個方面。有時，系源、推源二者密不可分。綜觀語源學產生、發展的歷史，結合筆者的親身研究實踐，我們認爲推源可從兩方面著眼、入手。其一、從歷史、文化、常情、常理方面入手，根據語詞指稱的客觀事物之線索，分析事物的屬性、特徵等，來推斷語詞意義的因由。

〔註10〕王寧：〈淺論傳統字源學〉，收錄於《訓詁學原理》，頁135。

其二、從語言文字學內部推源。總的說來都是以語詞音義線索推源，
其語詞的文字形式爲形聲字者，推源時往往據聲符以溯其源，可以
看成是另一種推源方法。〔註11〕

根據殷寄明先生的說法，不僅認爲「推源法」就是推斷、尋求語源的方法，更
將其分爲「以事物的特殊規定性推源」、「依據語詞的音義線索推源」、「依據形
聲字聲符線索推源」三種方式，其中「依據形聲字聲符線索推源」又包括「以
聲符字形體推源」、「以聲符之音義推源」和「以轉注字推求語源」。

　　本文採用歷史的、歷時的「推源法」，首先將《爾雅正義》同族詞組中「同
聲符之字」加以歸納，其次再根據其語詞的本義、引申義等來推源，舉例如
下：

【表1-4】列出同族詞組同聲符之字

編號	詞條	術語	上古聲紐	上古韻部	上古擬音	核義素	語音關係	詞義關係
3-1	康		溪	陽	*khaŋ			
3-2	漮	義同	溪	陽	*khaŋ	虛	音同	相同
3-3	歉		溪	陽	*khaŋ			

【表1-5】根據詞義推求源詞

編號	詞條	術語	詞義	推　　源
3-1	康		屋之虛	從「康」得聲，含有「虛」之核義素，故其源詞爲「康」
3-2	漮	義同	水之虛	
3-3	歉		餓腹之虛	

由【表1-4】至【表1-5】可見：筆者首先列出以「康」爲聲符的形聲字「康：
漮：歉」，三者可系聯爲一組同族詞。其次再從詞義上著手，由於「康」指「屋
之虛」、「漮」指「水之虛」、「歉」指「餓腹之虛」，三者具有共同的核義素「虛」，
故可推求其源詞爲——「康」。由於本文的文獻材料僅限於《爾雅正義》一書，
因此無法完全掌握同源派生詞的「根詞」來源，只能初步推求其「源詞」，故屬
於王寧先生所謂的「不完全推源」。

（三）內部擬測法

　　關於「內部擬測法」的定義，徐通鏘先生云：

〔註11〕殷寄明：《語源學概論》，頁227。

結構學派用來擬測原始結構的方法，一般稱爲內部擬測法（internal reconstruction）。「內部擬測法」的「內」是相對於「外部比較」及歷史比較法的「外」來說的，因爲歷史的比較總需要比較幾個方言或親屬語言的差異，從中找出語音對應關係，並進一步探索語音的發展規律，而內部擬測法則完全限制在一個語言系統之內，從語言結構的系統性著眼，利用異常的分布、空格、不規則的形態變化等去探索語音的發展及其所從出的始原結構。〔註12〕

由上述可知，「內部擬測法」是在某一種語言之內，利用「空格」、「不規則的形態交替」等方式去探索原始形式，並未涉及到其他的親屬語言或現代方言，故和「歷史比較法」〔註13〕具有相對性的區別。耿振生先生也進一步指出：

> 內部擬測法也是從西方語言學引進到漢語古音研究中的一種方法，這一方法的特點是對一個共時音系的內部狀態加以分析，從中發現語音變化的痕跡，通過合理的邏輯推理來探究古代的音系。它不是借助於多種方言或語言的比較來研究古音，這是它跟歷史比較法的根本區別。〔註14〕

根據耿振生先生的說法，「內部擬測法」不僅是一種內部的、共時的擬測方法，更認爲前輩學者運用來擬測古音的方式可分爲「投射式擬測法」、「根據特定的音位聚合關係擬測古音（空格）」、「根據特定的聲韻組合關係擬測古音（聲韻結合的方法）」和「根據特定的韻母內部組合關係擬測古音」四種。〔註15〕

　　本文採用內部的、共時的「內部擬測法」，首先依據李方桂先生的上古音系統，將《爾雅正義》所系聯的同族詞組擬定上古音值，其次再從同族詞組的上古音值來構擬其所共同擁有的詞根，舉例說明如下：

〔註12〕徐通鏘：《歷史語言學》（北京：商務印書館，2008 年 7 月 4 刷），頁 222。

〔註13〕「歷史比較法的基本內容是：通過兩種或幾種方言或親屬語言的差別的比較，找出相互間的語音對應關係，確定語言間的親屬關係和這種親屬關係的親疏遠近，然後擬測或重建（reconstruction）它們的共同源頭——原始形式。」參見徐通鏘：《歷史語言學》，頁 80。

〔註14〕耿振生：《20 世紀漢語音韻學方法論》（北京：北京大學出版社，2005 年 9 月 2 刷），頁 231。

〔註15〕耿振生：《20 世紀漢語音韻學方法論》，頁 233～257。

【表1-6】依據李方桂先生上古音系統擬測上古音值

編號	詞條	術語	上古聲紐	上古韻部	上古擬音	核義素	語音關係	詞義關係
4-1	古	以聲爲義	見	魚	*kagx	舊	音同	相同
4-2	故		見	魚	*kagh			

【表1-7】構擬同族詞組的詞根

編號	詞條	術語	上古聲紐	上古韻部	上古擬音	核義素	語音關係	詞義關係	詞根構擬
4-1	古	以聲爲義	見	魚	*kagx	舊	音同	相同	*kag
4-2	故		見	魚	*kagh				

由【表1-6】至【表1-7】可見：筆者首先將同族詞組「古：故」進行古音擬測，其擬音爲〔*kagx〕：〔*kagh〕，其次再構擬此組同族詞的共同詞根，最後擬定「古：故」之詞根形式爲〔*kag〕。

由於本文僅在漢語內部作詞根構擬的工作，尚未拓展到和藏語、緬語、侗台語等親屬語言作比較，故先以「內部擬測法」爲主，「歷史比較法」則留待未來的後續研究。

（四）義素分析法〔註16〕

1、同族詞義素分析法

關於「同族詞義素分析法」的定義和作用，黃易青先生云：

〔註16〕本文使用的「義素分析法」是王寧、孟蓬生和黃易青等先生所提出的「漢語同族詞義素分析法」，和西方語義學的義素分析法並不相同。關於兩者不同之處，孟蓬生先生云：「漢語同源詞的義素分析法跟西方語義學中的義素分析法的不同之處在於：一是分析對象不同。後者分析的對象是處於同一語義場中的同類詞（同義詞、近義詞、反義詞等），前者分析的對象是同源詞。二是義素來源不同。後者的所有義素都是從詞的表層使用義提取出來的，前者的兩類義素分別來自表層使用意義（類義素）和深層隱含意義（核義素）。需要指出的是後者有時將構成一個詞的若干義素稱爲『區別性特徵』，但它跟漢語詞源研究中的表示詞的理據的『詞義特點』是截然不同的兩種東西。三是後者採用『多分法』，而前者採用兩分法。多分法的義素提取具有隨機性和無限性，操作起來多有不便。兩分法只從表層使用意義中提取類義素，隨機性大大減少，因而操作簡便。」參見孟蓬生：《上古漢語同源詞語音關係研究》（北京：北京師範大學出版社，2001年6月），頁37。

在歸納的基礎上，把同源詞的義位切分爲兩部分即源義素和類義素的方法，就是同源詞義素分析法。它的作用是對同源詞意義的內部結構進行分析。通過這種分析，可以從一組同源詞中歸納出詞源意義，即構詞的理據。〔註17〕

根據黃易青先生的說法，「同族詞義素分析法」就是把同族詞的義位區分爲「源義素（核義素）」和「類義素」兩個部分，其原則是「兩分」和「重視源義素（核義素）」，主要功用是在於分析一組同族詞的「構詞理據」（motivation）〔註18〕。王寧先生是最早將西方語義學的「義素分析法」應用於同族詞分析的前輩學者，其云：

借鑒西方語義學的義素分析法，我們把這兩部分定爲義素。如果我們把分析後的前半部分用／N／表示，這部分含著詞義的類別，我們稱作「類義素」；後一部分用／H／表示，這部分含著被人們共同觀察到的詞義特點，也就是造字所取的理據，我們稱作「核義素」或「源義素」。……從這裡我們可以得到同源詞之意義關係的公式：

Y〔X〕＝／N〔X〕／＋／H／。〔註19〕

由上述可知，王寧先生將「同族詞義素分析法」的公式定爲 Y〔X〕＝N〔X〕+H，其中 Y 表示同族詞的意義關係，N 表示同族詞的類義素，H 表示同族詞的源義素（核義素），X 表示該組同族詞的數目。本文採用王寧先生提出的「同族詞義素分析法」，舉例說明如下：

（1）袿：裾（卷第七，頁142）

義素分析：

袿＝／上服／＋／衣／

裾＝／下裙／＋／衣／

〔註17〕黃易青：〈同源詞義素分析法──同源詞意義分析語比較的方法之一〉，《古漢語研究》第 3 期（1999 年），頁 31。

〔註18〕張永言先生云：「所謂詞的內部形式又稱詞的詞源結構或詞的理據，它指的是被用做命名依據的事物的特徵在詞裡的表現形式，也就是以某種語音表示某種意義的理由或根據。」參見張永言：〈關於詞的「內部形式」〉，收錄於《語文學論集（增補本）》（北京：語文出版社，1999 年 5 月），頁 164。

〔註19〕王寧：〈漢語詞源的探求與闡釋〉，收錄於《訓詁學原理》，頁 150。

$$Y〔2〕= /上服、下裙/ + /衣/$$

（2）康：漮：歉（卷第二，頁61）

義素分析：

$$康 = /屋/ + /空虛/$$

$$漮 = /水/ + /空虛/$$

$$歉 = /食物/ + /空虛/$$

$$Y〔3〕= /屋、水、食物/ + /空虛/$$

2、範疇義素分析法

孟蓬生先生在王寧先生「同族詞義素分析法」的基礎上，進而提出「範疇義素分析法」，其云：

> 當分析對象是包含有名詞、形容詞、動詞的一組同源詞時，類義素可以用範疇義素來替換。……我們用 F 代表範疇義素，可以得出不同詞性同源詞意義關係的公式：Y〔X〕= /F〔X〕+ /H/ 。[註20]

根據孟蓬生先生的說法，當分析對象是包含「名詞」、「動詞」、「形容詞」的一組同族詞時，類義素可以用「名物範疇」、「動作範疇」、「性狀範疇」來代替，其公式為 Y〔X〕=F〔X〕+H，其中 Y 表示同族詞的意義關係，F 表示範疇義素，H 表示同族詞的源義素（核義素），X 表示該組同族詞的數目。本文採用孟蓬生先生提出的「範疇義素分析法」，舉例說明如下：

（3）禽：擒（卷第十八，頁300）

義素分析：

$$禽 = /名物範疇/ + /捕獲/$$

$$擒 = /動作範疇/ + /捕獲/$$

$$Y〔2〕= /名物範疇、動作範疇/ + /捕獲/$$

（4）嶠：喬（卷第十二，頁204）

義素分析：

$$嶠 = /名物範疇/ + /高/$$

$$喬 = /性狀範疇/ + /高/$$

$$Y〔2〕= /名物範疇、性狀範疇/ + /高/$$

[註20] 孟蓬生：《上古漢語同源詞語音關係研究》，頁36。

二、研究步驟

（一）建立《爾雅正義》「因聲求義」詞條的語料庫

首先利用電腦 Excel 的軟體，將邵晉涵《爾雅正義》所有「因聲求義」的詞條輸入，並且設立「《廣韻》反切」、「中古聲母」、「中古韻母」、「韻攝」、「開合」、「等第」、「上古聲紐」、「上古韻部」、「術語」等欄位，最後再利用「篩選」的功能，觀察音和義的關係，進而歸納同族詞。如下表所示：

【表 1-8】建立《爾雅正義》「因聲求義」詞條語料庫

編號	詞條	《廣韻》反切	中古聲母	中古韻母	韻攝	開合	等第	上古聲母	上古韻部	術語
001	對	都隊切	端	隊	蟹	合	一	端	緝	
002	會	古外切（黃外切）	見（匣）	泰	蟹	合	一	見（匣）	祭	義同
003	憚	徒案切	定	翰	山	開	一	定	元	音義同
004	癉	徒干切	定	寒	山	開	一	定	元	

（二）剔除「非同族詞組」，保留「同族詞組」

其次再從「語音」和「詞義」兩方面著手，將《爾雅正義》「因聲求義」詞條中的「非同族詞組」〔註21〕加以剔除，保留「同族詞組」。如下表所示：

【表 1-9】剔除非同族詞組，保留同族詞組

編號	詞條	《廣韻》反切	中古聲母	中古韻母	韻攝	開合	等第	上古聲母	上古韻部	術語	同族詞組
001	對	都隊切	端	隊	蟹	合	一	端	緝	義同	X
002	會	古外切	見	泰	蟹	合	一	見	祭		
003	憚	徒案切	定	翰	山	開	一	定	元	音義同	O
004	癉	徒干切	定	寒	山	開	一	定	元		

（三）分析同族詞組的「語音規律」和「詞義規律」，並構擬其詞根

接著再將「同源詞組」加以分析，包括其「上古擬音」、「核義素」、「語音規律」和「詞義類型」，進而構擬其共同的詞根。如下表所示：

〔註21〕由於「對：會」上古音並不相近，故將其視為「非同族詞組」，並予以剔除。

【表1-10】分析同族詞組的「語音」和「詞義」關係，並構擬其詞根

編號	詞條	術語	上古聲紐	上古韻部	上古擬音	核義素	語音規律	詞義類型	詞根構擬
003	僤	音義同	定	元	*danh	勞	音同	相同	*dan
004	癉		定	元	*dan				

（四）將《爾雅正義》中所系聯的同族詞組依照李方桂先生上古二十二韻部加以排列，最後根據「語音規律」和「詞義類型」的分類加以歸納。

第三節　文獻探討

一、邵晉涵《爾雅正義》研究概述

　　根據本文所蒐集的資料，前輩學者對於邵晉涵《爾雅正義》的研究並不多，大致上可分為兩類：第一、概論性的介紹，如一般經學史、雅學史、語言學史和訓詁學史的書籍，或在「清代《爾雅》的注本」中簡單描述，或援用黃侃先生的說法，並未作深入性的研究。第二、專門性的探討，目前只有一本專書、三篇碩士論文和五篇期刊論文，依照時代先後排列如下：雲維莉先生的〈《爾雅正義》與《爾雅義疏》之比較研究〉〔註22〕、盧國屏先生的《清代爾雅學》〔註23〕、林良如先生的《邵晉涵之文獻學探究》〔註24〕、李建誠先生的《邵晉涵爾雅正義研究》〔註25〕和〈黃侃論邵晉涵《爾雅正義》「篤守疏不破注」說商榷〉〔註26〕、燕朝西先生的《邵晉涵的生平、著述及其史學成就》〔註27〕、張義、姜永超先生的〈《爾雅正義》引「賈誼書」考〉〔註28〕、李嘉

〔註22〕雲維莉：〈《爾雅正義》與《爾雅義疏》之比較研究〉，《南洋大學中國語文學報》第2期（1969年），頁51～65。

〔註23〕盧國屏：《清代爾雅學》（台北：國立政治大學中國文學研究所碩士論文，1987年12月），頁181～224。

〔註24〕林良如：《邵晉涵之文獻學探究》（台北：國立台灣師範大學國文研究所碩士論文，2003年6月），頁35～56。

〔註25〕李建誠：《邵晉涵爾雅正義研究》（高雄：復文書局，2003年9月）。

〔註26〕李建誠：〈黃侃論邵晉涵《爾雅正義》「篤守疏不破注」說商榷〉，《正修通識教育學報》第1期（2004年6月），頁181～194。

〔註27〕燕朝西：《邵晉涵的生平、著述及其史學成就》（四川：四川師範大學碩士論文，

翼先生的〈論邵晉涵《爾雅正義》的地名訓詁特色〉〔註 29〕和〈論邵晉涵《爾雅正義》因聲求義的訓詁成就〉〔註 30〕。以下就「概論性的介紹」和「專門性的探討」兩大類分別論述之。

（一）概論性的介紹

黃侃先生〈爾雅略說・論清儒爾雅之學下〉〔註 31〕是目前最早評述邵晉涵《爾雅正義》體例的著作，主要是根據邵晉涵《爾雅正義・序》中所言，將其體例分爲：「校文」、「博義」、「補郭（按：補充郭璞《爾雅注》)」、「證經」、「明聲」和「辨物」，後代學者大多援用黃侃先生的說法。以現代的學科劃分來看，由於邵晉涵《爾雅正義》橫跨經學、雅學、語言學和訓詁學的領域，故以下分爲「經學史」、「雅學史」、「語言學史」、「訓詁學與訓詁學史」、「其他」五類說明之。

1、「經學史」

清代皮錫瑞《經學歷史》說到：「國朝經師，能紹承漢學者，有二事。一曰傳家法，如惠氏祖孫父子，江、戴、段師弟，無論矣。……一曰守顓門。阮元云：『張惠言之《虞氏易》，孔廣森之《公羊》《春秋》，皆孤家專學也。』阮氏所舉二家之外，如……《爾雅》有邵晉涵《正義》，郝懿行《義疏》；皆卓然成家者。」〔註 32〕可見皮氏以邵晉涵《爾雅正義》和郝懿行《爾雅義疏》爲清代注《爾雅》之集大成者，但經學訓詁則以郝懿行較佳。〔註 33〕梁啓超先

2004 年 7 月），頁 15～20。

〔註 28〕 張義、姜永超：〈《爾雅正義》引「賈誼書」考〉，《淮北煤炭師範學院學報（哲學社會科學版）》第 28 卷第 4 期（2007 年 8 月），頁 136～138。

〔註 29〕 李嘉翼：〈論邵晉涵《爾雅正義》的地名訓詁特色〉，《漢字文化》第 2 期（2008 年），頁 38～42。

〔註 30〕 李嘉翼：〈論邵晉涵《爾雅正義》因聲求義的訓詁成就〉，《江西社會科學》第 4 期（2008 年），頁 214～217。

〔註 31〕 黃侃（季剛）：《黃季剛先生論學名著》（台北：九思出版社，1977 年 9 月），頁 392～393。

〔註 32〕 〔清〕皮錫瑞：《增註經學歷史》（台北：藝文印書館，2004 年 3 月），頁 352～353。

〔註 33〕 「經師多通訓詁叚借，亦即在音韻文字之中；而經學訓詁以高郵王氏念孫、引之父子爲最精，郝懿行次之。」參見〔清〕皮錫瑞：《增註經學歷史》，頁 365。由此

生《中國近三百年學術史》〔註34〕更以邵晉涵《爾雅正義》優於郝懿行《爾雅義疏》，認爲郝氏異於邵氏只在「於字借聲轉處詞繁不殺」和「釋草木蟲魚異舊說者皆由目驗」兩點，故主張取邵棄郝。馬宗霍先生《中國經學史》則簡述道：「邵晉涵《爾雅正義》以郭璞爲宗，而兼採舍人樊、劉、李、孫諸家，郭有未詳者，摭他書附之。」〔註35〕另外，葉國良、夏長樸、李隆獻三位先生編著《經學通論》〔註36〕、莊雅州先生《經學入門》〔註37〕、吳雁南、秦學頎、李禹階三位先生主編《中國經學史》〔註38〕和許道勛、徐洪興兩位先生的《中國經學史》〔註39〕皆只在《爾雅》注本中提及邵晉涵《爾雅正義》之書名，並未詳加論述。

2、「雅學史」

林明波先生〈清代雅學考〉〔註40〕引用《爾雅正義・序》和《皇朝續文獻通考》之言來介紹邵晉涵《爾雅正義》，並舉出其版本有「乾隆戊申餘姚邵氏家塾本（乾隆戊申面水層軒刊本）」、「乾隆己巳重校刊本」、「皇清經解補刊本」和「石印本」。申小龍先生〈雅學史論綱〉〔註41〕和〈雅學史論綱（上）〉〔註42〕則認爲邵晉涵《爾雅正義》的主要工作在「補正郭璞《爾雅注》」，使用方法是「博採廣納」，體現戴震「經雅互證」、「綜核條貫」的思想。竇秀豔先生《中國雅學史》〔註43〕探討《爾雅正義》的作者、主要內容和價值，認爲「疏通經

推之，皮氏以郝懿行訓詁之學優於邵晉涵。

〔註34〕梁啓超：《中國近三百年學術史》（台北：中華書局，1958年6月2版），頁194。

〔註35〕馬宗霍：《中國經學史》（台北：商務印書館，1968年10月2版），頁152。

〔註36〕葉國良、夏長樸、李隆獻編著：《經學通論》（台北：空大，1996年1月），頁625。

〔註37〕莊雅州：《經學入門》（台北：台灣書店，1997年9月），頁250。

〔註38〕書中將「《爾雅正義》二十卷」誤作「《爾雅義疏》二十卷」，按《爾雅義疏》乃郝懿行所作。參見吳雁南、秦學頎、李禹階主編：《中國經學史》（台北：五南圖書，2005年8月），頁436。

〔註39〕許道勛、徐洪興：《中國經學史》（上海：上海人民出版社，2006年10月），頁373。

〔註40〕林明波：〈清代雅學考〉，收錄於《慶祝高仲華先生六秩誕辰論文集》（台北：學生書局，1968年3月），頁100～103。

〔註41〕申小龍：〈雅學史論綱〉，《曲靖師專學報》第14卷第4期（1995年5月），頁1～6。

〔註42〕申小龍：〈雅學史論綱（上）〉，《語言學研究》第6期（1998年），頁59～64。

〔註43〕竇秀豔：《中國雅學史》（濟南：齊魯書社，2004年9月），頁234～244。

注」是《爾雅正義》的主要目的，包括：「校勘文字」、「倡明經注」和「通聲音之變」，最後以邵晉涵《爾雅正義》建構了《爾雅》注疏的基本框架，並開創了清代雅學研究的新局面。

3、「語言學史」

王力先生在《中國語言學史》〔註44〕認爲邵晉涵《爾雅正義》補正郭璞《爾雅注》之疏漏，價值遠高於邢昺《爾雅疏》之上。另外，李開先生《漢語語言研究史》〔註45〕、濮之珍先生《中國語言學史》〔註46〕、鄧文彬先生《中國古代語言學史》〔註47〕和李恕豪先生《中國古代語言學簡史》〔註48〕也皆以邵晉涵《爾雅正義》爲清代第一部對《爾雅》著新疏的權威之作，補郭注之不足，在當時學術界評價很高，有「多舍邢（按：邢昺《爾雅疏》）而從邵（按：邵晉涵《爾雅正義》）」之美譽。

4、「訓詁學與訓詁學史」

胡樸安先生《中國訓詁學史》〔註49〕以邵晉涵《爾雅正義》和郝懿行《爾雅義疏》爲清代治爾雅蔚然成巨帙者，而《爾雅正義》是邵晉涵以郭璞《爾雅注》爲本，仿唐人正義補校而成。另外，林尹先生《訓詁學概要》〔註50〕、張永言先生《訓詁學簡論》〔註51〕、李建國先生《漢語訓詁學史》〔註52〕、趙振鐸先生《訓詁學史略》〔註53〕、齊佩瑢先生《訓詁學概論》〔註54〕、胡楚生先生《訓詁學大綱》〔註55〕、楊端志先生《訓詁學（下）》〔註56〕、陳新雄先

〔註44〕王力：《中國語言學史》（上海：復旦大學出版社，2006年3月），頁135。
〔註45〕李開：《漢語語言研究史》（江蘇：江蘇教育出版社，1993年9月），頁284～286。
〔註46〕濮之珍：《中國語言學史》（上海：上海古籍出版社，2002年8月），頁417～418。
〔註47〕鄧文彬：《中國古代語言學史》（成都：巴蜀書社，2002年9月），頁335～336。
〔註48〕李恕豪：《中國古代語言學簡史》（成都：巴蜀書社，2003年10月），頁395～396。
〔註49〕胡樸安：《中國訓詁學史》（台北：商務印書館，1988年11月11版），頁55～56。
〔註50〕林尹：《訓詁學概要》（台北：正中書局，1994年11月16版），頁236～238。
〔註51〕張永言：《訓詁學簡論》（湖北：華中工學院出版社，1985年4月），頁81。
〔註52〕李建國：《漢語訓詁學史》（安徽：安徽教育出版社，1986年9月），頁178～180。
〔註53〕趙振鐸：《訓詁學史略》（河南：中州古籍出版社，1988年3月），頁282～284。
〔註54〕齊佩瑢：《訓詁學概論》（台北：華正書局，2006年2月2版），頁285。
〔註55〕胡楚生：《訓詁學大綱》（台北：華正書局，1994年9月5版），頁265～270。

生《訓詁學（下）》〔註57〕和周碧香先生《實用訓詁學》〔註58〕等諸位學者，皆採用黃侃先生對於邵晉涵《爾雅正義》所分析的六條體例，並贊同黃侃先生對於《爾雅正義》「篤守疏不破注」的評論。

5.「其他」

劉葉秋先生《中國字典史略》〔註59〕認為邵晉涵《爾雅正義》不僅廣輯漢魏六朝舊注、博采諸經傳注和先秦兩漢諸子之說，更進一步推求文字之古音古義、辨別古今異稱，足稱《爾雅》之功臣。另外，馬重奇先生《爾雅漫談》〔註60〕亦援用黃侃先生分析《爾雅正義》的六個條例和兩個缺失。顧廷龍、王世偉兩位先生合著的《爾雅導讀》〔註61〕則認為《爾雅正義》的凡例有七，分別是：「校勘文字」、「繹彰詞義」、「博通旨趣」、「補充《郭注》」、「引經證注」、「稽考聲韻」、「辨別名物」；並認為邵晉涵《爾雅正義》雖劣於郝懿行《爾雅義疏》，但在《爾雅》研究史上仍占有重要的位置，可與郝懿行《爾雅義疏》互相頡頏。

（二）專門性的探討

目前研究邵晉涵《爾雅正義》的一本專書、三篇碩士論文和五篇期刊論文，由於其著重焦點各有不同，故本文分為「專書研究」、「比較研究」、「注疏研究」、「訓詁研究」四個方面加以討論。

1、「專書研究」

李建誠先生的《邵晉涵爾雅正義研究》全書共分六章：

第一章：導論

第二章：邵晉涵之生平與著作

第三章：《爾雅正義》之內容

第四章：《爾雅正義》之訓詁之疏解

〔註56〕楊端志：《訓詁學（下）》（台北：五南圖書出版，1997年11月），頁769～770。

〔註57〕陳新雄：《訓詁學（下冊）》（台北：學生書局，2005年11月），頁366～368。

〔註58〕周碧香：《實用訓詁學》（台北：洪葉文化，2006年10月），頁256～257。

〔註59〕劉葉秋：《中國字典史略》（台北：漢京文化，1984年3月），頁38～39。

〔註60〕馬重奇：《爾雅漫談》（台北：頂淵文化，1997年8月），頁165～169。

〔註61〕顧廷龍、王世偉：《爾雅導讀》（成都：巴蜀書社，1990年1月），頁97～100。

第五章：《爾雅正義》與《爾雅》相關問題

第六章：結論

第一章是說明其研究動機和研究的對象，尤其是《爾雅正義》的版本，目前有「乾隆戊申餘姚邵氏家塾刻本」和「廣東學海堂皇清經解本」，作者以較通行、較易取之故，遂以「廣東學海堂皇清經解本」爲主。第二章是簡述邵晉涵的生平以及在「經學」、「史學」上的著作，並認爲邵晉涵撰寫《爾雅正義》之動機，最主要是不滿邢昺《爾雅疏》之淺陋不稱。第三章是「《爾雅正義》之內容」，包括：「校勘《爾雅》本文及《郭注》（筆者按：郭璞《爾雅注》)」、「釋彰詞義與博通旨趣」、「補充《郭注》之未詳」、「多引經書注解之證」、「運用聲訓稽考古義」、「辨別生物名實之義」、「其他內容特色（如：以《郭注》證其他經書本文之誤、以《爾雅》校他書之訛、補釋制度物名、闡明《爾雅》與《方言》之關係、推闡《郭注》之釋《爾雅》義立術語、以經證經)」，其中「運用聲訓稽考古義」一小節主要是探討邵晉涵運用「因聲求義」、「聲近義通」的理論和方法，並舉例證說明。第四章主要提出《爾雅正義》之訓詁特點有「運用異文」和「運用文物材料」，疏解特點則是從內容和體例兩方面說明之，並且舉出例證來反駁「《爾雅正義》疏不破注」〔註62〕的說法。第五章是從邵晉涵的角度討論《爾雅》的「名義」、「撰者」、「時代」、「性質」和「篇卷」，並以客觀立場評論其說法之得失。第六章是首先總結前五章之重點，並說明作者使用兩特點貫串全書，即「論述方式（邵晉涵《爾雅正義》之訓詁實例的呈現、列舉及評斷)」、「論述方法（將諸家學者之學說、論點比較互證)」。最後作者希望藉由此書的研究，能夠使邵晉涵的《爾雅正義》獲得學術界的更多重視。

2、「比較研究」

雲維莉先生〈《爾雅正義》與《爾雅義疏》之比較研究〉是最早將邵晉涵《爾雅正義》和郝懿行《爾雅義疏》詳加比較的著作，其比較內容包括二書的「著作緣起與態度」、「成書年代與背景」、「體例」、「內容」和「後人評價」。

〔註62〕李建誠先生在 2004 年 6 月又撰寫〈黃侃論邵晉涵《爾雅正義》「篤守疏不破注」說商榷〉一文，對於黃侃先生和後代學者所提出「《爾雅正義》篤守疏不破注」的說法重新討論，本文在「文獻探討——專門性的探討——訓詁研究」中有詳加討論，此處不再贅述。

在「著作緣起與態度」方面，邵晉涵和郝懿行接是不滿前人的注疏而作；在「成書年代與背景」方面，《爾雅正義》早於《爾雅義疏》約四十年，再加上清代古音學的蓬勃發展，故《爾雅義疏》的音韻知識優於《爾雅正義》；在「體例」和「內容」方面，《爾雅義疏》大多承襲《爾雅正義》，但在補充和聲訓方面更加豐富。至於在「後人評價」方面，首先舉出「郝勝於邵」（如宋翔鳳、胡樸安、齊佩瑢）、「邵勝於郝」（如梁啟超）、「各有價值」（如黃侃）三種不同說法，最後作者站在客觀的立場，認為《爾雅義疏》襲舊之處太多，故以《爾雅正義》優於《爾雅義疏》。

盧國屏先生的《清代爾雅學》首先根據黃侃先生〈爾雅略說〉針對邵晉涵《爾雅正義》所提出的六條體例作補充說明，包括：「校補經注譌脫」、「兼採各家古注」、「考補郭注（按：郭璞《爾雅注》）未詳」、「博引證明經注」、「發明古音古義」、「辨別物類名實」。並進一步舉出《爾雅正義》的五得四失，其五得如：「能考補證明郭注未備」、「能明乎字借聲轉之用」、「詳於名物制度之考證」、「不拘守疏不破注之例」，四失則如：「文字異同稍缺」、「字借聲轉略簡」、「辨物不陳今名」、「間為郭注護短」。最後亦從「著作緣起與態度」、「成書年代與古音學背景」、「內容比較」和「二書評價」四個方面來比較分析邵晉涵《爾雅正義》和郝懿行《爾雅義疏》，並贊同黃侃先生的說法，認為「《義疏》確是加詳於《正義》，然《正義》亦有其不可取代之處，治《爾雅》者，當二者合觀，庶無遺憾。」〔註63〕

3、「注疏研究」

林良如先生《邵晉涵之文獻學探究》的第四章「邵晉涵之注疏學」是專門探討邵晉涵注疏典籍的成就，其焦點著重於《爾雅正義》的研究，包括：「寫作緣起」、「體例」和「評價」三個層面。在「體例」上，以黃侃先生的六個條例加以補充說明；在「寫作緣起」上，以邵晉涵是受到安徽學使朱筠的鼓勵和對邢昺《爾雅疏》的不滿而作《爾雅正義》；在「評價」上，則贊同馬重奇先生：「從總體上說，邵氏在清代《爾雅》研究中，功勞最大。」〔註64〕

燕朝西先生在《邵晉涵的生平、著述及其史學成就》的第二章第二節「邵

〔註63〕 盧國屏：《清代爾雅學》，頁344。

〔註64〕 馬重奇：《爾雅漫談》，頁168～169。

晉涵在訓詁上的成就」中，認爲邵晉涵因不滿邢昺《爾雅疏》之疏漏，故仿唐人正義而作《爾雅正義》。並且提出《爾雅正義》的七個特點，包括：「校勘文字」、「旁徵博引、繹彰詞義」、「博通旨趣」、「補充郭注」、「引經證注」、「稽考聲韻」和「辨別名物」，最後評價《爾雅正義》應與《爾雅義疏》並駕齊驅，是研究《爾雅》不能不讀的一本注疏之作。

4、「訓詁研究」

李建誠先生〈黃侃論邵晉涵《爾雅正義》「篤守疏不破注」說商榷〉一文是對於黃侃先生〈爾雅略說〉所認爲《爾雅正義》「篤守疏不破注之例」的說法再商榷，首先從《爾雅正義》的體例和內容舉證說明，並舉其中六條訓釋實例來作爲邵晉涵《爾雅正義》反駁郭璞《爾雅注》的證據。最後認爲《爾雅正義》雖以郭注爲主，但事實上未以郭注爲限，「維護郭注」之說可能只是邵晉涵本人疏解《爾雅》之誤，故以黃侃先生和後代學者「《爾雅正義》篤守疏不破注」之說確有可商榷之處。

張義、姜永超先生的〈《爾雅正義》引「賈誼書」考〉則是分析《爾雅正義》引用西漢賈誼《新書》的 27 個例子，從中探討《爾雅正義》引用「賈誼書」的原因、分布、編排體例、訓釋方式、特點和不足，藉以觀察邵晉涵《爾雅正義》注疏《爾雅》的得失，最後引竇秀豔《中國雅學史》的話，以《爾雅正義》不僅建構了注疏《爾雅》的基本框架，更爲清代雅學開創了新的局面。

李嘉翼先生的〈論邵晉涵《爾雅正義》的地名訓詁特色〉是從「地名學」的角度切入，提出《爾雅正義》在 236 個地名訓釋的例子上呈現出五個特點，包括：「注重地名定位」、「解釋地名淵源」、「揭示地名沿革」、「注重地名的考證與辨析」和「引證地名文獻浩繁」；最後認爲邵晉涵「地名訓詁」的成果產生了深遠的影響，如王念孫《廣雅疏證・釋山》即直接引用邵晉涵之說，洪亮吉更加以推崇其「地名考證」之貢獻。

另外，李嘉翼先生的〈論邵晉涵《爾雅正義》因聲求義的訓詁成就〉則是探討邵晉涵《爾雅正義》中所使用「因聲求義」訓詁方法的一篇著作，作者認爲邵晉涵「以聲音通訓詁」的原則體現在四個方面，包括：「破假借」、「探語源」、「辨連語」和「系聯同源詞」，使用的術語有「音同」、「音義同」、「聲相近」、「聲之轉」等。其中「探語源」、「系聯同源詞」更是和詞源學密切相

關，故以邵晉涵「因聲求義」的理論和實踐，可以說是成爲段玉裁、王念孫、
王引之等邁向訓詁高峰之墊腳石，更開啓了乾嘉學者以聲音通訓詁之先河，
在中國訓詁學史上占有重要的一席之地。

二、《爾雅》及其注本的詞源研究概述

　　《爾雅》是古代第一部語言學的專著，也是歷史上最早的一部辭典，影響
後代甚鉅。根據管錫華先生的歸納整理，二十世紀《爾雅》的研究成果可分爲
五個方面來談：〔註65〕

　　1、體例研究。

　　2、專題研究。

　　3、校勘譯注。

　　4、綜合研究。

　　5、目錄輯纂。

由於本文的焦點在於「同族詞」的研究，故本小節只從「《爾雅》及其注本的
詞源研究」方面來探討，其他方面則不再深入討論。根據筆者所搜集的資料，
「《爾雅》及其注本的詞源研究」相關性著作不多，目前只有一篇博士論文、
兩篇碩士論文和七篇期刊論文，依照時代先後排列如下：李音好先生的〈《爾
雅》中的聲訓類型〉〔註66〕、方環海和王仁法二位先生的〈論《爾雅》中同源
詞的語義關係類型〉〔註67〕、方環海先生的〈論《爾雅》的語源訓釋條例及其
方法論價值〉〔註68〕和〈《爾雅》與漢語語源學研究方法〉〔註69〕、李潤生先
生的《郝懿行爾雅義疏同族詞研究》〔註70〕、王建莉先生的〈論《爾雅》詞源

〔註65〕管錫華：〈20 世紀的《爾雅》研究〉，《辭書研究》第 2 期（2002 年），頁 75～85。

〔註66〕李音好：〈《爾雅》中的聲訓類型〉，《懷化師專學報》第 15 卷第 4 期（1996 年 12
　　　　月），頁 412～415。

〔註67〕方環海、王仁法：〈論《爾雅》中同源詞的語義關係類型〉，《徐州師範大學學報（哲
　　　　學社會科學版）》第 26 卷第 4 期（2000 年 12 月），頁 67～71。

〔註68〕方環海：〈論《爾雅》的語源訓釋條例及其方法論價值〉，《語言研究》第 4 期（2001
　　　　年），頁 83～88。

〔註69〕方環海：〈《爾雅》與漢語語源學研究方法〉，《徐州師範大學學報（哲學社會科學
　　　　版）》第 28 卷第 1 期（2002 年 3 月），頁 9～13。

〔註70〕李潤生：《郝懿行爾雅義疏同族詞研究》（四川：西南師範大學中文系碩士論文，

義與「同義爲訓」詞義的關係〉〔註71〕、胡海瓊先生的《爾雅義疏同族詞研究》〔註72〕、曾昭聰先生的〈郭璞《爾雅注》中的詞源研究述評〉〔註73〕、胡世文先生的〈黃侃《手批爾雅義疏》同族詞疏證〉〔註74〕和《黃侃手批爾雅義疏同族詞研究》〔註75〕。以下將分爲「爾雅類」、「爾雅注本類」、「其他類」三大類分別論述之。

（一）爾雅類

李音好先生在〈《爾雅》中的聲訓類型〉一文中全面分析《爾雅》所使用的「聲訓」條例，統計共有二百二十來條，並分爲「以本字爲訓」、「用聲旁字和形旁字相訓釋」、「用同聲旁的形聲字訓釋」、「用字體不同的同音字相釋」、「以雙聲爲訓」、「以疊韻爲訓」和「合音爲詁」七種類型。

方環海和王仁法二位先生在〈論《爾雅》中同源詞的語義關係類型〉探討《爾雅》中所收漢語同源詞之間的語義關係，並將其同源詞之「語義關係」分爲「義同音近型」和「義變音轉型」兩大類型，其中「義同音近型」包括「義項相同」和「含有相同義素」兩小類，「義變音轉型」則分爲「語義相近」、「語義相關」和「語義相反」三小類。可見方環海和王仁法二位先生從「語義」方面著手，將《爾雅》的同源詞分爲「義同音近型同源詞」和「義變音轉型同源詞」，對於《爾雅》同源詞的研究已經具有初步的分析和討論。

另外，方環海先生又在〈論《爾雅》的語源訓釋條例及其方法論價值〉和〈《爾雅》與漢語語源學研究方法〉二文中以《爾雅》作爲研究對象，進而探討

2002 年 4 月）。

〔註71〕 王建莉：〈論《爾雅》詞源義與「同義爲訓」詞義的關係〉，《內蒙古師範大學學報（哲學社會科學版）》第 33 卷第 1 期（2004 年 1 月），頁 105～108。

〔註72〕 胡海瓊：《爾雅義疏同族詞研究》（湖北：華中科技大學中文系碩士論文，2004 年 5 月）。

〔註73〕 曾昭聰：〈郭璞《爾雅注》中的詞源研究述評〉，《南陽師範學院學報（社會科學版）》第 4 卷第 8 期（2005 年 8 月），頁 45～48。

〔註74〕 胡世文：〈黃侃《手批爾雅義疏》同族詞疏證〉，《語言研究》第 27 卷第 3 期（2007 年 3 月），頁 92～94。

〔註75〕 胡世文：《黃侃手批爾雅義疏同族詞研究》（湖南：湖南師範大學文學院博士論文，2008 年 4 月）。

漢語詞源學的研究方法。前文首先全面整理《爾雅》的「普通語詞」和「專業語詞」，統計出 1448 條的語詞條目，其次再從「聲訓語例」、「從某聲而有某義語例」和「聲韻相關而相通語例」三方面作討論，最後將《爾雅》中與詞源相關的訓釋條例歸納如下表：〔註76〕

【表 1-11】《爾雅》詞源訓釋條例統計表

篇目 ＼ 語例	聲訓	從某聲而有某義	聲韻相關而相通		其他	總條目數
			聲韻關係相近而直接相通	聲韻關係較遠而展轉相通		
釋詁	37	13	42	43	38	173
釋言	56	27	53	68	81	285
釋訓	19	9	25	22	42	117
釋親	0	2	2	6	25	35
釋宮	0	2	4	6	14	26
釋器	3	3	11	7	23	47
釋樂	0	2	3	4	7	16
釋天	0	1	8	15	27	51
釋地	0	5	13	13	16	47
釋丘	0	4	7	8	10	29
釋山	1	2	3	6	15	27
釋水	0	3	9	4	11	27
釋草	0	11	27	36	126	200
釋木	0	6	10	22	41	79
釋蟲	0	5	9	10	33	57
釋魚	0	1	8	5	28	42
釋鳥	0	8	12	13	46	79
釋獸	0	6	10	18	30	64
釋畜	0	10	7	12	18	47
總條目數	116	120	263	318	631	1448
約占比例	8.0%	8.2%	18.2%	22.0%	43.6%	100%

後文則以前文所分的三種訓釋條例為基礎，進而將漢語詞源學的研究方法分

〔註76〕方環海：〈論《爾雅》的語源訓釋條例及其方法論價值〉，頁 87。

爲「音義推因法」、「諧聲求原法」和「音義推源法」三種，並結合《爾雅》所反映的語源現象加以說明。

　　王建莉先生在〈論《爾雅》詞源義與「同義爲訓」詞義的關係〉一文中則嚴格區分《爾雅》的「詞源義」和「同義爲訓的詞義」，認爲兩者雖具有相同的表現方式，並共處於相同的高層語義系統之中，不過由於各自表示的功用和目的不同，基層訓列的語義系統也互相對立，因此主張不能將「詞源義」納入「同訓爲義的詞義」系統之中，兩者必須分屬不同的詞義系統，這樣對《爾雅》同義性的研究才具有積極的現實意義。

（二）爾雅注本類

　　歷代注疏的《爾雅》的著作很多，其中以晉代郭璞（西元 276～324 年）的《爾雅注》和宋代邢昺（西元 932～1010 年）的《爾雅疏》爲注疏本的主要根據，到了清代，則以邵晉涵《爾雅正義》和郝懿行《爾雅義疏》爲最佳注本。至於《爾雅》注本的詞源相關研究，則大多集中在郭璞的《爾雅注》和郝懿行的《爾雅義疏》。

　　李潤生先生的碩士論文──《郝懿行爾雅義疏同族詞研究》，全文共分五章：

　　第一章：郝懿行「以聲爲主」訓詁理論的形成及在《爾雅義疏》中的實踐。

　　第二章：《爾雅義疏》同族詞的表現形式及其分類。

　　第三章：《爾雅義疏》同族詞的語音關係。

　　第四章：《爾雅義疏》同族詞的語義關係。

　　第五章：《爾雅義疏》同族詞研究的方法及局限。

第一章主要是探討郝懿行《爾雅義疏》中「因聲求義」理論的形成及實踐，第二章第一節將《爾雅義疏》同族詞的表現形式分爲「聲（音）義同」、「聲（音）義近」、「聲轉」、「通作」、「聲訓」、「其他」等七種，第二節則將《爾雅義疏》的同族詞分爲「單音同族詞」和「複音同族詞」兩大類。第三章首先探討《爾雅義疏》同族詞的術語內涵，包括：「聲同」、「聲近」和「聲轉」三種，其次探討《爾雅義疏》單音同族詞的語音規律。第四章則探析《爾雅義疏》同族詞的語義關係，並從分爲三類作討論。第五章總結《爾雅義疏》

在系聯同族詞上的方法及局限。

胡海瓊先生的碩士論文——《爾雅義疏同族詞研究》，全文分爲四章：

第一章：導論。

第二章：本課題研究的材料、方法及意義。

第三章：《爾雅義疏》同族詞研究。

第四章：《爾雅義疏》同族詞研究的成就和不足。

第一章首先概述《爾雅》和《爾雅義疏》，其次歸納、整理《爾雅》、《爾雅義疏》和同族詞的研究概況。第二章則是介紹其研究材料、研究方法和研究意義。第三章首先根據郝懿行自身的說法，將《爾雅義疏》的表現形式分爲「同」、「近」、「通」、「轉」和「聲訓」五大類，其次分析《爾雅義疏》同族詞的語音關係，並將其歸納爲「聲韻全同」、「韻同聲異」、「聲同韻異」和「聲韻皆異」四類。接著分析《爾雅義疏》同族詞的語義關係，主要分爲「核義素＋類義素」和「核義素＋區別義素」〔註77〕兩類作討論。最後第四章總結《爾雅義疏》同族詞研究的方法、成就和不足。

曾昭聰先生在〈郭璞《爾雅注》中的詞源研究述評〉一文中首先從三個方面來討論郭璞《爾雅注》詞源研究的表現：

1、揭示了詞的詞源。

2、揭示古今方言的語音變化。

3、已注意某些連綿詞可以拆開探源，有些則不可拆分。

其次再將郭璞的《爾雅注》和《方言注》二書所呈現的詞源表現作一比較，獲得了《方言注》的詞源研究比《爾雅注》更爲豐富的結果，並認爲其原因在於「《方言注》成書較晚」和「注釋方式不同」。

〔註77〕所謂「區別義素」，胡海瓊先生云：「郝疏中，有一類同族詞是郝氏在辨別同義詞近義詞時系聯出來的，主要集中在《釋詁》前三篇中，它們各以自己的顯性意義與他詞發生聯繫，同時，它們又有各自區別於它詞的意義特徵。這是由《爾雅》前三篇的性質決定的，這一部分常常是聚集了一批意義相同或相關甚至相反的詞語用另一個詞去解釋。郝氏在區別詞義的過程中橫向系聯了一批同族詞。這類同族詞一般比較抽象，難以確定其類義素，我們將其區別特徵稱爲『區別性義素』，將其義素分析公式歸納爲：『核義素＋區別義素』。」參見胡海瓊：《爾雅義疏同族詞研究》，頁28～29。

（三）其他類

其他類的詞源研究，主要集中在黃侃先生的《手批爾雅義疏》。胡世文先生首先在〈黃侃《手批爾雅義疏》同族詞疏證〉一文中疏證了「鱏：鐔」、「檽（蔦）：擣：島」、「蠱：鼓」三組同族詞，接著又在其博士論文——《黃侃手批爾雅義疏同族詞研究》全面爬梳黃侃先生《手批爾雅義疏》中的同族詞。全文共分七章：

第一章：緒言。

第二章：《手批》概論。

第三章：《手批》研究同族詞的理論和方法。

第四章：《手批》研究同族詞的成就與不足。

第五章：《手批》同族詞疏證（上）。

第六章：《手批》同族詞疏證（中）。

第七章：《手批》同族詞疏證（下）。

第一章首先探討詞源學研究的歷史與現狀，其次概述黃侃先生的著作以及相關研究，最後說明其研究的目的與任務。第二章則是概說《手批爾雅義疏》的主要內容、價值、整理與研究。第三章探討《手批爾雅義疏》在系聯同族詞上所採用的的基本理論和方法。第四章總結了《手批爾雅義疏》在研究同族上的成就與不足之處。最後三章全面疏證《手批爾雅義疏》中的同族詞，包括前人已經證實的同族詞 294 組、作者本身系聯的 89 組和名物來源有關而不具有同族關係的 7 組。

三、前人研究成果檢討

關於邵晉涵《爾雅正義》的研究，前輩學者大多是概論性的研究，首先概述邵晉涵的生平和撰寫《爾雅正義》的源由，其次再沿用黃侃先生對於《爾雅正義》之體例所分析的六個條例和評論。專門研究《爾雅正義》的前輩學者，研究焦點也幾乎著重在「訓詁方面」和「比較方面」；訓詁方面如探討《爾雅正義》的「疏不破注」、「引證古書」和「地名訓詁」等，比較方面則是將邵晉涵《爾雅正義》和郝懿行《爾雅義疏》作對照，從中評斷其優劣得失。其中涉及到「詞源學」的是李建誠先生《邵晉涵爾雅正義研究》第三章第五節「運用聲訓稽考古義」和李嘉翼先生的〈論邵晉涵《爾雅正義》因聲求義

的訓詁成就〉，兩位先生不僅論及邵晉涵「因聲求義」訓詁方法的實踐，並且舉例說明之；尤其李嘉翼先生更提到《爾雅正義》有「探語源」和「系聯同源詞」的具體實踐，可惜並未深入探究。

至於《爾雅》及其注本的詞源研究，根據筆者的觀察，目前這方面的研究明顯不足，可能和「詞源學」這門學科尚未形成顯學的原因有關。而且前輩學者大多只專注在《爾雅》本身的詞源問題探討，最多只涉及到郭璞《爾雅注》（1 篇）、郝懿行《爾雅義疏》（2 篇）以及黃侃先生的《手批爾雅義疏》（2 篇）。其中研究清代郝懿行《爾雅義疏》的同族詞就有兩篇碩士論文，反觀同時代、同地位的《爾雅》注本——邵晉涵的《爾雅正義》，其研究卻乏人問津。

綜合以上所述，由於前輩學者尚未重視邵晉涵《爾雅正義》的詞源研究，於是筆者全面分析、整理《爾雅正義》的同族詞，探討《爾雅正義》詞條類聚群分的詞語關係，希望可以初步了解邵晉涵《爾雅正義》中同族詞的性質和內容，並且加以還原《爾雅正義》在漢語詞源史上的地位和成就。

第二章　邵晉涵《爾雅正義》概述

第一節　邵晉涵之生平及其著作

一、邵晉涵之生平

邵晉涵（西元 1743～1796 年），字「與桐」，號「二雲」，自號「南江」，浙江餘姚人（今浙江省餘姚市）。根據黃雲眉先生《邵二雲先生年譜》〔註 1〕的考證，邵晉涵生於清乾隆八年（西元 1743 年），卒於清嘉慶元年（西元 1796 年），享年五十四歲。關於邵晉涵生平事蹟的第一手資料，可從其好友所作的墓誌銘、家傳、書序等著手，例如：錢大昕〈日講起居注官翰林院侍講學士邵君墓誌銘〉、章學誠〈邵與桐別傳〉、王昶〈翰林院侍講學士充國史館提調官邵君晉涵墓表〉、洪亮吉〈邵學士家傳〉和阮元〈南江邵氏遺書序〉等。本文主要依據黃雲眉先生的《邵二雲先生年譜》和《清史稿·列傳六百二十八·儒林傳二》〔註2〕對於邵晉涵的記載與考證，分別論述如下：

（一）青少年時期

邵晉涵出生於書香世家，其高祖邵琳是明朝的進士，祖父邵向榮、叔祖

〔註 1〕 黃雲眉：《邵二雲先生年譜》（台北：廣文書局，1971 年 11 月），頁 1～142。

〔註 2〕 〔清〕趙爾巽等撰、楊家駱校：《清史稿·列傳二百六十八·儒林傳二》（台北：鼎文書局，1981 年），卷四百八十一，頁 13209～13210。

邵坡是清朝康熙年間的進士，從祖邵廷采則傳承浙東學派之遺風。邵晉涵從小即天賦異稟、好學不倦，再加上祖父邵向榮和父親邵佳銑的嚴格督促之下，於是就奠定了深厚的學問基礎。雖然邵晉涵自小就體弱多病、左眼微眚，但仍勤學苦讀，七歲曾替父親作賦贈人續婚，十二歲即遍讀四書五經，故當時有神童之譽稱；十七歲補縣學附生，屢試優等，二十歲因讀書過勤，而得失血症。〔註3〕

（二）中晚年時期

乾隆三十年（西元 1765 年），邵晉涵鄉試中舉，排名第四，當時主考官曹秀先因爲突然生了一場重病，遂由副主考官錢大昕擔負取才的主要評審。由於邵晉涵「五策博洽冠場，僉謂非老宿不辦」，前往見恩師錢大昕時，錢大昕不禁拊掌曰：「不負此行矣！」〔註4〕乾隆三十六年（西元 1771 年），邵晉涵禮部會試第一，主考官朱筠力主將邵晉涵拔擢爲第一，當時海內有識者咸曰：「數十科來，無此才矣！」後來朱筠奉命提督安徽學使，邵晉涵擔任其幕僚，並結識了章學誠、汪中、洪亮吉等學者。

關於邵晉涵之個性，《清史稿·儒林傳二》記載道：

> 晉涵性狷介，不爲要人曲。嘗與會稽章學誠論修宋史宗旨，晉涵曰：「宋人門戶之習，語錄庸陋之風，誠可鄙也。然其立身制行，出於倫常日用，何可廢耶？士大夫博學工文，雄出當世，而於辭受取與、出處進退之間，不能無簞豆萬鐘之擇。本心既失，其他又何議焉！此著宋史之宗旨也。」學誠聞而聳然。〔註5〕

由上述可知，邵晉涵並不認同當時學者全面地批判宋學，反而有他個人的獨特想法；他認爲「宋學」的「門戶之習」和「語錄庸陋之風」固然是令人詬病的

〔註3〕〈與朱筍河學士書〉云：「自二十歲得失血疾，束書不觀者數年。」參見〔清〕邵晉涵：《南江文鈔》，收錄於《續修四庫全書·集部·別集類》（上海：上海古籍出版社，2002 年），第 1463 冊，卷八，頁 478。

〔註4〕〔清〕錢大昕：《潛研堂文集·日講起居注官翰林院侍講學士邵君墓誌銘》，收錄於《續修四庫全書·集部·別集類》（上海：上海古籍出版社，2002 年），第 1439 冊，卷四十三，頁 177。

〔註5〕〔清〕趙爾巽等撰、楊家駱校：《清史稿··列傳二百六十八·儒林傳二》，卷四百八十一，頁 13210。

地方，不過其「立身制行」、「注重氣節」的士大夫品德則是值得後人學習和效法的。故羅炳良、朱鐘頤二位先生云：「邵晉涵並不像毛奇齡、惠棟、戴震等漢學家那樣痛詆宋學，而是要通過重新編纂《宋史》，褒揚宋代士大夫氣節，懲戒空談心性之風，從而起到經世致用的作用。」〔註6〕

　　乾隆三十八年（西元 1773 年），邵晉涵與戴震、周永年、余集、楊昌霖等奉命入館編纂《四庫全書》，當時號稱爲「五徵君」〔註7〕，邵晉涵主要是負責「史部」的編校和撰寫，故阮元曰：「史學諸書，多由先生定其略，其提要亦多出先生之手。」〔註8〕嘉慶元年（西元 1796 年）三月，邵晉涵偶感寒疾，卻因醫者誤投藥而使病情加劇，逐於當年六月十五日卒於家中，享年五十四歲。由於邵晉涵深受當時學者之敬重，故其逝世之後，王昶逐云：「卿大夫相與悼於朝，汲古通經，博文宏覽之儒，相與恫於野。而大臣之領國史者，迄今尤咨嗟太息，重惜其亡。」〔註9〕章學誠亦云：「浙東史學，自宋元數百年來，歷有淵源，自斯人不祿，而浙東文獻盡矣！」〔註10〕

二、邵晉涵之著作

　　邵晉涵之著作十分豐富，關於其著作的資料，《清史稿・列傳二百六十八・儒林傳二》記載道：

　　　他（筆者按：邵晉涵）著有《孟子述義》、《穀梁正義》、《韓詩內傳
　　　考》，並足正趙岐、范甯及王應麟之失，而補其所遺。又有《皇朝大

〔註6〕 羅炳良、朱鐘頤：〈邵晉涵學術述論〉，《湖南教育學院學報》第 16 卷第 1 期（1998年 2 月），頁 46。

〔註7〕 「三十八年，詔開四庫館。延置儒臣，以翰林官纂輯不敷，大學士劉統勳薦進士邵晉涵、周永年，尚書裘曰修薦進士余集、舉人戴震，尚書王際華薦舉人楊昌霖，同典秘籍。後皆改入翰林，時稱『五徵君』。此其著者也。」參見〔清〕趙爾巽等撰、楊家駱校：《清史稿・志八十四・選舉四》，卷一百九，頁 3187。

〔註8〕 〔清〕阮元：《揅經室二集・南江邵氏遺書序》，收錄於《續修四庫全書・集部・別集類》（上海：上海古籍出版社，2002 年），第 1479 冊，卷七，頁 157。

〔註9〕 〔清〕王昶：〈翰林院侍講學士充國史館提調官邵君晉涵墓表〉，收錄於〔清〕李桓輯：《國朝耆獻類徵初編》（台北：明文書局，1985 年），卷第一百三十，頁 739。

〔註10〕 〔清〕章學誠：《章氏遺書（上）・與胡洛君論教胡穉威集二簡》（台北：漢聲出版社，1973 年 1 月），卷十三，頁 263。

　　臣謚跡錄》、《方輿金石編目》、《輶軒日記》、《南江詩文蕙》。〔註11〕

除此之外，邵晉涵還著有《爾雅正義》、《舊五代史考異》、《宋元事鑑考異》、《宋史稿》、《南江札記》、《南江書錄》、《穀梁考異》和《四庫全書提要纂稿》等，可惜有些著作至今已經亡佚。燕朝西先生進一步歸納錢大昕、章學誠、洪亮吉、阮元等當時學者的說法，統計出邵晉涵可信的著作，其云：

> 綜合以上諸家之論，學者公認、沒有爭議的邵晉涵作品有：《爾雅正義》、《孟子述義》、《韓詩內傳考》、《輶軒日記》，以及《永樂大典》中輯佚的薛居正《舊五代史》。其餘的作品除《南都事略》、《方輿金石編目》外，應該只是各位學者的稱法不同而已。〔註12〕

由上述可知，燕朝西先生認為《爾雅正義》、《孟子述義》、《韓詩內傳考》、《輶軒日記》、《舊五代史》、《南都事略》、《方輿金石編目》等為邵晉涵較為可信的著作，部分因未刊於世而無法流傳至今。以下根據林良如先生《邵晉涵之文獻學探究》〔註13〕的分類和筆者所蒐集的資料，將邵晉涵的著作整理如下：

（一）注疏學：《爾雅正義》、《孟子述義》（亡佚）、《穀梁古注》（亡佚）、《儀禮箋》（亡佚）。

（二）輯佚學：《舊五代史》、《洪範口義》、《洪範統一》、《兩朝綱目備要》、《性情集》、《臨安集》、《九國志》、《東南紀聞》等。

（三）目錄學：《四庫全書》中的史部提要。

（四）金石學：《續通志・金石略》、《方輿金石編目》（亡佚）。

（五）方志學：《餘姚縣志》（協纂）、《杭州府志》（主修）、《學校官田考》（亡佚）。

（六）編纂學：《宋志》（尚未成書）、《南都事略》、《續資治通鑑》、《八旗通志》、《起居注冊》、《萬壽盛典》。

（七）別集類：《南江札記》、《南江書錄》、《南江詩鈔》、《南江文鈔》。

〔註11〕〔清〕趙爾巽等撰、楊家駱校：《清史稿・・列傳二百六十八・儒林傳二》，卷四百八十一，頁13210。

〔註12〕燕朝西：《邵晉涵的生平、著述及其史學成就》，頁5～6。

〔註13〕林良如：《邵晉涵之文獻學探究》，頁5～7。

第二節　《爾雅正義》之成書過程及版本

一、《爾雅正義》之成書過程

根據筆者的觀察，邵晉涵《爾雅正義》的成書過程可分爲「構想」、「撰寫」和「完稿」三個時期，以下分別論述之。

（一）構想時期

乾隆三十六年（西元 1771 年），邵晉涵擔任安徽學使朱笟之幕僚，當時朱笟即鼓勵他修治雅學，其云：「經訓之義荒久矣！雅疏尤蕪陋不治，以君之奧博，宜與郭景純氏先後發明，庶幾嘉惠後學。」〔註 14〕由於朱笟乃邵晉涵禮部會試之恩師，故其言引發邵晉涵注疏《爾雅》之構想。再加上邵晉涵本身對於宋代邢昺的《爾雅疏》早已不滿，《爾雅正義·序》云：「邢氏疏成於宋初，多掇拾《毛詩正義》，掩爲己說。間採《尚書》、《禮記正義》，復多闕漏。南宋人已不滿其書，後取列諸經之疏，聊取備數而已。」〔註 15〕於是邵晉涵開始了注疏《爾雅》的念頭。

（二）撰寫時期

乾隆三十八年（西元 1773 年），邵晉涵受命入四庫館編校史書，遂得以窺見皇宮所藏之書籍，對於《爾雅正義》的編撰助益良多。乾隆三十九年（西元 1774 年），魯仕驥〈山木居士文集答邵二雲書〉云：

> 《爾雅》一書，爲六經階梯，通於此者，其於諸經縱橫左右，無不貫串。往爲高郵任君領從序其《爾雅箋補》，曾謬論及此。足下今奮然撰《正義》，旁羅廣搜，義其諦當，此書一出，其有功於學者非淺，願條理早成，僕得早讀爲快也。〔註 16〕

由上述可知，魯仕驥對於邵晉涵撰寫《爾雅正義》之事十分推崇，並盼望其書可以早日完成，讓他先睹爲快。另外，邵晉涵又在《爾雅正義·序》中提到「歲在旃蒙協洽」，即乾隆四十年（西元 1775 年）乙未年，故黃雲眉先生推測《爾

〔註 14〕〔清〕章學誠：《章氏遺書（上）·邵與桐別傳》，卷十八，頁 396。

〔註 15〕〔清〕邵晉涵：《爾雅正義·序》，收錄於《續修四庫全書·經部·小學類》，第 187 冊，頁 35。

〔註 16〕轉引自黃雲眉：《邵二雲先生年譜》，頁 59。

雅正義》始作於乾隆三十九年（西元 1774 年）至乾隆四十年（西元 1775 年）之間。

（三）完稿時期

乾隆五十年（西元 1785 年），邵晉涵完成了《爾雅正義》二十卷，分別是〈釋詁第一（上）〉、〈釋詁第一（下）〉、〈釋言第二〉、〈釋訓第三〉、〈釋親第四〉、〈釋宮第五〉、〈釋器第六〉、〈釋樂第七〉、〈釋天第八〉、〈釋地第九〉、〈釋兀（筆者按：即「丘」字）第十〉、〈釋山第十一〉、〈釋水第十二〉、〈釋草第十三〉、〈釋木第十四〉、〈釋蟲第十五〉、〈釋魚第十六〉、〈釋鳥第十七〉、〈釋獸第十八〉、〈釋畜第十九〉。稿凡三四易始定，從《爾雅正義》的開始到完成，共花了十年的時間。

二、《爾雅正義》之版本

根據本文所蒐集的資料，《爾雅正義》今存之版本有二：

（一）「清乾隆五十三年邵氏面水層軒刻本」（乾隆戊申餘姚邵氏家塾本）〔註17〕。

（二）「清道光九年廣東學海堂《皇清經解》本」〔註18〕。

「清道光九年廣東學海堂《皇清經解》本」現有「復興書局」、「藝文印書館」和「漢京文化」三種影印本，基於文字精確和清晰的緣故，本文暫以「清乾隆五十三年邵氏面水層軒刻本」（乾隆戊申餘姚邵氏家塾本）的版本作為研究的底本，並以「清道光九年廣東學海堂《皇清經解》本」作為參照的依據。

第三節　《爾雅正義》之體例

最早論述邵晉涵《爾雅正義》之體例的前輩學者是黃侃先生，他根據《爾雅正義》的序文而將其體例分為六點來論述，黃侃先生說道：

　　據邵自序，其撰是書之例有六：**一曰，校文。**序云：「世所傳本，文

〔註17〕〔清〕邵晉涵：《爾雅正義》，收錄於《續修四庫全書・經部・小學類》，第 187 冊，頁 35～320。

〔註18〕〔清〕邵晉涵：《邵編修爾雅正義》，收錄於〔清〕顧炎武撰：《皇清經解》（台北：復興書局，1972 年），第八冊，卷五百零四～卷五百二十三，頁 5573～5787。

字異同，不免註舛；郭注亦多脫落，俗說流行，古義寢晦。爰據唐石經及宋槧本及諸書所引者，審定經文，增校郭注。」是也。二曰，**博義**。序云：「漢人治《爾雅》，若舍人、劉歆、樊光、李巡之注，遺文佚句，散見羣籍。梁有沈旋集注，陳有顧野王音義，唐有裴瑜注，徵引所及，僅存數語。或與郭訓符合，或與郭義乖違，同者宜得其會通，異者可博其旨趣。今以郭氏爲主，無妨兼采諸家，分疏如下，用俟辨章。」是也。三曰，補郭。序云：「郭注體崇矜愼，義有幽隱，或云未詳。今考齊、魯、韓詩，馬融、鄭康成之《易》注，以及諸經舊說，薈粹羣書，取證雅訓。其跡涉疑似，仍存而不論；確有據者，補所未備。」是也。四曰，證經。序云：「郭氏多引《詩》文爲證，陋儒不察，遂謂《爾雅》專用釋《詩》。今據《易》、《書》、《周禮》、《儀禮》、《春秋三傳》、《大小戴記》，與夫周秦諸子、漢人撰著之書，邅稽約取，用與郭注相證明。」是也。五曰，**明聲**。「聲音遞轉，文字日孳；聲近之字，義存乎聲。自隸體變更，韻書割裂，古音漸失，因致古義漸湮。今取聲近之字，旁推交通，申明其說。」是也。**六曰辨物**。序云：「草木蟲魚鳥獸之名，古今異稱；後人輯爲專書，語多皮傅。今就灼知副實者，詳其形狀之殊，辨其沿襲之誤；未得實驗者，擇從舊說，以近古爲徵，不敢爲億必之說。」是也。

〔註19〕

由上述可知，黃侃先生依據邵晉涵《爾雅正義・序》而將其體例分爲「校文」、「博義」、「補郭」、「證經」、「明聲」和「辨物」六項，並且舉其序文來加以說明。以下根據黃侃先生所提出的六點，分別舉例論述之：

一、校 文

所謂「校文」，即指校正《爾雅》和郭璞《爾雅注》的文字。邵晉涵根據唐代的石經和宋代的槧本，將《爾雅》和郭璞《爾雅注》的文字進行校對和增補。試舉例如下：

《爾雅・釋詁第一下》：「訖、徽、妥、懷、安、按、晉、戻、底、

〔註19〕黃侃（季剛）：《黃季剛先生論學名著・爾雅略說》，頁392～393。

厎、尼、定、曷、遏，止也。」（卷第二，頁 69）

郭璞《爾雅注》：「妥者，坐也。懷者，至也。按抑、昬、廢，皆止住也。戾、厎義見詩傳。《國語》曰：『戾久將厎。』《孟子》曰：『行或尼之。』今以逆相止爲遏，徵未詳。」

《爾雅正義》：「……厎通作祇，以聲爲義。**監本厎誤作廢，今從宋本改正，《釋文》與宋本同。……**」

由上例可見，監本郭注將「厎」誤作爲「廢」，邵晉涵根據宋本加以校正，並參考《釋文》，以作爲校對之旁證。

二、博　義

所謂「博義」，即指旁徵博引，採用各家古注詞義。邵晉涵以郭璞《爾雅注》爲主要依據，並且兼採舍人、劉歆、樊光、李巡、孫炎、沈旋、顧野王和裴瑜等各家注解，可謂旁徵博引、博通旨趣，不專於某家說法以避免主觀。試舉例如下：

《爾雅·釋言第二》：「蠲，明也。茅，明也。明，朗也。」（卷第三，頁 90）

郭璞《爾雅注》：「蠲，清明貌。《左傳》：『前茅慮無。』」

《爾雅正義》：「《說文》云：『明，照也。朖，明也。』蠲者，多方云：『不蠲蒸。』《釋文》引馬註：『蠲，明也。』左氏襄十四年傳云：『惠公蠲其大德。』杜註：『蠲，明也。』舊疏引樊光云：『蠲除垢濁，使令清明。』茅者，《左傳》疏引舍人云：『茅昧之明也。』明者，昭五年傳云：『明而未融。』《淮南·原道訓》：『新而未朗。』高註：『朗，明也。』《左傳》疏引樊光云：『《詩》云：高朗令終。』」

由上例可見，邵晉涵不僅引用《說文》、《釋文》、《左傳》、《淮南子》等古籍，更進一步採用樊光、舍人等人之釋義，並不專於某一家之言。

三、補　郭

所謂「補郭」，即指補充郭璞《爾雅注》未詳之處。邵晉涵認爲郭璞《爾

雅注》在釋義時偶有隱晦不明之處，或註明「未詳」，於是邵晉涵加以補充、考證。試舉例如下：

《爾雅‧釋詁第一上》：「靖、惟、漠、圖、詢、度、咨、諏、究、如、慮、謨、猷、肇、基、訪，謀也。」（卷第一，頁48）

郭璞《爾雅注》：「《國語》曰：『詢于八虞，咨于二虢，度于閎夭，謀于南宮，諏于蔡原，訪于辛尹。』通謂謀義耳，如、肇所未詳，餘皆見《詩》。」

《爾雅正義》：「……如通作茹，《周頌‧臣工》云：『來咨來茹。』《邶風‧柏舟》云：『不可以茹。』鄭箋俱云：『茹，度也。』度即爲謀。故〈釋言〉又云：『茹，度也。』……肇者，《大雅‧江漢》云：『肇敏戎工。』毛傳：『肇，謀也。』」

由上例可見，郭璞《爾雅注》以「如」、「肇」二字未詳，邵晉涵則引《詩經》和毛亨傳、鄭玄箋來加以考證，進而補充其不足之處。

四、證　經

所謂「證經」，即指引用經典古籍來證明郭璞的《爾雅注》。邵晉涵引用《易經》、《尚書》、《周禮》、《儀禮》、《春秋三傳》、《大小戴記》、先秦諸子和漢人撰著等古代典籍，進而加以證明郭璞《爾雅注》的可信程度。試舉例如下：

《爾雅‧釋詁第一下》：「治、肆、古，故也。」（卷第二，頁66）

郭璞《爾雅注》：「治未詳，肆、古見《詩》、《書》。」

《爾雅正義》：「治當爲始，〈益稷〉云：『在治忽。』《史記》作『來始滑。』《漢書‧律歷志》引作『七始詠。』是『治』、『始』二字相溷也。《墨子‧經篇》云：『始，當時也。是始，即故也。』肆爲發端之詞，故爲申釋之詞，其義相通，**古、故，以聲爲義也**。……〈梓材〉云：『肆徂厥敬勞。』〈盤庚〉云：『古我先王。』皆言故也。〈周頌‧昊天有成命〉云：『肆其靖之。』毛傳：『肆，故也。』鄭箋：『固當爲故之誤也。』〈邶風‧日月〉云：『逝不古處。』毛傳：『古，故也。』」

由上例可見，郭璞《爾雅注》以「治」未詳，「肆」、「古」二字見《詩經》和《尚書》，邵晉涵不僅引用《尚書》、《詩經》、《墨子》、《史記》和《漢書》來證明「治」當爲「始」以及「肆」、「古」二字之出處，更進一步從聲音來看「古」、「故」二字的關係，並認定二者爲「以聲爲義」的同族詞。

五、明　聲

所謂「明聲」，即指明辨聲音、稽考古義。邵晉涵運用「以聲音通訓詁」的原則，從音義結合的關係去研究詞義，使用「聲近義同」、「聲近義通」、「聲義相兼」、「音義同」、「音義通」、「音義相兼」等術語，可謂體現了「因聲求義」的訓詁方法。試舉例如下：

> 《爾雅·釋詁第一下》：「倫、勩、邛、敕、勤、愉、庸、癉，勞也。」
> （卷第二，頁 64）

> 郭璞《爾雅注》：「《詩》曰：『莫知我勩』、『維王之邛』、『哀我癉人』《國語》曰：『無功庸者。』倫理事務以相約敕亦爲勞，勞苦者多惰，愉今字或作窳，同。」

> 《爾雅正義》：「……『莫知我勩』，《小雅·雨無正》文。左氏昭十三年傳引作『莫知我肆』，是『肆』與『勩』通。『維王之邛』者，《小雅·巧言》文。『哀我癉人』〈大東〉文：『《毛詩》作憚人。』又〈小明〉云：『憚我不暇。』<u>憚通作癉，音義同</u>。《國語》曰：『無功庸者』，《晉語》公族穆子之辭。」

由上例可見，邵晉涵將「憚」和「癉」二字的關係視爲「音義同」。按「憚」上古爲「定母元部」，「癉」上古爲「端母元部」，在語音關係上爲「端定旁紐，元部疊韻」；「憚」指「勞心」，「癉」指「勞病」，在詞義關係上具有共同的核義素「勞」，故二者可系聯爲一組同族詞。

六、辨　物

所謂「辨物」，即指辨別「名物」〔註20〕之實。邵晉涵認爲《爾雅》中〈釋

〔註20〕 「所謂名物，早期的狹義說法一般是指草木鳥獸蟲魚等自然界的生物的名稱。它不但是語言學的問題，而且是生物學的問題。」參見陸宗達、王寧：〈因聲求義論〉，

草〉、〈釋木〉、〈釋蟲〉、〈釋魚〉、〈釋鳥〉、〈釋獸〉之名稱，經過時代變革，名稱各有所異。因此邵晉涵加以詳辨考證，進而還原古代名物之實。試舉例如下：〔註21〕

《爾雅・釋魚》：「科斗，活東。」（卷第十六，頁278～279）

郭璞《爾雅注》：「蝦蟆子。」

《爾雅正義》：「『科斗』一名『活東』，《釋文》引舍人本作『顆東』，《山海經》謂之『活師』。〈東山經〉云：『崮山下有金湖水出焉，東流注於食水，其中多活師。』郭氏彼註云：『科斗也。』古今註云：『一名懸針，一名元魚，因其形以爲名也。』《釋文》引樊光、孫炎云：『蟾諸子也。』郭以爲『蝦蟆子』，以『蟾諸』與『蝦蟆』同類也。顏師古〈急就篇〉註云：『科斗及蝦蟇所生子也。未成蝦蟇之時，身及頭並圓而尾長，漸乃變耳。』案：今所在水中有之，春月之暮，蝦蟇聒鳴，科斗乃生。圓首黑體，垂尾如丁，漸乃生足，復蝦蟇之形矣。」

由上例可見，郭璞《爾雅注》只提到「科斗」爲蝦蟆之子，邵晉涵不僅引《山海經》來說明「科斗」的其他名稱，更進一步引顏師古〈急就篇〉來說明「科斗」的形貌和生長，可謂明辨「科斗」之實。

第四節　《爾雅正義》因聲求義之理論與實踐

一、「因聲求義」概述

「因聲求義」的名稱最早出現在宋末元初戴侗的《六書故》，其云：

書學既廢，章句之士知因言以求意矣，未知因文以求義也。訓故之士知因文以求義矣，未知因聲以求義也。夫文字之用，莫博於諧聲，莫變於假借，因文以求義，而不知因聲以求義，吾未見其能盡文字之情也。……故侗嘗謂當先敍其聲，次敍其文，次敍其名，然後制

收錄於《訓詁與訓詁學》（太原：山西教育出版社，2005年7月），頁68。

〔註21〕此例轉引自林良如：《邵晉涵之文獻學探究》，頁49。

作之道備矣。〔註22〕

戴侗打破了《說文解字》以來「因文以求義」的傳統，進一步提出「因聲以求義」的理論，已經注意到「聲音」和「意義」二者之間的密切關係。到了清代，戴震、段玉裁、王念孫等大家更在古音學的基礎上，將「因聲求義」的訓詁方法發揮到極致，使「因聲求義」的理論更具有系統性。〔註23〕關於「因聲求義」的定義，王寧先生云：

> 運用文獻語言的材料，依循語音變化的規律，尋找同源字之間音變
> 的軌跡和確定借用字之間音異的狀況，以進行推源，系源和溯本的
> 工作，達到探求文獻詞義的目的，這個方法叫因聲求義。〔註24〕

根據王寧先生的說法，「因聲求義」的方法是從「文獻語言的材料」和「語音變化的規律」入手，最終目的在於探求文獻的詞義。至於「因聲求義」的條件，陸宗達和王寧二位先生〈因聲求義論〉〔註25〕認為必須「運用古聲韻的研究成果」以及「核證於古代文獻語言」，白兆麟先生《簡明訓詁學（增訂本）》〔註26〕強調必須「語音相同或相近」、「確定通假或同源」和「有古代文獻資料作為證據」，陳志峰先生在《高郵王氏父子「因聲求義」之訓詁方法研究》〔註27〕則進一步提出「古音條件」、「符合文義」、「文獻證據」三條驗證程序。關於「因聲求義」理論的實踐，白兆麟先生《簡明訓詁學（增訂本）》〔註28〕

〔註22〕〔宋〕戴侗：《六書故・六書通釋》，收錄於《景印文淵閣四庫全書・經部・小學類》（台北：商務印書館，1983年），第226冊，頁4。

〔註23〕陳亞平先生認為清代「因聲求義」的理論和實踐有四個特點：一是「有古聲韻的研究成果作基石」；二是「有初步的歷史發展觀點，並認識到語言發展的階段性」；三是「注意核證於古代文獻語言，博引群書」；四是「尊重舊訓但不拘守」。參見陳亞平：〈清人「因聲求義」述評〉，《玉溪師範學院學報》第21卷第4期（2005年），頁81～82。

〔註24〕王寧：〈訓詁原理概說〉，收錄於《訓詁學原理》，頁54。

〔註25〕陸宗達、王寧：〈因聲求義論〉，收錄於《訓詁與訓詁學》，頁75～81、頁96～101。

〔註26〕白兆麟：《簡明訓詁學（增訂本）》（台北：學生書局，1996年3月），頁107～108。

〔註27〕陳志峰：《高郵王氏父子「因聲求義」之訓詁方法研究》（台北：國立台灣大學文學院中國文學系碩士論文，2007年6月），頁144～149。

〔註28〕白兆麟：《簡明訓詁學（增訂本）》，頁101～107。

和楊琳先生〈論因聲求義法〉〔註 29〕皆認爲有「尋求本字」和「探求語源」
兩大方面；黎千駒先生《訓詁方法與實踐》〔註 30〕提出「推求語源」、「解釋
聯綿詞」和「解決文字上同音替代的問題」三方面，其中「推求語源」又包
含「系聯同族詞」、「推求事物命名的由來」和「弄明古代方言與方言之間、
方言與共同語之間的音義聯繫」三項；許威漢先生在《訓詁學導論（修訂版）》
〔註 31〕分爲「通假借」、「明方言」、「尋語源」三個方面；趙振鐸先生在《訓
詁學綱要》〔註 32〕則分爲「破假借」、「明連語」、「探語源」、「求詞族」四個
方面加以討論；陳志峰先生在〈「因聲求義」理論的歷史演變〉〔註 33〕更全面
的包括「假借的破讀」、「轉語的推明」、「同源詞的系聯」、「讔語的考論」、「虛
詞的研究」、「系聯異質同名之事物」和「古人名字之探討」七點內容。至於
《爾雅正義》在「因聲求義」的理論與實踐問題，將於本小節的第二部分再
詳加說明。

二、《爾雅正義》「因聲求義」之實踐

關於邵晉涵「因聲求義」的理論內容，可從兩篇序文中窺見一斑，其一是
邵晉涵爲洪亮吉《漢魏音》所作的序文，其云：

> 聲音宣而文字著焉，字日滋而聲亦漸轉，得其聲始，則屢轉而不離
> 其宗。由是審音以定義，昭晰於制字之原，則互訓、反訓、輾轉相
> 訓，亦屢變而不失其旨。……學者由漢魏之音求聲始以窮其轉，斯
> 能知《三百篇》之比音協句，本於自然。後世襲舛承僞，亦有所由
> 致。匡後世之舛僞，通古人之訓詁，則六藝九家之傳，皆文從字順，
> 而無詘屈之言。〔註 34〕

〔註 29〕楊琳：〈論因聲求義法〉，《長江學術》第 3 期（2008 年），頁 94～101。

〔註 30〕黎千駒：《訓詁方法與實踐》，頁 31～33。

〔註 31〕許威漢：《訓詁學導論（修訂版）》（北京：北京大學出版社，2003 年 7 月），頁 98～103。

〔註 32〕趙振鐸：《訓詁學綱要》（四川：巴蜀書社，2003 年 10 月），頁 125～152。

〔註 33〕陳志峰：〈「因聲求義」理論的歷史演變〉，《中國文學研究》第 24 期（2007 年 6 月），頁 108～113。

〔註 34〕〔清〕洪亮吉：《漢魏音·後敘》，收錄於《續修四庫全書·經部·小學類》（上海：

其二則是邵晉涵在《爾雅正義》的自序，其云：

> 聲音遞轉，文字日孳；聲近之字，義存乎聲。自隸體變更，韻書割
> 裂，古音漸失，因致古義漸湮。今取聲近之字，旁推交通，申明其
> 說，因是以闡揚古訓，辨識古文，遠可依類以推，近可舉隅而反，
> 所以存古音也。〔註35〕

由上面兩篇序文可知，「審音以定義」和「義存乎聲」是邵晉涵「因聲求義」
理論的主要內容，他認爲文字隨著時代改變而增加，詞滙也經過不斷地「派
生」〔註36〕而迅速累增，當然「聲音」也會跟著時代的不同而有所轉變，此即
明代陳第所言：「蓋時有古今，地有南北，字有更革，音有轉移，亦勢所必至。」
〔註37〕可見邵晉涵不僅贊同陳第「語音」會隨著時空而轉變的觀點，更進一步
主張掌握語音轉變的規律，就能夠達到探求詞義的目的，了解語詞的眞正來
源，這就是「以聲音通訓詁」的原則。其次，邵晉涵也提出「因聲求義」的
方法，也就是取「聲音相同或相近之字」，從音義結合的關係去研究詞義，進
而觸類旁通、舉一反三，遂能達成「闡揚古訓」、「辨識古文」和「存古音」
的目標。

　　至於《爾雅正義》在「因聲求義」的實踐方面，李嘉翼先生在〈論邵晉
涵《爾雅正義》因聲求義的訓詁成就〉〔註38〕一文中提出邵晉涵《爾雅正義》
「因聲求義」的理論體現在四個方面，包括：「破假借」、「探語源」、「辨連語」
和「系聯同源詞」。本文在李嘉翼先生分爲四個方面的基礎上，進而將《爾雅
正義》在「因聲求義」的實踐上分成「破假借」、「明轉語」、「辨連語」、「別
重語」、「系聯同族詞和同族聯綿詞」和「探求事物得名之由來」六個方面。

上海古籍出版社，1995年），第245冊，頁608～609。

〔註35〕〔清〕邵晉涵：《爾雅正義·序》，收錄於《續修四庫全書·經部·小學類》，第187
冊，頁36。

〔註36〕王寧先生認爲漢語詞滙的發生與積累經歷過「原生階段」、「派生階段」和「合成
階段」三個階段，其中「派生階段」是漢語詞滙積累的最重要階段，而「周秦時
代」是漢語詞滙派生的最高峰時期。參見王寧：〈漢語詞源的探求與闡釋〉，收錄
於《訓詁學原理》，頁146～148。

〔註37〕〔明〕陳第：《毛詩古音考·序》（台北：廣文書局，1977年10月），頁9。

〔註38〕李嘉翼：〈論邵晉涵《爾雅正義》因聲求義的訓詁成就〉，頁215～217。

（一）破假借

王引之在《經義述聞・序》中引其父王念孫對於「假借」之看法，其云：

> 詁訓之指，存乎聲音，字之聲同聲近者，經傳往往假借。學者以聲
> 求義，破其假借之字，而讀以本字，則渙然冰釋；如其假借之字，
> 而強爲之解，則詁籥爲病矣。〔註39〕

由上述可知，王念孫認爲古籍經傳中時常有「假借」之字，故研究者必須「以聲求義」，進而破除假借之字而得其「本字」。邵晉涵採用「因聲求義」的方法，不僅打破了字形的限制，更從「聲音」的角度著手，進而破除假借字、尋求本字。試舉例如下：〔註40〕

> 《爾雅・釋詁第一下》：「豫、射，厭也。」（卷第二，頁69）
>
> 郭璞《爾雅注》：「《詩》曰：『服之無斁。』『豫』未詳。」
>
> 《爾雅正義》：「豫者，〈雜卦傳〉云：『豫，怠也。』射者，《文選》
> 註引韓詩云：『在此無射。』薛君云：『射，厭也。』〈祭統〉云：『奔
> 走無射。』屈原〈天問〉云：『皆歸射鞠。』是也。又鄭註〈鄉射禮〉
> 云：『豫讀如成周宣榭災之榭。』是『豫』讀爲『射』，『射』通作『斁』，
> 『斁』訓爲『厭』，以聲爲義也。」

由上例可見，郭璞《爾雅注》以「豫」字未詳，邵晉涵不僅引用《易經・雜卦傳》來加以補充「豫」字之出處，更進一步從「聲音」的角度切入，認爲「射」是「斁」的假借字，眞正的本字是「斁」。

（二）明轉語

「轉語」的名稱最早出現在西漢揚雄（西元前53年～西元18年）的《方言》〔註41〕，晉代郭璞的《方言注》也使用了「聲轉」、「聲之轉」、「語轉」等

〔註39〕〔清〕王引之：《經義述聞・序》，收錄於《續修四庫全書・經部・群經總義類》（上海：上海古籍出版社，1995年），第174冊，頁250。

〔註40〕此例轉引自李嘉翼：〈論邵晉涵《爾雅正義》因聲求義的訓詁成就〉，頁216。

〔註41〕關於《方言》的作者問題，漢末至隋唐皆以爲是西漢揚雄所作，到了南宋洪邁提出五點質疑，認爲《方言》並非是揚雄所作。清代的戴震則一一反駁洪邁的說法，肯定《方言》乃揚雄所作，後來盧文弨、錢繹、王先謙、繆荃孫等人皆贊同戴震的意見。近代學者羅常培先生則認爲《方言》並非一個人所作，周祖謨先生亦抱

術語，宋末明初的戴侗也將「一聲之轉」的術語運用得十分純熟，可惜皆未說明其「轉語」的內涵。到了清代，戴震在〈轉語二十章序〉提出了「聲轉理論」，並在其著作《方言疏證》中付諸實踐，使用了「一聲之轉」、「語之轉」、「聲之變轉」、「語之變轉」等術語，使「轉語」趨向系統化的理論。邵晉涵在《爾雅正義》中也使用了「轉語」的術語，包括：「聲近義同」、「聲近義通」、「聲義相兼」、「音義同」、「音義通」、「音義相兼」、「聲轉」、「聲之轉」、「聲之遞轉」和「聲轉爲義」等。根據筆者統計，《爾雅正義》中「因聲求義」的條例「單音詞」共有 212 條、「複音詞」共有 31 條，合計 243 條，所使用的術語高達 45 種，如下表所示：

【表 2-1】《爾雅正義》「因聲求義」條例統計表

	分　類	術　語	數　量	總　計
單音詞	聲轉類	聲轉	4	22
		聲之轉	1	
		聲之遞轉	1	
		聲轉爲義	2	
	音同類	音同	8	28
		聲同	3	
		古音同	1	
		古聲同	1	
		同音	2	
		同聲	1	
		古音通	2	
		古音通用	1	
		同	9	

持難以斷定的看法，而劉君惠先生《揚雄方言研究》（四川：巴蜀書社，1992 年 10 月，頁 9～16）、李恕豪先生《揚雄《方言》與方言地理學研究》（四川：巴蜀書社，2003 年 8 月，頁 12～18）、陳新雄先生《訓詁學（下冊）》（台北：學生書局，2005 年 11 月，頁 393～399）、華學誠先生《周秦漢晉方言研究史（修訂本）》（上海：復旦大學出版社，2007 年 3 月，頁 79～89）等皆肯定《方言》的作者乃西漢揚雄。

音近類	音近	2	52
	音相近	2	
	音相近，語有輕重	1	
	古音近	1	
	聲近	4	
	聲近之字	1	
	聲近字同	1	
	聲近字通	1	
	聲近而轉	1	
	聲近爲義	8	
	聲近義同	8	
	聲近義通	4	
	聲相近	17	
	聲相近而轉	1	
義同類	義同	25	35
	義並同	1	
	同義	1	
	字異義同	2	
	義相近	1	
	義通	1	
	義相通	4	
音義同類	音義同	56	59
	音義相兼	1	
	音義相通	1	
	聲義相兼	1	
其他類	以聲爲義	14	16
	雙聲	2	
單音詞合計			212
複音詞 聲轉類	聲轉	2	15
	聲之轉	11	
	聲轉爲義	1	
	轉聲	1	
語轉類	語之轉	1	3
	語之遞轉	1	
	語互轉	1	

音同類	同音	1	1
聲近類	聲近	2	8
	聲近而轉	1	
	聲相近	5	
音義同類	音義同	2	2
其他類	雙聲	1	2
	諧聲	1	
複音詞合計			31
單音詞、複音詞總計			243

由【表 2-1】可見：單音詞可分爲六大類，包括：「聲轉類」（22 條）、「音同類」（28 條）、「音近類」（52 條）、「義同類」（35 條）、「音義同類」（59 條）和「其他類」（16 條），合計 212 條。複音詞亦可分爲六大類，包括：「聲轉類」（15 條）、「語轉類」（3 條）、「音同類」（1 條）、「聲近類」（8 條）、「音義同類」（2 條）和「其他類」（2 條），合計 31 條。故《爾雅正義》「因聲求義」的條例（包含單音詞和複音詞）總計 243 條，使用「轉語」的術語（重複者不計）共 45 種。

（三）辨連語

「連語」是古代漢語「複音詞」的一種，宋代張有《復古編》稱爲「聯綿字」，明代楊愼《古音駢字》稱爲「駢字」，方以智《通雅》則稱爲「謰語」，清代王念孫《讀書雜志》稱爲「連語」，近代學者沈兼士先生〈聯綿詞音變略例〉稱之爲「聯綿詞」，現、當代學者則大多使用「聯綿字」或「聯綿詞」的名稱，並將其納入「單純複音詞」〔註 42〕的範疇。關於「聯綿字」或「聯綿詞」的定義，王國維云：「聯綿字，合二字而成一語，其實猶一字也。」〔註 43〕周祖謨先

〔註 42〕 向熹先生提到：「單純複音詞也叫聯綿詞，雖有兩個音節，卻只是一個詞素，即所謂『合兩字之音，以成一字之意』。它們一般不能再從結構上進行分析。」參見向熹：《詩經語言研究》（成都：四川人民出版社，1987 年 4 月），頁 205。另外，馬眞先生將先秦的複音詞分爲「單純詞」和「合成詞」兩大類，其中「單純複音詞」包括「聯綿字」和「疊音單純詞」，參見馬眞：〈先秦複音詞初探〉，收錄於北京大學中國傳統文化研究中心編：《北京大學百年國學文粹・語言文獻卷》（北京：北京大學出版社，1998 年 4 月），頁 288～289。

〔註 43〕 王國維：〈致沈兼士・古文學中聯綿字之研究〉，收錄於吳澤主編、劉寅生、袁英

生定義爲：「聯綿字（disyllabic roots）：兩個字聯綴在一起不能分開來講的雙音節詞。從語言的角度來說，就是『聯綿詞』。」〔註44〕王力先生也說道：「漢語的雙音詞有一種特殊的構詞法；它們多數是由雙聲疊韻構成的。古人把純粹的雙音詞（不能再分析爲兩個詞素者）叫做聯縣字，聯縣字當中，十分之九以上都是雙聲或疊韻的詞。」〔註45〕趙克勤先生更進一步定義道：

> 聯綿字是由只代表音節的兩個漢字組成的表示一個整體意義的雙音
> 詞。這裡有三個要點：第一，必須由兩個漢字組成；第二，必須是
> 單語素；第三，兩個漢字都只起表音作用，沒有意義。〔註46〕

綜合以上各家學者的說法，所謂「聯綿字」或「聯綿詞」就是使用兩個漢字的音節來表示一個意義的單純複音詞，在語音上具有音同、音近或音轉的關係，在詞義上只表示一個整體意義，也就是只有一個詞素，無法再繼續作分割。至於「聯綿字」或「聯綿詞」的分類，前輩學者大多將其分爲「雙聲」、「疊韻」、「雙聲兼疊韻」和「非雙聲疊韻」四種類型，〔註47〕本文依照此四種類型，初步將《爾雅正義》的「連語」加以分類，如下表所示：

【表 2-2】《爾雅正義》「連語」分類表

分　類	舉　　　例
雙聲	蠾沒、覛髳、鷗鳩、鶙鵜、鶌鵻……。
疊韻	彌離、靡麗、蒙蘢、厖茸、蔥蘢、蛢螃、蜉蝣、蜉蚅、蠾蝓、侏儒、鶷鷋……。
雙聲兼疊韻	孑孓……。
非雙聲疊韻	密勿、莊離、仳離、迷離、戚施、蚍蜉、蛅蟥、鳭鳩、布穀、穫穀、搏穀、撥穀……。

光編：《王國維全集·書信》（北京：中華書局，1984 年 3 月），頁 335。

〔註44〕中國大百科全書編輯部編：《中國大百科全書·語言文字》（北京：中國大百科全書出版社，1988 年 2 月），頁 258。

〔註45〕王力：《漢語史稿》（北京：中華書局，2007 年 8 月 12 刷），頁 55。

〔註46〕趙克勤：《古代漢語詞滙學》（北京：商務印書館，2005 年 10 月 2 刷），頁 55。

〔註47〕另外，也有學者提出不同的分類。例如施向東先生將聯綿詞分爲「雙聲型」、「疊韻型」、「對轉型」和「分離型」四種類型，其中「疊韻型聯綿詞」又包含「準疊韻型」和「雙聲兼疊韻型」，參見施向東：〈聯綿詞的音韻學透視〉，收錄於《音史尋幽——施向東自選集》（天津：南開大學出版社，2009 年 9 月），頁 242～245。

總而言之，邵晉涵在《爾雅正義》中不僅對「聯綿字」或「聯綿詞」作初步的探討及研究，更進一步運用「因聲求義」的方法來系聯「同族聯綿詞」，在清代「聯綿字」或「聯綿詞」的研究上，可謂具有推闡之功。

（四）別重語

「重語」亦是古代漢語「複音詞」的一種，又可稱為「重言」、「重文」、「重字」或「疊字」，現代學者則稱之為「重言詞」、「疊音詞」。關於其定義，向熹先生云：「重言詞由兩個相同的詞素構成，有具體的詞滙意義。」〔註48〕周祖謨先生定義道：「重言：指兩個相同的漢字重疊在一起。重言通常是一個詞。從字上來說，也稱為『疊字』。」〔註49〕伍宗文先生也提到：「疊音詞是口頭上由兩個完全相同的音節、書面上用兩個形體相同的單字構成的雙音詞。」〔註50〕趙克勤先生更進一步將「重言詞」分為兩類，其云：

> 重言詞只是一種籠統的叫法，實際上它由兩類組成：一類的意義與單字的意義基本相同；一類的意義與單字的意義毫無關係。……這就是說，一種重言詞是由兩個形音義完全相同的單音詞組成，重言詞的意義基本上就是單音詞的意義，這實際上是兩個相同單音詞的重疊形式，因此，這種重言詞又可以稱為「疊詞」。……一種重言詞雖然也由兩個形音義完全相同的單字組成，但這兩個字只不過代表兩個音節，它們與重言詞的意義毫無關係。這種重言詞只是兩個單字的重疊，因此，又可以稱之為「疊字」。……如果從結構來分析，「疊詞」是由詞組轉化成的合成詞，而「疊字」則是與聯綿字性質相同的單純詞。〔註51〕

根據趙克勤先生的說法，「重言詞」包含「疊詞」和「疊字」兩大類，「疊字」是指整體意義與單音詞意義毫無關係，如「斤斤」、「關關」……等，故屬於「單純複音詞」；「疊詞」則是指整體意義與單音詞的意義相同，如「漸漸」、

〔註48〕 向熹：《詩經語言研究》，頁 208。

〔註49〕 中國大百科全書編輯部編：《中國大百科全書·語言文字》，頁 37。

〔註50〕 伍宗文：《先秦漢語複音詞研究》（成都：巴蜀書社，2001 年 7 月），頁 148。

〔註51〕 趙克勤：《古代漢語詞滙學》，頁 61～62。

「慢慢」……等，故屬於「合成複音詞」〔註52〕。可見古人的「重語」實際上涵蓋了漢語複音詞的「單純詞」和「合成詞」兩類，並不專指「單純詞」而言。

邵晉涵在《爾雅正義·釋訓第三》中對「重語」有所論述，其云：

案：古者重語，皆爲形容之詞。有單舉其文，與重語同義者，如「肅肅，敬也」、「丕丕，大也」，祗言「肅」、祗言「丕」，亦爲「敬也」、「大也」。有單舉其文，即與重語異義者，如「坎坎，喜也」、「居居，惡也」，祗言坎、祗言居，則非喜與惡矣。〔註53〕

由上述可知，邵晉涵已經注意到「重語」實際上可分爲兩類：一類是單音詞與整體意義相同者，即趙克勤先生所言「疊詞」；另一類則是單音詞與整體意義毫無關係者，即趙克勤先生所言「疊字」。本文根據趙克勤先生的分類，初步將《爾雅正義》的「重語」加以分類，如下表所示：

【表2-3】《爾雅正義》「重語」分類表

分　類	舉　　例
疊字	斤斤、扃扃、坎坎、蹲蹲、居居、究究、叮叮、嚶嚶……。
疊詞	穆穆、肅肅、悠悠、丕丕、遲遲……。

綜合以上的論述，可見邵晉涵對於「重語」的性質及內容早已有所研究，故楊皎先生云：「邵氏（筆者按：指邵晉涵）的這種區分，在漢語詞匯史上具有重大意義，實際上是揭示了漢語複音詞語音造詞和語法造詞的兩種不同類型。同時也爲我們研究上古重言詞提供了新的視野。」〔註54〕

〔註52〕「先秦複音詞從結構方面來考察，首先應該分成兩大類：一類是單純詞，一類是合成詞。單純詞只有一個詞素，當然不存在內部的結構問題；但是從語音方面看，還有多種不同的形式，前人把這種詞叫做連綿字。合成詞包含兩個或兩個以上的詞素，詞素之間有著多種不同的結合關係。」參見馬眞：〈先秦複音詞初探〉，收錄於北京大學中國傳統文化研究中心編：《北京大學百年國學文粹·語言文獻卷》，頁288。

〔註53〕〔清〕邵晉涵：《爾雅正義·釋訓第三》，收錄於《續修四庫全書·經部·小學類》，第187冊，卷第四，頁103。

〔註54〕楊皎：《詩經疊音詞及其句法功能研究》（銀川：寧夏大學人文學院碩士論文，2005

（五）系聯同族詞和同族聯綿詞

邵晉涵在《爾雅正義》中不僅利用「因聲求義」的訓詁方法來系聯「同族詞」，更使用「轉語」的術語來加以描述，試舉例如下：

1. 《爾雅正義·釋詁第一》：「揫者，《說文》引詩云：『百祿是揫。』《毛詩·商頌·長發篇》作『百祿是遒。』傳云：『遒，聚也。』《釋文》云：『揫，郭音遒。』揫、遒音義同。《方言》云：『凡斂物而細謂之揫。』是揫爲聚之多也。」（卷第一，頁60）

（1）同族詞分析

揫：《說文·手部》：「揫，束也。從手，秌聲。詩曰：『百祿是揫。』」《廣韻·尤韻》：「即由切。」《爾雅·釋詁上》：「揫，聚也。」郭璞注：「揫，斂。」《後漢書·馬融傳》：「揫斂九藪之動物。」李賢注：「揫，聚也。」

遒：《說文·辵部》：「遒，迫也。從辵，酋聲。遒，遒或從酋。」《廣韻·尤韻》：「自秋切。」《詩·豳風·破斧》：「四國是遒。」鄭玄箋：「遒，斂也。」《詩·商頌·長發》：「百祿是遒。」毛傳：「遒，聚也。」《楚辭·招魂》：「遒相迫些。」蔣驥注：「遒，聚也。」《書·胤征》：「遒人以木鐸徇於路。」孔穎達疏：「遒人，蓋訓遒爲聚，聚人而令之，故以爲名也。」

語音關係：「揫」、「遒」上古皆爲「精母幽部」。

詞義關係：「揫」本義爲「收束」，後來引申爲「聚斂」之義；「遒」亦指「聚斂」之義，具有共同的核義素「聚斂」。

筆者按：「揫」和「遒」在語音上爲「音同」關係，在詞義上具有共同的核義素「聚斂」，故二者可系聯爲一組同族詞。

（2）詞根構擬

「揫」和「遒」上古皆爲「精母幽部」，擬音爲*tsjəgw，故將其詞根形式擬爲*tsjəgw。

2. 《爾雅正義》：「茀離即彌離者，彌離又轉作伆離。《王風·中谷有蓷》云：『有女伆離。』又云彌離即蒙蘢者，蒙蘢又轉作厖茸，《左

年3月），頁4。

氏僖五年傳》云：『狐裘尨茸。』後世彌離轉作迷離，又轉作靡麗，蒙龍轉作蒙戎，又轉作蔥蘢，皆語之遞轉。」（卷第二，頁71）

（1）同族聯綿詞分析

茀離：《玉篇・艸部》：「茀，茀離，由蒙龍也。」《集韻・勿韻》：「茀，茀離，草木翳薈也。」《爾雅・釋詁下》：「覭髳，茀離也。」郭璞注：「謂草木之叢茸翳薈也。茀離即彌離，彌離猶蒙龍耳。孫叔然字別為義，失矣。」

迷離：《樂府詩集・橫吹曲辭五・木蘭詩》：「雄兔腳撲朔，雌兔眼迷離，兩兔傍地走，安能辨我是雄雌？」

彌離：《爾雅・釋詁下》：「覭髳，茀離也。」郭璞注：「謂草木之叢茸翳薈也。茀離即彌離，彌離猶蒙龍耳。孫叔然字別為義，失矣。」

蒙龍：《漢書・列傳・鼂錯傳》：「屮木蒙龍，支葉茂接。」顏師古注：「蒙龍，覆蔽之貌也。龍音來東反。」《文選・孫綽〈游天臺山賦〉》：「披荒榛之蒙龍。」呂向注：「蒙龍，草樹茂盛貌。」《爾雅・釋詁下》：「覭髳，茀離也。」郭璞注：「謂草木之叢茸翳薈也。茀離即彌離，彌離猶蒙龍耳。孫叔然字別為義，失矣。」

語音關係：「茀離」上古為「滂母微部、來母歌部」，「迷離」為「明母脂部、來母歌部」，「彌離」為「明母歌部、來母歌部」，「蒙龍」為「明母東部、來母東部」，故其聲母格式為「明／來」式，音轉為「滂／來」式。

詞義關係：「茀離」、「迷離」、「彌離」皆指「模糊不清」的樣子，「蒙龍」本義為「草木茂盛」的樣子，後來引申為「模糊不清」的樣子，故具有共同的核義素「模糊不清」。

（2）筆者按

「茀離」、「迷離」、「彌離」、「蒙龍」在語音上為「異聲同族聯綿詞」，在詞義上具有共同的核義素「模糊不清」，故四者可系聯為一組同族聯綿詞。

（六）探求事物得名之由來

邵晉涵在《爾雅正義・序》云：

屮木蟲魚鳥獸之名，古今異稱；後人輯為專書，語多皮傅。今就灼知副實者，詳其形狀之殊，辨其沿襲之誤；未得實驗者，擇從舊說，

以近古爲徵，不敢爲億必之說，猶郭氏之志也。〔註55〕

由上述可知，邵晉涵認爲《爾雅》中〈釋草〉、〈釋木〉、〈釋蟲〉、〈釋魚〉、〈釋鳥〉、〈釋獸〉之名稱，經過時代長久的演變，進而造成各家學者使用的名稱有所不同，於是邵晉涵加以詳辨考證，進而還原古代名物之實。試舉例如下：

《爾雅·釋獸》：「鼢鼠。」（卷第十九，頁310）

郭璞《爾雅注》：「地中行者。」

《爾雅正義》：「《說文》云：『鼢，地行鼠。伯勞所化也。一曰偃鼠。』『鼢』或作『蚡』。《莊子·逍遙遊》云：『偃鼠飲河不過滿腹。』今人呼地中鼠爲地鼠，竊出飲水，如《莊子》所言。李頤註以偃鼠爲鼺鼠，誤矣。《廣雅》作『鼹鼠』，『偃』、『鼹』聲相近也。《釋文》云：『本或作鼱。』《方言》謂之『犁鼠』。」

由上例可見，郭璞《爾雅注》只說明「鼢鼠」爲「地中行者」，即地上爬行的老鼠。邵晉涵不僅引《說文》、《莊子》、《廣雅》、《釋文》和《方言》等古代文獻來說明「鼢鼠」即「鼹鼠」、「犁鼠」，即今人所謂的「地鼠」；更進一步使用「因聲求義」的方法，認爲「鼹鼠」又稱「偃鼠」的原因在於「聲相近」。

〔註55〕〔清〕邵晉涵：《爾雅正義·序》，收錄於《續修四庫全書·經部·小學類》，第187冊，頁36。

第三章 同族詞概論

第一節 同族詞的定義

「同族詞」這個術語是一種外來的概念，並非漢語本身所固有的專有名詞。最早提出「同族詞」的術語和定義的前輩學者，根據筆者觀察，應該是嚴學宭先生的〈論漢語同族詞內部屈折的變換模式〉，其云：

> 同族詞是指同一詞核派生出來的一組詞。這些詞無論是古今語或方
>
> 言詞，都是彼此結成一個詞族。〔註1〕

根據嚴學宭先生的說法，「同族詞」是由同一詞核所派生出來的一組詞，進而形成一個「詞族」〔註2〕。任繼昉先生也為「同族詞」定義道：

> 同族詞，顧名思義，就是同一詞族的詞；換句話說，就是有同一音

〔註1〕 嚴學宭：〈論漢語同族詞內部屈折的變換模式〉，《中國語文》第 2 期（1979 年），頁 85。

〔註2〕 「詞族」和「同族詞」兩者具有範圍大小的不同，張博先生云：「詞族與同族詞既有聯繫，又有區別。一個詞族中的任何兩個或兩個以上的詞都是同族詞，但同族詞不等於詞族，往往只是詞族的一部分。二者的關係，正如同『家族』與『一家人』之間的關係。總之，詞族與同族詞是包容與被包容的關係。」參見張博：〈同源詞、同族詞、詞族〉，收錄於《古代漢語詞匯研究》（銀川：寧夏人民出版社，2000 年 1 月），頁 123。

義來源的詞。系聯同族詞，往往是把同一詞族中音義關係較近的詞
率先系聯到一起。系聯的結果，就是一個個大小不等的詞群。〔註3〕

由上述可知，任繼昉先生認為「同族詞」不僅是同一詞族中的語詞，更是具有
「同一音義來源」的語詞，故系聯的結果就形成一個個大小不等的詞族或詞群。
張博先生更進一步指出：

> 同族詞指一個語言內部由源詞及其孳生詞、或同一來源的若干個
> 孳生構成的詞語類聚。這類詞有源流相因或同出一源的族屬關
> 係，因而聲音和意義多相同相近或相關。……同族詞有三個重要
> 特點：（1）同族詞存在於一種語言內部，而非存在於若干種親屬
> 語言之間；（2）同族詞是單語素詞語音變轉和（或）詞義演化的
> 結果，是孳乳構詞的產物，其中源詞和孳生詞都是單語素詞；（3）
> 同族詞關係既指源詞與孳生詞之間的關係，也指同一源詞的孳生
> 詞與孳生詞之間的關係，例如「叉」與「釵」是同族詞，「衩」與
> 「岔」也是同族詞。〔註4〕

張博先生首先將「同族詞」的範圍限定在「某一語言內部」，其次將「同族詞」
之間的關係區分為「源詞」和「孳生詞」，並認為二者皆是「單語素詞」，具
有「同出一源」和「音義相通」的特徵；最後將「同族詞」視為是孳乳構詞
的產物，也就是「源詞」和「孳生詞」經過語音轉化和詞義演化的結果。可
見張博先生將「同族詞」的定義闡釋得更加明確和清晰，使「同族詞」的術
語更具有其獨特性和象徵性，呈現出「同族詞」與其他相似術語不同的特徵
與內涵。

　　早期學者時常使用「同源詞」、「同源字」、「同根詞」或「同根字」等術
語來取代「同族詞」，其實它們所指涉的內容大致上是相同的，只不過「同族
詞」這個概念出現之後，也就分擔了其特定的內容和義項，為了研究的需要，
因此仍有必要將「同族詞」和其他的術語作概念上的區別。關於「同族詞」
和「同源詞」概念的區別，前輩學者有兩派不同的說法：

〔註3〕 任繼昉：《漢語語源學》，頁 13。

〔註4〕 張博：《漢語同族詞的系統性與驗證方法》（北京：商務印書館，2006 年 2 月 2 刷），
頁 30～31。

一、「同族詞」和「同源詞」沒有區別

楊光榮先生在《藏語漢語同源詞研究——一種新型的、中西合璧的歷史比較語言學》中反對徐通鏘先生對於「同源詞」和「同族詞」的區分，其云：

> 「同族詞」盡管是一個外來概念詞，但它在理據上與「同源詞」暗合，所以沒有必要強行分別。〔註5〕

可見楊光榮先生認為「同族詞」和「同源詞」的理據是互相符合的，故沒有區分的必要性。孟蓬生先生也在《上古漢語同源詞語音關係研究》中提到：

> 同源詞作為術語可以有兩個含義。一是指同一語系或語族中不同語言之間存在著語音對應關係的詞，二是指一種語言內部在發生學上有共同來源的詞。後者現在常常被稱為同族詞。我們認為這種區分是沒有意義的。同一語系的不同語言實際上是由不同的方言分化而成的，而語言和方言的劃分也不是一個純粹的學術問題，不完全取決於語言差異的大小。事實上，這兩種同源詞的劃分也不在於語音差異的大小，而其探求或判定的方法卻在很大程度上具有一致性。將這兩種不同的對象包含在一個術語中有助於在理論或方法上的互相借鑒。〔註6〕

根據孟蓬生先生的說法，由於「同族詞」和「同源詞」在探求和判定方法上有很大程度的一致性，故將二者加以區分是沒有意義的，反而將其視為同一個術語更有助於在理論和方法上的借鑒。此外，胡繼明先生在《廣雅疏證同源詞研究》一書中也說到：

> 本文的研究對象是王念孫《廣雅疏證》的單音節同源詞，屬於漢語內部同出一源有音義關係的詞。根據前人的研究成果和我們自己的理解認識，我們把同源詞的性質定義為：漢語同源詞是指由同一詞源派生出來在音義兩方面都有相互聯繫的一組詞。這裏所說的在音義兩方面都有相互聯繫，是指在語音上相同、相近或相轉，在意義

〔註5〕 楊光榮：《藏語漢語同源詞研究—— 一種新型的、中西合璧的歷史比較語言學》（北京：民族出版社，2000年8月），頁14。

〔註6〕 孟蓬生：《上古漢語同源詞語音關係研究》，頁13。

上相同或相關，二者缺一不可。〔註7〕

由上述可知，胡繼明先生研究的對象是清代王念孫《廣雅疏證》中的單音節同族詞，屬於漢語內部的詞源研究，但是卻將術語稱為「同源詞」，而不稱為「同族詞」，足見胡繼明先生也認為「同源詞」和「同族詞」兩個術語沒有區別。綜合以上所述，楊光榮、孟蓬生和胡繼明三位先生皆以「同源詞」和「同族詞」在理據上、探求上、判定方法上具有一致性，故主張「同源詞」和「同源詞」兩個術語沒有區別的必要。

二、「同族詞」和「同源詞」必須

區別嚴學宭先生在提出「同族詞」這個術語之後，又進一步提到：

> 為了便於進行漢藏語系各親屬語言的歷史比較研究，首先要對各個
> 語言的同族詞進行研究，找出構詞構形的音變模式，才有利於找出
> 同源詞，構擬原始型。〔註8〕

可見嚴學宭先生已初步將「同源詞」和「同族詞」作概念上的區分，「同族詞」是屬於各個語言中由同一詞核所派生的一組詞，故屬於「內部的分析」；「同源詞」則是將各語言的同族詞和其他親屬語言比較後，具有同源成分的一組詞，故屬於「外部的比較」。徐通鏘先生更進一步指出：

> 同族詞和同源詞不是一個概念。同族詞是一個語言內部的構詞法問
> 題，主要是根據語音交替的方式去追溯某一族詞的形成過程及其所
> 從出的原始形式，而同源詞則是根據語音對應規律去追溯不同語言
> （或方言）的親屬關係和發展規律。〔註9〕

由上述可知，徐通鏘先生不僅將「同族詞」和「同源詞」作明確的劃分，更認為二者的探求方法和目的皆有所不同。「同族詞」是利用「語音交替」的方式，目的是為了追溯某一族詞的形成過程和所從出的原始形式；「同源詞」則是根據「語音對應規律」，其目的則是探求不同語言或方言的親屬關係和發展規律。張博先生也認為「同源詞」和「同族詞」必須加以區分，並提出二者

〔註7〕 胡繼明：《廣雅疏證同源詞研究》（成都：巴蜀書社，2003 年 1 月），頁 42～43。

〔註8〕 嚴學宭：〈論漢語同族詞內部屈折的變換模式〉，頁 92。

〔註9〕 徐通鏘：《歷史語言學》，頁 75～76。

的不同，其云：

> 同族詞與同源詞相較，大致有三點不同。一是存在的範圍不同，同源詞存在於若干種親屬語言之間，同族詞則存在於一種語言的內部。二是同源詞中不包括根詞，而同族詞中可以包括根詞，也可以不包括根詞，例如「包」與「胞」是同族詞，「胞」與「炮」也是同族詞。三是同源詞強調的是同一來源，而同族詞則看重的是族屬關係。〔註10〕

根據張博先生的說法，由於「同源詞」和「同族詞」之間具有「存在範圍」、「根詞包括與否」和「強調重點」的不同，故有區分的必要性。而且張博先生認爲「漢語同族詞」是「漢語詞族」的組成部分，如果將這兩個術語搭配使用，不僅讓二者的關係更加明晰，更有利於增強「漢語詞族學」術語系統內部的層級性和一致性。〔註11〕另外，查中林先生也在《四川方言語詞和漢語同族詞研究》中分辨「同源詞」和「同族詞」的差異，其云：

> 一種語言中語音相同或相近、意義相近或相通的一些詞（字、語素），聚合在一起，通過分析歸納，如果認定是同出一源，這樣的詞（字、語素）稱爲同族詞。同族詞與同源詞相關而有別。同源詞是根據語音對應規律去追溯不同語言中具有相同源頭的詞，這在印歐系語言中研究得比較深入，而漢藏系語言的研究才剛剛起步。同族詞是一種語言內部在歷史發展過程中，因意義引申、方言分歧和語音變化而產生的音近義通的詞。〔註12〕

由上述可知，查中林先生和徐通鏘先生的觀點大致相同，認爲「同源詞」是根據「語音對應規律」去追溯不同語言中具有相同源頭的詞，「同族詞」則是一種語言內部因「意義引申」、「方言分歧」和「語音變化」而產生的音近義通的詞。楊秀芳先生也認爲從「詞族」觀點來考求本字，必須先區別「同源詞」和「同族詞」的異同，楊秀芳先生說道：

〔註10〕張博：〈同源詞、同族詞、詞族〉，收錄於《古代漢語詞滙研究》，頁121。

〔註11〕張博：《漢語同族詞的系統性與驗證方法》，頁32。

〔註12〕查中林：《四川方言語詞和漢語同族詞研究》（成都：巴蜀書社，2002年4月），頁1。

> 同屬一個詞族的各語詞,學者或稱爲同源詞,或稱爲同族詞。本文
> 區別同源詞與同族詞爲兩種不同的術語:同屬一個詞族的滋生詞與
> 來源詞之間具有孳乳關係,本文稱爲同族詞;同源詞(cognate)指
> 親屬語言所用共同來自祖語的詞彙,它在親屬語言之間呈現爲不同
> 的語音變體。〔註13〕

雖然楊秀芳先生從「考求方言本字」的角度出發,但仍認爲利用「詞族觀點」
來考求本字,首先必須區別「同族詞」和「同源詞」兩種術語的異同之處,前
者是同屬一個詞族,後者則是親屬語言共同來自祖語的詞彙。另外,丘彥遂先
生提到:

> 可以這麼認爲,狹義而言,同源詞指本族語言內部具有共同來源
> 的詞,彼此具有發生學的關係;廣義而言,同源詞不僅可以指本
> 族語言,同時也可以指同一語系內不同語族的語言,他們有著音、
> 義的對應關係,在上層語系具有相同的語源。正因如此,「漢藏同
> 源詞」一般不作「漢藏同族詞」;但「漢語同族詞」卻常作「漢語
> 同源詞」。孟蓬生先生認爲區分同源詞和同族詞沒有意義,這一看
> 法雖然有其一定的道理,但本文認爲,當我們的研究涉及親屬語
> 言的同源詞和漢語內部的同源詞時,區分同源詞和同族詞仍是有
> 其必要性(一般論述或可不分)。因此本論文贊成區分同源詞和同
> 族詞的做法。〔註14〕

根據丘彥遂先生的看法,「同源詞」可以分爲「廣義」和「狹義」兩種定義:「廣
義」包含了某一語言內部和同一語系內的不同語族,「狹義」則僅指某一語言內
部而言。因此一般論述時或許可以不必區分「同源詞」和「同族詞」,但是作研
究時就有進一步區分的必要性。蘇秀娟先生也指出:

> 基於上述理由,筆者認爲「同源詞」應該和「同族詞」加以區分,

〔註13〕 楊秀芳:〈詞族研究在方言本字考求上的運用〉,《語言學論叢》第四十輯(北京:
　　　　商務印書館,2009 年),頁 193。此文是筆者在 2008 年上楊秀芳老師「語文學與
　　　　經典詮釋」課程時所發的文章,其出處由楊老師所提供,特此致謝。

〔註14〕 丘彥遂:《論上古漢語的詞綴形態及其語法功能》(台北:國立台灣師範大學國文
　　　　學系博士論文,2008 年 6 月),頁 41。

在進行語系或語族之間的詞語音義對應情形分析時，應採用「同源詞」這一術語；而在進行同一語言內部詞語的音義對應及來源研究時，則應用「同族詞」這一術語較爲恰當，以避免兩個不同的研究範疇混淆。〔註15〕

由上述可知，蘇秀娟先生認爲「同源詞」和「同族詞」具有「存在範圍」和「根詞有無」的不同，因此爲了避免研究範疇的混淆，兩者必須加以區分。

綜合以上所述，嚴學宭、徐通鏘、張博、查中林、楊秀芳、丘彥遂和蘇秀娟等諸位先生皆以「同族詞」是指同一語言內部所派生的語詞，包含「源詞」和「孳生詞」，具有孳乳和族屬的關係；「同源詞」則是指不同親屬語言或方言之間具有共同的來源，主要是透過「語音對應規律」和「詞義」來作判斷。可見「同族詞」和「同源詞」表面上雖然都指具有同一來源且音義相通的語詞，但實際上「同族詞」是限定在某一語言內部，「同源詞」則是在不同的親屬語言之間進行比較，故二者在本質上實有「內外之別」。

三、小　結

本文以邵晉涵《爾雅正義》所收「因聲求義」之詞條作爲研究對象，探討《爾雅正義》詞條類聚群分的詞語關係，分析歸納其義衍音轉的漢語詞族，並未涉及和其他親屬語言的比較，故屬於「漢語內部」的剖析和討論。根據上述的理由，本文依據嚴學宭、任繼昉和張博等先生對於「同族詞」概念的界定，並且贊同嚴學宭、徐通鏘、張博、查中林、楊秀芳、丘彥遂和蘇秀娟等諸位先生對於「同源詞」和「同族詞」的概念區分，因此採用「同族詞」的術語。

第二節　同族詞研究回顧

漢語詞源的發展擁有悠久的歷史脈絡，最早可上溯至先秦時期的經書及諸子百家的著作，例如：

1、《論語·顏淵》：「季康子問政於孔子。孔子對曰：『政者，正也。子帥

〔註15〕蘇秀娟：《詩經時代聲母現象與上古漢藏語關係》（彰化：國立彰化師範大學國文研究所碩士論文，2004 年 6 月），頁 31。

　　以正，孰敢不正？』」〔註16〕

2、《禮記‧中庸》:「仁者，人也，親親爲大。義者，宜也，尊賢爲大。」
　　〔註17〕

3、《孟子‧盡心下》:「仁也者，人也。合而言之，道也。」〔註18〕

4、《莊子‧齊物論》:「庸也者，用也。用也者，通也。通也者，得也。適
　　得而幾矣。」〔註19〕

　　可惜先秦典籍解釋詞義的目的不在於「探求詞源」，而是在於追求事物眞
正得名之由來，進而增加自己學說的說服力，其共同特徵是以「聲近義近」
的詞語來闡釋，故「先秦時期」可視爲詞源學的「萌芽時期」〔註20〕。經過漢
代的「聲訓」和「轉語」、晉宋以來「右文說」的發展，一直到清代「因聲求
義」理論的開展，傳統詞源學在清代達到了高峰，也爲現、當代的詞源研究
奠定下深厚的基礎。

　　關於漢語詞源研究的歷史，劉又辛、李茂康兩位先生在《訓詁學新論》
〔註21〕分爲「聲訓研究」、「轉語研究」和「右文研究」三個方面，王鳳陽先
生在〈漢語詞源研究的回顧與前瞻〉〔註22〕則劃分爲三個階段（發軔階段、
探索階段、綜合階段）和四個時期（義源期、字源期、詞源期、詞族期），姚
榮松先生在《上古漢語同源詞研究》〔註23〕將古代漢語同源詞研究溯源於漢

〔註16〕〔清〕阮元:《重刊宋本十三經注疏附校勘記‧論語》（台北:藝文印書館，1965
　　　　年），卷第十二，頁109。

〔註17〕〔清〕阮元:《重刊宋本十三經注疏附校勘記‧禮記》（台北:藝文印書館，1965
　　　　年），卷第三十一，頁887。

〔註18〕〔清〕阮元:《重刊宋本十三經注疏附校勘記‧孟子》（台北:藝文印書館，1965
　　　　年），卷第十四，頁252。

〔註19〕〔晉〕郭象注:《新編諸子集成‧莊子集釋》（北京:中華書局，1961年），頁66。

〔註20〕殷寄明先生認爲先秦時期已有語源學（詞源學）萌芽，其理由有二:一是先秦時
　　　　期的語文研究本以「名實關係」的探討爲主，二是先秦典籍中普遍存在「聲訓」。
　　　　參見殷寄明:《語源學概論》，頁32～35。

〔註21〕劉又辛、李茂康:《訓詁學新論》，頁183～184。

〔註22〕王鳳陽:〈漢語詞源研究的回顧與前瞻〉，收錄於張希峰:《漢語詞族續考》（成都:
　　　　巴蜀書社，2000年5月），頁1～49。

〔註23〕姚榮松:《上古漢語同源詞研究》（台北:國立台灣師範大學國文研究所博士論文，

代的聲訓，並將自漢代至今的詞源研究分爲「泛聲訓時期」、「右文說時期」、「泛論語根時期」和「從詞族到同源詞時期」四個時期。本文歸納整理前輩學者的研究，主要分爲「傳統詞源學」和「現、當代詞源學」兩大時期，在「傳統詞源學」時期又分「聲訓說」、「右文說」、「轉語說」三個方面加以討論，在「現、當代詞源學」時期則探討民國以後學者在詞源學上的著作與研究。

一、傳統詞源學時期

（一）聲訓說

所謂「聲訓」，顧名思義，就是用聲音相同或相近的字作爲訓詁，這是古人尋求語源的一種方法。〔註24〕關於聲訓的起源，王先謙在《釋名疏證補‧序》中提到：

> 流求佴貳，倒啓於周公，乾健坤順，說暢於孔子。仁者人也，誼者宜也，偏旁依聲以起訓；刑者侀也，侀者成也，展轉積聲以求通。此聲教之大凡也。侵尋乎漢世，間見於緯書，韓嬰解《詩》，班固輯論，率用斯體，宏闡經術，許、鄭、高、張之倫，彌廣厥怡。逮劉成國之《釋名》出，以聲爲書，遂爲經說之歸墟，實亦儒門之奧鍵已。〔註25〕

由上述可知，聲訓最早起源於先秦時期，如《周易‧說卦》：「乾，健也。坤，順也。震，動也。巽，入也。坎，陷也。離，麗也。艮，止也。兌，說也。」〔註26〕可惜聲訓在先秦的典籍中尚未普遍，其目的也並非以「探求詞源」爲主，故張以仁先生云：「聲訓之原始，其作用本不在求源而在託意也！」。〔註27〕發

1982 年 6 月），頁 51～113。

〔註24〕王力：〈同源字論〉，收錄於《同源字典》（台北：文史哲出版社，1991 年 10 月），頁 10。

〔註25〕〔清〕王先謙：《釋名疏證補‧序》，收錄於《漢小學四種》（成都：巴蜀書社，2001 年 7 月），頁 1458。

〔註26〕〔清〕阮元：《重刊宋本十三經注疏附校勘記‧周易》（台北：藝文印書館，1965 年），卷第九，頁 184。

〔註27〕張以仁：〈聲訓的發展與儒家的關係〉，《中國語文學論集》（台北：東昇，1981 年

展到漢代，聲訓的方式不僅大為盛行，更成為了漢代小學家訓釋古書的重要方法，例如：董仲舒《春秋繁露》、班固《白虎通義》、許慎《說文解字》等，其中以劉熙《釋名》為集大成之作。

　　東漢許慎（西元約58～約147年）的《說文解字》是語言學史上第一部文字學的專著，全書共十五篇（包含序文一篇），收錄9353個字、1163個重文，並且按照偏旁歸納成540個部首。關於《說文解字》的詞源研究，馮蒸先生將《說文解字》和段注歸納成八種表現形式：〔註28〕

　　1、亦聲。

　　2、聲訓。

　　3、通訓。

　　4、形聲包會意。

　　5、會意兼形聲。

　　6、凡某聲多有某義。

　　7、某與某音義同／音義近。

　　8、某之言某也。

前三種為《說文解字》本身的說解方式，後五種則是清代段玉裁《說文解字注》的注解形式，馮蒸先生以此八種形式為《說文》同族詞的表現方式，其中（1）、（4）、（5）、（6）屬於「同聲符同源字」，（2）、（3）、（7）、（8）則屬於「音義型同源字」。吳美珠先生《說文解字同源詞研究》〔註29〕更全面研究《說文解字》中的同族詞，並採用王力先生的上古音系統，依照〈同源字論〉中的古音二十九韻部加以排列，總共系聯了506組同族詞。崔樞華先生在《說文解字聲訓研究》〔註30〕中不僅全面考察《說文解字》的聲訓條例，共計4438條，編制了《說文解字聲訓音譜》，更將其聲訓的材料按照「源義素」分成八

9月），頁77。

〔註28〕馮蒸：〈《說文》聲訓型同源詞研究〉，《北京師範學院學報（社科版）》第1期（1989年），頁31。

〔註29〕吳美珠：《說文解字同源詞研究》（台北：私立淡江大學中國文學研究所碩士論文，2000年6月）。

〔註30〕崔樞華：《說文解字聲訓研究》（北京：北京師範大學出版社，2000年10月），頁106～121。

類同族詞，包括：「崇高義」（32 例）、「分剖義」（38 例）、「叢聚義」（23 例）、「句曲義」（28 例）、「光明義」（23 例）、「細小義」（18 例）、「堅剛義」（21 例）和「長大義」（21 例）。另外，吳賢俊先生的〈從《說文》聲訓追蹤同源詞族舉隅〉〔註31〕也從《說文解字》所使用的「聲訓」來系聯同族詞，將其分為「同音為訓」、「雙聲為訓」和「疊韻為訓」三大類。故曾昭聰先生認為許愼《說文解字》對於傳統詞源學的貢獻有三：〔註32〕

> 1、通過聲符義的研究來推求語源和系聯同源詞，促進漢語詞源學的產生和發展。
>
> 2、《說文》「聲符示源」功能的研究對後世詞源學的研究有巨大的影響。
>
> 3、《說文》「聲符示源」功能的研究為後世詞源學的研究提供較早的可信材料。

不過，曾昭聰先生也提出《說文》在詞源學的研究上三個不足之處：〔註33〕

1、未打破據形系聯、以形索義的總體格局，對詞源的研究過於零碎。

2、《說文》（大徐本）對於「形聲字」的解說須再加以分辨。

3、《說文》對「形聲字」的分析有些是根據訛變的篆文，對詞源研究沒有幫助。

《說文解字》作為第一本文字學的初步探索，其缺失是在所難免的，因此我們不能過度苛求許愼的研究成果，反而要回到當時的角度來肯定其開拓之功，故王力先生云：「《說文解字》是中國古代語言學的寶藏，直到今天還沒有降低它的價值。在體例上，我們今天的辭典自然比它更完善了，而在古代詞義的保存上，它是卓越千古的。自從有了甲骨文和金文出土，《說文解字》所誤解的一些地方得到了修正。但是我們可以說，假如沒有《說文解字》作為橋樑，我們也就很難接近甲骨文和金文。總之，這一部書的巨大價值是肯定了的。」〔註34〕

劉熙的《釋名》，全書共有二十七篇，分為八卷，根據陳建初先生《釋名考

〔註31〕吳賢俊：〈從《說文》聲訓追蹤同源詞族舉隅〉，《僑光學報》第 24 期（2004 年 10 月），頁 19～28。

〔註32〕曾昭聰：《形聲字聲符示源功能述論》（合肥：黃山書社，2002 年 7 月），頁 85～86。

〔註33〕曾昭聰：《形聲字聲符示源功能述論》，頁 86～88。

〔註34〕王力：《中國語言學史》，頁 33～34。

論》的統計，全書共 1379 條、被釋詞 1710 個，大約 25000 字左右，並將各篇詞條的統計繪製如下表：〔註35〕

【表 3-1】《釋名》詞條統計表

卷　次	篇　次	篇　名	分　條	被釋詞
卷一	1	釋天	90	115
	2	釋地	10	17
	3	釋山	20	25
	4	釋水	24	30
	5	釋丘	23	25
	6	釋道	14	16
卷二	7	釋州國	57	61
	8	釋形體	100	117
卷三	9	釋姿容	88	90
	10	釋長幼	20	27
	11	釋親屬	65	80
卷四	12	釋言語	172	173
	13	釋飲食	77	94
	14	釋采帛	38	44
	15	釋首飾	36	62
卷五	16	釋衣服	61	83
	17	釋宮室	81	107
卷六	18	釋床帳	28	31
	19	釋書契	35	45
	20	釋典藝	33	39
卷七	21	釋用器	26	33
	22	釋樂器	24	31
	23	釋兵	38	96
	24	釋車	74	96
	25	釋船	11	24
卷八	26	釋疾病	55	60
	27	釋喪制	79	89

〔註35〕陳建初：《釋名考論》（長沙：湖南師範大學出版社，2007 年 3 月），頁 17～19。

從《釋名》的篇名和篇數來看，我們可以初步發現：《釋名》的篇名和《爾雅》十分類似，但劃分的項目比《爾雅》更爲詳細。再從《釋名》的體例來看，楊樹達先生認爲《釋名》音訓之大例有三：一曰同音，二曰雙聲，三曰疊韻。〔註36〕陳建初先生則認爲《釋名》的編排體例是「以類相從」、「排列有序」，其訓釋方式則有「聲訓」（詞訓式聲訓、說解式聲訓）、「直陳」（直陳命名含義、直陳命名依據）、「前詁與申訓」三大方式，其中以「聲訓」爲主要的訓釋方法，共有 1298 條，占全書 94%。〔註37〕另外，陳建初先生也提出《釋名》在詞源學上三大方面的貢獻：〔註38〕

1、理論意義：提出「名之於實，各有義類」的語源思想、揭示了漢語語詞的孳生規律。

2、方法論價值：以聲訓爲推源方法、啓發「右文說」的產生、奠定語源學研究方法基礎。

3、實踐效用：系聯大批同族詞、推出了部分語詞的源詞、揭示了一批語詞的語源線索、系連了一批同族詞群。

可惜《釋名》中的聲訓材料過半是錯誤的，根據陳建初先生的驗證，《釋名》聲訓推源的正確詞條有 455 條，僅占全書 1298 條聲訓的 35.1%。〔註39〕陸宗達和王寧兩位先生也指出：「《釋名》沒有認識到字源問題是有條件的，而以爲字必有源，這就擴大了字源應有的範圍，導致理論上的錯誤。例如，在《釋名》中，像「人」、「口」、「手」、「火」、「山」、「土」……這些基本詞滙也都以音釋義，以音探源，就很難令人相信。」〔註40〕但我們不能據此來完全抹煞《釋名》對於漢語詞源學的開創之功，故何九盈先生在《中國古代

〔註36〕「《釋名》音訓之大例有三：一曰同音，二曰雙聲，三曰疊韻。其凡則有九：一曰以本字爲訓，二曰以同音字爲訓，三曰以同音符之字爲訓，四曰以音符之字爲訓，五曰以本字所孳乳之字爲訓，此屬於同音者也。六曰以雙聲字爲訓，七曰以近紐雙聲字爲訓，八曰以旁紐雙聲字爲訓，此屬於雙聲者也。九曰以疊韻字爲訓，此屬於疊韻者也。」參見楊樹達：〈釋名新略例〉，《積微居小學金石論叢》（上海：上海古籍出版社，2007 年 2 月），卷五，頁 342。

〔註37〕陳建初：《釋名考論》，頁 23～78。

〔註38〕陳建初：《釋名考論》，頁 214～260。

〔註39〕陳建初：《釋名考論》，頁 230～231。

〔註40〕陸宗達、王寧：〈傳統字源學初探〉，收錄於《訓詁與訓詁學》，頁 358。

語言學史》說：「《釋名》並不只是聲訓資料的滙編，它既有總結，又有開創，完全算得上是中國語言學史上第一部詞源學性質的專著。」〔註41〕王力先生評論「聲訓」云：

> 聲訓作為一個學術體系，是必須批判的，因為聲音和意義的自然聯繫事實上是不存在的。……但是，聲訓的具體內容則不能完全加以否定。事物得名之始，固然是任意的；但到了一個詞演變為幾個詞的時候，就不再是任意的，而是在語音上發生關係的了。〔註42〕

總而言之，「聲訓」萌芽於先秦，興盛於漢代，集大成於劉熙的《釋名》。聲訓發展到唐代，逐漸走向衰微的趨勢，唐代以後，由於知識分子很少再使用這個方法，再加上「右文說」、「因聲求義」的興起，因此漸漸被取而代之。

（二）右文說

何謂「右文」？何謂「右文說」？劉又辛、李茂康二位先生云：「『右文』就是形聲字的聲符。形聲字一般形符在左，主義；聲符在右，主聲。所謂『右文說』，即在形聲字聲符中求義的學說。」〔註43〕蔡永貴、李岩二位先生則提出新的看法，其云：「……我們認為『右文』不是指形聲字的聲符，而是一個形音義皆備的、具有分化孳乳新字的母文。所謂母文，指是相對其孳乳、分化出的新字而言，不一定就是初文。……因此，所謂『右文』說的內涵，也就不是形聲字的聲符表義的理論，而應是母文表義的理論。」〔註44〕關於「右文說」的起源，最早出現在晉代楊泉的《物理論》，其云：「在金石曰堅，在草木曰緊，在人曰賢。千里一賢，謂之比肩。故語曰：『黃金累千，不如一賢』。」〔註45〕可見楊泉已經注意到「堅」、「緊」、「賢」三字同從「臤」聲，在意義上又有所關聯，故將此三個聲符相同的形聲字排列在一起討論。然而真正提出

〔註41〕何九盈：《中國古代語言學史（新增訂本）》（北京：北京大學出版社，2006年6月），頁72。

〔註42〕王力：《中國語言學史》，頁43～44。

〔註43〕劉又辛、李茂康：《訓詁學新論》，頁153。

〔註44〕蔡永貴、李岩：〈「右文說」新探〉，《新疆師範大學學報（哲社版）》第1期（1988年），頁145。

〔註45〕〔宋〕李昉等編撰：夏劍欽、張意民點校：《太平御覽（第四卷）》（石家莊：河北教育出版社，2000年3月重印），卷四百零二，頁361。

「右文說」理論的則是北宋的王子韶（字「聖美」），根據沈括《夢溪筆談》記載道：

> 王聖美治字學，演其義以爲右文。古之字書，皆從左文。凡字，其類在左，其義在右，如木類，其左皆從木。所謂右文者，如戔，小也，水之小者曰淺，金之小者曰錢，歹而小者曰殘，貝之小者曰賤。如此之類，皆以戔爲義也。〔註46〕

由上述可知，王子韶舉出「淺」、「錢」、「殘」、「賤」四個同從「戔」聲的形聲字，都具有「小」的共同意義，進而提倡形聲字的「義符」表「類」，位於字左；「聲符」表「義」，位於字右，於是形成了以漢字右邊的聲符來表示字義的「右文說」。

另外，王子韶曾作《字解》二十卷，可惜並未流傳至今。根據《宣和書譜》記載：「文臣王子韶，字聖美，浙右人。官至秘書少監，宿學醇儒，知古今，以師資爲己任。方王安石以字書行於天下，而子韶亦作《字解》二十卷，大抵與王安石之書相違背，故其《解》藏於家而不傳。」〔註47〕由於王子韶是王安石推薦而入朝爲官，〔註48〕因此當王安石《字說》盛行之時，爲了避免衝突，王子韶遂將所著《字解》二十卷藏之於家，這可能是導致今日失傳的最大因素。王安石以政治力量來推行《字說》，於是成爲當時士人必讀之著作，但因王安石不顧造字的原則而將所有文字視爲「會意字」，所以就陷入了「主觀主義的泥沼」。〔註49〕例如：

1、儒：人皆需之謂之儒。（頁31）

〔註46〕〔宋〕沈括撰、胡道靜校注：《新校正夢溪筆談》（北京：中華書局，1957年11月），卷十四，頁153。

〔註47〕〔宋〕不著撰人：《宣和書譜》，收錄於《文淵閣四庫全書・子部・藝術類》（台北：商務印書館，1983年），第815冊，卷六，頁246。

〔註48〕《宋史・王子韶列傳》云：「王子韶，字聖美，太原人。中進士第，以年未冠守選，復游太學，久之乃得調。王安石引入條例司，擢監察御史裏行，出按明州苗振獄。」參見〔元〕脫脫等撰、楊家駱主編：《新校本宋史并附編三種・列傳第八十八》（台北：鼎文書局，1980年），卷三百二十九，頁10612。

〔註49〕張宗祥輯錄、曹錦炎點校：《王安石《字說》輯》（福州：福建人民出版社，2005年1月），頁8。以下引用王安石《字說》的例子，亦以此書爲主，後面標注頁碼。

2、傀：傀之字從人在左，從鬼在右，鬼勝人也。鬼勝人則鬼有靈饗，而傀異所以出也。（頁 36）

3、波：波者水之皮。（頁 56）

4、犬：猜者犬之性。（頁 96）

由上述的例子可見，王安石以自我的觀點來解釋字義，於是就產生了穿鑿附會、缺乏實證的缺失，後人批評甚厲。然而王安石這種以「聲符」來說解字義的方式，也影響了王子韶「右文說」的理論，故劉又辛先生云：「按照傳統『六書』的說法，形聲字的聲符只表字音，不表字義，王安石等人則兼從聲符的『義』上著眼，用以解釋字義。這個開創之功卻不能完全抹煞。也正因這一點，才能發展爲王子韶的右文說。」〔註50〕南宋王觀國繼承了王子韶「右文說」，進而將聲符稱之爲「字母」，其云：

> 盧者，字母也。加金則爲鑪，加火則爲爐，加瓦則爲甌，加目則爲瞻，加黑則爲黸。凡省文者，省其所加之偏旁，但用字母，則眾義該矣。亦如田者，字母也，或爲畋獵之畋，或爲佃田之佃。若用省文，唯以田字該之，他皆類此。〔註51〕

王觀國將「盧」、「田」等聲符稱之爲「字母」，並舉「鑪」、「爐」、「甌」、「瞻」、「黸」、「畋」、「佃」等形聲字來說明「用字母可該眾義」。曾昭聰先生更進一步指出王觀國的三點貢獻：〔註52〕

1、提出「但用字母，則眾義該矣」，意謂聲符所示源義素與從該聲符之形聲字的意義相同。

2、已注意到同一個聲符可以表示不同的意義。

3、已注意到聲符字「盧」、「田」加形符以後實際上成爲該字的「後起區別字」。

後來南宋的張世南也在《游宦紀聞》中提到：

> 自《說文》以字畫左旁爲類，而《玉篇》從之，不知右旁亦多以類

〔註50〕劉又辛：〈「右文說」說〉，《語言研究》第 1 期（1982 年），頁 164。

〔註51〕〔宋〕王觀國：《學林》，收錄於《景印文淵閣四庫全書·子部·雜家類》（台北：商務印書館，1983 年），第 851 冊，卷五，頁 135。

〔註52〕曾昭聰：《形聲字聲符示源功能述論》，頁 114～115。

相從。如戔有淺小之義，故水之可涉者爲淺，疾而有所不足者爲殘，貨而不足貴重者爲賤，木而輕薄者爲棧。青字有精明之義，故日之無障蔽者爲晴，水之無涸濁者爲清，目之能明見者爲睛，米之去粗皮者爲精。凡此皆可類求，聊述兩端，以見其凡。〔註53〕

張世南不僅延續了王子韶的「右文說」，更進而提出「右旁多以類相從」的說法，並舉同從「戔」聲的「淺」、「殘」、「賤」、「棧」皆有「小」義，同從「青」聲的「晴」、「清」、「睛」、「精」皆有精明之義爲例。

宋末元初戴侗的《六書故》則是眞正使「右文說」達到系統化、理論化的第一部著作，其〈六書通釋〉云：

六書推類而用之，其義最精。昏，本爲日之昏，心目之昏猶日之昏也，或加心與目焉。嫁取者必以昏時，故因謂之昏，或加女焉。熏，本爲煙火之熏，日之將入，其色亦然，故謂之熏黃，《楚辭》猶作纁黃，或加日焉。帛色之赤黑者亦然，故謂之纁，或加糸與衣焉。歠酒者酒氣酣而上行，亦謂之醺，或加酉焉。夫豈不欲人之易知也哉？然而反使學者昧於本義。故言婚者不知其爲用昏時，言日曛者不知其爲熏黃，言纁帛者不知其爲赤黑。它如屬疾之屬別作癘，則無以知其爲危屬之疾；屬鬼之屬別作禍，則無以知其爲凶屬之鬼。……惟《國語》、《史記》、《漢書》傳寫者希，故古字猶有不改者，後人類聚爲《班馬字類》、《漢韻》等書，不過以資奇字，初未得其要領也，所謂多學而識之，非貫之道也。〔註54〕

戴侗舉出同從「昏」聲的「惛」（心之昏）、「睧」（目之昏）、「婚」（嫁娶以昏時）等形聲字，皆與「昏」之本義（日之昏）有關，另外又舉同從「熏」聲的「曛」、「纁」、「禰」、「醺」和同從「厲」聲的「癘」、「禍」等形聲字，進而提出「六書推類而用之」的方法理論。劉又辛先生指出其比王子韶學說更完整之處有二：〔註55〕

〔註53〕〔宋〕張世南撰、李心傳點校：《游宦紀聞》（台北：木鐸出版社，1982年2月），卷九，頁77。

〔註54〕〔宋〕戴侗：《六書故·六書通釋》，收錄於《景印文淵閣四庫全書·經部·小學類》，第226冊，頁8。

〔註55〕劉又辛：〈「右文說」說〉，頁164～165。

1、提出「六書推類而用之」的方法，也就是用同聲符的字加以類比的方法，
　比王子韶更加系統化。

2、以一個字原來的意義爲綱，用以解釋同聲符的形聲字的字義，指出了初
　文和孳生字之間的關係。

黨懷興先生也提出戴侗對於「右文說」的推闡包括三個系列：〔註56〕

（1）本義分化系列：如「昏」、「熏」、「厲」等聲符。

（2）正義奪於借義系列：如「云」與「雲」。

（3）書傳義及假借義分化系列：如「童」與「瞳」、「僮」、「犝」。

戴侗《六書故》不僅是將「右文說」理論化、系統化的最大功臣，更進一步
提出「因聲求義」的訓詁方法，對清代詞源學的研究影響甚鉅。故黨懷興先
生云：「戴侗的研究爲『右文說』科學化做出了有益的探索，對我們今天推尋
漢字同族字字根，系聯同源字，研究同族字的關係有借鑒意義。」〔註57〕

「右文說」發展到清代，可謂達到了研究的巔峰，而明末清初的黃生是清
代研究「右文說」之先驅。黃生著有《字詁》一卷和《義府》二卷，其在《字
詁・紛雰鴌衯棼》云：

物分則亂，故諸字从分者皆有亂義。紛，絲亂也。雰，雨雪之亂也。

衯，衣亂也。鴌，鳥聚而亂也。棼棼，亂貌。〔註58〕

後有黃承吉按云：

凡諧聲字以所从之聲爲綱義，而偏旁其逐事逐物形跡之目，此則公

以先見及之。〔註59〕

黃生將同從「分」聲的「紛」（絲亂）、「雰」（雨雪之亂）、「衯」（衣之亂）、「鴌」
（鳥聚而亂）、「棼」（亂貌）等形聲字系聯在一起，不僅繼承了傳統右文說的
方法，更利用此方法來系聯同族詞。〔註60〕故鮑恒先生云：「筆者認爲，就黃

〔註56〕黨懷興：〈重新審視「聲符」——宋元「右文說」的起始與發展〉，《陝西師範大學
　　　學報（哲學社會科學版）》第36卷第6期（2007年11月），頁124～125。

〔註57〕黨懷興：〈重新審視「聲符」——宋元「右文說」的起始與發展〉，頁125。

〔註58〕〔清〕黃生撰、〔清〕黃承吉合按、劉宗漢點校：《字詁義府合按》（北京：中華書
　　　局，2006年7月重印），頁20。

〔註59〕〔清〕黃生撰、〔清〕黃承吉合按、劉宗漢點校：《字詁義府合按》，頁21。

〔註60〕根據鄧景先生的統計：黃生《字詁》、《義府》的同族詞共有47組，其中單音同族

生僅存的《字詁》、《義府》所取得的成就來看，黃生作爲清代小學的開創者之一是當之無愧的。如果說顧炎武的《音學五書》揭開了有清一代古音學的第一頁，那麼，黃生的《字詁》和《義府》對於有清一代訓詁學的全面復興同樣具有開創性的意義。」〔註61〕

　　段玉裁的《說文解字注》和王念孫的《廣雅疏證》更是結合「聲訓」、「轉語」和「右文」的集大成之作，段玉裁在「聲與義同原」的總綱領之下，提出了「凡字之義必得諸字之聲」、「凡從某聲皆有某義」、「凡同聲多同義」、「形聲多兼會意」等說法，例如艸部「藟」字下云：

> 凡字從晶聲者，皆有鬱積之意。是以神名鬱壘，〈上林賦〉云：「隱
> 轔鬱𡼞。」秬鬯得名藟者，義在乎是。其字從草者，釀芳艸爲之也。
>
> 〔註62〕

又如力部「力」字下云：

> 象其條理也。人之理曰力，故木之理曰𣏐，地之理曰阞，水之理曰
> 泐，林直切，一部。〔註63〕

根據沈兼士先生的統計，段玉裁以「右文」方式來說明字義的例子共有 68 條，並將其分爲「凡字之義必得諸字之聲」、「同聲之義必相近」、「形聲字有此義者，由於聲母之有此義」、「從某聲者皆有相類之義」、「某義之形聲字大抵從某聲」、「凡同聲多同義」六大類。〔註64〕胡奇光先生更進一步將段玉裁「以聲爲義」的說法具體分爲「凡形聲多兼會意」、「凡同聲多同義」、「凡從某聲多有某義」、「凡從某義字多從某聲」、「某字有某義，故言某義之字從之爲聲」、「某字有某

　　詞有 35 組，聯綿同族詞有 12 組，而使用「右文說」方法來系聯的同族詞就占了 12 組。參見鄧景：《字詁義府同源詞研究》（湖南：湖南師範大學文學院碩士論文，2006 年 4 月），頁 8～12、頁 27～29。

〔註61〕鮑恒：〈論黃生的訓詁研究及其歷史地位〉，《安徽大學學報（哲學社會科學版）》第 4 期（1996 年），頁 54。

〔註62〕〔清〕段玉裁：《說文解字注》（台北：藝文印書館，2007 年 8 月），第二卷，頁 31。

〔註63〕〔清〕段玉裁：《說文解字注》，第二十六卷，頁 705。

〔註64〕沈兼士：〈右文說在訓詁學上之沿革及其推闡〉，收錄於《沈兼士學術論文集》（北京：中華書局，1986 年 12 月），頁 86～95。

義，故從某聲字皆用以會意」、「凡同聲之義必相近」、「凡字之義必得諸字之聲」、「凡從某聲皆有某義」、「凡言某義者皆從某聲」十種，其中前六種與「諧聲之偏旁多與字義相近」如出一轍，後四種則爲全稱判斷。〔註65〕

王念孫則是在「訓詁之旨，本於聲音」總綱領之下，大量利用「右文說」的方法來系聯同族詞，例如《廣雅疏證・釋親・㲃、婗、兒、姓子也》下云：

> ……婗亦兒也，方俗語有輕重耳。《說文》：「婗，嫛婗也。」《釋名》云：「人始生曰嬰兒，或曰嫛婗。」《孟子・梁惠王篇》：「反其旄倪。」趙岐注云：「倪，弱小繄倪者也。」繄倪與嫛婗同。凡物之小者謂之倪，嬰兒謂之婗，鹿子謂之麑，小蟬謂之蜺，老人齒落更生細齒謂之齯齒，義竝同也。〔註66〕

又如《廣雅疏證・釋草・稯稂謂之[illegible]》下云：

> 稯莖之名[illegible]，猶麻莖之名[illegible]，蒲莖之名騶也。《玉篇》云：「[illegible]，麻莖也。古文作[illegible]。」《士喪禮記》云：「御以蒲菆。」鄭注云：「蒲菆，牡蒲莖也。古文菆作騶。」[illegible]、騶、[illegible]，三字竝以芻爲聲，義相近矣。〔註67〕

根據朱國理先生的研究，《廣雅疏證》使用「右文」的方式大抵上可分爲「同一聲符表示同一意義」、「不同聲符表示同一意義」和「同一聲符表示不同意義」三種情況。〔註68〕另外，胡繼明先生也指出《廣雅疏證》中也會同時使用兩種或兩種以上的方法來系聯同族詞，例如《廣雅疏證・釋詁・[illegible]繁盛饒僉怒輿植多也》：〔註69〕

> ……[illegible]，古通作浮。《大雅・江漢篇》：「江漢浮浮。」毛傳云：「浮浮，眾彊皃。」《小雅・角弓篇》：「雨雪浮浮。」《大雅・生民篇》：

〔註65〕胡奇光：《中國小學史》（上海：上海人民出版社，1987年11月），頁267～269。

〔註66〕〔清〕王念孫：《廣雅疏證》，收錄於《小學名著六種》（北京：中華書局，1998年11月），卷第六下，頁140。

〔註67〕〔清〕王念孫：《廣雅疏證》，卷第十上，頁231～232。

〔註68〕朱國理：〈《廣雅疏證》對右文說的繼承與發展〉，《上海大學學報（社會科學版）》第7卷第4期（2000年8月），頁19～21。

〔註69〕此例轉引自胡繼明：《廣雅疏證同源詞研究》，頁525。

「烝之浮浮。」《爾雅》作烰烰。郭璞注云：「氣出盛。」義竝相近

也。《爾雅》：「裒，多也。」裒與桴，亦聲近義同。〔註70〕

由上述可見，王念孫認爲同從「孚」聲的「桴」、「浮」、「烰」三個形聲字在意義上是相近的，而且又提到「裒」和「桴」具有「聲近義同」的關係，可見他同時使用了「右文法」和「音義結合法」〔註71〕來系聯同族詞。黃承吉（西元1771～1842年）乃黃生的族孫，除了爲其族祖黃生的《字詁》、《義府》作按語之外，其〈字義起於右旁之聲說〉更是研究「右文說」的一篇佳作。其云：

> 六書之中，諧聲之字爲多。諧聲之字，其右旁之聲必兼有義，而義皆起於聲。凡字之以某爲聲者，皆原起於右旁之聲義以制字，是爲諸字所起之綱。其在左之偏旁部分，則即由綱之聲義而分爲某事某物之目。綱同而目異，目異而綱實同。如右旁爲某聲義之綱，而其事物若屬於水，則其左加以水旁而爲目。……蓋古人之制偏旁，原以爲一聲義中分屬之目，而非爲此字聲義從出之綱。綱爲母而目爲子，凡制字所以然之原義，未有不起於綱者。古者事物未若後世之繁，且於各事各物未嘗一一制字，要以凡字皆起於聲，任舉一字，聞其聲即已通知其義。是以古書凡同聲之字，但舉其右旁之綱之聲，不必拘於左旁之目之迹，而皆可通用。並有不必舉其右旁爲聲之本字，而任舉其同聲之字，即可用爲同義也。蓋凡字之同聲者，皆爲同義。聲在是，則義在是，是以義起於聲。〔註72〕

由上述可知，〈字義起於右旁之聲說〉的內容大致上可分爲兩點來談：第一、黃承吉認爲形聲字右旁的聲符必定兼有義，而且「義起於聲」。第二、提出「綱目說」，以右旁之聲義爲「綱」，左旁之某事某物爲「目」，兩者之間的關係是「綱爲母而目爲子」。曾昭聰先生認爲黃承吉之缺失有三：〔註73〕

1、認爲聲符「必」皆有義，而義「皆」起於聲，犯了以偏概全的錯誤。

〔註70〕　〔清〕王念孫：《廣雅疏證》，卷第三下，頁64。

〔註71〕　「音義結合法，是在繫聯同源詞時兼顧音和義兩個方面。這是王念孫在繫聯同源詞時採用的最主要的方法。」參見胡繼明：《廣雅疏證同源詞研究》，頁513。

〔註72〕　〔清〕黃承吉：〈字義起於右旁之聲說〉，收錄於《字詁義府合按》，頁75。

〔註73〕　曾昭聰：《形聲字聲符示源功能述論》，頁128。

2、認爲同聲符之字皆爲同義，抹煞了「聲符示源」的各種複雜狀況。

3、認爲形體不同的聲符若音同音近，則所從得聲之字意義相通，可謂失於
　　寬泛。

雖然黃承吉的說法仍有所不足，但對於「右文說」的理論發展具有重要的啓示，
故楊光榮先生云：「如果説宋代王聖美是『右文』説的創始人，那麼清人黃承吉
便是『右文』説理論的建構者。」〔註74〕

朱駿聲（西元 1788～1858 年）的《説文通訓定聲》，共有十八卷，關於其
寫作目的和內容，其云：

> 竊以幸生右文之世，人曉讀書，而讀書貴先識字。識字然後能通經，
> 通經然後能致用。若不明六書，則字無由識；不知古韻，則六書亦無
> 由通。專輯此書，以苴《説文》轉注、假借之隱略，以稽羣經子史用
> 字之通融。題曰「説文」，表所宗也。曰「通訓」，發明轉注、假借之
> 例也。曰「定聲」，證《廣韻》今韻之非古，而導其源也。〔註75〕

由上述可知，朱駿聲撰寫《説文通訓定聲》的目的是在於「苴《説文》轉注、
假借之隱略」和「稽羣經子史用字之通融」，其內容則包含了「説文」、「通訓」
和「定聲」三大類。所謂「説文」是指以許愼《説文解字》爲本，而「通訓」
是指朱駿聲自己提出「轉注」和「假借」的新定義，「定聲」則是指朱駿聲打破
了《説文解字》五百四十個部首，從中分析出 1137 個聲符，〔註76〕並依照古韻
十八部加以排列。〔註77〕

〔註74〕楊光榮：《詞源觀念史》（成都：巴蜀書社，2007 年 12 月），頁 425。

〔註75〕〔清〕朱駿聲：《説文通訓定聲·奏摺》（北京：中華書局，1998 年 12 月 2 刷），
頁 1。

〔註76〕朱駿聲在凡例中云：「六書形聲之字，十居其九，是編就許書五百四十部，舍形取
聲，貫穿聯綴，離之爲一千一百三十七母，比之爲十八部。以箸文字聲音之原，
以正六朝四聲之失。」參見〔清〕朱駿聲：《説文通訓定聲·凡例》，頁 13。但根
據楊淑麗先生的統計，《説文通訓定聲》的聲符系統共有 1145 個，和朱駿聲自己統
計的 1137 個並不吻合，參見楊淑麗：《説文通訓定聲聲符研究淺探》（湖南：湖南
師範大學文學院碩士論文，2008 年 5 月），頁 6、頁 63～84。

〔註77〕王力先生云：「『説文』、『通訓』、『定聲』，實際上是包括字形、字義與字音。『説
文』部分主要是説明字形與字義、字音的關係，而以字形爲主；『通訓』部分專講
字義（詞義）的引申和假借，使讀者能觀其會通；『定聲』部分則以上古韻文的用

　　沈兼士先生曾云：「朱駿聲《說文通訓定聲》雖以訓詁爲主，然於右文亦未嘗提及。」〔註78〕但根據朴興洙先生在〈從右文說看《說文通訓定聲》〉〔註79〕一文的看法，認爲朱駿聲的《說文通訓定聲》是著眼於「右文說」和「形聲字聲符兼義」的現象，進而創造「字根排列法」，目的是爲了探求詞和詞義之間的淵源關係；並舉同從「侖」聲的「論」、「棆」、「倫」、「淪」、「掄」、「綸」、「輪」等形聲字大多具有「條理」之義、同從「堯」聲的「蕘」、「嘵」、「趬」、「譊」、「翹」、「曉」、「顤」、「嶢」、「燒」、「撓」、「繞」、「嬈」、「橈」等形聲字大多具有「崇高長大」之義，藉以證明其「右文之例」。另外，楊淑麗先生進一步將《說文通訓定聲》中揭示「聲符示源」功能的表現方式分爲七類：〔註80〕

　　1、與某略同、與某某略同。

　　2、……曰某，……曰某。

　　3、某之言某、某之爲言某。

　　4、某，某也。

　　5、讀若。

　　6、解說命名原由。

　　7、闡釋詞義的過程中，兩個或幾個的核義素相同，提示語源相同。

並從朱駿聲這七種訓詁條例中系聯出 157 組現當代學者已經證實的同族詞，以及 18 組作者初步驗證的同族詞。由此可見，朱駿聲並非是「於右文亦未嘗提及」，反而是大規模的將同聲符的形聲字排列在一起，對於「右文說」的研究可謂更加深入。故胡樸安先生云：「……此之謂聲讀，即宋時之所謂右文。形聲義三者，爲文字之要素。得文字之用者在于義，得文字之義者在于形與聲，由形以得文字之義，有許君《說文解字》五百四十部首在，由聲以得文字之義，有朱氏《說文通訓定聲》一千一百三十七聲母在。此朱氏之書，在文字學史上之

　　　韻來證明古音。凡同韻相押叫做『古韻』，鄰韻相押叫做『轉音』。」參見王力：《中國語言學史》，頁 102。

〔註78〕沈兼士：〈右文說在訓詁學上之沿革及其推闡〉，收錄於《沈兼士學術論文集》，頁107。

〔註79〕朴興洙：〈從右文說看《說文通訓定聲》〉，《南京師範大學文學院學報》第 4 期（2001年 9 月），頁 61～66。

〔註80〕楊淑麗：《說文通訓定聲聲符研究淺探》，頁 21～24。

可貴者也。」〔註81〕白兆麟先生認爲「右文說」是對早期「聲訓說」的反動，
其云：

> 早期聲訓，沒有也不可能建立在對語言事實的科學研究的基礎上，
> 因而是支離散漫的，是不可靠的。它只表明，當時學者對音義關係
> 的認識還停留在零散的、感性的階段。……「右文說」或「字母說」
> 呢？它雖然還沒有從根本上擺脫形體的束縛，但是，此說的倡導者
> 不僅認識到聲符有義，而且進一步循此探明諧聲偏旁的「意義公約
> 數」。……因此，「右文說」是高於早期聲訓的一種半自覺的、初具
> 系統的聲訓。只不過他們還沒有認識到漢字形音義三者之間錯綜複
> 雜的關係，更不可能從語源（同源字）這個角度來分析形聲字，因
> 而目光有限，以偏概全，尤其是未能展開論述，不能完滿地實現因
> 聲求義的目的。〔註82〕

總而言之，「右文說」起源於晉代楊泉《物理論》，成熟於宋代，興盛於清代，
集大成於段玉裁和王念孫。故「右文說」實可謂上承「聲訓」、下開「因聲求義」，
在傳統詞源史上是介於「聲訓」和「因聲求義」二者之間的過渡階段。

（三）轉語說

「轉語」又可稱爲「語轉」、「聲轉」，朱星先生在〈論轉語與詞源學〉中
定義道：「轉語即詞源學中講的轉化（Derivation），所以轉語即『轉化的語詞』。
更具體的說，是聲音轉化的語詞。」〔註83〕朱國理先生更詳細補充說：「所謂
轉語，顧名思義，就是轉化的語詞。具體的講，就是指因時代不同或地域不
同而語音發生轉化的語詞。」〔註84〕關於「轉語」的起源，最早是出現在西漢
揚雄（西元前53年～西元18年）的《方言》〔註85〕，例如：

〔註81〕 胡樸安：《中國文字學史（下冊）》（台北：商務印書館，1992年9月11刷），頁379。

〔註82〕 白兆麟：〈「右文說」是對早期聲訓的反動——關於「右文說」的再思考〉，《安徽
大學學報（哲社版）》第三期（1988年），頁20。

〔註83〕 朱星：〈論轉語與詞源學〉，《朱星古漢語論文集》（台北：洪葉文化，1996年1月），
頁161。

〔註84〕 朱國理：〈試論轉語理論的歷史發展〉，《古漢語研究》第1期（2002年），頁32。

〔註85〕 本文以下所舉《方言》和《方言注》的例子，主要是參考華學誠匯證、王智群、
謝榮娥、王彩琴協編：《揚雄方言校釋匯證》（北京：中華書局，2006年9月），並

1、《方言・卷三》：「庸謂之俲，**轉語**也。」（頁 252）

2、《方言・卷三》：「鋌，空也。**語之轉**也。」（頁 256）

3、《方言・卷十》：「㷭，火也，楚**轉語**也。猶齊言烍，火也。」（頁 651）

4、《方言・卷十》：「南楚曰譴謱，或謂之支註，或謂之詀諕，**轉語**也。」
（頁 654）

5、《方言・卷十》：「緤、末、紀，緒也。南楚皆曰緤，或曰端，或曰紀，
或曰末，皆楚**轉語**也。」（頁 702）

6、《方言・卷十一》：「蠲蝓者，侏儒**語之轉**也。」（頁 748）

揚雄《方言》中「轉語」一詞共出現了 4 次，「語之轉」則出現了 2 次，可惜揚
雄並未加以說明其「轉語」的內容為何。到了晉代郭璞的《方言注》，也使用了
「聲轉」、「聲之轉」、「語轉」等術語，例如：

1、《方言・卷五》：「薄，宋魏陳楚江淮之間謂之苗，或謂之麴。」郭注：「此
直語楚**聲轉**耳。」（頁 387～388）

2、《方言・卷十》：「湴，或也。沅澧之間凡言或如此者，曰湴如是。」郭
注：「此亦憨**聲之轉**耳。」（頁 694）

3、《方言・卷十一》：「蠅，東齊謂之羊。」郭注：「此亦**語轉**耳。今江東人
呼羊聲如蠅，凡此之類皆不宜別立名也。」（頁 739）

隋、唐時期，「轉語」的發展十分緩慢，一直到宋末元初戴侗《六書故》的出現，
不僅打破了《說文解字》以來「因文以求義」的傳統，更首先提出「因聲以求
義」的訓詁方法，其云：

> 書學既廢，章句之士知因言以求意矣，未知因文以求義也。訓故之
> 士知因文以求義矣，未知因聲以求義也。夫文字之用，莫博於諧聲，
> 莫變於假借，因文以求義，而不知因聲以求義，吾未見其能盡文字
> 之情也。……故侗嘗謂當先敘其聲，次敘其文，次敘其名，然後制
> 作之道備矣。〔註86〕

戴侗在《六書故》中普遍使用了「因聲求義」的方法，其術語包括：「一聲之

在每個例子後面標注頁碼。

〔註86〕〔宋〕戴侗：《六書故・六書通釋》，收錄於《景印文淵閣四庫全書・經部・小學
類》，第 226 冊，頁 4。

轉」、「聲相通」、「音相近」、「聲義相通」、「聲義略同」等，並全面運用在「說明假借」、「訓解聯綿字、疊音詞、虛詞」和「系聯同族詞」等各方面。〔註87〕可惜戴侗的時代「古音研究」的發展尚未成熟，導致戴侗在系聯「同族詞」時出現了不少缺失，但是戴侗將純粹研究詞語聲音轉化的「轉語」帶入到研究通假問題和系聯同族詞的領域，這對傳統「轉語說」來講不僅是一大進步和跨越，其「因聲求義」的理論提倡，對於後代學者的啟發更是功不可沒！

到了明代，陳第（西元 1541～1617 年）率先體悟到「語音轉變」的道理，其云：「蓋時有古今，地有南北，字有更革，音有轉移，亦勢所必至。」〔註88〕另外又在《讀詩拙言》中說到：「一郡之內，聲有不同，繫乎地者也。百年之間，語有遞轉，繫乎時者也。」〔註89〕可見陳第已經了解語音會隨著「時間」、「地域」而轉變的道理，初步具有「歷時」和「共時」的概念。而方以智（西元 1611～1671 年）的《通雅》則是對戴侗「因聲求義」理論的繼承與發展之作。楊建忠先生〈方以智《通雅》「因聲求義」的實踐〉〔註90〕認為方以智在「因聲求義」的實踐上包括五個方面：一是「破假借」，二是「明轉語」，三是「探同源」，四是「釋謎語」，五是「據古音正訛誤」。廖逸婷先生《方以智通雅同族詞研究》〔註91〕則認為主要發展在「謎語」、「方言俗語」和「文字假借通假」三方面。方以智在《通雅》詞語的考釋中，使用的術語有：「轉聲」、「一聲之轉」、「同聲

〔註87〕劉福根先生認為戴侗「因聲求義」的實踐是多方面的，包括：「處理假借現象」、「對聯綿字、疊音詞的訓解」、「對虛詞的訓解」等，參見劉福根：〈戴侗「因聲以求義」的理論與實踐〉，《古漢語研究》第 4 期（1996 年），頁 28～32。另外，張博先生認為戴侗在「音轉同族詞」的研究上有三個特點：一是對音轉同族詞形成的原因有所認識，二是全面揭示了虛詞系統的音轉，三是系聯了具有特殊音轉形式的同族詞，參見張博：〈《六書故》同族詞研究述評〉，收錄於《古代漢語詞匯研究》，頁 116～117。

〔註88〕〔明〕陳第：《毛詩古音考・序》，頁 9。

〔註89〕〔明〕陳第：《讀詩拙言》，收錄於《學津討原》（台北：藝文印書館，1965 年），第 13 冊，頁 1。

〔註90〕楊健忠：〈方以智《通雅》「因聲求義」的實踐〉，《黃山學院學報》第 6 卷第 1 期（2004 年 2 月），頁 68～74。

〔註91〕廖逸婷：《方以智通雅同族詞研究》（台北：國立台灣師範大學國文研究所碩士論文，2008 年 1 月），頁 27。

相轉」、「音相近而轉」、「音義相通」等，顧之川先生認爲其「轉語」之涵義有
二：〔註92〕

1、由語聲轉變而產生的同源方言詞。

2、音近義通的同義詞（近義詞）。

前者與揚雄《方言》和郭璞《方言注》的「轉語」說法一致，後者則與清人「因
聲求義」的理論大同小異，故方以智的「轉語」可謂介於戴侗和清人之間過渡
時期，其在「同族詞」〔註93〕和「聯綿詞」〔註94〕的研究上皆比戴侗《六書故》
更爲進步。

　　發展至清代，「因聲求義」的訓詁方法才逐漸走向理論化、系統化的趨勢。
〔註95〕戴震（西元 1724～1777 年）的《轉語》是專門研究「聲轉理論」的著作，
共有二十章，可惜現僅存一篇序文。關於其寫作目的，戴震在〈轉語二十章序〉
中說到：

> 古今言音聲之書，紛然淆雜，大致去其穿鑿，自然符合者近是。昔
> 人既作《爾雅》、《方言》、《釋名》，余以謂猶闕一卷書，創爲是篇，
> 用補其闕。俾疑於義者，以聲求之；疑於聲者，以義正之。〔註96〕

由此可見，戴震是受到了《爾雅》、揚雄《方言》和劉熙《釋名》的影響，採用
「以聲求義」、「以義正聲」的理論，於是撰寫了《轉語》一書。〔註97〕筆者歸

〔註92〕顧之川：〈論方以智的音轉學說〉，《淮陰教育學院學報》（1991 年），頁 61～62。

〔註93〕根據廖逸婷先生的系聯，方以智《通雅》中的同族詞約有 150 組，參見廖逸婷：《方
　　　以智通雅同族詞研究》，頁 42～131。

〔註94〕根據朱冠明先生的統計，方以智《通雅》中的聯綿詞共 424 條，參見朱冠明：〈方
　　　以智《通雅》謰語考〉，《辭書研究》第 4 期（2003 年），頁 135～140。

〔註95〕陸宗達、王寧：〈因聲求義論〉，收錄於《訓詁與訓詁學》，頁 62。

〔註96〕〔清〕戴震撰、張岱年主編：《戴震全書（六）》（合肥：黃山書社，1995 年 10 月），
　　　頁 305。

〔註97〕關於《轉語》一書，段玉裁在《東原年譜》云：「十二年丁卯，二十五歲。是年
　　　仲春，成《轉語》二十章……惜此書未成，孔檢討廣森序《戴氏遺書》，亦云未
　　　見。」近代學者曾廣源先生認爲戴震的《轉語》和《聲類表》實爲一書，陳新雄
　　　先生《古音學發微》（台北：嘉新水泥公司文化基金會，1972 年 11 月，頁 243
　　　～273）、于靖嘉先生〈戴震《轉語》考索〉（《徽州師專學報（哲社版）》第 3 卷
　　　第 1 期（1987 年），頁 1～10）、李開先生《戴震語文學研究》（江蘇：江蘇古籍

納整理〈轉語二十章序〉的聲轉理論，大致可分為兩項內容：

1、大限五、小限四

〈轉語二十章序〉云：「人口始喉，下底脣末，按位以譜之，其為聲之大限五，小限各四，於是互相參伍，而聲之用蓋備矣。」〔註98〕所謂「大限五」是指五個發音部位，即「喉」、「舌」、「腭」、「齒」、「脣」，將三十六字母按照這五個聲類排列次第。「小限四」則是指四個發音方法，即「清」、「次清」、「濁」、「次濁」，在五個聲類底下又各自細分這四個聲位。每個聲位一章，五乘以四等於二十，故形成「轉語二十章」。

2、同位、位同；正轉、變轉

〈轉語二十章序〉云：「凡同位為正轉，位同為變轉。……凡同位則同聲，同聲則可以通乎其義；位同則聲變而同，聲變而同則其義亦可以比之而通。」〔註99〕所謂「同位」是指發音部位相同，「位同」則是指發音方法相同。至於「正轉」和「變轉」是《轉語》中的兩個主要的演變規律，所謂「正轉」是指在五個聲類（大限五）中互相轉變，「變轉」則是指在四個聲位（小限四）中互相轉變。〈轉語二十章序〉又云：「參伍之法：台、余、予、陽，自稱之詞，在次三章；吾、卬、言、我，亦自稱之詞，在次十有五章。截四章為一類，類有四位。三與十有五，數其位，皆至三而得之，位同也。」〔註100〕我們用何九盈先生所整理的《轉語二十章》聲母表來看，更能夠清楚作解釋：
〔註101〕

出版社，1998年9月，頁164）、楊光榮先生《詞源觀念史》（成都：巴蜀書社，2007年12月，頁31）等皆贊同此說法。劉世俊、張博二位先生〈說轉語〉（《寧夏社會科學》第5期（1993年），頁85～86）則反對《聲類表》就是《轉語》本書，其原因有二：一、《聲類表》是上古語音系統的音韻學專著，在歸字時並未考慮義同義通。二、《轉語》的目的是補《爾雅》、《方言》、《釋名》幾部詞典之闕，所以不是音韻之書。

〔註98〕〔清〕戴震撰、張岱年主編：《戴震全書（六）》，頁304～305。
〔註99〕〔清〕戴震撰、張岱年主編：《戴震全書（六）》，頁305。
〔註100〕〔清〕戴震撰、張岱年主編：《戴震全書（六）》，頁305。
〔註101〕何九盈：《中國古代語言學史（新增訂本）》，頁289。

【表3-2】戴震《轉語二十章》聲母表

章數	聲類	聲位	發音方法		三十六字母	
1	喉	一	清		見	○
2		二	次清	濁	溪	群
3		三	清	次濁	影	喻、微
4		四	清	濁	曉	匣
5	舌	一	清		端	○
6		二	次清	濁	透	定
7		三	次濁		○	泥
8		四	濁		○	來（實爲次濁）
9	腭	一	清		知、照	○
10		二	次清	濁	徹、穿	澄、床
11		三	次濁		○	娘、日
12		四	清	濁	審	禪
13	齒	一	清		精	○
14		二	次清	濁	清	從
15		三	次濁		○	疑
16		四	清	濁	心	邪
17	脣	一	清		幫	○
18		二	次清	濁	滂	並
19		三	次濁		○	明
20		四	清	濁	非、敷	奉

　　由上表可見，「台（與之切）」、「余（以諸切）」、「予（以諸切、余呂切）」、「陽（與章切）」在第三章喉聲類的第三位，屬於次濁的「喻」母；「吾（五加切、五乎切）」、「卬（五剛切、魚兩切）」、「言（語軒切）」、「我（五可切）」在第十五章齒聲類的第三位，屬於次濁的「疑」母，兩組字皆在「第三位」，故屬於「位同」關係，其演變規律稱之爲「變轉」。因此「同位」與「位同」、「正轉」與「變轉」是〈轉語二十章序〉中的重要演變規律，戴震將這種聲母轉變的方法稱之爲「參伍之法」。

　　另外，戴震的「聲轉理論」又在其《方言疏證》中付諸實踐，所使用的

術語如：「一聲之轉」、「語之轉」、「聲之變轉」、「語之變轉」等。〔註102〕徐玲英先生〈論《方言疏證》因聲求義之法〉〔註103〕認爲《方言疏證》在「因聲求義」的表現上可分爲「通類」（如：某某通）、「轉語類」（如：語之轉）、「同類」（如：某某同）、「作類」（如：某亦作某）、「聲訓類」（如：某讀爲某）和「雙聲疊韻類」六大類。雖然戴震在上古音系統的研究上仍有缺失，《方言疏證》在系聯同族詞上也有所不足，〔註104〕但其「轉語理論」影響了程瑤田、錢大昕、段玉裁、王念孫、孔廣森等清代小學大家，故黃侃先生給予〈轉語二十章序〉高度的評價，其云：「戴氏之於小學，可謂能集其成。其〈轉語序〉一書，實可攀古括今，後戴氏之學人無能出其範圍者。」〔註105〕

　　程瑤田（西元1725～1814年）的〈果臝轉語記〉是受到戴震《轉語》影響而作的一篇詞源學著作，〔註106〕劉又辛、李茂康兩位先生（1989：186）更

〔註102〕根據鄧躍敏先生的統計，《方言疏證》的「一聲之轉」有22例（包含「聲之轉」、「聲微轉」），其中20例爲「正轉」，2例存疑；「語之轉」有6例，其中5例爲「正轉」，1例存疑；「聲之變轉」、「語之變轉」各1例，皆爲「變轉」。參見鄧躍敏：〈戴震的轉語理論及其用於《方言疏證》取得的訓詁成就〉，《學習與探索》第6期（2007年），頁207～210。

〔註103〕徐玲英：〈論《方言疏證》因聲求義之法〉，《現代語文（語言研究版）》第2期（2007年），頁29～30。

〔註104〕劉巧芝先生認爲《方言疏證》在系聯同族詞上不足之處有三：一是缺乏系統，二是術語含糊，三是濫用轉語。參見劉巧芝：《戴震《方言疏證》同族詞研究》（四川：西南師範大學中文系碩士論文，2005年4月），頁30～31。

〔註105〕黃侃述、黃焯編：《文字聲韻訓詁筆記》（上海：上海古籍出版社，1983年4月），頁4。

〔註106〕程瑤田在「俱盧」下云：「《困學紀聞》引此『始波羅』作『沙絓略』，余嘗爲之按曰：『伊利俱盧』，所謂雙聲疊韻也，『伊』『俱』、『利』『盧』爲雙聲，『伊』『利』、『俱』『盧』爲疊韻。然以字母言之，『伊』爲影母屬喉音，『俱』爲見母，屬牙音，牙喉聲不同矣。今證之以此，則二母不得別爲兩聲。**益信戴東原以見爲喉之發聲，影爲喉之收聲，爲得自然之音位也。**」參見〔清〕程瑤田：〈果臝轉語記〉，收錄於《續修四庫全書・經部・小學類》（上海：上海古籍出版社，1995年），第191冊，頁517～518。由於程瑤田和戴震皆師從江永，兩人爲師兄弟關係，再從「俱盧」以下所言可推知：程瑤田受戴震《轉語》的理論影響頗深，只不過前者由「複音詞」著手，後者則以「單音詞」爲主要研究對象。

進一步認爲〈果蠃轉語記〉是利用聲轉理論歸併詞族最早的專著。程瑤田以「果蠃」〔註107〕一詞作爲開頭，系聯了兩百多個轉語，目的是爲了說明「聲隨形命」和「音義通轉」，其云：

> 雙聲疊韻之不可爲典要，而唯變所適也。聲隨形命，字依聲立，屢變其物而不易其名，屢易其文而弗離其聲。物不相類也，而名或不得不類；形不相似，而天下之人皆得以是聲形之，亦遂靡或弗似也。
>
> 姑以所云「果蠃」者推廣言之。〔註108〕

由上述可知，程瑤田認爲聲音是按照事物的形狀而去命名的，因爲「果蠃」的果實呈現「圓形狀」，於是和「果蠃」音義通轉的詞語大多具有「圓形」的語義特徵，例如：鍋鑲、轂輪、扶留、普魯、蜉蝣等。〔註109〕關於〈果蠃轉語記〉詞族的分類，殷孟倫先生將〈果蠃轉語記〉所系聯的轉語分爲「圓全義」、「曲屈義」、「敷布周匝義」、「旋轉義」和「稀疏適歷義」五大詞群，〔註110〕王松木先生則分爲「圓全義」、「曲拱義」、「短小義」、「圓體連綴義」、「旋轉義」和「塊狀義」六大類，〔註111〕任繼昉先生則整理成「果蠃詞族表」，如下表所示：〔註112〕

〔註107〕「果蠃」又名「栝樓」，類屬葫蘆科栝樓屬，是一種蔓生的藥用植物，其塊根肥大，果實如球形，七、八月開花，九、十月結果，味道甘甜微苦。

〔註108〕〔清〕程瑤田：〈果蠃轉語記〉，收錄於《續修四庫全書‧經部‧小學類》，第191冊，頁517。

〔註109〕王松木先生認爲凡與「果蠃」音近通轉的詞語大多具有「圓形」的語義特徵，其原因在於：「蓋因『果蠃』〔*klo〕發音時伴隨圓唇的生理特徵，且舌頭與上顎所構成的口部共鳴腔亦呈現出圓形的趨向，發音器官的肌肉運動就如同模仿外在事物的形廓一般，因而容易使人引發『圓形』聯覺。」參見王松木：〈從《果蠃轉語記》談漢語語源研究的幾個重要課題〉，《訓詁論叢（第四輯）》（台北：文史哲出版社，1999年9月），頁346。

〔註110〕殷孟倫：〈果蠃轉語記疏證敘說〉，《子雲鄉人類稿》（濟南：齊魯書社，1985年2月），頁265～266。

〔註111〕王松木：〈從《果蠃轉語記》談漢語語源研究的幾個重要課題〉，《訓詁論叢（第四輯）》，頁353～355。

〔註112〕任繼昉：《漢語語源學》，頁28。

【表3-3】果贏詞族表

物類 聲類	植物	動物	器物				身體	地形	食品	建築	其他
	圓	短	圓	曲	短	疏	圓曲	曲	塊狀	曲短	
k-l-	果裸 栝樓 瓠瓟 瓠瓟 屈龍	蜾蠃 果蠃 蛞螻 渠略	鍋鑼 葫蘆 轂輪 轂轆	拘簍 禹簍 軥轆 眾畱			佝瘻 朐䑜 喉嚨 轂轆 (拳)	岣嶁 霅婁 句廉 蟹螺	河漏 谷侖 卷婁	籧廬 穹廬 困鹿 柧棱	

由上表可見，任繼昉先生依照「聲類」和「物類」兩大類別，將〈果贏轉語記〉中兩百多個轉語歸納整理成五張「果贏詞族表」，合計有37個聲類、8個物類。

程瑤田為何選擇以「果贏」一詞作為系聯轉語的源頭？其云：「銘曰：『轉語胡始？』姑妄言之，迺釋果贏，遂以先之。何先何後？厥終厥初，如攜如取，信筆而書。」〔註113〕可見程瑤田選用「果贏」一詞和所系聯的轉語都摻雜了個人的主觀因素，並沒有明確的時序觀念。於是就造成了「證據不足」、「系聯寬鬆」等侷限，但其對於詞源學的革新發展仍舊功不可沒，尤其在「聯綿同族詞」的研究上更具有開創之功，故朱星先生云：「到清程瑤田《果贏轉語記》才是正式的連綿詞，擺脫了文字學的字源學，而進入了語言學的詞源學。所以這篇文章是劃時代的，說明我國至此已產生了詞源學的研究。」〔註114〕

戴震「以聲求義、以義正聲」、「故訓音聲，相為表裏」的理論在其弟子段玉裁和王念孫的身上發揚光大，段、王二人不僅在文字學史和訓詁學史上留下經典的巨著，更開拓了詞源學領域的新境界。段玉裁（西元1735～1815年）的《說文解字注》結合了傳統的「聲訓」、「轉語」和「右文」，提出了「聲與義同原」的理論，其在示部「禎」字下云：

> 此亦當云從示、從眞，眞亦聲，不言者省也。聲與義同原，故諧聲
> 之偏旁多與字義相近，此會意、形聲兩兼之字至多也。《說文》或偁

〔註113〕〔清〕程瑤田：〈果贏轉語記〉，收錄於《續修四庫全書・經部・小學類》，第191冊，頁524。

〔註114〕朱星：〈論轉語與詞源學〉，《朱星古漢語論文集》，頁165～166。

其會意，略其形聲；或偏其形聲，略其會意。雖則省文，實欲互見，不知此則聲與義隔。又或如宋人《字說》，只有會意，別無形聲，其失均誣矣。〔註115〕

所謂「聲與義同原」，顧名思義，就是指「聲音」和「意義」具有共同的來源。「聲與義同原」是段玉裁系聯同族詞的理論基礎，陸忠發先生在〈《說文段注》的同源詞研究〉〔註116〕中認為段玉裁的研究方法有五：

1、以「聲訓」推源。

2、指出「會意、形聲兩兼」的同源。

3、據「右文」以發凡。

4、指出「某與某得義於某」。

5、指出「某與某聲近義通」。

另外，段玉裁又在《廣雅疏證・序》中提到：

小學有形、有音、有義，三者互相求，舉一可得其二。有古形、有今形，有古音、有今音，有古義、有今義，六者互相求，舉一可得其五。古今者，不定之名也。三代為古，則漢為今；漢、魏、晉為古，則唐、宋以下為今。聖人之制字，有義而後有音，有音而後有形。學者之考字，因形以得其音，因音以得其義，治經莫重於得義，得義莫切於得音。〔註117〕

由於漢字是由「形」、「音」、「義」三個部分所構成，故形、音、義三者必須同時兼顧，不能有所偏重。段玉裁不僅明白這個道理，更進一步提出「形音義三者互相求」的原則，可以說是將戴震「以聲求義、以義正聲」的理論加以闡揚。至於其使用的「轉語」術語包括：「音轉」、「語之轉」、「一語之轉」、「一聲之轉」等，其中有些同族詞已被段氏所系聯，如土部「坿」字下云：〔註118〕

〔註115〕〔清〕段玉裁：《說文解字注》，第一卷，頁2。

〔註116〕陸忠發：〈《說文段注》同源詞研究〉，《古漢語研究》第3期（1994年），頁45～47。

〔註117〕〔清〕王念孫：《廣雅疏證》，收錄於《小學名著六種》，頁1。

〔註118〕此例轉引自何書：〈《說文解字注》的同源詞研究〉，《南通師範學院學報（哲學社會版）》第20卷第2期（2004年6月），頁75。

鄭司農云:「『窆』爲下棺時,《禮記》謂之『封』,《春秋》謂之『塴』,
皆葬下棺也。聲相似。」《鄉師注》略同。蒸、侵、東三韻相爲通轉,
故三字音相近,大鄭云:「聲相近」,是也。〔註119〕

王力先生《同源字典》將「塴」、「窆」、「封」三字系聯爲一組同族詞,並置於
「侵部幫母」。〔註120〕雖然段玉裁在系聯同族詞時出現「過於主觀」、「以偏概
全」等缺失,但仍瑕不掩瑜,其《說文解字注》在詞源史上的貢獻依舊不可抹
滅。

王念孫(西元 1744～1832 年)的《廣雅疏證》和《釋大》在漢語詞源史上
的成就更是意義重大。王念孫在《廣雅疏證・序》中云:

> 竊以詁訓之旨,本於聲音,故有聲同字異、聲近義同。雖或類聚群
> 分,實亦同條共貫。譬如振裘必提其領,舉網必挈其綱,故曰本立
> 而道生,知天下之至賾而不可亂也。此之不寤,則有字別爲音、音
> 別爲義,或望文虛造而違古義,或墨守成訓而尟會通,易簡之理既
> 失,而大道多歧矣。今則就古音以求古義,引伸觸類,不限形體,
> 苟可以發明前訓,斯凌雜之譏,亦所不辭。〔註121〕

「詁訓之旨,本於聲音」不僅是王念孫對於其師戴震「故訓音聲,相爲表裏」
的繼承,更是其研究同族詞的基本理論原則。王念孫在「詁訓之旨,本於聲音」
的理論原則下,進一步提出「就古音以求古義」、「引伸觸類,不限形體」的訓
詁方法,徹底打破了傳統對於「字形」的限制,完全以「聲近義同」的觀點出
發來追溯詞語的同族關係。

至於《廣雅疏證》所使用的「轉語」術語包括:「一聲之轉」、「語之轉」、「聲
義並同」、「聲近義同」、「聲義相近」等,根據朱國理先生的統計,《廣雅疏證》
全書共有 410 組的轉語,其分布情形如下表:〔註122〕

〔註119〕〔清〕段玉裁:《說文解字注》,第二十六卷,頁 699。

〔註120〕王力:《同源字典》,頁 620～621。

〔註121〕〔清〕王念孫:《廣雅疏證》,收錄於《小學名著六種》,頁 2。

〔註122〕表中的「單」代表「單音詞」,「雙」則代表「雙音詞」。參見朱國理:〈《廣雅疏證》
中的轉語〉,《上海大學學報(社會科學版)》第 10 卷第 2 期(2003 年 3 月),頁
24。

【表3-4】《廣雅疏證》「轉語」統計表

異稱形式		數　量										合　計		
		釋詁		釋言		釋訓		釋親下		釋草下				
		單	雙	單	雙	單	雙	單	雙	單	雙	單	雙	總
轉語		1	0	1	0	0	0	0	0	0	1	2	1	3
聲轉	一聲之轉	62	1	12	0	0	7	37	2	13	4	124	14	138
	聲之轉	6	0	1	0	0	1	6	1	20	9	33	11	44
	聲轉	1	0	0	0	0	0	3	1	6	5	10	6	16
	轉聲	1	0	0	0	0	0	6	1	12	21	19	22	41
語轉	語之轉	35	12	2	0	0	1	12	6	1	3	50	22	72
	語轉	0	0	0	0	0	0	0	0	1	1	1	1	2
	方俗語轉	7	0	0	0	0	0	0	0	0	0	7	0	7
語聲轉		0	0	0	0	0	0	0	0	0	1	0	1	1
疊韻之轉		0	2	0	0	0	4	0	2	0	0	0	8	8
（單）轉		17	17	2	0	3	7	4	3	9	8	35	35	70
變轉		0	0	0	0	0	1	0	0	2	5	2	6	8
合計		130	32	18	0	3	21	68	16	64	58	283	127	410

彭慧先生〈論《廣雅疏證》的「因聲求義」〉〔註123〕認爲《廣雅疏證》在「因聲求義」的實踐上包含「正文字」、「闡釋連語」、「發明通假」、「說明語轉」、「探求事物的命名理據」、「系聯語源」和「以俗注雅」七個方面。胡繼明先生《廣雅疏證同源詞研究》一書不僅將《廣雅疏證》這些同族詞的表述方式加以整理說明，更進一步系聯出 376 組同族詞，並依照王力先生的古音 30 部加以排列，可謂對《廣雅疏證》同族詞的研究作出全面性和系統性的論證。雖然《廣雅疏證》在同族詞研究上具有「術語使用的隨意性」、「同族詞和異體字、通假字的概念不清」、「古音爲寬泛的概念」等缺失，〔註124〕但其在「因聲求義」理論的實踐和方法的創新上，可謂清代學者中的翹楚。故王力先生云：「王念孫提出了『就古音以求古義，引伸觸類，不限形體』的合理主張。這樣就不再爲字形所束縛，實際上是糾正了文字直接表示概念的錯誤觀點。

〔註123〕彭慧：〈論《廣雅疏證》的「因聲求義」〉，《中州學刊》第 2 期（2006 年 3 月），頁 248～250。

〔註124〕胡繼明：《廣雅疏證同源詞研究》，頁 578～581。

這是訓詁學的精華所在，對後代產生了很大的影響。」〔註125〕

另外，王念孫的《釋大》是專門研究「大之義」的同族詞專著，共有八篇〔註126〕，收錄了 176 個詞目〔註127〕，依照「見」、「溪」、「群」、「疑」、「影」、「喻」、「曉」、「匣」八個牙喉音聲母排列，每一個聲母一篇，每篇各分上下（除了第八篇不分）。各篇首列詞目，是正文中同音詞的代表，不同的詞目以「○」隔開，注文「○」後的按語爲王念孫之孫王壽同所加，其 176 個詞目條列如下：

【表 3-5】王念孫《釋大》詞條統計表

篇章	上下	例　字	總數
6	上	岡、綱、皋、瀨、舸、剴○絳、簡、監、覺、嘏、佳、喬○京、景、矜、喬、麞、○堅、踞	20
	下	公、廣、昆、衰、論、告、夼、章、傀、會○鰥○栱夒○昊	14
第二	上	康、顝、凱○嚣、緒○衾、丘○頴、契	9
	下	悝、寬、酷、廓、藹、魁、頯、顝、恢○夸○穹、困、夯、額、虛、蟠○奎	17
第三	上	勍、健、乾、噱、奇○衹、祁	7
	下	若、渠、巨、夔	4

〔註125〕王力：〈略論清儒的語言研究〉，收錄於《王力文集》（濟南：山東教育出版社，1990 年 5 月），第十六卷，頁 66。

〔註126〕《釋大》原本只有七篇，後來王國維（西元 1877～1927 年）在王念孫雜稿中找到「匣母」一篇，故今存有八篇。此外，王國維認爲《釋大》應該符合王念孫的「古聲二十三母」而有二十三篇，今存 1～8 篇爲「牙喉音」，故推測 9～14 篇爲「舌音」，15～19 篇爲「齒音」，20～23 篇則爲「唇音」。但張博先生認爲有全書的基本框架並不等於全書已竣事，還有待其他材料來證明，參見張博：〈試論王念孫《釋大》〉，《寧夏大學學報》（社會科學版）第 1 期（1988 年 1 月），頁 33。楊光榮先生也認爲《釋大》尚未完稿，其未完成的主要原因是王念孫處理不好近義詞與同源詞的關係，參見楊光榮：《詞源觀念史》，頁 91。

〔註127〕張令吾先生云：「《釋大》收集了 179 個詞。」參見張令吾：〈王念孫《釋大》同族詞研究舉隅〉，《湛江師範學院學報（哲學社會科學版）》第 17 卷第 1 期（1996 年 3 月），頁 72。根據筆者統計和張博、張聯榮、劉精盛等先生的說法，《釋大》共收錄 176 個詞目，故張令吾先生之說法有誤。

第四	上	眼、岸、敖、咢、劓、艾○喦、牙、疋、額○垠、言、圪、牛、業	15
	下	吳、顒、○顥、夵、元、願、俁、巍	8
第五	上	灂、阿○顱、狔、窔○央、殷、匽、罨、奄、俺、懿	12
	下	翹、汪○夽○頟、鬱	5
第六	上	易、寅、衍、呈、豔、褒、亦、夷、阤	9
	下	王、云、瑗、于、宇、芋、偉、胃、戉○容、豫、蠆、蜼	13
第七	上	乙、歌、欲○詨、間、砳、○獻、踶、咥、䄲○㪍	12
	下	亢、奐、幠、霍、蕤○兄、揮、烜、訏、詡、譻、撝、烓、徽○鑴	14
第八		宏、夏、洪、夥、遍、皇、匯、賢、胡、后○屌、華、摦、查、奚、昊	16
			176

《釋大》所使用的「轉語」術語有「聲之轉」、「亦聲之轉」、「聲相近」等，根據張令吾先生的系聯，《釋大》的同族詞約有134組，並且可歸納爲十種具有代表性的語音形式，其中八種是具有規律性的音變模式，列舉如下：〔註128〕

1、輔音聲母變換。

2、輔音韻尾變換。

3、輔音聲母變換伴隨輔音韻尾變換。

4、元音變換。

5、元音變換伴隨輔音韻尾變換。

6、元音變換伴隨輔音聲母變換。

7、聲調變換。

8、介音變換。

劉又辛、李茂康兩位先生評《釋大》云：

> 王氏作此文的目的與程瑤田的《果臝轉語記》相似，是從聲轉途徑探討漢語聲義相通的問題。但是，他常把一些互不相干的詞義一概歸之於『大』，因而多有牽強專斷之處。……因此，《釋大》遠不如《廣雅疏證》那樣考證嚴密、立論審慎。王氏關於漢語詞族的設想

〔註128〕張令吾：〈王念孫《釋大》同族詞研究舉隅〉，頁73。

是好的，但他設計的框架和做法從整體上說是失敗的。〔註 129〕

筆者也發現《釋大》在系聯同族詞上有兩大缺失：第一、在語音上，王念孫以「聲母」來編排，依照「見」、「溪」、「群」、「疑」、「影」、「喻」、「曉」、「匣」八個牙喉音聲母而成八篇，將同族詞的研究限定在「聲母不變」的框架內。第二、在詞義上，王念孫不僅將具有「大」義的詞語放進來，甚至連具有「高」、「廣」、「多」、「盛」、「遠」、「厚」、「強」、「長」等意義的詞語皆系聯在一起，可見其收詞的意義範疇早已超過了「大」義的範圍，〔註 130〕故《釋大》在系聯上過於廣泛，系統上亦不夠嚴謹。不過由於《釋大》八篇是漢語同族詞的初步嘗試，當然粗疏、不足之處在所難免，因此我們不應該過度苛責《釋大》在方法、內容的缺失，反而更要肯定《釋大》在漢語詞族研究上的貢獻和開創之功。

邵晉涵（西元 1743～1796 年）所著《爾雅正義》，共二十卷，稿凡三、四易始定，撰寫時間長達十年之久。邵晉涵在《爾雅正義·序》中提到：

> 聲音遞轉，文字日孳，聲近之字，義存乎聲。自隸體變更，韻書割裂，古音漸失，因致古義漸湮。今取聲近之字，旁推交通，申明其說，因是以闡揚古訓，辨識古文，遠可依類以推，近可舉隅而反，所以存古音也。〔註 131〕

由邵氏所言可知，其以「聲近之字」來「闡揚古訓」，也就是運用「以聲音通訓詁」的原則，從音義結合的關係去研究詞義，實可謂體現了「因聲求義」的訓詁方法。李嘉翼先生〈論邵晉涵《爾雅正義》因聲求義的訓詁成就〉〔註 132〕認

〔註 129〕劉又辛、李茂康：《訓詁學新論》，頁 188。

〔註 130〕劉精盛先生將《釋大》之「大」義細分為八種，包括：「側重於面」（廣大、寬大）、「側重於體」（高大、長大、空大）、「側重於程度」（巨大、宏大）、「側重於眾多、盛大」、「側重於內在」（強大、強健貌）、「側重於感情色彩」（褒義、貶義）、「側重於動態」、「特指和泛稱」。參見劉精盛：〈王念孫《釋大》「大」義探微〉，《古漢語研究》第 3 期（2006 年 3 月），頁 89～92。

〔註 131〕〔清〕邵晉涵：《爾雅正義·序》，收錄於《續修四庫全書》（上海：上海古籍出版社，1995 年），第 187 冊，頁 36。

〔註 132〕李嘉翼：〈論邵晉涵《爾雅正義》因聲求義的訓詁成就〉，《江西社會科學》，頁 215～217。

爲邵晉涵《爾雅正義》「因聲求義」的理論體現在「破假借」、「探語源」、「辨連語」和「系聯同源詞」四個方面，其使用「轉語」的術語有「聲轉」、「聲之轉」、「聲之遞轉」、「聲近」、「聲近義同」、「聲近義通」、「聲義相兼」、「音義同」、「音義通」、「音義相兼」等，雖然邵晉涵在「聲轉」的理解上有時模糊不清，但其在「因聲求義」理論的實踐上，可以說是乾嘉學者邁向高峰的過渡階段。

郝懿行（西元 1757～1825 年）的《爾雅義疏》和邵晉涵的《爾雅正義》是清代注疏《爾雅》的兩部佳作，全書共十九卷，約三十七萬餘字。關於其寫作目的，郝懿行自云：「邵氏《正義》蒐輯較廣，然聲音訓詁之原，尚多壅閡，故鮮發明。今余作《義疏》，於字借聲轉處，詞繁不殺，殆欲明其所以然。」〔註133〕可見郝懿行撰《爾雅義疏》的最大目的是爲了補邵晉涵《爾雅正義》在「以聲音通訓詁」上的不足。郝懿行又在〈又與王伯申學使書〉云：

> 竊謂詁訓之學，以聲音文字爲本，轉注假借，各有部居，疏通證明，
> 存乎了悟。前人疏義但取博引經典，以爲籍徵，不知已落第二義矣。
> 鄙意欲就古音古義中，博其恉趣，要其會歸，大抵不外同、近、通、
> 轉四科，以相統系。先從許叔重書，得其本字，而後知孰爲假借，
> 觸類旁通，不避繁碎，仍自條理分明，不相雜廁。其中亦多佳處，
> 爲前人所未發。〔註134〕

「以聲音通訓詁」是戴、段、二王以來的乾嘉學者所提倡的理論原則，「就古音以求古義，引伸觸類，不限形體」更是王念孫所主張的訓詁方法，郝懿行繼承王念孫的原則方法，在《爾雅義疏》中徹底實踐「因聲求義」的理論，並分類成「同」、「近」、「通」、「轉」四科。

至於其使用的「轉語」術語包括：「聲轉」、「聲相轉」、「一聲之轉」、「聲轉異同」、「古音相轉」等，李潤生先生《郝懿行爾雅義疏同族詞研究》〔註135〕將《爾雅義疏》同族詞的表現方式歸納爲「聲（音）義同」、「聲（音）義近」、「聲轉」、「通作」、「雙聲疊韻」、「聲訓」、「其他形式」七大類，胡海瓊先生在《爾

〔註133〕〔清〕胡培翬：《研六室文鈔‧郝蘭皋先生墓表》，收錄於《續修四庫全書‧集部‧別集類》（上海：上海古籍出版社，2002 年），第 1507 冊，卷十，頁 484。

〔註134〕〔清〕郝懿行：《曬書堂文集》，收錄於《郝氏遺書》（濟南：山東大學出版社，2007年），卷二，頁 462。

〔註135〕李潤生：《郝懿行爾雅義疏同族詞研究》，頁 8～13。

雅義疏同族詞研究》〔註136〕則分爲「同類」、「近類」、「通類」、「轉類」和「聲訓類」五大類。雖然《爾雅義疏》在系聯同族詞時存在不少缺失，〔註137〕但我們仍要肯定郝懿行在「因聲求義」理論上的重視和貢獻，故張永言先生云：「總起來説，郝懿行的《爾雅義疏》一書内容雖然豐富但並不完美，是一部瑕瑜互見、得失相參的著作。我們今天爲進行古漢語和漢語史的研究而研讀這部書，應當『集其菁英』而『騫其蕭稂』。」〔註138〕

　　錢繹（西元 1770～1855 年）《方言箋疏》〔註139〕，共十三卷，根據王寶剛先生《方言箋疏因聲求義研究》〔註140〕的統計：《方言箋疏》共約 248900 餘字，對 2100 個詞作解釋，引用典籍 168 部、各家注文 207 種、漢魏碑文 31 種，總共引用書證約 15200 條。《方言箋疏》不僅爲揚雄《方言》和郭璞《方言注》進行全面的整理詮釋，更在戴震《方言疏證》、盧文弨《重校方言》的基礎之上廣徵博引，徹底實踐「以聲音通訓詁」的原則。華學誠先生認爲《方言箋疏》在「因聲求義」方面值得肯定之處有六：〔註141〕

　　1、以今語説古語，探求語詞古今音變的軌跡。

　　2、以聲音爲樞紐，揭示語詞地域音變的規律。

　　3、以音近（同）義通爲規律，系聯同源詞。

　　4、探求語源，闡明語詞命名的緣由。

〔註136〕胡海瓊：《爾雅義疏同族詞研究》，頁 15～22

〔註137〕李潤生先生認爲《爾雅義疏》同族詞研究的局限包括：「支離破碎，不成系統」、「疏於聲韻，術語含混」、「言及通轉，每多錯誤」、「濫用聲訓，頗傷穿鑿」、「名物訓詁，鮮能探源」等，參見李潤生：《郝懿行爾雅義疏同族詞研究》，頁 30～31。另外，胡海瓊先生也指出《爾雅義疏》「論述詞義發展時，偶有主觀隨意性」的缺失，參見胡海瓊：《爾雅義疏同族詞研究》，頁 37。

〔註138〕張永言：〈論郝懿行的《爾雅義疏》〉，收錄於《語文學論集（增補本）》，頁 45。

〔註139〕《方言箋疏》之作始於清代錢侗（西元 1778～1815 年），但因錢侗早逝而未完稿。十多年後，錢侗之子錢賦梅將父親未完之作交給二伯父錢繹，於是錢繹加以增刪改定後，於咸豐元年（西元 1851 年）書成，定名爲《方言箋疏》。

〔註140〕王寶剛：《方言箋疏因聲求義研究》（上海：上海辭書出版社，2004 年 12 月），頁 14。

〔註141〕華學誠，〈論《方言箋疏》的「因聲求義」〉，《揚州師院學報（社會科學版）》，1989 年 1 月第 1 期，頁 54～56。

5、突破字形蔽障，闡明同音替代的問題。

6、以語詞音義相爲表裏的原理爲指導，辯正前人誤說。

不過華學誠先生又認爲《方言箋疏》在失誤上可歸納爲七點，列舉如下：〔註142〕

1、不能破讀，以借字曲爲之說。

2、缺乏書證，於史無證，濫用因聲求義。

3、不知爲方言轉語，未能闡明諸詞之間的音義關係。

4、不知爲聯綿詞，執著書寫形式強爲之解。

5、不能觸類引申，於語源義未盡其說。

6、不知爲誤字，而以誤字之音解釋之，以訛傳訛。

7、審音疏闊，說音同、音近、音轉者時有舛誤。

至於《方言箋疏》所使用的「轉語」術語包括：「聲之轉」、「一聲之轉」、「聲之微轉」、「語之轉」、「語之遞轉」、「古同聲」、「聲義並同」、「聲義同」、「聲相近」、「聲近義同」、「聲義相近」、「雙聲」、「疊韻」等，〔註143〕徐朝東先生〈《方言箋疏》同族詞的研究方法及其評價〉〔註144〕將《方言箋疏》系聯同族詞的方法分爲：一個點（以聲近義同爲中心）、兩條線（以聲音爲線索、以詞語意義爲線索）、三個面（繼承理論、歸納滙證、創新成績），最後也提出錢繹在系聯同族詞上的四個缺陷，包括：「術語含混」、「濫用語轉」、「以偏概全」和「缺乏系統性」。雖然錢繹在同族詞研究上有所不足，但在訓詁學史和詞源學史上仍具有正面的意義和價值，故劉川民先生云：「總之，我們認爲《箋疏》是訓釋《方言》的集大成著作，是我們進一步研究《方言》、研究清代語言學必不可少的材料，在清代中後期出現這樣一部著作是值得肯定的，在訓詁學史上應占有一席地位。」〔註145〕總而言之，「轉語」起源於西漢揚雄的《方言》，轉型於宋末元初

〔註142〕華學誠，〈論《方言箋疏》的「因聲求義」〉，頁56～58。

〔註143〕根據王寶剛先生的統計：《方言箋疏》的「聲轉」共181例、「語轉」共29例、「古同聲」共176例、「雙聲」共43例、「疊韻」共40例，全書有關「因聲求義」的材料是精華多（76.7%）而糟粕少（23.3%）。參見王寶剛：《方言箋疏因聲求義研究》，頁174～177。

〔註144〕徐朝東，〈《方言箋疏》同族詞的研究方法及其評價〉，《古籍整理研究學刊》，2000年5月第5期，頁46～64。

〔註145〕劉川民：《方言箋疏研究》（北京：台海出版社，2002年10月），頁211。

戴侗的《六書故》，興盛於清代，集大成於段玉裁和王念孫。〔註146〕根據劉世俊、張博二位先生的歸納，「轉語」在歷史上的涵義主要有四種：〔註147〕

　　1、音轉方言詞：如揚雄《方言》、郭璞《方言注》。

　　2、音轉通假：如方以智《通雅》。

　　3、單音同族詞：如戴震《轉語二十章》。

　　4、聯綿同族詞：如程瑤田〈果臝轉語記〉。

李長興先生在〈說轉語〉〔註148〕中更進一步將「轉語」的內容分為「歷史音變」、「詞族分化」、「同源異形」、「轉語注聲」、「方音異讀」、「文白異讀」和「通假」七種類型，並且歸納出「連續式音變」和「疊置式音變」兩種音變類型。可見「轉語」這個術語在歷史上的內容涵義十分複雜，各家學者在使用時都具有不同的代表意義，不過從純粹研究詞語聲音轉化的「轉語」發展到「因聲求義」理論的提出，可見「轉語說」的發展實際上已經逐漸邁入詞源學的研究範疇。

二、現、當代詞源學

　　傳統詞源學經過「聲訓說」、「轉語說」、「右文說」和「因聲求義理論」的發展，可以說是為現、當代詞源學的研究奠定了厚實的基礎。清朝末年，受到西方國家的影響，不僅在政治、經濟、軍事等國家層面造成了莫大的衝擊，更在文學、思想、語言等文化層次導致了全面的革新。故王力先生云：

> 中國語言學曾經受過兩次外來的影響：第一次是印度的影響，第二次是西洋的影響。前者是局部的，只影響到音韻學方面；後者是全面的，影響到語言學的各個方面。〔註149〕

根據王力先生的說法，第一次受到「印度」的影響是指印度佛教的傳入，由於梵文字母和悉曇章的刺激，於是逐漸產生了「三十字母」、「三十六字母」和「等

〔註146〕王力先生云：「如果說段玉裁在文字學上坐第一把交椅的話，王念孫則在訓詁學上坐第一把交椅。世稱『段王之學』；段、王二氏是乾嘉學派的代表，他們的著作是中國語言學走上科學道路的里程碑。」參見王力：《中國語言學史》，頁133。

〔註147〕劉世俊、張博：〈說轉語〉，頁87～88。

〔註148〕李長興：〈說轉語〉，《國立中央大學第十六屆全國中文所研究生論文研討會》（2009年10月），桃園：國立中央大學中國文學系，頁1～12。

〔註149〕王力：《中國語言學史》，頁142。

韻圖」的著作，故羅常培先生云：「中印文化接觸的最早，而梵文和漢文的性質卻有宜於『耳治』和宜於『目治』的不同。……隋唐以來，一班翻譯佛經的僧侶們受了梵語『聲明』漢『悉曇』的陶冶，就把這一套『長於音』的伎倆班弄到『長於文』的漢語上來。他們最大的貢獻，要算是創造『字母』和『等韻』兩件事。」〔註150〕第二次受到「西洋」的影響則是指鴉片戰爭之後，中國傳統語言學受到西方文化的衝擊，不僅在「音韻學」上有所接觸，甚至在「語音學」、「詞彙學」、「語法學」等各方面皆起了波瀾。當然「詞源學」也不例外，受到西方語言學的影響，學者們在觀念上和理論上皆有所改變和創新。

以下分別探討民國以後學者在詞源學上的研究和著作：

（一）章太炎──《文始》

章太炎先生（西元 1869～1936 年）是開啓現、當代詞源學的第一位開路先鋒，其詞源理論也受到西方語言學的影響，周法高先生說道：

> ……直到清末明初的國學大師章炳麟，其語言學方面的研究更接受了外來的影響，他解釋六書中的轉注（許慎〈說文解字敘〉云：「轉注者建類一首，同意相受，考老是也。」）說：類謂聲類……首者今所謂語基」（《國故論衡》上卷〈轉注假借說〉），他所謂「語基」，現在叫做「語根」，相當於英文的 root。他又著了一部《文始》，更發揮「語根」的學說，他所著的〈語言緣起說〉（《國故論衡》上卷）更利用「語根」的說法來推測語言的源起。這種學說分明是接受了19 世紀西洋語言學的影響。〔註151〕

由上述可知，章太炎先生在「西方詞源學」的影響之下，進而提出「語根」的說法，並藉此來系聯漢語的詞族。其《文始》一書，共有九卷，王鳳陽先生譽之爲「詞族研究的開山鼻祖」〔註152〕。關於其寫作目的，章太炎先生在〈太炎先生自述學術次第〉云：

〔註150〕羅常培：〈漢語音韻學的外來影響〉，收錄於《羅常培語言學論文集》（北京：商務印書館，2004 年 12 月），頁 359。

〔註151〕周法高：〈論中國語言學的過去、未來和現在〉，《論中國語言學》（香港：香港中文大學出版社，1980 年 1 月），頁 5。

〔註152〕王鳳陽：〈漢語詞源研究的回顧與前瞻〉，收錄於張希峰：《漢語詞族續考》，頁 33。

余治小學，不欲為王菉友輩滯於形體，將流為《字學舉隅》之陋也。顧、江、戴、段、王、孔音韻之學，好之甚深，終以戴、孔為主。明本字、辨雙聲，則取諸錢曉徵，既通其理，亦猶有所歉然。在東聞暇，嘗取二徐原本，讀十餘過，乃知戴、段而言轉注，猶有汎濫。緜專取同訓，不顧聲音之異，于是類其音訓，凡說解大同，而又同韻或雙聲得轉者，則歸之于轉注。假借亦非同音通用，正小徐所謂引伸之義也。轉復審念，古字至少，而後代孳乳為九千，唐宋以來，字至二三萬矣。自非域外之語，字雖轉緜，其語必有所根本。蓋義相引伸者，由其近似之聲，轉成一語、轉造一字，此語言文字自然之則也。于是始作《文始》，分部為編，則孳乳浸多之理自見，亦使人知中夏語言，不可貿然變革。又編次《新方言》，以見古今語言，雖遞相嬗代，未有不歸其宗。〔註153〕

又在〈小學略說〉云：

余以寡昧，屢茲衰亂，悼古義之淪喪，愍民言之未理，故作《文始》以明語原；次《小學答問》以見本字；述《新方言》以一萌俗。〔註154〕

由上述可知，章太炎先生撰寫《文始》的目的在於「以明語原」、「使人知中夏語言不可貿然變革」，其音韻學是以「戴震」、「孔廣森」為主，並對於戴震和段玉裁「轉注」、「假借」之說法有不同的意見。姚榮松先生更進一步提出《文始》之依據有三：〔註155〕

1、以戴震、孔廣森以下的音轉學為骨幹。

2、以《說文》學為根基。

3、以音義聯繫為樞紐。

所謂「以戴震、孔廣森以下的音轉學為骨幹」，乃指章太炎先生在戴震《轉

〔註153〕章太炎：《民國章太炎先生炳麟自訂年譜》（台北：商務印書館，1980 年 7 月），頁 58。

〔註154〕章太炎撰、陳平原導讀：《國故論衡・小學略說》（上海：上海古籍出版社，2003 年 4 月），上卷，頁 10。

〔註155〕姚榮松：《古代漢語詞源研究論衡》（台北：學生書局，2006 年 5 月再版），頁 219 ～224。

語》二十章和孔廣森「陰陽對轉」的基礎上，進而創造了〈成均圖〉。章太炎先生在〈成均圖〉中的上古音系統是「二十一聲紐」〔註156〕和「二十三韻部」〔註157〕，根據姚榮松先生的歸納，〈成均圖〉和《文始》的七條韻轉規律綜合如下：〔註158〕

正聲 {
1、近轉………二部相居
2、近旁轉……同列相比
3、次旁轉……同列相遠
4、正對轉……陰陽相對
5、次對轉……自旁轉而成對轉
}

變聲 {
6、交紐轉……陰聲陽聲以比鄰相出入者
7、隔越轉……閒以軸聲隔五相轉者
}

可見章太炎先生的韻轉理論可分為「正聲」和「變聲」兩大類，「近轉」、「近旁轉」、「次旁轉」、「正對轉」和「次對轉」屬於「正聲」，「交紐轉」和「隔越轉」則屬於「變聲」，其中「交紐轉」和「隔越轉」為《文始》所刪，並在《文始》中加以補充「近轉」的規律。

　　所謂「以《說文》學為根基」，是指《文始》以《說文解字》為主體，將《說文解字》中的「獨體象形」和「獨體指事」稱之為「初文」，其他如「省體」、「變體」、「合體象形」、「合體指事」、「同體重複字」則稱之為「準初文」。「初文」和「準初文」總共有510字，並合併為457條字族，章太炎先生認為「初文」和「準初文」是所有文字語詞派生的根本依據。另外，章太炎先生將文字演變的方式分為「孳乳」和「變易」兩個條例，並以「音義相讎」為「變易」、「義

―――――――――

〔註156〕其二十一聲紐和發音部位如下：「喉音」有見、谿、群、疑；「牙音」有曉、匣、影（喻）；「舌音」有端（知）、透（徹）、定（澄）、泥（日娘）、來；「齒音」有照（精）、穿（清）、床（從）、審（心）、禪（邪）；「唇音」有幫（非）、滂（敷）、竝（奉）、明（微）。參見章太炎撰、陳平原導讀：《國故論衡・成均圖》，上卷，頁11。

〔註157〕其二十三韻部如下：寒、歌、泰；諄、隊、脂；眞、至；青、支；陽、魚；東、侯；侵、緝、幽、冬；蒸、之；談、宵、盍。參見章太炎撰、陳平原導讀：《國故論衡・成均圖》，上卷，頁11。

〔註158〕姚榮松：《古代漢語詞源研究論衡》，頁292。

自音衍」爲「孳乳」。黃侃先生在〈與人論治小學書〉中進一步解釋道：

> 變易者，形異而聲、義俱通；孳乳者，聲通而形、義小變。試爲取
> 譬，變易，譬之一字重文；孳乳，譬之一聲數字。今字或一字兩體，
> 則變異之例所行也；或一字數音、數義，則孳乳之例所行也。〔註159〕

根據黃侃先生的說法，所謂「變易」是指聲音和意義相通，但字形卻有所不同
者，例如「火」變易爲「焜」、「燬」。所謂「孳乳」則是指聲音相通，但字形和
意義有所變化，例如「永」孳乳爲「泳」、「詠」。〔註160〕

　　至於「以音義聯系爲樞紐」，則是指《文始》一書同時從「聲音」和「意義」
兩個層面切入來進行詞族的研究。首先以「變易」和「孳乳」兩個文字演變的
條例來系聯同族詞，次以〈成均圖〉中的音轉規律來檢驗同族詞之間聲音演變
的關係，故陸宗達、王寧二位先生認爲《文始》全面體現了四個特點：〔註161〕

1、以「平面的語義」訓釋爲起點，逐漸走向「局部的歷史推源」。

2、以「字源」爲「詞源」的基礎，從「形源」的探討深入到「義源」的探
　　討。

3、以漢字的形、音、義統一爲理論基礎，在形、音、義變化的軌跡中尋求
　　規律和探索原形。

4、以「比較」和「系聯」爲基本方法。

可見《文始》是一部詞源學的專著，不僅繼承清代以來戴震、段玉裁、王念
孫、孔廣森等小學家的研究成果，更開創了現、當代詞源學之先河，故黃侃
先生云：「《文始》總集字學、音學之大成，譬之梵教，所謂最後了義。或者
以爲小學入門之書，斯失之矣。」〔註162〕不過《文始》也有不少缺失，何九
盈先生綜合各家學者說法，將《文始》之局限分爲三個方面：〔註163〕

1、理論方面：沒有完全擺脫字形的拘牽、音轉規則過於寬泛。

〔註159〕黃侃（季剛）：《黃季剛先生論學名著·聲韻通例·與人論治小學書》，頁164。

〔註160〕此二例轉引自何九盈：《中國現代語言學史（修訂本）》（北京：商務印書館，2008
　　　　年8月），頁583。

〔註161〕陸宗達、王寧：〈論《說文》字族研究的意義——讀《文始》與《說文同文》〉，收
　　　　錄於《訓詁與訓詁學》，頁404。

〔註162〕黃侃（季剛）：《黃季剛先生論學名著·聲韻通例·與人論治小學書》，頁164。

〔註163〕何九盈：《中國現代語言學史（修訂本）》，頁584～589。

2、材料方面：篤信《說文》、大力排斥地下出土的古文字材料。

3、方法方面：「一字遞衍，變爲數名」往往是變易復變易、孳乳又孳乳，
任意馳騁，流連忘返。

雖然《文始》一書從當代詞源學和漢藏語比較的角度來看，仍有許多不足有待
討論，但我們並不能據此來否定《文始》在詞源史上的價值和地位，故汪啓明
先生云：「總之，時代造就了章太炎，也限制了章太炎，章太炎作爲高明的戰略
家，在大方向上，在宏觀上是把握得很好的。其不足之處，正是『前脩未密，
後出轉精』，有待於後人作更深入的研究。」〔註164〕

（二）楊樹達──《積微居小學述林》、《積微居小學金石論叢》

楊樹達先生（西元 1885～1956 年）是繼章太炎先生之後研究詞源的大家，
其詞源理論同樣受到西方語言學影響，楊樹達先生自己曾說道：

> 我研究文字學的方法，是受到歐洲文字語源學 Etymology 的影響
> 的。少年時代留學日本，學外國文字，知道他們有所謂語源學。偶
> 然翻檢他們的大字典，每一個字，語源都說得明明白白，心竊羨之。
> 因此我後來治文字學，盡量地尋找語源。往年在《清華學報》發表
> 文字學的論文，常常標題爲語源學，在這之前，語源學這個名詞是
> 很少看見的。這是我研究的思想來源，在我著的《積微居小學金石
> 論叢》第一卷〈形聲字聲中有義略證〉一文中曾經提及，現在我序
> 這本書，還是應該首先說明的。〔註165〕

可見楊樹達先生在留學日本時期，接受了西方詞源學的理論思想，進而撰寫了
許多「語源」的相關著作，例如：〈形聲字聲中有義略證〉、〈字義同緣於語源同
例證〉、〈釋名新略例〉、〈造字時有通借證〉、〈文字孳乳之一斑〉、〈字義同緣於
語源同續證〉、〈聲訓舉例〉等，皆收錄於《積微居小學述林》和《積微居小學
金石論叢》二書之中。關於楊樹達先生的研究方法，可以概括爲「六綱」和「五
事」，根據楊樹達先生自己的說法，其「六綱」爲：〔註166〕

〔註164〕汪啓明：〈章太炎的轉注假借理論和他的字源學〉，收錄於《漢小學文獻語言研究
　　　　叢稿》（成都：巴蜀書社，2003 年 4 月），頁 157。

〔註165〕楊樹達：《積微居小學述林全編·自序》（上海：上海古籍出版社，2007 年 8 月），
　　　　頁 1。

〔註166〕楊樹達：《積微居小學述林全編·自序》，頁 2。

1、受外來影響。

2、思路廣闊了，努力擺脫前人桎梏。

3、作批判、接受《說文》的工作。

4、凡現代語言及其他一切皆取之爲材料，所涉較廣。

5、盡量利用古韻、甲骨文和金文的新成果。

6、繼承〈蒼頡篇〉和《說文》以來形義密合的方法。

其「五事」則如：

1、形聲字中聲旁往往有義。

2、文字構造之初已有彼此相通借的現象。

3、意義相同的字，構造往往相同或相類。

4、象形、指事、會意、形聲四書的字往往有後起的加旁字。

5、象形、指事、會意三書的字往往有後起的形聲字。

楊樹達先生以「六綱」爲經，「五事」爲緯，將二者交錯推衍來說解字義，在系聯同族詞的研究上，主要是採用「形、音、義三者並重」的標準原則。黃青先生更進一步歸納其語源學的研究方法包括「運用科學的認識論和方法論」、「綜合分析，對比研究，源流互求」、「堅持形義密合的原則，就形識義，探索語源」、「堅持語義存乎聲音的原則，尋聲類以探語源」、「從語法的角度研究同源詞的孳乳」和「從漢字構形的角度研究語源的分化」六種，實可謂結合了「歷時」和「共時」、「推源」和「系源」的研究。〔註167〕

至於楊樹達先生詞源學的思想要旨，沈兼士先生總結爲「三綱」，其云：

今先生私淑王氏（筆者按：王念孫《廣雅疏證》），造此宏著，撮其要旨，約具三綱：形聲字聲中有義，一也。聲母通假，二也。字義同緣於受名之故同，三也。循是以求訓詁之理論，若網在綱，有條不紊矣。〔註168〕

所謂「形聲字聲中有義」，是指楊樹達先生繼承清代以來「聲近義近」和「右文說」的理論，在《爾雅》、《說文解字》、《廣雅》等小學之古籍中，舉出九條「以

〔註167〕黃青：《楊樹達先生語源學研究的成就》（湖南：湖南師範大學文學院碩士論文，2006年10月），頁14～21。

〔註168〕楊樹達：《積微居小學金石論叢·沈兼士序》，頁11。

聲聯義」之例證，列舉如下：〔註169〕

1、「失」聲、「萑」聲字多含「曲」義：如齲（齒曲）、趯（行曲）。

2、「燕」聲、「晏」聲字多含「白」義：如騴（馬之白竅）、鰋（白魚）。

3、「曾」聲字多含「重」義、「加」義、「高」義：如譜（加）、矰（繳矢射高）。

4、「赤」聲、「者」聲、「朱」聲、「叚」聲字多含「赤」義：如赭（赤土）。

5、「呂」聲、「旅」聲、「盧」聲字多含「連立」之義：如侶（伴）、旅（軍五百人）。

6、「开」聲字多含「并列」之義：如併（竝）。

7、「邕」聲、「容」聲、「庸」聲字多含「蔽塞」之義：如灉（築土雝水）、壅（蔽塞）。

8、「重」聲、「竹」聲、「農」聲多含「厚」義：如重（厚）、竺（厚）、濃（厚貌）。

9、「取」聲、「奏」聲、「悤」聲字多含「會聚」之義：如聚（會）、湊（水上人所會）。

楊樹達先生從「聲符」著手來研究詞源，進而概括「某聲多含某義」的形式，目的是爲了說明「聲近則義近」和「聲寓於義」，故云：「蓋文字根於言語，言語託於聲音，言語在文字之先，文字第是語音之徽號。以我國文字言之，形聲字居全字數十分之九，謂形聲字義但寓於形而不在聲，是直謂中國文字離語言而獨立也。其理論之不可通，故灼灼明矣。」〔註170〕。

所謂「聲母通假」，則是指形聲字的聲符有假借的現象，「聲母」即「聲符」之義。楊樹達先生曾云：「一九三三年春，偶憶《大學》「爲人父止於慈」一語，謂慈字聲類之茲即子，於是悟形聲聲類有假借。」〔註171〕並在〈造字時有通借證〉一文中將形聲字聲旁通借的例證分爲三類：〔註172〕

1、由《說文》重文推知者：如「柄」、「棟」。

〔註169〕楊樹達：〈形聲字聲中有義略證〉，收錄於《積微居小學金石論叢》，卷一，頁63～75。

〔註170〕楊樹達：〈形聲字聲中有義略證〉，收錄於《積微居小學金石論叢》，卷一，頁60。

〔註171〕楊樹達：《積微居小學金石論叢·自序》，頁21。

〔註172〕楊樹達：〈造字時有通借證〉，收錄於《積微居小學述林全編》，卷四，頁155～167。

2、《說文》不云重文而實當爲重文者：如「遁」、「遯」。

3、從字義推尋得之者：如「害」、「割」。

侯占虎先生云：「文字聲旁有假借的說法，在當時不僅楊氏持之，黃侃稱形聲字，『聲與義不相應者』爲假借（如『禥』，假其以代基也。）沈兼士稱之爲：音符僅借音者。」〔註173〕可見楊樹達先生雖然不是當時唯一提出「聲符假借」理論的學者，不過卻是大量舉出例證來研究「聲符假借」的第一人。〔註174〕所謂「字義同緣於受名之故同」，乃指同義字往往同源，故其文字構形往往相同或相似。此說法表現在〈字義同緣於語源同例證〉和〈字義同緣於語源同續證〉二文之中，楊樹達先生共舉出 75 個例子來證明「字義同緣於語源同」的理論，故云：「語源同或云構造同。悉言之，構造同謂象形會意字，如第十六條戍與役以下皆是也。語源同爲形聲字，如第一條堉與倩至第十五條皆是也。兩者雖別，亦可互用也。文字先有義而後有形，義同，故以相同之構造表之也。」〔註175〕另外，楊樹達先生在〈文字孳乳之一斑〉中將文字孳乳分爲六大類：〔註176〕

1、能動孳乳：如「兒」孳乳爲「閱」。

2、受動孳乳：如「口」孳乳爲「釦」。

3、類似孳乳：如「士」孳乳爲「牡」。

4、因果孳乳：如「分」孳乳爲「貧」。

5、狀名孳乳：如「白」孳乳爲「帛」。

6、動名孳乳：如「引」孳乳爲「靷」。

可見楊樹達先生不僅將西方詞源學和新出土的古文字材料引入詞源的研究，更首次從「語法」的角度切入，進一步探求同族詞孳乳的規律，故何九盈先生云：「章（筆者按：章太炎）劉（筆者按：劉師培）之後，語源研究成績最

〔註173〕侯占虎：〈考語源、求字義——楊樹達先生學術研究的特點〉，《聊城大學學報（哲學社會科學版）》第 3 期（2002 年），頁 111。

〔註174〕根據卞仁海先生的統計：〈造字時有通借證〉所舉「聲符假借」的例證就高達 92 條，參見卞仁海：《楊樹達訓詁研究》，頁 61。

〔註175〕楊樹達：〈字義同緣於語源同續證〉，收錄於《積微居小學述林全編》，卷五，頁 279。

〔註176〕楊樹達：〈文字孳乳之一斑〉，收錄於《積微居小學述林全編》，卷五，頁 236～254。

為突出的是沈兼士、楊樹達。」〔註177〕但楊樹達先生的研究仍有不足之處，曾昭聰先生提出四個失誤：〔註178〕

1、「從某聲字多有某義」的分析大多可信，但少數地方在表述上卻言「凡」。

2、從現代語義學和詞源學的角度來看，某些觀點還有待修正。

3、古文字材料的限制。

4、過信《說文》的形義分析。

雖然楊樹達先生在研究上仍存在著不少缺失，但其在詞源史上的貢獻是巨大的，不僅將詞源學導入科學的道路，更利用西方詞源學理論和古文字材料作為輔助，進而大量地系聯漢語同族詞，〔註179〕故其研究成果是值得後人讚許並加以學習的。

（三）沈兼士——《沈兼士學術論文集》

沈兼士先生（西元 1887～1947 年）和楊樹達先生皆是繼章太炎先生之後研究詞源學的大家，尤其在「漢語字族學」的研究上更是功不可沒。其詞源學的著作包括：〈右文說在訓詁學上之沿革及其推闡〉、〈「鬼」字原始意義之試探〉、〈與丁聲樹論釋名潏字之義類書〉、〈希、殺、祭古語同原考〉、〈聲訓論〉、〈聯綿詞音變略例〉和〈「盧」之字族與義類〉等，皆收錄於《沈兼士學術論文集》一書中。

關於其研究精神，除了「努力以求真實」的態度之外，沈兼士先生在〈文字形義學〉〔註180〕中還分為「獨立」、「袪妄」和「實驗」三個層面來談，可見沈兼士先生具有科學和實事求是的學術精神。至於其研究「字族」的方法與步驟，沈兼士先生自己曾說道：

> 又余意以為研究中國語中之字族，須先從事一種筆路襤褸之豫備工

〔註177〕何九盈：〈二十世紀的漢語訓詁學〉，收錄於劉堅主編：《二十世紀的中國語言學》（北京：北京大學出版社，2004 年 8 月 2 刷），頁 69。

〔註178〕曾昭聰：《形聲字聲符示源功能述論》，頁 170～173。

〔註179〕根據黃青先生的初步統計：《積微居小學述林》和《積微居小學金石論叢》二書所系聯的同族詞高達 398 組，所歸納的形聲字聲符表義則高達 85 條。參見黃青：《楊樹達先生語源學研究的成就》，頁 89。

〔註180〕沈兼士：〈文字形義學〉，收錄於《沈兼士學術論文集》，頁 382～384。

作，因我國語言與文字之紛亂糾擾，實含有三種情形：一語數字，
所謂「重文」、「變易」，如上例之日與吺，欻與颭之類，一也。一語
數音，所謂「方言」、「轉語」，如上例之聿與筆，馱與驒之類，二也。
語異而義可通，字別而音猶近，詞類無間於事物，音讀不拘於單複，
所謂「孳乳」、「字族」者，如上例之潚、術、曰、筆、徽、驒、溪
辟、回颭之類，三也。學者須先從第一第二項下一番工夫，然後方
能進行第三項漢語字族之研究。〔註181〕

由上述可知，沈兼士先生認爲研究漢語字族必須依照三步驟：第一是整理「一
語數字」的情形，包括《說文解字》的「重文」和古文字材料的「異體字」
等，這是屬於「字形」的部分。第二是釐清「一語數音」的狀況，包括因不
同方言和轉語所造成的語音變化，這是屬於「字音」的部分。待完全掌握「字
形」和「字音」的演變情況之後，方能進行第三步驟──「字族的研究」，可
見沈兼士先生採取漢字「形、音、義三者並重」的研究方法來進行漢語字族
的研究。根據陳偉先生的分析，沈兼士先生在研究中也非常重視「歸納法」、
「演繹法」和「圖表法」的運用，例如〈右文說在訓詁學上之沿革及其推闡〉
中右文分化的公式使用了「歸納法」，〈聯綿詞音變略例〉中聯綿詞的分類使
用「演繹法」，〈從古器款識上推尋六書以前之文字畫〉中的「中國文字發達
統系表」則使用了「圖表法」。〔註182〕關於漢語字族的研究，沈兼士先生又云：

余近年來研究語言文字學有二傾向：一爲意符之研究，一爲音符之
研究。意符之問題有三：曰文字畫，曰意符字初期之形音義未嘗固
定，曰義通換讀。音符之問題亦有三：曰右文說之推闡，曰聲訓，
曰一字異讀辨。二者要皆爲建設漢語字族學之張本。〔註183〕

「字族學」的概念是由沈兼士先生率先提倡的，由上述可知，沈兼士先生欲以
「意符」和「音符」兩方面的研究來建立起「漢語字族學」之張本，並做出了
大量的研究和成果，對於現、當代詞源學的貢獻十分重大。尤其〈右文說在訓

〔註181〕沈兼士：〈與丁聲樹論釋名潚字之義類書〉，收錄於《沈兼士學術論文集》，頁205。
〔註182〕陳偉：《沈兼士字族理論研究》（重慶：西南大學中文系碩士論文，2006年6月），
頁26～28。
〔註183〕沈兼士：〈聲訓論〉，收錄於《沈兼士學術論文集》，頁256。

詁學上之沿革及其推闡〉一文更是研究右文說的經典之作，全文共分爲九個小節：〔註184〕

 1、引論

 2、聲訓與右文

 3、右文說之略史一

 4、右文說之略史二

 5、右文說之略史三

 6、諸家學說之批評與右文說之一般公式

 7、應用右文以比較字義

 8、應用右文以探尋語根

 9、附錄

曾昭聰先生認爲〈右文說在訓詁學上之沿革及其推闡〉一文在「聲符示源」的研究上主要表現在四個方面：〔註185〕

 1、將「右文」和「聲訓」加以區別，提出「最大公約數」的概念。

 2、第一次對歷來「右文說」的理論和實踐進行歷時的總結。

 3、第一次從形聲字的產生和聲符示源的運動方式出發，揭示了右文分化的規律。

 4、首次總結了右文的研究價值。

所謂「將右文和聲訓加以區別」，是指沈兼士先生將「聲訓」的性質分爲「汎聲訓」和「同聲母字相訓釋」兩類，其中「同聲母字相訓釋」又可分爲三項：〔註186〕

 （甲）ax:x　→以聲母釋形聲字。

 （乙）x:ax　→以形聲字釋聲母。

〔註184〕沈兼士：〈右文說在訓詁學上之沿革及其推闡〉，收錄於《沈兼士學術論文集》，頁73～185。

〔註185〕曾昭聰：《形聲字聲符示源功能述論》，頁152～158。

〔註186〕「x」表示聲母，「ax」、「bx」表示同從一聲母之形聲字，「：」表示訓釋。參見沈兼士：〈右文說在訓詁學上之沿革及其推闡〉，收錄於《沈兼士學術論文集》，頁82。

（丙）ax:bx →以兩同聲母之形聲字相釋。

至於「右文」之公式是：

$$（ax，bx，cx，dx……）：x$$

「聲訓」是以聲音相同或相近的字來作訓釋，「右文」則是指形聲字的聲符偏旁，可見「聲訓」和「右文」在性質上實有不同。另外，沈兼士先生又提出「聲訓」和「右文」的範圍也不同，其三者範圍大小如下：

$$汎聲訓＞同聲母字相訓＞右文$$

由於「汎聲訓」只取音近之字作訓釋，故範圍最大；「同聲母字相訓」的條件是相訓之字必須為「相同聲母」，故範圍次之；而「右文」則是綜合一組同聲母的字而抽取其「最大公約數」之意義所有字的共同概念，因此在方法上比「聲訓」還來得嚴格，當然範圍也就最為狹隘。

所謂「第一次對歷來右文說的理論和實踐進行歷時的總結」，是指沈兼士先生首次探討歷代以來「右文說」的發展，不僅略述從晉代楊泉的《物理論》到民國章太炎、劉師培、梁啓超等諸家的學說，更做出總結性的批評，最後也提出研究「右文說」應遵循兩個標準，其云：「準以此觀，治右文之說者，——（一）於音符字須先審明其音素，不應拘泥於字形；（二）於音素須先分析其含義，不當牽合於一說。」〔註187〕

所謂「揭示右文分化的規律」，則指沈兼士先生總結前人的研究成果，進而提出了七種右文分化的「表式凡例」，列舉如下：〔註188〕

1、右文之一般公式。

2、本義分化式。

3、引申義分化式。

4、借音分化式。

5、本義與借音混合分化式。

6、複式音符分化式。

7、相反義分化式。

〔註187〕沈兼士：〈右文說在訓詁學上之沿革及其推闡〉，收錄於《沈兼士學術論文集》，頁122。

〔註188〕沈兼士：〈右文說在訓詁學上之沿革及其推闡〉，收錄於《沈兼士學術論文集》，頁124～155。

由以上七種「右文分化」的規律可知，沈兼士先生將所有的形聲字分爲「本義分化」和「借音分化」兩大類，並認爲「以訓詁爲經、以聲音爲緯」即可了解右文演變之軌跡，故楊光榮先生云：「沈氏的這個『右文之一般公式』以及七個具體公式，的確是一個創造。可以説，宋代王聖美開創了『右文』説，清代黃承吉建構了『右文』説的理論，而近人沈兼士則建構了『右文』説的操作體系。」〔註 189〕

　　至於「首次總結了右文的研究價值」，是指沈兼士先生不僅提出七種右文分化的表式凡例具有「分訓詁之系統」、「察古音之變遷」、「窮語根之起源」、「溯語詞之分化」的四種功能，更主張利用右文來「比較詞義」和「探尋語根」，實可謂賦予了研究右文的價值和功用所在。

　　另外，〈聲訓論〉一文亦是沈兼士先生研究詞源學的重要著作之一，全文共分「聲訓之原理及諸家學說」、「聲訓之分類及其一般公式」和「審辨聲訓義類法」三個小節。在第一小節中，沈兼士先生即開宗明義表示：從「意符」和「音符」兩方面的研究來建立「漢語字族學」，並且略述「聲訓」歷來演變之脈絡。到了第二小節，沈兼士先生綜合前人研究的成果，將「聲訓」義類分爲六例：〔註 190〕

　　1、相同之例：如《說文》「災，裁也」。

　　2、相等之例：如《方言》「迎，逆也」。

　　3、相通之例：如《說文》「入，內也」。

　　4、相近之例：如《釋名》「山，產也。產生物也」。

　　5、相連之例：A 式如「委，隨也」、「隨，從也」；B 式如「氾，濫也」、
　　　　「濫，氾也」。

　　6、相借之例：如《毛傳》「壺，瓠也」。

其聲訓六例的分類，幾乎涵蓋了所有文獻的聲訓範圍，故云：「學者儻能準此以理董自來之聲訓，進而總彙之，編纂成書，以爲研究漢語字族者之參攷，其功用當不在推闡右文之下也。」〔註 191〕第三小節則將審辨「聲訓義類」的

〔註 189〕楊光榮：《詞源觀念史》，頁 440。

〔註 190〕沈兼士：〈聲訓論〉，收錄於《沈兼士學術論文集》，頁 263～272。

〔註 191〕沈兼士：〈聲訓論〉，收錄於《沈兼士學術論文集》，頁 274。

方法分爲七種，列舉如下：〔註192〕

    1、用卜辭、今文校正篆體，以明其形義相依之理。

    2、本初期意符字形音義不固定之原則，以溯義類之源。

    3、用「右文法」歸納同諧聲字之義類。

    4、藉「聲母互換」之法以索義類之隱。

    5、據「經典異文」以證其義類之通。

    6、由音讀之聲類、韻部，以斷定義類表示之傾向。

    7、藉聯緜詞輔助、推測詞義之引申。

「聲訓」和「右文」皆屬於「音符」之研究，沈兼士先生從「聲訓」和「右文」兩方面著手，確立更嚴謹的方法和條例，目的就是爲了建立「漢語字族學」的新學科，使詞源學的研究能夠走上科學的道路。此外，沈兼士先生又在〈廣韻聲系編輯旨趣〉中提到：

> 吾人欲建設漢語學，必須先研究漢語之字族；欲作字族之研究，又非先整理形聲字之諧聲系統不可。……此書之主要旨趣，約有下列四點：一、敍列周秦兩漢以來諧聲字發達之史迹。二、提示主諧字與被諧字訓詁上文法上之各種關係。三、比較主諧字與被諧字讀音分合之現象。四、創立以主諧字爲綱之字典模範。〔註193〕

《廣韻聲系》打破了歷來字典以「部首」爲綱的傳統，創立了以「主諧字」爲綱的編排體例，在詞源學的研究上具有獨樹一幟的價值和貢獻。綜觀沈兼士先生的詞源研究，仍存在著些許不足之處，劉又辛、李茂康二位先生說道：

> 當然，沈先生在這方面的研究也有不夠完善之處，比如：對詞與詞之間語源關係的繫聯，有時仍似覺牽強，到底是同源，還是同義，尚須仔細斟酌。……此外，方言材料對考訂詞族有十分重要的作用，沈先生對此儘管較爲重視，但實際上卻未能充分運用這方面的材料。〔註194〕

〔註192〕沈兼士：〈聲訓論〉，收錄於《沈兼士學術論文集》，頁278～279。

〔註193〕沈兼士主編：《廣韻聲系‧廣韻聲系編輯旨趣》（北京：中華書局，2006年3月重印），頁2。

〔註194〕劉又辛、李茂康：《訓詁學新論》，頁246～247。

　　雖然沈兼士先生的研究有些問題需要進一步的討論，但沈兼士先生不僅融入了西方詞源學理論和新出土的古文字材料，更將其研究方法加以系統化、理論化，故其著作對於現、當代詞源學的研究仍具有承先啓後的影響和貢獻，于省吾先生即云：「昔人以研討文字之形音義者謂之小學，自章炳麟先生易稱爲語言文字學，俾脱離經學附庸，上承顧江段王之業，綜理其成，而兼士先生親炙緒論，推尋闡發，究極原委，進而爲語根字族之探索，遂蔚爲斯學之正宗。」〔註195〕

（四）高本漢——《Word Families in Chinese》（譯名：《漢語詞類》或《漢語的詞族》）

　　高本漢先生（Klas Bernhard Johannes Karlgren，西元 1889～1978 年）是國際著名的瑞典漢學家，其學術成果對於現、當代語言學產生了巨大的影響，故王力先生曾云：「西歐漢學家雖多，但是對中國語言學產生影響的不多。影響較大的只有一個高本漢（B.Karlgren）。」〔註196〕關於高本漢先生詞源學的著作，根據姚榮松先生的歸納，主要有以下三種：〔註197〕

　　1、《Word Families in Chinese》：張世祿先生譯爲《漢語詞類》、王力先生譯爲《漢語的詞族》。

　　2、《The Chinese Language,An Essay on its Nature and History》：杜其容先生譯爲《中國語之性質及其歷史》。

　　3、《Cognate Words in the Chinese Phonetic Series》：陳舜政先生譯爲《中國音韻系列中的同語根詞》。

其中《漢語詞類》一書更是首度將西方的「歷史比較法」帶入了漢語詞族的研究，高本漢先生將其對於上古音所擬定的音值來標注漢字的讀音，進而作爲詞族分類的結構框架。

　　關於《漢語詞類》一書的研究目的，高本漢先生云：

　　研究中國語音歷史的一個主要目的，是在準備作印度支那比較語言

〔註195〕沈兼士：《段硯齋雜文・序》（香港：滙文閣書局，1947 年 8 月），頁 1。

〔註196〕王力：《中國語言學史》，頁 152。

〔註197〕姚榮松：〈高本漢漢語同源詞說評析〉，頁 211。

學的基礎——所謂印度支那比較語言學，就是把中國語、台語、西藏、緬甸語作一種系統的比較，這些語言雖然是歧異的方言，而為親屬的語言確實無疑。可是，依我的見解，這種的研究並不宜于掇拾孤獨的中國「語詞」而把牠們來和孤獨的西藏或暹羅語詞相比較。其理由是在中國語上並非包含著某某數千獨立的單音綴，牠們彼此間毫無親屬關係的；中國語裏也正和其他一切語言裏一樣，語詞組成許多族類，各類的親屬語詞由同一本原的語根所構成的。例如中國語的「目」上古音miôk（眼睛），如果我們沒有先把這個miôk所屬的族類建立起來，就不能證明牠和西藏語的mig係屬同一的。「眸」這個語詞，上古音miôg（瞳睛），牠和miôk屬于同類，確是無疑：也正是相像這個miôg乃直接相合于西藏語的mig的。換句話說：當印度支那比較語言學能夠安全的著手進行以前，在各語系當中，還有一種偉大的工作須待完成的。中國語裏的語詞必須依照原初的親族關係把牠們一類一類的分列起來，在台語、西藏、緬甸語裏也是如此。從此，而且只是從此，我們才可以把這三大語系的「語詞族類」加以比較，而期待可靠的結果。〔註198〕

由上述可知，高本漢先生引進了西方的「歷史比較語言學」的理論，希望先從漢語內部建立起詞族關係，再進一步和已經建立詞族關係的侗台語、西藏語、緬甸語作比較，可以說是將詞源學帶入了科學的新道路。《漢語詞類》全書可分為兩個部分，前半部是討論高本漢先生自己在上古音方面的構擬問題和對於其他學者研究上古音的看法，包括：「舌尖音收尾的真、諄、元、至、脂、祭諸韻部」和「舌根音收尾的韻部」、「複合輔音」等。後半部則是將所收的 2396 個字分成十個詞族類表，列舉如下：〔註199〕

〔註198〕高本漢著、張世祿譯：《漢語詞類》（上海：商務印書館，1937 年 1 月），頁 1～2。

〔註199〕本表轉引自姚榮松：〈高本漢漢語同源詞說評析〉，頁 212。另外，姚榮松先生在此頁又云：「十個詞羣計收方塊字 2397 個」，但筆者根據表格的收字數計算，應是 2396 個字。

【表 3-6】高本漢《漢語詞類》收字統計表

編　號	類　　別	收　字　數
A	K-NG 類	369
B	T-NG 類	693
C	N-NG 類	73
D	P-NG 類	188
E	K-N 類	334
F	T-N 類	353
G	N-N 類	51
H	P-N 類	155
I	K-M 類	88
J	T-M、N-M、P-M 類	92

首先依照「韻尾」將語詞分為三大類：

　　1、-ng、-k、-g

　　2、-m、-p、-b

　　3、-n、-t、-d、-r

再依照「上古起首輔音」分為四小類：

　　1、k-、kʻ-、g-、gʻ-、ng-、x-、ˑ-

　　2、t-、tʻ-、d-、dʻ-、t̑-、t̑ʻ-、d̑-、d̑ʻ-、ts-、tsʻ-、dz-、dzʻ-、tṣʻ-、dẓʻ-、ś-、s-、
　　　　z-、s̯-

　　3、n-、ń-、l-

　　4、p-、pʻ-、b-、m-

舉例說明之，例如高本漢先生在「K-NG 類」中舉出「景」、「鏡」、「光」、「晃」、「煌」、「旺」、「瑩」、「耿」、「熲」、「炯」、「熒」、「螢」、「杲」、「赫」、「旭」、「熙」、「熹」、「曉」、「暎」皆含「光」之義；「行」、「徨」、「迂」、「街」、「巷」、「遨」皆含「行」之義⋯⋯等，並為每個漢字標著音值。關於《漢語詞類》的研究成果，高本漢先生又補充道：

> 列出的各表，其用意所在，千萬不要誤會。要肯定各類裏的語詞都
> 「是」親屬的，我現在還相差很遠，我的意思只是說牠們是「可以
> 測定」為親屬的。在幾個事例當中，親族關係是絕對顯著明確的。

在更多事例當中，也有極強的可信程度。其餘的不過只是一種可能，至少也值得討論罷了。所以各個小小的「親族詞類」只須認爲是一種「框子」，包含著的材料將來是要從中使行選擇的。確定的結果只能依據比較印度支那語的研究才可以得到的，因爲語音上的符合有時很容易是似是而非的。〔註200〕

可見高本漢先生認爲自己的詞族分類只是漢語內部的初步擬測，必須要和其他同源的語系加以比較才能夠做出確信的成果，此概念與陳寅恪先生之說法可謂不謀而合，陳寅恪先生云：「然語根之學實一比較語言之學。讀大著（筆者按：指沈兼士先生〈右文説在訓詁學上之沿革及其推闡〉）所列諸方法外，必須再詳考與中國語同系諸語言，如：西藏，緬甸語之類，則其推測之途徑及證據，更爲完備。」〔註201〕漢語詞族的研究必須朝向與漢語同源的其他語系作比較，這是「歷史比較語嚴學」的根本精神所在，亦是目前研究漢語詞族的趨勢，由此可見，高本漢先生和陳寅恪先生早已具有遠見，符合科學研究的態度與精神。

不過《漢語詞類》的研究，仍不免有所缺陷，王力先生評云：

> 《漢語中的詞族》的研究還是很粗疏的。第一，各組的詞多得幾乎是無邊，從這樣大的範圍來觀察親屬，危險性很大；第二，不能認爲凡聲近者必然義近，應該承認存在著很多聲近的詞（甚至是同音詞）是完全沒有親屬關係的；第三，陰聲韻的韻尾輔音不能作爲定論，因此，-g與-ng同組，-r與-n同組等等也都失去了根據；第四，每組之後只將漢字釋出意義，不加討論，令人不明白爲什麼這些詞是同族的。〔註202〕

王力先生又在〈同源字論〉中說道：

> 瑞典高本漢寫了一篇《漢語的詞族》，也是探討同源字的。他不列「初文」，不武斷地肯定某詞源出某詞，這是他比章炳麟高明的地方。他只選擇比較普通的流行的詞來作分析，這也是嚴謹可取的。

〔註200〕高本漢著、張世祿譯：《漢語詞類》，頁108。

〔註201〕沈兼士：〈右文説在訓詁學上之沿革及其推闡·陳寅恪先生來書〉，收錄於《沈兼士學術論文集》，頁183。

〔註202〕王力：《中國語言學史》，頁158。

但是章炳麟所有的兩大毛病——聲音不相近而勉強認爲同源，意義相差遠而勉強牽合——高本漢都有，而且高本漢的漢文水平比章炳麟差得多（許多漢字都被他講錯了）。因此，他的《漢語的詞族》也不是成功的著作。〔註203〕

嚴學宭先生也評論道：

關於漢語同族詞的研究，解放前曾一度推崇瑞典高本漢（B. Karlgren）的《漢語詞類》（Word Families in Chinese, 1934）。這書通過分析二千多個語詞的語音形式，得出聲母（四類）韻呼（九類）元音（二十四類）韻尾輔音（三類）的變化法則，類集同族詞，它的缺點是沒有從同族詞的內在聯繫中，探求各組親屬語詞的共同基本意義的詞核，特別是忽視了同族詞的內部結構的共同基本成分的元音，結果是辨音、釋義和選詞失當，形成雜碎大拼盤。〔註204〕

雖然《漢語詞類》具有王力先生所云「聲音不相近而勉強認爲同源」、「意義相差遠而勉強牽合」和嚴學宭先生所云「忽視了同族詞內部結構的共同基本成分的元音」、「辨音、釋義和選詞失當」等缺失，但我們仍必須肯定高本漢先生在漢語詞源學上的巨大貢獻和影響，故張世祿先生云：「總之，高本漢的主要的研究工作是在中國語文學，尤其在語言音韻方面有很多特殊的貢獻。他從現代研究的方音，進而擬構中國古音的系統，更進而測定中國的上古音，於是由語詞形式的研究用來探求語源，以爲建立印度支那比較語言學的基礎……我們切不可忘記，他是把中國語文學成爲科學化的最大的功臣，在這個新時代裡他最足以代表西洋研究中國語文學的專家。」〔註205〕

（五）藤堂明保——《漢字語源辭典》

藤堂明保先生（とうどう　あきやす，西元 1914～1985 年）則是日本著名的漢學家，其詞源學的代表作是《漢字語源辭典》。此書原本是在 1963 年根據其博士論文《上古漢語的單詞家族的研究》改寫而出版，題名爲《漢字語源的

〔註203〕王力：〈同源字論〉，收錄於《同源字典》，頁 41～42。

〔註204〕嚴學宭：〈論漢語同族詞內部屈折的變換模式〉，頁 85。

〔註205〕張世祿：〈高本漢與中國語文〉，收錄於《張世祿語言學論文集》（上海：學林出版社，1984 年 10 月），頁 184。

研究》，沒想到意外地造成暢銷；於是藤堂明保先生在 1965 年加以修訂，並改名爲《漢字語源辭典》，到了 1983 年 11 月已經發行至 36 版，深受當時日本學術界的重視。

《漢字語源辭典》一書共可分爲五個部分：〔註 206〕

1、序言（2 頁）。

2、目次（1～10 頁）。

3、序說（13～68 頁）。

4、本編（69～874 頁）。

5、附錄（875～914 頁）。

全書總共收錄了 3600 個字，並且歸納爲 223 個詞族。關於其研究目的，藤堂明保先生在序言中提到：

> 「單語家族」就是語形相近而具有共通的基本義的形態素集合體，
> 簡言之爲「親類單語組」。這些書寫不同的親族字很多，清代學者早
> 有發覺，他們稱之爲「音通」或「一聲之轉」，並就古典字義作了解
> 說。清代的考據學達到了高峰，但在成果的整理上缺乏科學論證的
> 有力武器，就是說缺乏語言學的方法。歐洲的學者如高本漢已認識
> 到這一問題的重要性，並進行初步的整理，但在文獻的處理方法以
> 及字義的解說上不如古代文化素養深湛的東洋學者。如果能將二者
> 結合起來，再加上甲骨文和金文的最新研究成果，就可產生初步的
> 經得起科學批評的研究。〔註 207〕

由上述可知，藤堂明保先生在高本漢先生的基礎上，不僅結合了甲骨文和金文的最新研究成果，更進一步提出了「形態基」〔註 208〕的說法，使漢語詞源學的

〔註 206〕 轉引自房建昌：〈藤堂明保與漢語辭書編纂〉，《辭書研究》第 1 期（1986 年），頁
134。

〔註 207〕 轉引自房建昌：〈藤堂明保與漢語辭書編纂〉，頁 133。其中「單語家族」和「形
態素集合體」，王繼如先生翻譯爲「單詞家族」和「形態基」，參見王繼如：〈藤堂
明保《漢字語源辭典》述評〉，《辭書研究》第 1 期（1988 年），頁 115～124。

〔註 208〕 所謂「形態基」就是指每個詞族的基本語形，例如「主」、「柱」、「注」、「住」、「豆」、
「逗」、「樹」等屬於同一個單詞家族，皆含有「固定於一處」之義，聲母有〔t-〕、
〔t'-〕、〔d〕等，可抽象出〔T〕，韻母有〔ug〕、〔ïug〕等，可抽象出〔UG〕，這抽

研究更加科學化。此外，藤堂明保先生根據高本漢先生的上古音系統而加以修訂，將三十個韻部分爲三大類：〔註209〕

第一類	陰	之部 əg	幽部 og	宵部 ɔg	侯部 ug	魚部 ag	支部 eg
	入	職部 ək	沃部 ok	藥部 ɔk	屋部 uk	鐸部 ak	錫部 ek
	陽	蒸部 əŋ	中部 oŋ		東部 uŋ	陽部 aŋ	耕部 e
第二類	陰	微部 ər				歌部 ar	脂部 er
	入	隊物部 əd、ət				祭月部 ad、at	至質部 ed、et
	陽	文部 ən				元部 an	眞部 en
第三類	陰						
	入	緝部 əp				葉部 ap	
	陽	侵部 əm				談部 am	

至於諧聲系列的聲母則分爲四類：〔註210〕

類 別	發音部位	構 擬 音 值
第 1 類	唇音	p-、pʻ-、b-、m-
第 2 類	牙音和喉音	k-、kʻ-、g-、h-、ɦ-、ʔ-、ŋ-
第 3 類	舌音和正齒音	t-、tʻ-、d-、n-、ţ-、ţʻ-、ḓ-、ņ-、tʃ-、tʻʃ-、dʒ-、ʃ-、ʒ-、ř-、j-
第 4 類	齒音和齒上音	ts-、tsʻ-、dz、s-、tʂ-、tʂʻ-、dẓ-、ṣ

關於《漢字語源辭典》的評價，嚴學宭先生云：

> 此外還有日本漢語學者藤堂明保著的《漢字語源辭典》（1965 年東京學燈社版）。這是一部綜合探討漢字歷史並結合漢語音韻和詞義研究的著作，企圖通過漢字歸類的「單詞家族」的考訂，探求其淵源關係。在按字音確定基本型和依字形論證基本義等方面發揮了獨有的見解。但從同族詞研究的要求來說，尚未達到目的。所以親屬關

象出來的聲韻組合〔TUG〕就是「形態基」。參見王繼如：〈藤堂明保《漢字語源辭典》述評〉，頁 119。

〔註209〕轉引自〔日本〕藤堂明保著、王繼如譯：〈漢字語源研究中的音韻問題〉，《古漢語研究》第 2 期（1994 年），頁 7～8。

〔註210〕轉引自〔日本〕藤堂明保著、王繼如譯：〈漢字語源研究中的音韻問題〉，頁 10。

係還是難以確認。〔註211〕

根據嚴學宭先生的說法，藤堂明保先生的《漢字語源辭典》雖然在詞族研究上仍存在著一些缺失，尚未達到同族詞研究的目的，不過其「單詞家族」、「形態基」和修訂高本漢先生上古音系統等獨特的見解，對於現、當代詞源學的研究影響頗深，故王繼如先生云：「總之，《漢字語源辭典》作為研究語源的專著，在使這一工作更為科學化方面是作了創造性的努力的；作為辭典，它注意到語義的聯繫和區別，又能提供新的信息，很有實用性；而其行文的流暢通俗，疑難處隨作解釋，並配以繁茂的插圖，又使得這艱深的學術著作變得生動活潑，富有趣味性。正是科學性、實用性、趣味性三者的統一，使它擁有廣大的讀者。」〔註212〕

（六）王力——《同源字典》

王力先生（西元 1900～1986 年）是現代著名的語言學家，其《同源字典》一書不僅是集漢語詞源學研究之大成，何九盈先生更譽為是「本世紀具有里程碑的語源學著作」〔註213〕。《同源字典》中收錄了〈同源字論〉、〈漢語滋生詞的語法分析〉和〈古音說略〉三篇文章，而〈同源字論〉更是《同源字典》全書的引論、導讀，從文中可窺見出王力先生對於同源字的「定義」、「研究方法」和「判斷原則」等詞源理論的概念框架。

關於《同源字典》的研究目的，王力先生認為有兩點：〔註214〕

1、同源字的研究是漢語史研究的一部分，故兩者的關係是密切相關的。

2、把同源字的研究成果編成詞典，可以幫助人們更準確地理解字義。

王力先生更進一步將同源字的研究視為是「新訓詁學」，並認為「舊訓詁學」必須脫離經學的附庸，進入了「歷史」的領域，這樣才能使「新訓詁學」正式成立。〔註215〕至於「同源字」的定義，王力先生說道：

〔註211〕嚴學宭：〈論漢語同族詞內部屈折的變換模式〉，頁 85。

〔註212〕王繼如：〈藤堂明保《漢字語源辭典》述評〉，頁 124。

〔註213〕何九盈：〈二十世紀的漢語訓詁學〉，收錄於劉堅主編：《二十世紀的中國語言學》，頁 71。

〔註214〕王力：〈同源字論〉，收錄於《同源字典》，頁 43～45。

〔註215〕王力：〈新訓詁學〉，收錄於《王力語言學論文集》（北京：商務印書館，2003 年 4 月 2 刷），頁 509～510。

　　凡音義皆近，音近義同，或義近音同的字，叫做同源字。這些字都

　　有同一來源。〔註216〕

可見王力先生繼承清代以來「音近義通」的概念，不僅從「聲音」和「意義」兩個層面切入，更以這兩個層面來界定「同源字」的內涵。此外，王力先生又提出「通假字」和「異體字」不屬於「同源字」的範疇，故其所講的「同源字」，期內容涵義實際上就等同於「同源詞」，也就是本文所謂的「同族詞」。關於判定「同源字」的問題，王力先生認爲可從古代文獻的訓詁著手，包括：「互訓」、「同訓」、「通訓」和「聲訓」等。至於分析「同源字」的依據，王力先生主張從「語音」和「詞義」兩方面入手：第一、在「語音」方面，主要是以其構擬的上古33聲紐和29韻部作爲分析依據，其「紐表」、「韻表」和「音轉關係」列舉如下：〔註217〕

【紐表】

喉		影 ○					
牙		見 k	溪 kh	羣 g	疑 ng		曉 x	匣 h
舌	舌頭	端 t	透 th	定 d	泥 n	來 l		
	舌面	照 tj	穿 thj	神 dj	日 nj	喻 j	審 sj	禪 zj
齒	正齒	莊 tzh	初 tsh	牀 dzh			山 sh	俟 zh
	齒頭	精 tz	清 ts	從 dz			心 s	邪 z
脣		幫 p	滂 ph	並 b	明 m			

（1）同紐者爲「雙聲」。

（2）同類同直行，或舌齒同直行者爲「準雙聲」。

（3）同類同橫行者爲「旁紐」。

（4）同類不同橫行者爲「準旁紐」。

（5）喉與牙，舌與齒爲「鄰紐」。

（6）鼻音與鼻音，鼻音與邊音，也算「鄰紐」。

〔註216〕王力：〈同源字論〉，收錄於《同源字典》，頁3。

〔註217〕王力：〈同源字論〉，收錄於《同源字典》，頁12～20。

【韻表】

	之 ə	支 e	魚 a	侯 o	宵 ô	幽 u
甲類	職 ək	錫 ek	鐸 ak	屋 ok	藥 ôk	覺 uk
	蒸 əng	耕 eng	陽 ang	東 ong		
乙類	微 əi	脂 ei	歌 ai			
	物 ət	質 et	月 at			
	文 ən	眞 en	元 an			
丙類	緝 əp		葉 ap			
	侵 əm		談 am			

（1）同韻部者為「疊韻」。

（2）同類同直行者為「對轉」。

（3）同類同橫行者為「旁轉」。

（4）旁轉而後對轉者為「旁對轉」。

（5）不同類而同直行者為「通轉」。

（6）雖不同元音，但是韻尾同屬塞音或同屬鼻音者，也算「通轉」（罕見）。

第二、在「詞義」方面，主要包含三種情況：[註218]

1、實同一詞。

2、同義詞。

3、各種關係。

第一種「實同一詞」包括有：《說文》分為兩個以上的字而實同一詞、《說文》已收的字和未收的字實同一詞、分別字。第二種「同義詞」則可分為「完全同義」和「微別」兩類。第三種「各種關係」則包括：「凡藉物成事，所藉之物就是工具」、「對象」、「性質，作用」、「共性」、「特指」、「行為者，受事者」、「抽象」、「因果」、「現象」、「原料」、「比喻、委婉語」、「形似」、「數目」、「色彩」和「使動」等十五種關係。另外，王力先生也提到自己系聯的原則，其云：

> 在這部《同源字典》中，每一條所收最多不過二十多個字，少到只
> 有兩個字，寧缺無濫。收字少了，就能避免或減少錯誤，具有實用

[註218] 王力：〈同源字論〉，收錄於《同源字典》，頁20～38。

　　價值。爲了保險，《同源字典》大量地引用古人的訓詁，來證明不是
　　我個人的臆斷。〔註219〕

王力先生不僅從「語音」和「詞義」兩方面入手來系聯同族詞，在方法上更加遵守嚴謹和科學的原則，因此在詞源研究上獲得了豐碩的成果，殷寄明先生即認爲《同源字典》的成就有四：〔註220〕

　　1、一千餘詞同源詞條的精審考釋。

　　2、確定了同源詞判定的古音標準。

　　3、對「同源詞」有關問題作了理論闡述。

　　4、推動了學界對語源學的研究。

不過，《同源字典》仍有其不足之處，何九盈先生提出其缺點有三：〔註221〕

　　1、各同源字組所收之字基本上是一種平列關係，沒有歸納出共同的核心義。

　　2、對漢字聲符兼義的材料全然置之不顧，以致楊樹達等人的優秀成果未能吸收。

　　3、王先生不贊同先秦有「複輔音」，這樣在觀察同源詞時，視野就會受到限制，把一些本來存在同源關係的詞排除在同源詞之外。

侯占虎先生亦認爲《同源字典》的局限主要可分爲兩個方面：〔註222〕

　　1、沒有充分利用以往的成果：包括右文說、義類說和前人同源系聯的成果。

　　2、字詞不分。

雖然王力先生的《同源字典》仍然存在著某些缺失，但其「以聲音爲經，以詞義爲緯」的同族詞研究理念，已經爲當代的詞源學奠定了基礎和框架，故劉又辛、李茂康二位先生云：「總之，王力先生的確在理論和實踐上批判地繼承了前人研究的成果而又有所突破，我們今後漢語詞族的研究就要在這個基礎上前

〔註219〕王力：《同源字典・序》，頁2。

〔註220〕殷寄明：《語源學概論》，頁93～98。

〔註221〕何九盈：〈二十世紀的漢語訓詁學〉，收錄於劉堅主編：《二十世紀的中國語言學》，頁72。

〔註222〕侯占虎：〈對《同源字典》的一點看法〉，《古籍整理學刊》第1期（1996年），頁15～18。

進。」〔註223〕

第三節　同族詞的判斷原則和分析依據

一、同族詞的判斷原則

　　王力先生在〈同源字論〉中論及「同源字」的界定，其云：

　　　　凡音義皆近，音近義同，或義近音同的字，叫作同源字。這些字都
　　　　有同一來源。〔註224〕

王力先生的「同源字」實際上就等同於「同族詞」，由上述可知，其判斷「同族
詞」的原則在於「音近義通」和「同一來源」。趙克勤先生更進一步指出：

　　　　什麼是同源字？這是一個十分複雜的問題。簡要地說，同源字是
　　　　指那些讀音相同或相近、意義相通並有同一來源的字。因為古代
　　　　漢語以單音詞為主，同源字就是同源詞。由此看來，同源字必須
　　　　包含三個要素：（1）讀音相同或相近；（2）意義相通；（3）同一
　　　　來源。〔註225〕

　　可見趙克勤先生在王力先生的基礎上，提出「同族詞」必須包含「讀音相
同或相近」、「意義相通」和「同一來源」三個要素。蔣紹愚先生和趙克勤先生
也有相同的看法，其云：

　　　　判斷同源詞必須嚴格按照三個條件：（a）讀音相同或相近；（b）意
　　　　義相同或相關；（c）可以證實有同一來源。這三條是缺一不可的。
　　　　讀音相同，而意義相差甚遠，就只是同音詞；意義相同，而讀音相
　　　　差甚遠，就只是同義詞。讀音相同或相近，意義相同或相關，但不
　　　　是同出一源，那也只是音義的偶然相同，而不是同源詞。〔註226〕

根據蔣紹愚先生的看法，不僅主張「同族詞」必須嚴格遵守「讀音相同或相

〔註223〕劉又辛、李茂康：〈漢語詞族研究的沿革、方法和意義〉，《古漢語研究》第一輯（北
　　　　京：中華書局，1996年11月），頁24。

〔註224〕王力：〈同源字論〉，收錄於《同源字典》，頁3。

〔註225〕趙克勤：《古代漢語詞匯學》，頁252。

〔註226〕蔣紹愚：《古漢語詞匯綱要》（北京：商務印書館，2007年7月2刷），頁180。

近」、「意義相同或相關」和「可以證實有同一來源」三個條件，更認爲缺少其中任何一個條件都不足以構成「同族詞」。此外，葉正渤先生總結前輩學者的研究，同樣提出「同族詞」的三個必要條件，其云：

> 根據前之學人關於同源詞的研究，一般認爲，確定同源詞大抵有三個必要條件：（1）同源詞的讀音必須是相同或相通的，在韻母方面存在疊韻或陰陽對轉的關係，在聲母方面存在雙聲或發音部位相同的關係；（2）同源詞的意義相同、相近或相關，即詞滙所概括的抽象意義必須相關聯；（3）必須有同一語源，必須有古代語言資料、訓詁資料或字形爲證，要證明它們出自同一語源。這三個條件應同時具備，缺一不可。〔註227〕

綜合以上所述，王力、趙克勤、蔣紹愚和葉正渤等諸位先生皆強調「同族詞」必須嚴格符合「讀音相同或相近」、「意義相同或相關」以及「同一來源」三個必備條件，而且三者務必同時具備，缺一不可，可見「同族詞」的系聯需要「音義兼顧」，不能有偏重。故本文採用「音義兼顧」原則，在「語音」方面，必須符合「音同」、「音近」和「音轉」的規律；在「詞義」方面，則必須符合「相同」和「相關」的關係。合於「語音」和「詞義」兩方面的規律，才能系聯爲一組同族詞。舉例說明如下：

> 《爾雅正義・釋言第二》：「《春秋隱二年紀》：『裂繻來逆女。』《方言》云：『自關而東曰逆，自關而西曰迎。』」（卷第三，頁89）

（1）同族詞分析

迎：《說文・辵部》：「迎，逢也。從辵，卬聲。」《廣韻・庚韻》：「語京切。」《玉篇・辵部》：「迎，逢迎也。」《荀子・儒效》：「東面而迎太歲。」楊倞注：「迎，謂逆。」《史記・五帝本紀》：「迎日推筴。」張守節正義：「迎，逆也。」《文選・左思〈吳都賦〉》：「迎潮水而振緡。」呂向注：「迎，逆也。」《方言》卷一：「逢、逆，迎也，自關而東曰逆，自關而西或曰迎，或曰逢。」

逆：《說文・辵部》：「逆，迎也。從辵，屰聲。關東曰逆，關西曰迎。」

〔註227〕葉正渤：《上古漢語詞滙研究》（北京：中央文獻出版社，2007年3月），頁60。

《廣韻・陌韻》:「宜戟切。」《書・禹貢》:「同爲逆河。」孫星衍今古文注疏引《初學記》:「逆，迎也。」《論語・憲問》:「不逆詐。」皇侃疏:「逆者，迎也。」《左傳・僖公二年》:「保於逆旅。」孔穎達疏:「逆，迎也。」《孫子兵法・軍爭》:「背邱勿逆。」杜牧注:「逆者，迎也。」黃庭堅《觀盧鴻草堂圖》:「黃塵逆帽馬辟易。」任淵注:「逆，謂迎也。」

語音關係:「迎」上古爲「疑母陽部」,「逆」上古爲「疑母魚部」,故爲「疑母雙聲，魚陽對轉」。

詞義關係:「迎」指「逢迎」,「逆」指「接迎」,具有共同的核義素「迎」,其義素分析如下:

迎＝／逢／＋／迎／

逆＝／接／＋／迎／

Y〔2〕＝／逢、接／＋／迎／

筆者按:「迎」和「逆」語音上有韻轉關係，詞義上具有共同的核義素「迎」,故二者可系聯爲一組同族詞。

（2）詞根構擬

「迎」和「逆」上古爲「疑母雙聲，魚陽對轉」,「迎」擬音爲 *ŋjiaŋ,「逆」則擬爲 *ŋjak,故其詞根形式擬爲 *ŋaŋ~*ŋak。

二、同族詞的分析依據

（一）同族詞語音關係的分析依據

本文在分析《爾雅正義》同族詞的語音關係上，主要是採用李方桂先生的「上古音系統」,整理歸納如下:

1、上古聲母系統

（1）單聲母表

	塞音			鼻音		通音	
	清	次清	濁	清	濁	清	濁
唇音	p-	ph-	b-	hm-	m-		
舌尖音	t-	th-	d-	hn-	n-	hl-	l-、r-

舌尖塞擦音	ts-	tsh-	dz-			s-	
舌根音	k-	kh-	g-	hŋ-	ŋ-		
喉音	˙-					h-	
圓唇舌根音	kw-	khw-	gw-	hŋw-	ŋw-		
圓唇喉音	˙w-					hw-	

（2）複聲母

A、帶 s 詞頭的複聲母：sC 型（如：*st-、*sk-……）、sCl 型（如：*stl-、*skl-……）、sCr 型（如：*str-、*skr-……）。

B、帶 l 的複聲母：Cl 型（如：*pl-、*bl-、*kl-……）。

C、Cr 型複聲母：*tr-、*dr-、*sr-……。

2、上古韻母系統

（1）介音表

介　　音		
二等	-r-	
三等	-rj-	-j-

（2）主要元音表

單元音	複元音
i	ia
u	ua
ə	iə
a	

（3）韻部表

	-g、-k	-ŋ	-kw、-gw	-ŋw	-p	-m	-t、-d	-n	-r
i	佳	耕					脂	眞	
u	侯	東							
ə	之	蒸	幽	中	緝	侵	微	文	
a	魚	陽	宵		葉	談	祭	元	歌

3、上古聲調系統

	平				上				去				入			
陰	(-b)	-d	-g	-gw	(-bx)	-dx	-gx	-gwx	-bh	-dh	-gh	-gwh				
陽	-m	-n	-ŋ	-ŋw	-mx	-nx	-ŋx	-ŋwx	-mh	-nh	-ŋh	-ŋwh				
入													-p	-t	-k	-kw

另外，本文將同族詞的語音關係區分為「音同」、「音近」和「音轉」三大類：一、「音同類」，指一組同族詞的上古聲紐和韻部皆相同，例如：「洪」和「鴻」上古皆為「匣母東部」，故皆擬音為*guŋ。二、「音近類」，指一組同族詞在上古具有雙聲或疊韻的關係，但是介音有所不同，例如：「宏」上古為「匣母蒸部二等」，擬音為*gwrəŋ，「弘」上古則為「匣母蒸部一等」，擬音為*gwəŋ，故「宏」和「弘」二者的差別只在於介音*-r-的不同。三、「音轉類」，指一組同族詞的上古聲紐或韻部發生了轉化，又可分為「聲轉」、「韻轉」和「聲韻皆轉」三小類。所謂「聲轉」，乃指一組同族詞的上古韻部相同，而聲紐卻產生了轉化，例如：「嵩」上古為「心母中部」，「崇」上古則為「從母中部」，故「嵩」和「崇」的語音關係為「心從旁紐，中部疊韻」。所謂「韻轉」，乃指一組同族詞的上古聲紐相同，而韻部卻產生了轉化，例如：「墣」上古為「滂母侯部」，「塴」上古則為「滂母之部」，故「墣」和「塴」的語音關係為「滂母雙聲，侯之旁轉」。至於「聲韻皆轉」，顧名思義，乃指一組同族詞的上古聲紐和韻部皆產生了轉化，例如：「疊」上古為「定母緝部」，「慴」上古為「端母葉部」，故「疊」和「慴」的語音關係為「端定旁紐，緝葉旁轉」。

（二）同族詞詞義關係的分析依據

關於同族詞「詞義關係」的分析問題，張博先生云：

> 考察同族詞的語義關係應以義位為單位。也就是說，所謂同族詞的意義相同相近或相關是就其某一義位而言，而不是就其所有義位而言。〔註228〕

由上述可知，考察同族詞的「語義關係」應以「義位」為單位，故本文在分析《爾雅正義》同族詞「詞義關係」的理論和方法上，主要是採用王寧、黃易青

〔註228〕張博：《漢語同族詞的系統性與驗證方法》，頁42。

二位先生的「同族詞義素分析法」和孟蓬生先生的「範疇義素分析法」，首先將同族詞的義位區分為「類義素」和「核義素」兩個部分，並依照王寧先生和孟蓬生先生所提出的「公式」，進而歸納每一組同族詞內部的詞源意義。

　　至於同族詞的詞義關係類型，王力先生在〈同源字論〉〔註229〕中分為「實同一詞」、「同義詞」（完全同義、微別）和「各種關係」（共 15 種關係）三種情形，蔣禮鴻先生認為王力先生所言「實同一詞」和「異體字不是同源字」的觀點是互相矛盾，故主張以「變易」和「孳乳」作為同族詞的兩大分域。〔註230〕孟蓬生先生也認為王力先生所分的「實同一詞」是屬於「文字問題」，「同義詞」可以稱為「意義相同或相近」，「各種關係」則只能稱為「意義相關」。〔註231〕馮蒸先生在《說文同義詞研究》〔註232〕中將《說文解字》同族詞的詞義關係分為「意義相近（即同義詞）」、「意義相關」和「意義相反」三種類型，殷寄明先生則將同族詞的語義親緣類型分為「相同」（包含「義項相同」、「含有相同義素」、「此詞之義項與彼詞之義素相同」）、「相反或相對」、「相通」三大類。〔註233〕胡繼明先生更在殷寄明先生所提出三大類的基礎上，進一步歸納《廣雅疏證》同族詞的意義關係為「相同」和「相關」兩種類型，其云：

> 從我們對同源詞的實際考察來看，同源詞之間的意義關係包括相同
> 和相關兩種類型。所謂相同是指源詞與派生詞以及派生詞與派生詞
> 的基本意義或部分意義相同。意義完全相同的只是少數，絕大多數
> 是同中有異，即存在著細微的差別。所謂相關，我們可以從詞義的

〔註229〕王力：〈同源字論〉，收錄於《同源字典》，頁 20～38。

〔註230〕蔣禮鴻先生對於王力先生〈同源字論〉的詞義分析提出四項疑點：一、「實同一詞」和「異體字不是同源字」的觀點互相矛盾；二、「實同一詞」和「同義詞」的區別難以分辨；三、「區別字」和「特指」有相混之處；四、「各種關係」所列的十五種項目，有些分合也有不恰當之處。最後提出以「變易」（包含音變、緩急、贏縮）和「孳乳」（包含通別、遞轉、對待）作為同族詞的兩大分域。參見蔣禮鴻：〈讀《同源字論》後記〉，收錄於《懷任齋文集》（上海：上海古籍出版社，1986 年 6月），頁 91～97。

〔註231〕孟蓬生：《上古漢語同源詞語音關係研究》，頁 31。

〔註232〕馮蒸：《說文同義詞研究》（北京：首都師範大學出版社，1995 年 12 月），頁 98。

〔註233〕殷寄明：《語源學概論》，頁 162～195。

構成和詞義所反映的對象兩方面進行分析。從詞義構成的角度看，
源詞與派生詞有共同的限定義素；從詞義反映的對象看，源詞與其
派生詞所反映的事物或現象不一定同類，只是內在性質或外部特徵
上有某種相同或相似。〔註234〕

根據胡繼明先生的說法，《廣雅疏證》同族詞的「詞義類型」可以分為兩大類：
第一、「詞義相同」，乃指一組同族詞中源詞與派生詞或派生詞與派生詞之間
的詞義關係為相同或相近，例如：「富」（財富齊備）、「備」（用具齊備）。第
二、「詞義相關」，乃指一組同族詞中源詞與派生詞或派生詞與派生詞之間的
核義素具有同出一源的性質或特點，例如：「鏛」（鐘之大聲）、「瑝」（玉之大
聲）。

　　本文在分析《爾雅正義》同族詞「詞義關係」的類型上，主要是採用胡
繼明先生所提出的「詞義相同」和「詞義相關」兩種類型的分類，再加上筆
者所獨立的「同族字和同族詞之重疊部分」一類，總共分為三類。並且依據
《說文解字》、《方言》、《廣韻》、《集韻》、《說文解字注》、《方言箋疏》、《說
文通訓定聲》、《故訓匯纂》和先秦典籍等著作的訓詁意義和語音闡釋，同時
也參考王力《同源字典》、齊衝天《聲韻語源字典》、張希峰《漢語詞族叢考》、
《漢語詞族續考》、《漢語詞族三考》、劉鈞杰《同源字典補》、《同源字典再補》、
胡繼明《廣雅疏證同源詞研究》、殷寄明《漢語同源字詞叢考》等現、當代學
者的研究成果。

〔註234〕胡繼明：《廣雅疏證同源詞研究》，頁51～52。下面說明所舉的例子，亦轉引自胡
　　　　先生之著作。

第四章 《爾雅正義》同族詞和同族聯綿詞分析

第一節 《爾雅正義》同族詞分析

　　本章分爲兩個小節：第一小節主要是分析《爾雅正義》單音節同族詞，第二小節則分析《爾雅正義》雙音節同族詞，即「同族聯綿詞」〔註1〕的部分。在研究方法上，主要從「語音」和「詞義」兩個角度切入：第一、「語音分析」，主要根據李方桂先生的上古音系統，並將同族詞的語音關係分爲「音同」、「音近」和「音轉」三大類。第二、「詞義分析」，主要利用王寧先生的「同族詞義素分析法」和孟蓬生先生的「範疇義素分析法」，並採取胡繼明先生將同族詞的詞義類型分爲「相同」和「相關」兩類，再加上筆者所獨立的「同族字與同族詞之重疊部分」一類。最後將系聯出來的 103 組同族詞組依照李方桂先生的上古二十二韻部加以排列，從中構擬出上古漢語的詞根形式。

〔註1〕 關於「同族聯綿詞」的定義，徐振邦先生云：「同族聯綿詞是指漢語中由某一根詞所衍生的同族內的每一個聯綿詞，或指衍生詞與衍生詞所構成的一組聯綿詞，是具有同一來源、聲音相近、意義相關的聯綿詞。」參見徐振邦：《聯綿詞概論》（北京：大眾文藝出版社，1998 年 7 月），頁 212～213。

一、之　部

1、悝：瘝：㥚

《爾雅正義》:「悝、瘝通用已見上文,又通作㥚。」(卷第一,頁62)

(1) 同族詞分析

悝:《說文・心部》:「悝,啁也。從心,里聲。《春秋傳》有孔悝,一曰病也。」《廣韻・止韻》:「良士切。」《爾雅・釋詁下》:「悝,憂也。」郝懿行《義疏》:「悝,通作㥚。」《玉篇・心部》:「悝,憂也。」《慧琳音義》卷八十五:「高悝。」注引《韻英》云:「悝,憂也。」

瘝:《廣韻・止韻》:「良士切。」《爾雅・釋詁下》:「瘝,病也。」邢昺疏引舍人云:「瘋、癵、瘝、痒,皆心憂慱之病也。」《詩・大雅・雲漢》:「云如何里。」陸德明《釋文》引王云:「瘝,病也。」《玉篇・疒部》:「瘝,病也。」

㥚:《說文・心部》:「㥚,楚潁之間謂憂曰㥚。從心,㚟聲。」《廣韻・之韻》:「里之切。」《集韻・之部》:「愁憂皃,楚潁間語。」《玉篇・心部》:「㥚,愁憂皃。」《廣韻・志韻》:「㥚,憂也。」

語音關係:「悝」、「瘝」、「㥚」上古皆爲「來母之部」。

詞義關係:「悝」、「㥚」形容「愁憂的樣子」,「瘝」則指「心憂之病」,具有共同的核義素「憂」,其義素分析如下:

$$悝 = /性狀範疇/ + /憂/$$
$$瘝 = /名物範疇/ + /憂/$$
$$㥚 = /性狀範疇/ + /憂/$$
$$Y〔3〕 = /性狀範疇、名物範疇/ + /憂/$$

筆者按:「悝」、「瘝」、「㥚」在語音上爲「音同」關係,在詞義上具有共同的核義素「憂」,故二者可系聯爲一組同族詞。

(2) 詞根構擬

「悝」、「瘝」、「㥚」上古皆爲「來母之部」,「悝」、「瘝」擬音爲*ljəgx,「㥚」則擬音爲*ljəg,故將其詞根形式擬爲*ləg。

2. 勑：飭

《爾雅正義》:「徐廣《史記》註云:『飭,古勑字。』《天官・冢宰》

云：『百工飭化八材。』賈疏云：『飭，勤也。勤力以化八材。』勑通作飭。」（卷第一，頁 64）

（1）同族詞分析

勑：《廣韻・職韻》：「恥力切。」《義，噬嗑・象傳》：「先王以明罰勑法。」陸德明《釋文》：「勑，一云整也。」《書・多士》：「勑殷命終于帝。」孫星衍《古今文注疏》：「告勑于帝。」「勑，同飭。《詩傳》云：『正也。』」

飭：《說文・力部》：「飭，致堅也。從人、從力，食聲。讀若勑。」《廣韻・職韻》：「恥力切。」《詩・小雅・六月》：「戎車既飭。」朱熹《集傳》：「飭，整也。」《漢書・趙充國傳》：「飭鬭具。」顏師古注：「飭兵馬。」顏師古注：「飭，整也。」《漢書・武帝紀》：「飭躬齋戒。」顏師古注：「飭，整也。讀與勑同。」

語音關係：「勑」和「飭」上古皆爲「透母之部」。

詞義關係：「勑」和「飭」皆指「整頓」之意，具有共同的核義素「整頓」。

筆者按：「勑」和「飭」在語音上爲「音同」關係，在詞義上具有共同的核義素「整頓」，故二者可系聯爲一組同族詞。

（2）詞根構擬

「勑」和「飭」在上古皆爲「透母之部」，擬音爲*thrjək，故將其詞根形式擬爲*thrjək。

3. 悈：棘：革

《爾雅正義》：「悈、急以聲相近爲義。古音悈、戒、棘、革、急通用。」（卷第一，頁 84）

（1）同族詞分析

悈：《說文・心部》：「悈，飾也。從心，戒聲。《司馬法》曰：『有虞氏悈於中國。』」《廣韻・怪韻》：「古拜切。」《爾雅・釋言》：「悈，急也。」郭璞注：「悈，急狹。」郝懿行《爾雅義疏》：「悈者，心之急也。」「悈，通作棘。」

棘：《說文・朿部》：「棘，小棗叢生者。從並朿。」《廣韻・職韻》：「紀力切。」《詩・檜風・素冠》：「人欒欒兮。」毛傳：「棘，急也。」《楚

辭·天問》：「啓棘賓商。」洪興祖補注：「棘，急也。」《漢書·匈奴傳上》：「獫允孔棘。」顏師古注：「棘，急也。」《文選·左思〈魏都賦〉》：「驕其險棘。」李周翰注引毛萇《詩》傳曰：「棘，急也。」

革：《說文·革部》：「革，獸皮治去其毛，革更之，象古文革之形。凡革之屬皆從革。」《廣韻·職韻》：「訖力切。」《爾雅·釋天》：「錯革鳥曰旟。」邢昺疏引孫炎云：「革，急也。」《爾雅·釋言》：「悈，急也。」邢昺疏：「悈、亟、棘、革，字雖異，音義同。」

語音關係：「悈」、「棘」、「革」上古皆爲「見母之部」。

詞義關係：「悈」指「心之急」，「棘」本義指「酸棗樹」，後來引申爲「急」之意；「革」本義爲「獸皮」，後引申爲「急」之意，故具有共同的核義素「急」。

筆者按：「悈」、「棘」、「革」在語音上爲「音同」關係，在詞義上具有共同的核義素「急」，故三者可系聯爲一組同族詞。

（2）詞根構擬

「悈」、「棘」、「革」上古皆爲「見母之部」，「悈」擬音爲*krəgh，「棘」擬音爲*kjək，「革」則擬音爲*krək，故將其詞根形式擬爲*krə。

4、薶：埋

《爾雅正義》：「薶者，《說文》云：『瘞也。』〈釋天〉云：『祭地曰瘞薶。』是也。省作貍。《大宗伯》云：『以貍沈祭山林川澤。』通作埋。《祭法》云：『瘞埋於泰折。』」（卷第一，頁87）

（1）同族詞分析

薶：《說文·艸部》：「薶，瘞也。從艸，貍聲。」《廣韻·皆韻》：「莫皆切。」《說文·艸部》徐鍇《繫傳》：「薶，藏於草下也。古之葬者厚衣以薪。」《玉篇·艸部》：：「薶，與埋同。」《廣雅·釋詁四》：「薶，藏也。」庾信《小園賦》：「鎮宅神以薶石。」倪璠注：「薶，即埋字。」

埋：《廣韻·皆韻》：「莫皆切。」《國語·吳語》：「狐埋之而狐搰之。」韋昭注：「埋，藏也。」《玉篇·土部》：「埋，藏也。」《慧琳音義》卷三十三：「生埋。」注引《字書》：「埋，藏也。」《慧琳音義》卷二十九：「埋大盆。」注：「埋，藏於地也。」

語音關係：「薶」和「埋」上古皆爲「明母之部」。

詞義關係:「薶」指「藏於草下」,「埋」則指「藏於地下」,具有共同的核義素「藏」,其義素分析如下:

薶＝／草下／＋／藏／

埋＝／地下／＋／藏／

Y〔2〕＝／草下、地下／＋／藏／

筆者按:「薶」和「埋」在語音上爲「明母之部」,在詞義上具有共同的核義素「藏」,故二者可系聯爲一組同族詞。

（2）詞根構擬

「薶」和「埋」上古皆爲「明母之部」,擬音爲*mrəg,故將其詞根擬爲*mrəg。

5、墣:坢

《爾雅正義》:「《說文》云:『凷,墣也,或作塊。』坢,凷也,墣,塊也。墣與坢通。」（卷第三,頁100）

（1）同族詞分析

墣:《說文·土部》:「墣,塊也。從土,菐聲。圤,墣或從卜。」《廣韻·屋韻》:「普木切。」《國語·吳語》:「疇枕王以墣而去之。」韋昭注:「墣,塊也。」《淮南子·說林》:「非以一墣塞江也。」莊逵吉按引許慎注:「墣,塊也。」《玉篇·土部》:「墣,塊也。」《札樸》卷九:「土塊曰墣塊。」

坢:《說文·土部》:「坢,凷也。從土,畐聲。」《廣韻·職韻》:「芳逼切。」《儀禮·既夕禮記》:「塈用塊。」鄭玄注:「塊,坢也。」賈公彥疏引孫氏云:「坢,土塊也。」《爾雅·釋言》:「塊,坢也。」郭璞注:「坢,土塊也。」郝懿行《義疏》:「坢、墣義同。」

語音關係:「墣」上古爲「滂母侯部」,「坢」上古爲「滂母之部」,故爲「滂母雙聲,侯之旁轉」。

詞義關係:「墣」和「坢」皆指「土塊」之意,具有共同的核義素「土塊」。

筆者按:「墣」和「坢」在語音上爲「韻轉」關係,在詞義上具有共同的核義素「土塊」,故二者可系聯爲一組同族詞。

（2）詞根構擬

「墣」和「圤」上古為「滂母雙聲，侯之旁轉」，「墣」擬音為*phruk，「圤」則擬音為*phjiək，故將其詞根形式擬為*phuk~*phək。

6、逼：偪

《爾雅正義》：「《小爾雅》云：『逼，近也。』《說文》云：『迫，近也。』逼與偪同。」（卷第三，頁101）

（1）同族詞分析

逼：《說文新附・辵部》：「逼，近也。從辵，畐也。」《廣韻・職韻》：「彼側切。」《爾雅・釋言》：「逼，迫也。」邢昺疏：「逼，相急迫也。」《文選・張衡〈思玄賦〉》：「逼區中之隘陋兮。」舊注引賈逵曰：「逼，迫也。」《文選・殷仲文〈解尚書表〉》：「誠復驅逼者眾。」呂延濟注：「逼，迫也。」《文選・干寶〈晉紀總論〉》：「為戎翟所逼。」劉良注：「逼，迫也。」

偪：《廣韻・職韻》：「彼側切。」《國語・鄭語》：「不可偪也。」韋昭注：「偪，迫也。」《淮南子・兵略》：「是故入小而不偪。」高誘注：「偪，迫也。」《春秋繁露・王道》：「臣下上偪。」凌曙注引《國語》注：「偪，迫也。」《戰國策・趙策四》：「天下皆偪秦以事王。」鮑彪注：「偪者，侵迫也。」

語音關係：「逼」和「偪」上古皆為「幫母之部」。

詞義關係：「逼」和「偪」皆指「強迫」之意，具有共同的核義素「強迫」。

筆者按：「逼」和「偪」在語音上為「音同」關係，在詞義上具有共同的核義素「強迫」，故二者可系聯為一組同族詞。

（2）詞根構擬

「逼」和「偪」上古皆為「幫母之部」，擬音為*pjiək，故將其詞根擬為*pjiək。

二、蒸　部

1、弘：宏

《爾雅正義》：「弘者，《易》云：『含弘光大。』……宏者，《書・盤

庚》云：『用宏茲賁。』孔疏引樊光云：『《周禮》曰：其聲大而宏。』」
（卷第一，頁44）

（1）同族詞分析

弘：《說文·弓部》：「弘，弓聲也。從弓，厶聲。厶，古文肱字。」《廣
　　韻·登韻》：「胡肱切。」《易·象上傳》：「含弘光大。」惠棟述：「弘，
　　含容之大也。」《書·微子之命》：「弘乃烈祖。」蔡沈集傳：「弘，大
　　也。」《詩·大雅·節南山》：「喪亂弘多。」毛傳：「弘，大也。」《論
　　語·泰伯》：「士不可以不弘毅。」何晏《集解》引包曰：「弘，大也。」
　　《後漢書·杜喬傳》：「其道弘矣。」李賢注：「弘，大也。」

宏：《說文·宀部》：「宏，屋深響也。從宀，厷聲。」《廣韻·耕韻》：「戶
　　萌切。」《書·序》：「舉其宏綱。」孔穎達疏：「宏，大也。」《呂氏
　　春秋·孟冬》：「其器宏以弇。」高誘注：「宏，大也。」《後漢書·馬
　　融傳》：「以臨乎宏池。」李賢注：「宏，大也。」《文選·班固〈西都
　　賦〉》：「度宏規而大起。」張銑注：「宏，大也。」《周禮·考工記·
　　梓人》：「其聲大而宏。」鄭玄注引鄭司農云：「宏，讀爲紘綖之紘，
　　謂聲音大也。」

語音關係：「弘」和「宏」上古皆爲「匣母蒸部」。

詞義關係：「弘」指「發揚擴大」之意，「宏」則是形容「聲音大而亮」，
具有共同的核義素「大」，其義素分析如下：

　　　　弘＝／動作範疇／＋／大／
　　　　宏＝／性狀範疇／＋／大／
　　　　Y〔2〕＝／動作範疇、性狀範疇／＋／大／

筆者按：「弘」和「宏」在語音上爲「音同」關係，在詞義上具有共同的核
義素「大」，故二者可系聯爲一組同族詞。

（2）詞根構擬

「弘」和「宏」上古皆爲「匣母蒸部」，「弘」擬音爲*gwəŋ，「宏」則擬音
爲*gwrəŋ，故將其詞根形式擬爲*gwəŋ。

三、幽　部

1、繇：由

《爾雅正義》：「『繇』又通作『由』，《大雅》抑云：『無易由也。』

鄭箋：『由，於也。』皆以其聲近故義同也。」（卷第一，頁 51）

（1）同族詞分析

繇：《說文‧系部》：「繇，隨從也，從系，䍃聲。」《廣韻‧宵韻》：「餘昭
　　切。」《爾雅‧釋詁上》：「繇，於也。」郝懿行義疏：「繇者，與於聲
　　轉。」邢昺疏：「繇，皆語之韻絕歎辭也。」

由：《廣韻‧尤韻》：「以周切。」《詩‧大雅‧抑》：「無易由言。」鄭玄
　　箋：「由，於也。」孔穎達疏：「由，與繇音義同。」《經義述聞‧書‧
　　別求》：「別求聞由古先哲王。」王引之按：「由，於也。」

語音關係：「繇」和「由」上古皆爲「喻母幽部」。

詞義關係：「繇」本義爲「隨從」，後來引申爲「於」之意；「由」指「於」
之意，故具有共同的核義素「於」。

筆者按：「繇」和「由」在語音上爲「音同」關係，在詞義上具有共同的核
義素「於」，故二者可系聯爲一組同族詞。

（2）詞根構擬

「繇」和「由」上古皆爲「喻母幽部」，擬音爲*rəgw，故將其詞根形式
擬爲*rəgw。

2、讎：儔

《爾雅正義》：「郭云：『讎猶儔者。』以聲近爲義。《廣雅》云：『讎，
　　輩也。』謂儕輩也。」（卷第一，頁 51）

（1）同族詞分析

讎：《說文‧言部》：「讎，猶讐也。從言，雔聲。」《廣韻‧尤韻》：「市
　　流切。」《書‧召誥》：「敢以王之讎，民百君子。」孔穎達疏：「讎，
　　訓爲匹。」《爾雅‧釋詁上》：「讎，匹也。」劉向《晏子敘錄》：「臣
　　向謹與長社尉陳參校讎。」孫星衍音義：「讎，匹也。」《漢書‧地理
　　志下》：「嫁娶無所讎。」顏師古注：「讎，匹也。」《資治通鑑‧秦記

一》：「若仇讎。」胡三省引《字書》：「仇、讎，皆匹也。」

儔：《說文・人部》：「儔，翳也。從人，壽聲。」《廣韻・號韻》：「徒到切。」《太玄・劇》：「陽無介儔。」范望注：「儔，匹也。」《文選・張衡〈思玄賦〉》：「魂慲惘而無儔。」舊注：「儔，匹也。」《文選・潘尼〈贈陸機出爲吳王郎中令〉》：「於今尠儔。」張銑注：「儔，匹也。」

語音關係：「讎」和「儔」上古皆爲「定母幽部」。

詞義關係：「讎」和「儔」皆指「匹配」之意，具有共同的核義素「匹配」。

筆者按：「讎」和「儔」在語音上爲「音同」關係，在詞義上具有共同的核義素「匹配」，故二者可系聯爲一組同族詞。

（2）詞根構擬

「讎」和「儔」上古皆爲「定母幽部」，擬音爲*djəgw，故將其詞根擬爲*djəgw。

3、揫：遒

《爾雅正義》：「揫者，《說文》引詩云：『百祿是揫。』《毛詩・商頌・長發篇》作『百祿是遒。』傳云：『遒，聚也。』《釋文》云：『揫、郭音遒。』揫、遒音義同。《方言》云：『凡斂物而細謂之揫。』是揫爲聚之多也。」（卷第二，頁60）

（1）同族詞分析

揫：《說文・手部》：「揫，束也。從手，秋聲。詩曰：『百祿是揫。』」《廣韻・尤韻》：「即由切。」《爾雅・釋詁上》：「揫，聚也。」郭璞注：「揫，斂。」《後漢書・馬融傳》：「揫斂九藪之動物。」李賢注：「揫，聚也。」

遒：《說文・辵部》：「遒，迫也。從辵，酉聲。遒，遒或從酋。」《廣韻・尤韻》：「自秋切。」《詩・豳風・破斧》：「四國是遒。」鄭玄箋：「遒，斂也。」《詩・商頌・長發》：「百祿是遒。」毛傳：「遒，聚也。」《楚辭・招魂》：「遒相迫些。」蔣驥注：「遒，聚也。」《書・胤征》：「遒人以木鐸徇於路。」孔穎達疏：「遒人，蓋訓遒爲聚，聚人而令之，故以爲名也。」

語音關係：「揫」、「遒」上古皆爲「精母幽部」。

詞義關係：「擎」本義爲「收束」，後來引申爲「聚斂」之義；「遒」亦指「聚斂」之義，故具有共同的核義素「聚斂」。

筆者按：「擎」和「遒」在語音上爲「音同」關係，在詞義上具有共同的核義素「聚斂」，故二者可系聯爲一組同族詞。

（2）詞根構擬

「擎」和「遒」上古皆爲「精母幽部」，擬音爲*tsjəgw，故將其詞根形式擬爲*tsjəgw。

4、鳩：逑

《爾雅正義》：「鳩者，《說文》作『勼，聚也。通作鳩。』《堯典》云：『共工方鳩僝功。』《史記》作『旁聚布功。』又通作『逑』。《說文》引《書》作『旁逑僝功。』云：『逑，斂聚也。』」（卷第二，頁60）

（1）同族詞分析

鳩：《說文・鳥部》：「鳩，鶻鵃也。從鳥，九聲。」《廣韻・尤韻》：「居求切。」《左傳・襄公二十五年》：「鳩藪澤。」杜預注：「鳩，聚也。」《後漢書・馬融傳》：「鳩之乎茲囿之中。」李賢注：「鳩，聚也。」《文選・何晏〈景福殿賦〉》：「鳩經始之黎民。」呂延濟注：「鳩，集也。」《爾雅・釋詁上》：「鳩，聚也。」郝懿行義疏：「鳩，又通作逑。」

逑：《說文・辵部》：「逑，斂聚也。從辵，求聲。《虞書》曰：『旁逑僝功。』又曰：『怨匹曰逑。』」《廣韻・尤韻》：「巨鳩切。」《書・堯典》：「旁求僝功。」江聲《集注音疏》：「逑，斂聚也。」《詩・大雅・民勞》：「以爲民逑。」朱熹《詩集傳》：「逑，聚也。」《文選・揚雄〈甘泉賦〉》：「迺搜逑索偶。」李善注引韋昭曰：「逑，聚也。」

語音關係：「鳩」上古爲「見母幽部」，「逑」爲「群母幽部」，故爲「見群旁紐，幽部疊韻」。

詞義關係：「鳩」本義爲「鶻鵃鳥」，後來引申爲「聚集」之意；「逑」則指「斂聚」之意，具有共同的核義素「聚」。

筆者按：「鳩」和「逑」在語音上爲「聲轉」關係，在詞義上具有共同的核義素「聚」，故二者可系聯爲一組同族詞。

（2）詞根構擬

「鳩」和「述」上古爲「見群旁紐，幽部疊韻」，「鳩」擬音爲*kjəgw，「述」則擬音爲*gjəgw，故將其詞根形式擬爲*kəgw~*gəgw。

5、裒：抔

《爾雅正義》：「裒者，《周頌‧殷武》云：『裒荊之旅，是聚之多者爲裒。』《釋文》云：『裒，古字作襃，本或作抔。』案孟氏易以抔多益寡，今本謙卦象傳作裒多益寡，侯果云：『裒，聚也。』裒、抔聲之轉也。」（卷第二，頁60）

（1）同族詞分析

裒：《廣韻‧侯韻》：「平侯切。」《義‧謙‧象傳》：「君子以裒多益寡。」李鼎祚《集解》引侯注：「裒，聚也。」《詩‧小雅‧常棣》：「原隰裒矣。」毛傳：「裒，聚也。」《詩‧周頌‧般》：「裒時之對。」毛傳：「裒，聚也。」柳宗元《平淮夷雅二篇並序》：「裒兄鞠頑。」蔣之翹輯注：「裒，聚也。」《爾雅‧釋詁下》：「裒，聚也。」形昺疏：「裒，聚之多也。」

抔：《說文‧手部》：「抔，引取也。從手，孚聲。抱抔，或從包。」《廣韻‧侯韻》：「薄侯切。」《廣雅‧釋詁一》：「抔，取也。」王念孫《疏證》引《說文》：「抔，引取也。」《詩‧大雅‧緜》：「捄之陾陾。」鄭玄箋：「捄，抔也。」陸德明《釋文》引《爾雅》：「抔，聚也。」《玉篇‧手部》：「抔，聚也。」《慧琳音義》卷九十九：「抔磬。」注引《韓詩》：「抔，聚也。」

語音關係：「裒」和「抔」上古皆爲「並母幽部」。

詞義關係：「裒」形容「聚之多」，「抔」指「引聚」之意，具有共同的核義素「聚」，其義素分析如下：

　　　　裒＝／性狀範疇／＋／聚／

　　　　抔＝／動作範疇／＋／聚／

　　　　Y〔2〕＝／性狀範疇、動作範疇／＋／聚／

筆者按：「裒」和「抔」在語音上爲「音同」關係，在詞義上具有共同的核義素「聚」，故二者可系聯爲一組同族詞。

（2）詞根構擬

「裒」和「捊」上古皆為「並母幽部」，擬音為*bəgw，故將其詞根擬為
*bəgw。

6、鞫：鞠

《爾雅正義》：「《説文》云：『窮，極也。』……鞫又通作鞠。」（卷
第一，頁 86）

（1）同族詞分析

鞫：《廣韻·屋韻》：「居六切。」《爾雅·釋言》：「鞫，窮也。」陸德明
《釋文》：「鞫，字又作鞠，同。」《詩·邶風·谷風》：「昔育恐育鞫。」
毛傳：「鞫，窮也。」《詩·小雅·小弁》：「鞫為茂草。」毛傳：「鞫，
窮也。」《史記·酷吏列傳》：「訊鞫論報。」裴駰《集解》引蘇林曰：
「鞫，窮也。」

鞠：《説文·革部》：「鞠，蹋鞠也。從革，菊聲。」《廣韻·屋韻》：「居
六切。」《書·盤庚中》：「爾惟自鞠其苦。」孔安國傳：「鞠，窮也。」
《書·盤庚下》：「人鞠謀人之保居。」孔穎達疏：「鞠，訓為窮。」
《漢書·刑法志》：「今遣廷史與郡鞠獄。」顏師古注引李奇曰：「鞠，
窮也。」

語音關係：「鞫」和「鞠」上古皆為「見母幽部」。

詞義關係：「鞫」指「窮困」之意，「鞠」本義為「毬子」，後來引申為「窮
困」之意，故具有共同的核義素「窮困」。

筆者按：「鞫」和「鞠」在語音上為「音同」關係，在詞義上具有共同的核
義素「窮困」，故二者可系聯為一組同族詞。

（2）詞根構擬

「鞫」和「鞠」上古皆為「見母幽部」，擬音為*kjəkw，故將其詞根擬為
*kjəkw。

7、庥：茠

《爾雅正義》：「休者，《説文》云：『從人從木。』、『休或從广。』
《周南·漢廣》云：『不可休思。』《左傳》疏引舍人云：『庇，蔽也。』
茠，依止也。庥本或作茠。」（卷第三，頁 88）

（1）同族詞分析

庥：《說文・木部》：「庥，休或从广。」《廣韻・尤韻》：「許尤切。」《爾雅・釋言》：「庥，蔭也。」郭璞注：「今俗語呼樹蔭爲庥。」郝懿行《爾雅義疏》：「庥者，《說文》與休同，云：『止息也。』」

茠：《說文・蓐部》：「薅，拔去田草也。茠，薅或从休。《詩》曰：『既茠荼蓼。』」《集韻・尤韻》：「虛尤切。」《淮南子・精神篇》：「得茠越下。」高誘注：「茠，蔭也。三輔人謂休華樹下爲茠也。」

語音關係：「庥」和「茠」上古皆爲「曉母幽部」。

詞義關係：「庥」和「茠」皆指「樹蔭」之意，具有共同的核義素「樹蔭」。

筆者按：「庥」和「茠」在語音上爲「音同」關係，在詞義上具有共同的核義素「樹蔭」，故二者可系聯爲一組同族詞。

（2）詞根構擬

「庥」和「茠」上古皆爲「曉母幽部」，「庥」擬音爲*hjəgw，「茠」則擬爲*həgw，故將其詞根形式擬爲*həgw。

8、翿：纛

《爾雅正義》：「《釋文》云：『翿作纛，音義同。』」（卷第三，頁 101）

（1）同族詞分析

翿：《說文・羽部》：「翿，翳也，所以舞也。從羽，壽聲。《詩》曰：『左執翿。』」《廣韻・號韻》：「徒到切。」《詩・陳風・宛丘》：「值其鷺翿。」毛傳：「翿，翳也。」《詩・王風・君子陽陽》：「左執翿。」毛傳：「翿，纛也，翳也。」「《方言》卷二：「翿，翳也。楚曰翿，關西關東皆曰幢。」《玉篇・羽部》：「翿，翿醫也。」

纛：《廣韻・號韻》：「徒到切。」《爾雅・釋言》：「纛，翳也。」郭璞注：「纛，舞者所以自蔽翳。」陸德明《釋文》：「纛，字又作翳。」《廣雅・釋詁二》：「熹，覆也。」王念孫《疏證》：「翿、纛與熹，聲義亦同。」《集韻・皓韻》：「纛，舞者所執。」《集韻・豪韻》：「纛，舞者所執幢。」

語音關係：「翿」和「纛」上古皆爲「定母幽部」。

詞義關係：「翿」和「纛」皆指「舞者所持的羽扇」之意，具有共同的核義

素「羽扇」。

筆者按：「翿」和「纛」在語音上爲「音同」關係，在詞義上具有共同的核義素「羽扇」，故二者可系聯爲一組同族詞。

（2）詞根構擬

「翿」和「纛」上古皆爲「定母幽部」，擬音爲*dəgwh，故將其詞根擬爲*dəgwh。

9、枹：苞

《爾雅正義》：「枹通作苞，如《詩》：『苞有三葉。』《玉篇》引作『枹有三枒。』是也。」（卷第十四，頁 243）

（1）同族詞分析

枹：《說文·木部》：「枹，擊鼓杖也。從木，包聲。」《廣韻·肴韻》：「布交切。」《集韻·肴韻》：「木叢生曰枹。」《爾雅·釋木》：「樸，枹者。」郭璞注：「樸屬叢生者爲枹。」郝懿行《義疏》：「枹，即苞也。苞穳相從緻也。」《經義述聞·爾雅下·樸枹者謂》：「樸與枹皆叢生之名。」

苞：《說文·艸部》：「苞，艸也。南陽以爲麤履。從艸，包聲。」《廣韻·肴韻》：「布交切。」《書·禹貢》：「草木漸苞。」孔安國傳：「苞，叢生也。」《詩·唐風·鴇羽》：「集于苞栩。」朱熹《集傳》：「苞，叢生也。」《爾雅·釋詁下》：「苞，豐也。」郭璞注：「苞，叢也。」《逸周書·時則》：「婦人苞亂。」朱右曾《集訓校釋》：「苞，叢也。」

語音關係：「枹」和「苞」上古皆爲「幫母幽部」。

詞義關係：「枹」本義爲「鼓槌」，後來引申爲「草木叢生」；「苞」本義爲「蓆草」，後來引申爲「草木叢生」，故具有共同的核義素「草木叢生」。

筆者按：「枹」和「苞」在語音上爲「音同」關係，在詞義上具有共同的核義素「草木叢生」，故二者可系聯爲一組同族詞。

（2）詞根構擬

「枹」和「苞」上古皆爲「幫母幽部」，擬音爲*prəgw，故將其詞根擬爲*prəgw。

四、中　部

1、崇：嵩

《爾雅正義》：「《周語》云：『夏之興也，融降于崇山。』韋昭註云：『崇，崇高山也。夏居陽城，崇高所近。』《史記集解》引劉熙《孟子註》謂：『益辟，禹之子，在嵩高之北。《漢書》通作『崈高』，漢碑亦作嵩，是崇亦作崈或體，作嵩隸體，變轉又爲崧也。《大雅》云：『崧高維嶽。』毛傳：『崧，高貌。』《釋山》云：『山大而高。』是也。崇者，《說文》云：『崇，嵬高也。』又云：『高，崇也。』轉相訓也。《繫辭傳》云：『知崇禮卑。』《周頌·烈文》云：『維王其崇之大。』《射儀》云：『大侯之崇。』」（卷第一，頁 54）

（1）同族詞分析

崇：《說文·山部》：「崇，嵬高也。從山，宗聲。」段玉裁注：「崇，山大而高也。崇之引申爲凡高之偁。」《廣韻·東韻》：「鋤弓切。」《易·繫辭上》：「聖人所以崇德而廣業也。」惠棟述：「崇，高也。」《周禮·天官·司裘》：「王大射。」鄭玄注：「梓人爲侯，廣與崇方。」賈公彥疏：「崇，高也。上下爲崇，橫度爲廣。」《爾雅·釋詁上》：「崇，高也。」郭璞注：「崇，高大貌。」

嵩：《說文新附·山部》：「嵩，中岳嵩高山也。從山，從高，亦從松。韋昭《國語注》云：『古通用崇字。』」《廣韻·東韻》：「息弓切。」《白虎通義·巡狩》：「嵩，言其高大也。」《釋名·釋山》：「山大而高曰嵩。嵩，竦也，亦高稱也。」《後漢書·馬融傳》：「犯歷嵩巒。」李賢註引《爾雅》：「山大而高曰嵩。」《爾雅·釋詁上》：「嵩，高也。」郭璞注：「嵩，高大貌。」

語音關係：「崇」上古爲「從母中部」，「嵩」爲「心母中部」，故爲「從心旁紐，中部疊韻」。

詞義關係：「崇」本義爲「山大而高」之意，後引申爲「凡物高大之稱」；「嵩」則指「山大而高」，具有共同的核義素「高大」，其義素分析如下：

崇＝／物／＋／高大／

嵩＝／山／＋／高大／

$$Y〔2〕＝／物、山／＋／高大／$$

筆者按：「崧」和「嵩」在語音上爲「聲轉」關係，在詞義上具有共同的核義素「高大」，故二者可系聯爲一組同族詞。

（2）詞根構擬

「崧」和「嵩」上古爲「從心旁紐，中部疊韻」，「崧」擬音爲*dzrjəŋw，「嵩」則擬音爲*sjəŋw，故將其詞根形式擬爲*dzəŋ~*səŋ。〔註2〕

五、緝　部

1、疊：慴

《爾雅正義》：「慴者，《說文》云：『慴，懼也，讀若疊。』《周頌·時邁》云：『莫不震疊。』毛傳：『疊，懼也。』慴、疊音義同。」（卷第二，頁62）

（1）同族詞分析

疊：《說文·晶部》：「疊，揚雄說：『以爲古理官決罪，三日得其宜乃行之，從晶，從宜。亡新以爲疊從三日太盛，改爲三田。』」《廣韻·帖韻》：「徒協切。」《詩·周頌·時邁》云：「莫不震疊。」毛傳：「疊，懼也。」孔穎達疏：「疊作慴，音義同。」《文選·劉峻〈廣絕交論〉》：「四海疊燻灼。」李善注引毛萇《詩傳》曰：「疊，懼也。」

慴：《說文·心部》：「慴，懼也。從心，習聲，讀若疊。」《廣韻·葉韻》：「之涉切。」《莊子·達生》：「是故遻物而不慴。」陸德明《釋文》：「慴，懼也。」《戰國策·燕策三》：「故振慴。」鮑彪注：「慴，懼也。」《文選·東方朔〈答客難〉》：「天下震慴。」呂向注：「慴，懼也。」《史記·魏將軍驃騎列傳》：「輕重人眾懾慴者弗取。」裴駰《集解》引文穎曰：「慴，恐懼也。」

語音關係：「疊」上古爲「定母緝部」，「慴」上古爲「端母葉部」，故爲「端定旁紐，緝葉旁轉」。

〔註2〕〔dz〕爲舌尖前不送氣濁塞擦音，〔s〕則爲舌尖前清擦音，二者發音部位相同，但一爲「濁塞擦音」，一爲「清擦音」，由於筆者尚未能確定何者爲最早的詞根形式，故暫擬爲*dzəŋ~*səŋ。

詞義關係：「疊」本義爲「重」，後來引申爲「恐懼」之意；「慴」指「恐懼」之意，故具有共同的核義素「恐懼」。

筆者按：「疊」和「慴」在語音上爲「音轉」關係，在詞義上具有共同的核義素「恐懼」，故二者可系聯爲一組同族詞。

（2）詞根構擬

「疊」和「慴」上古爲爲「端定旁紐，緝葉旁轉」，「疊」擬音爲*diəp，「慴」則擬音爲*tjap，故將其詞根形式擬爲*diəp~*tjap。

六、侵 部

1、妉：湛：耽

《爾雅正義》：「《小雅・鹿鳴》云：『和樂且湛。』鄭箋：『湛，樂之久也。』《衛風・氓》：『無與士耽。』鄭箋：『耽，非禮之樂。』『妉』、『湛』、『耽』音義同『般』。」（卷第一，頁 48）

（1）同族詞分析

妉：《廣韻・覃韻》：「丁含切。」《爾雅・釋詁》：「妉，樂也。」邢昺疏：「妉者，樂之久也。」《爾雅・釋詁上》：「妉，樂也。」邵晉涵《爾雅正義》：「妉者，《說文》作『媅，樂也。』詩釋文引《韓詩》云：『妉，樂之甚也。』」

湛：《說文・水部》：「湛，沒也。從水，甚聲。一曰湛水，豫章浸。」《廣韻・覃韻》：「丁含切。」《詩・小雅・賓之初筵》：「子孫其湛。」鄭玄箋：「湛，樂也。」《詩・小雅・北山》：「或湛樂飲酒。」陳奐傳疏：「湛，亦樂也。」《詩・小雅・鹿鳴》：「和樂且湛。」毛傳：「湛，樂之久也。」《莊子・則陽》：「飲酒湛樂。」陸德明《釋文》：「湛，樂之久也。」《書・無逸》：「惟湛樂是從。」江聲集注音疏：「湛者，樂之久也。」

耽：《說文・耳部》：「耽，耳大垂也。從耳，冘聲。詩曰：『士之耽兮』。」《廣韻・覃韻》：「丁含切。」《詩・衛風・氓》：「無與士耽。」毛傳：「耽，樂也。」《文選・班固〈幽通賦〉》：「矤耽躬於道眞。」李善注引項岱曰：「《張協〈七命〉》：『公子曰耽口爽之饌。』呂延濟注：『耽，

樂也』。」《禮記・中庸》:「和樂且耽。」鄭玄注:「耽,亦樂也。」
《後漢書・馮衍傳下》:「務富貴之樂。」李賢注:「耽,亦樂也。」
《文選・陸機〈文賦〉》:「耽思傍訊。」李善注引毛萇《詩傳》曰:「耽,
樂之久也。」

語音關係:「妉」、「湛」、「耽」上古皆爲「端母侵部」。

詞義關係:「妉」、「湛」皆指「喜樂」之意,「耽」本義爲「大耳垂」,後來
引申爲「喜樂」之意,故具有共同的核義素「喜樂」。

筆者按:「妉」、「湛」、「耽」在語音上爲「音同」關係,在詞義上具有共同
的核義素「喜樂」,故三者可系聯爲一組同族詞。

（2）詞根構擬

「妉」、「湛」、「耽」上古皆爲「端母侵部」,擬音爲*təm,故將其詞根擬
爲*təm。

2、函:涵

《爾雅正義》:「《小雅・巧言》:『譖始既涵。』鄭箋:『涵,同也。』
《史記・司馬相如傳》云:『上咸五。』徐廣云:『咸,一作函。』
是鄭君所見《爾雅》本作涵,郭本作槏,聲之轉也。」(卷第三,頁
95)

（1）同族詞分析

函:《說文・勹部》:「函,舌也。象形,舌體勹勹,從勹,勹亦聲。」《廣
韻・覃韻》:「胡男切。」《禮記・曲禮上》:「席間函丈。」陸德明《釋
文》:「函,容也。」鄭玄注:「函,猶容也。」《太玄・養》:「元函否
貞。」范望注:「函,容也。」《漢書・天文志》:「間可椷劍。」顏師
古注引蘇林曰:「函,容也。」《漢書・禮樂志》:「人函天地陰陽之氣。」
顏師古注:「函,包容也。」

涵:《說文・水部》:「涵,水澤多也。從水,函聲。《詩》曰:『僭始既涵。』」
《廣韻・覃韻》:「胡男切。」《詩・小雅・巧言》:「僭始既涵。」毛
傳:「涵,容也。」朱熹《集傳》:「涵,容受也。」

語音關係:「函」和「涵」上古皆爲「匣母侵部」。

詞義關係:「函」甲骨文作「⊕」(《合集》37545)、「⊕」(《合集》28068)、

「𢎥」(《合集》10244 正、反)等字形，像箭矢在囊橐之形，本義爲「藏矢所用之函」，後來引申爲「包容」之意；「涵」本義爲「水澤多的樣子」，後來引申爲「包容」之意，故具有共同的核義素「包容」。

筆者按：「函」和「涵」在語音上爲「音同」關係，在詞義上具有共同的核義素「包容」，故二者可系聯爲一組同族詞。

（2）詞根構擬

「函」和「涵」上古爲「匣母侵部」，擬音爲*gəm，故將其詞根形式擬爲*gəm。

3、紟：衿

《爾雅正義》：「《方言》云：『佩衿謂之裎。』郭氏彼注云：『所以系玉佩帶也。』紟與衿通，用裎即褑之異名也。」（卷第七，頁 142）

（1）同族詞分析

紟：《說文·系部》：「紟，衣系也。從系，今聲。䋈，籀文從金。」《集韻·侵韻》：「居吟切。」《說文·系部》段玉裁注：「紟，聯合衣襟之帶也，今人用銅紐，非古也。凡結帶皆曰紟。」《禮記·少儀》：「甲不組縢。」鄭玄注：「組縢，以組飾之及紟帶也。」陸德明《釋文》：「紟，結也。」《荀子·非十二子》：「其纓禁緩。」楊倞注：「紟，帶也。」《廣雅·釋器》：「佩紟謂之裎。」王念孫疏證：「紟之言相紟帶也。」

衿：《集韻·沁韻》：「巨禁切。」《禮記·內則》：「紟纓。」鄭玄注：「衿，猶結也。」《儀禮·士昏禮記》：「母施衿結帨。」胡培翬《正義》引張爾歧云：「衿，衣小帶也。」《爾雅·釋器》：「衿謂之袳。」邢昺疏：「衿，衣小帶也。」《漢書·揚雄傳上》：「芰茄之綠衣兮。」顏師古注引應劭曰：「衿，帶也。」

語音關係：「紟」上古爲「匣母侵部」，「衿」爲「見母侵部」，故爲「見匣旁紐，侵部疊韻」。

詞義關係：「紟」、「衿」皆指「聯繫衣襟的帶子」，具有共同的核義素「衣帶」。

筆者按：「紟」和「衿」在語音上爲「聲轉」關係，在詞義上具有共同的核義素「衣帶」，故二者可系聯爲一組同族詞。

（2）詞根構擬

「紟」和「衿」上古爲「見匣旁紐，侵部疊韻」，「紟」擬音爲*gjiəmh，「衿」則擬音爲*kjiəm，故將其詞根形式擬爲*gəm~*kəm。

4、禽：擒

《爾雅正義》：「《曲禮》疏云：『語有通別，別而言之，羽則曰禽，毛則曰獸，所以然者。』禽者，擒也。」（卷第十九，頁 300）

（1）同族詞分析

禽：《說文・內部》：「禽，走獸總名。從厹，象形，今聲。」《廣韻・侵韻》：「巨金切。」《易・井》：「舊井无禽。」王夫之俾疏：「禽，獲也。」《左傳・襄公二十四年》：「收禽挾囚。」杜預注：「禽，獲也。」《文選・曹丕〈與鍾大理書〉》：「虞虢雙禽。」張銑注：「禽，獲也。」《爾雅・釋鳥》：「二足而羽謂之禽。」郝懿行《爾雅義疏》：「禽言擒也。」

擒：《廣韻・侵韻》：「巨金切。」《慧琳音義》卷八：「擒縶。」注引《考聲》：「擒，捉也。」《慧琳音義》卷六十一：「所擒。」注引《字書》：「擒，捉也。」《慧琳音義》卷二十九：「擒去。」注引《說文》：「擒，獲也。」《文選・鍾會〈檄蜀文〉》：「蜀侯見擒於秦。」呂向注：「擒，獲也。」

字形關係：「禽」甲骨文作「𦥔」（《合集》22486）、「𦥑」（《合集》9575）、「𦥑」（《合集》11460 正）等字形，像長柄有網，以覆鳥獸之狩獵工具；「擒」甲骨文作「𦥑」（《合集》10817）、「𦥑」（《合集》10812）、「𦥑」（《合集》1855 反）等字形，劉釗先生認爲卜辭中的「𦥑」用作擒獲禽獸的意義時和「𦥑」字用法相同，不過後者只限於擒獲禽獸，前者還可用於擒獲敵方的俘虜。[註3] 故「擒」是「禽」增加意符「手」，表示其初形本義，可見「擒」爲「禽」之同源分化字。

語音關係：「禽」和「擒」上古皆爲「匣母侵部」。

詞義關係：「禽」在甲骨文的本義是「捕獲」，後來才引申爲「走獸之總

〔註3〕 劉釗：〈卜辭所見殷代的軍事活動〉，《古文字研究》第十六輯（北京：中華書局，1989 年 9 月），頁 123。

名」；〔註4〕「擒」指「捕獲」之意，具有共同的核義素「捕獲」。

筆者按：「禽」和「擒」在字形上爲「同源分化字」，在語音上爲「音同」關係，在詞義上具有共同的核義素「捕獲」，故二者可系聯爲一組同族詞。

（2）詞根構擬

「禽」和「擒」上古皆爲「匣母侵部」，擬音爲*gjiəm，故將其詞根擬爲*gjiəm。

七、微　部

1、愷：豈：凱

《爾雅正義》：「《魚藻》云：『豈樂飲酒。』《邶風》云：『凱風自南。』愷、豈、凱古通用。」（卷第一，頁49）

（1）同族詞分析

愷：《說文·心部》：「愷，樂也。從心，豈聲。」《廣韻·海韻》：「苦亥切。」《周禮·春官·眡瞭》：「鼜愷獻。」鄭玄注：「愷獻，獻功愷樂也。」賈公彥疏：「愷獻，謂戰勝獻俘之時作愷樂。」《周禮·夏官·大司馬》：「以先愷樂獻于社。」鄭玄注：「兵樂曰凱。」孫詒讓正義：「愷歌，謂作樂時奏歌，以紀武功之盛。」《爾雅·釋詁上》：「愷，樂也。」邢昺疏：「愷者，康樂也。」郝懿行《爾雅義疏》：「愷，通作豈。」

豈：《說文·豈部》：「豈，還師振旅樂也。一曰欲也，登也。從豆，微省聲。凡豈之屬皆從豈。」《集韻·海韻》：「可亥切。」《詩·齊風·載驅》：「齊子豈弟。」陸德明《釋文》：「豈，樂也。」《詩·小雅·蓼蕭》：「孔燕豈弟。」毛傳：「豈，樂也。」《詩·大雅·旱麓》：「豈弟君子。」陸德明《釋文》：「豈，樂也。」《詩·小雅·魚藻》：「豈樂飲酒。」鄭玄箋：「豈，亦樂也。」

〔註4〕張國豔先生認爲「禽」從甲骨文發展演變到後代的情況是：「擒獲」（動詞）→（1）獵物（名詞）→走獸之總名。（2）名詞→鳥獸之總名或飛禽（名詞）。（3）俘虜和戰利品（名詞）。參見張國豔：〈甲骨文「禽」的名詞用法〉，《殷都學刊》第1期（2001年），頁21～22。

凱：《廣韻·海韻》：「苦亥切。」《史記·平津侯主父列傳》：「天下既平，天子大凱。」裴駰《史記集解》引應劭云：「大凱，周禮還師振旅之樂。」李白《司馬將軍歌》：「功成獻凱見明主。」王琦輯注引《周官·大司馬》注云：「兵樂曰凱。」《慧琳音義》卷八十三「凱旋」注引《字書》：「凱，遊歸樂也。」《爾雅·釋天》：「南風謂之凱風。」邢昺疏引李巡曰：「凱，樂也。」

語音關係：「愷」、「豈」、「凱」上古皆為「溪母微部」。

詞義關係：「愷」、「豈」、「凱」皆指「軍戰勝而歸所奏之樂曲」之意，具有共同的核義素「軍勝之樂」。

筆者按：「愷」、「豈」、「凱」在語音上為「音同」關係，在詞義上具有共同的核義素「軍勝之樂」，故三者可系聯為一組同族詞。

（2）詞根構擬

「愷」、「豈」、「凱」上古皆為「溪母微部」，擬音為*khədx，故將其詞根形式擬為*khəd。

2、頹：悴：瘁

《爾雅正義》：「頹者，《釋文》云：『字或作悴。』《說文》云：『悴，憂也，通作瘁。』」（卷第一，頁62）

（1）同族詞分析

頹：《說文·頁部》：「頹，顦頹也。從頁，卒聲。」《廣韻·至韻》：「秦醉切。」《爾雅·釋詁下》：「頹，病也。」邢昺疏：「頹、瘁音義同。」《漢書·王莽傳上》：「邦國殄頹。」顏師古注：「頹，病也。」「頹，與悴同。」《資治通鑑·魏紀一》：「形容憔頹。」胡三省注：「頹，與悴同。」

悴：《說文·心部》：「悴，憂也。從心，卒聲。讀與易萃卦同。」《廣韻·至韻》：「秦醉切。」《說文·心部》朱駿聲《通訓定聲》：「悴，亦作瘁。」《楚辭·九歎·遠遊》：「時槁悴兮。」王逸注：「悴，病也。」《楚辭·天問敘》：「憂心愁悴。」舊校：「悴，一作瘁。」

瘁：《廣韻·至韻》：「秦醉切。」《詩·小雅·雨無正》：「憯憯日瘁。」毛傳：「瘁，病也。」《詩·小雅·蓼莪》：「生我勞瘁。」鄭玄箋：「瘁，

病也。」《呂氏春秋・下賢》:「而不瘁攝。」高誘注:「瘁,病也。」
《大戴禮記・用兵》:「六畜瘁胔。」盧辯注:「瘁,病也。」《後漢書・
王充傳》:「言觀殄瘁。」李賢注:「瘁,病也。」

語音關係:「顇」、「悴」、「瘁」上古皆爲「從母微部」。

詞義關係:「顇」和「悴」皆指「憂傷成病」,「瘁」則指「勞累成病」,具
有共同的核義素「病」,其義素分析如下:

> 顇＝／憂傷／＋／病／
>
> 悴＝／憂傷／＋／病／
>
> 瘁＝／勞累／＋／病／
>
> Y〔3〕＝／憂傷、勞累／＋／病／

筆者按:「顇」、「悴」、「瘁」在語音上爲「音同」關係,在詞義上具有共同
的核義素「病」,故三者可系聯爲一組同族詞。

（2）詞根構擬

「顇」、「悴」、「瘁」上古皆爲「從母微部」,擬音爲*dzjədh,故將其詞根
形式擬爲*dzjədh。

3、譏：幾

> 《爾雅正義》:「《說文》云:『譏,譀也。訖事之樂也。』《玉篇》引
> 《埤蒼》云:『譀,譏也。』轉相訓也,譏通作幾。」（卷第一,頁
> 66）

（1）同族詞分析

譏:《說文・豈部》:「譏,譀也。訖事之樂也。從豈,幾聲。」《廣韻・微
　　韻》:「渠希切。」《爾雅・釋詁下》:「譏,汽也。」郭璞注:「譏,謂
　　相摩近也。」郝懿行《義疏》:「譏,即幾也。」《集韻・微韻》:「譏,
　　近也。」

幾:《說文・絲部》:「幾,微也,殆也。從絲、從戍。戍,兵守也。絲而兵
　　守者,危也。」《廣韻・微韻》:「渠希切。」《易・屯》:「君子幾不如
　　舍。」李鼎祚《集解》引虞翻曰:「幾,近也。」《詩・大雅・瞻卬》:
　　「維其幾矣。」鄭玄箋:「幾,近也。」《左傳・襄公十一年》:「不從
　　晉,國幾亡。」杜預注:「幾,近也。」

語音關係：「譏」和「幾」上古皆爲「群母微部」。

詞義關係：「譏」本義爲「完成事情後的快樂」，後來引申爲「接近」之意；「幾」指「接近」之意，故具有共同的核義素「接近」。

筆者按：「譏」和「幾」在語音上爲「音同」關係，在詞義上具有共同的核義素「接近」，故二者可系聯爲一組同族詞。

（2）詞根構擬

「譏」和「幾」上古皆爲「群母微部」，擬音爲*gjəd，故將其詞根擬爲*gjəd。

4、薆：僾：愛

《爾雅正義》：「《大雅・烝民》云：『愛莫助之。』毛傳：『愛，隱也。』《桑柔》云：『亦孔之僾。』僾又與薆通。《說文》引詩作僾而不見。」

（卷第三，頁89）

（1）同族詞分析

薆：《廣韻・代韻》：「烏代切。」《爾雅・釋言》：「薆，隱也。」《漢書・律曆志》：「昧薆於未。」顏師古注：「薆，蔽也。」

僾：《說文・人部》：「僾，仿佛也。從人，愛聲。詩曰：僾而不見。」《廣韻・代韻》：「烏代切。」徐鍇《說文解字繫傳》：「僾，見之不明也。」

愛：《說文・夊部》：「愛，行皃。從夊，㤅聲。」《廣韻・代韻》：「烏代切。」《詩・大雅・烝民》：「莫助之愛。」毛傳：「愛，隱也。」《讀書雜志・餘編上・後漢書》：「張衡傳思玄賦：豈愛惑之能剖。」王念孫按：「愛者，蔽也。」

語音關係：「薆」、「僾」、「愛」上古皆爲「影母微部」。

詞義關係：「薆」、「僾」、「愛」皆指「隱蔽不見」，具有共同的核義素「隱蔽」。

筆者按：「薆」、「僾」、「愛」在語音上爲「音同」關係，在詞義上具有共同的核義素「隱蔽」，故三者可系聯爲一組同族詞。

（2）詞根構擬

「薆」、「僾」、「愛」上古皆爲「影母微部」，擬音爲*ʔədh，故將其詞根形式擬爲*ʔədh。

5、逮：隶

《爾雅正義》：「《說文》：「逮，及也。」又云：『隸，及也。』《詩》
曰：『隸，天之未陰雨。』逮、隶、隸音義同。」（卷第三，頁 93）

（1）同族詞分析

逮：《說文・辵部》：「逮，唐逮，及也。從辵，隶聲。」《廣韻・代韻》：
「徒耐切。」《易・旅・象傳》：「上逮也。」李鼎祚《集解》引虞翻
曰：「逮，及也。」《詩・大雅・桑柔》：「菁云不逮。」鄭玄箋：「逮，
及也。」《儀禮・鄉飲酒禮》：「乃合樂。」鄭玄注：「可以逮下也。」
賈公彥疏：「逮，及也。」《國語・周語上》：「道相逮也。」韋昭注：
「逮，及也。」《爾雅・釋詁下》：「逮，與也。」郭璞注：「逮，亦及
也。」《爾雅・釋言》：「逮，遝。」邢昺疏：「逮，亦謂相及。」

隶：《說文・隶部》：「隶，及也。從又，從省。又持者，從後及之也。凡
隶之屬皆從隶。」《廣韻・至韻》：「羊至切。」《說文・隶部》朱駿聲
《通訓定聲》：「隶者，手相及也。」《集韻・隊韻》：「隶，從後及之
也。」《方言》卷七：「蝎、噬，逮也。」錢繹《箋疏》：「逮、迨、隶、
隸，字異聲義並同。」

字形關係：「逮」是「隶」增加意符「辵」，表示其初形本義，後來因「逮」
字較為常用，而使「隶」字逐漸被取代之，故「逮」為「隶」之同源分化字。

語音關係：「逮」上古為「定母微部」，「隶」為「喻母微部」，故為「定喻
旁紐，微部疊韻」。

詞義關係：「逮」和「隶」皆指「相及」之意，具有共同的核義素「相及」。

筆者按：「逮」和「隶」在語音上為「聲轉」關係，在詞義上具有共同的核
義素「相及」，故二者可系聯為一組同族詞。

（2）詞根構擬

「逮」和「隶」上古為「定喻旁紐，微部疊韻」，「逮」擬音為*dədh，「隶」
則擬音為*rədh，故將其詞根形式擬為*dəd~*rəd。

6、芇：茀

《爾雅正義》：「易，《釋文》引子夏：『易豐其芇。』傳云：『小也。』
《召南》云：『蔽芇甘棠。』毛傳：『蔽芇，小貌。』芇又通作茀。《大

雅·卷阿》:『茀祿爾康矣。』毛傳:『茀,小也。』」(卷第三,頁
101)

(1)同族詞分析

茀:《廣韻·物韻》:「茀,草木盛也。分勿切。」《廣雅·釋訓》:「茀茀,
茂也。」王念孫《廣雅疏證》:「茀茀,猶沛沛也。」《集韻·勿韻》:「茀,
艸木成也。」《爾雅·釋言》:「茀,小也。」郝懿行《爾雅義疏》:「茀,
通作芾。」

芾:《說文·艸部》:「芾,道多艸不可行。从艸,弗聲。」《廣韻·物韻》:
「分勿切。」《國語·周語中》:「道茀不可行。」韋昭注:「草穢塞路
爲茀。」《毛詩故訓傳定本小箋》卷二十四:「草多曰茀,治草曰芾,
猶治亂曰亂也。」《集韻·勿韻》:「艸木眾多皃。」

語音關係:「茀」上古爲「幫母微部」,「芾」爲「滂母微部」,故爲「幫滂
旁紐,微部疊韻」。

詞義關係:「茀」和「芾」皆形容「草木茂盛」的樣子,具有共同的核義素
「草木茂盛」。

筆者按:「茀」和「芾」在語音上爲「聲轉」關係,在詞義上具有共同的核
義素「草木茂盛」,故二者可系聯爲一組同族詞。

(2)詞根構擬

「茀」和「芾」上古爲「幫滂旁紐,微部疊韻」,「茀」擬音爲*pjət,「芾」
則擬音爲*phjət,故將其詞根形式擬爲*pjət~*phət。

八、文 部

1、隕:磒

《爾雅正義》:「隕者,《說文》引《春秋傳》云:『隕石于宋五今。』
《春秋·莊七年傳》:「磒作隕。」《穀梁傳》云:『著於下不見於上
謂之隕。』隕磒古通用。」(卷第一,頁52)

(1)同族詞分析

隕:《說文·阜部》:「隕,從高下也。自阜,員聲。《易》曰:『有隕自天。』」
《廣韻·軫韻》:「于敏切。」《易·姤》:「有隕自天。」李鼎祚《集解》

引虞翻曰：「隕，落也。」《詩·衛風·氓》：「其黃而隕。」朱熹《集傳》：「隕，落也。」《書·湯問》：「若將隕於深淵。」蔡沈《集傳》：「隕，墜也。」《詩·豳風·七月》：「十月隕蘀。」《毛傳》：「隕，墜也。」

磒：《說文·石部》：「磒，落也。從石，員聲。《春秋傳》云：『磒石于宋五。』」《廣韻·軫韻》：「于敏切。」《爾雅·釋詁上》：「磒，落也。」郭璞注：「磒，猶隕也，方俗語有輕重耳。」陸德明《釋文》：「磒，石落也。」《列子·周穆王》：「王若磒虛焉。」張湛注：「磒，墜也。」

語音關係：「隕」和「磒」上古皆爲「匣母文部」。

詞義關係：「隕」和「磒」皆指「墜落」之意，具有共同的核義素「墜落」。

筆者按：「隕」和「磒」在語音上爲「音同」關係，在詞義上具有共同的核義素「墜落」，故二者可系聯爲一組同族詞。

（2）詞根構擬

「隕」和「磒」上古皆爲「匣母文部」，擬音爲*gwjənx，故將其詞根擬爲*gwjənx。

2、旦：晨

《爾雅正義》：「《小雅·庭燎》云：『夜鄉晨。』毛傳：『晨，明也。』秋官司寤氏云：『禦晨行者。』鄭註：『晨，先明也。昧者，大明也，與旦晨之義同。』」（卷第二，頁 65）

（1）同族詞分析

旦：《說文·旦部》：「旦，明也。從日見一上。一，地也。凡旦之屬皆從旦。」《廣韻·翰韻》：「得按切。」《大戴禮記·夏小正》：「蓋陽氣旦睹也。」王聘珍《解詁》引《爾雅》曰：「旦，早也。」《呂氏春秋·順民》：「以與吳王爭一旦之死。」高誘注：「旦，朝也。」《文選·阮籍〈詠懷詩七首〉》：「一旦更離傷。」李周翰注：「旦，朝也。」

晨：《說文·晶部》：「曟，房星，爲民田時者。從晶，辰聲。晨，曟或省。」《廣韻·眞韻》：「徒案切。」《爾雅·釋詁下》：「晨，早也。」《文選·陸倕〈新刻漏銘〉》：「每旦晨興。」呂向注：「晨，早也。」《慧琳音義》卷二十五：「晨翰。」注引《韻英》：「晨，早時也。」《國語·晉語二》：「丙之晨。」韋昭注：「晨，早朝也。」

語音關係：「旦」上古爲「端母元部」，「晨」上古爲「定母文部」，故爲「端定旁紐，文元旁轉」。

詞義關係：「旦」指「天剛亮的時候」，「晨」則皆「太陽剛出來的時候」，故具有共同的核義素「早上」。

筆者按：「旦」和「晨」在語音上爲「音轉」關係，在詞義上具有共同的核義素「早上」，故二者可系聯爲一組同族詞。

（2）詞根構擬

「旦」和「晨」上古爲「端定旁紐，文元旁轉」，「旦」擬音爲*tanh，「晨」則擬音爲*djiən，故將其詞根形式擬爲*tan~*dən。

3、惇：敦

《爾雅正義》：「惇者，《內則》云：『皆有惇史。』惇通作敦。」（卷第一，頁66）

（1）同族詞分析

惇：《說文·心部》：「惇，厚也。從心，享聲。」《廣韻·魂韻》：「都昆切。」《書·堯典》：「惇德允元。」孔安國傳：「惇，厚也。」《周語·周語上》：「吾聞夫犬戎樹惇。」董增齡《正義》：「惇，厚也。」《爾雅·釋詁下》：「惇，厚也。」郝懿行《義疏》：「惇，通作敦。」《後漢書·第五倫傳》：「惇惇歸諸寬厚。」李賢注：「惇惇，純厚之皃也。」

敦：《說文·攴部》：「敦，怒也，詆也。一曰誰何也。」《廣韻·魂韻》：「都昆切。」《易·臨》：「敦臨吉，无咎。」孔穎達疏：「敦，厚也。」《書·舜典》：「惇德允元。」孔安國傳：「敦，厚也。」《左傳·昭公二十三年》：「後者敦陳整旅。」杜預注：「敦，厚也。」《管子·問》：「則無敦於權人以困貌德。」尹知章注：「敦，猶厚也。」

語音關係：「惇」和「敦」上古皆爲「端母文部」。

詞義關係：「惇」和「敦」皆形容「篤厚」的樣子，具有共同的核義素「篤厚」。

筆者按：「惇」和「敦」在語音上爲「音同」關係，在詞義上具有共同的核義素「篤厚」，故二者可系聯爲一組同族詞。

（2）詞根構擬

「惇」和「敦」上古皆爲「端母文部」，擬音爲*tən，故將其詞根形式擬爲
*tən。

4、餴：饋

《爾雅正義》：「《說文》云：『餴，滫餘也。』餴或作饋。」（卷第一，
頁 86）

（1）同族詞分析

餴：《廣韻・文韻》：「府文切。」《詩・大雅・泂酌》：「可以餴饎。」毛傳：
　　「餴，餾也。」陸德明《釋文》：「餴，又作饋。」《玉篇・食部》：「餴，
　　同饋。」

饋：《說文・食部》：「饋，滫飯也。從食，賁聲。」《廣韻・文韻》：「府文
　　切。」《爾雅・釋言》：「饋，稔也。」郭璞注：「今呼餞飯爲饋。」邢
　　昺疏引孫炎云：「蒸之曰饋，均之曰餾。」「饋、餴音義同。」郝懿行
　　《義疏》：「饋者，半蒸之，尚未熟。」《詩・大雅・泂酌》：「可以餴饎。」
　　陸德明《釋文》引《字書》：「饋，一蒸米也。」

語音關係：「餴」和「饋」上古皆爲「幫母文部」。

詞義關係：「餴」和「饋」皆指「蒸飯」之意，具有共同的核義素「蒸飯」。

筆者按：「餴」和「饋」在語音上爲「音同」關係，在詞義上具有共同的核
義素「蒸飯」，故二者可系聯爲一組同族詞。

（2）詞根構擬

「餴」和「饋」上古皆爲「幫母文部」，擬音爲*pjən，故將其詞根擬爲
*pjən。

5、逡：踆：竣

《爾雅正義》：「逡，《文選》註引《爾雅》作踆，逡踆古通用。……
　　《說文》引《國語》亦作『有司已於事而竣。』逡竣音義同。」（卷
　　第三，頁 97）

（1）同族詞分析

逡：《說文・辵部》：「逡，復也。從辵，夋聲。」《廣韻・諄韻》：「七倫
　　切。」《晏子春秋・內篇雜上》：「晏子逡巡，北面再拜而賀曰。」孫

星衍《音義》引《釋言》:「逡,退也。」《爾雅·釋言》:「逡,退也。」
邢昺疏:「逡,卻退也。」《文選·司馬相如〈上林賦〉》:「逡巡避廗。」
李善注:「逡,卻退也。」《莊子·讓王》:「子貢逡巡而有愧色。」
成玄英疏:「「逡逡,卻退貌也。」

跧:《廣韻·諄韻》:「七倫切。」《文選·張衡〈東京賦〉》:「已事而跧。」
薛綜注:「跧,退也。」李善注:「跧,與竣同耳。」《史通·自敘》:
「揚雄少爲范跧、劉歆所重。」浦起龍《通釋》:「跧,《漢書》作逡。」

竣:《說文·立部》:「竣,偓竣也,從立,夋聲。《國語》曰:『有司已事
而竣。』」《廣韻·諄韻》:「七倫切。」《說文·立部》徐鍇《繫傳》:
「竣,退立也。」《廣雅·釋詁三》:「竣,止也。」王念孫《疏證》:
「竣者,退之止也。」《廣雅·釋詁三》:「竣,伏也。」王念孫《疏
證》:「竣、跧、逡並同。」《國語·齊語》:「有司已事而竣。」韋昭
注:「竣,退伏也。」

語音關係:「逡」、「跧」、「竣」上古皆爲「清母文部」。

詞義關係:「逡」指「退卻」之意,「跧」和「竣」皆指「退止」之意,故
具有共同的核義素「退」。

筆者按:「逡」、「跧」、「竣」在語音上爲「音同」關係,在詞義上具有共同
的核義素「退」,故三者可系聯爲一組同族詞。

(2)詞根構擬

「逡」、「跧」、「竣」上古皆爲「清母文部」,擬音爲*tshjən,故將其詞根形
式擬爲*tshjən。

6、鼖:賁

《爾雅正義》:「鼓之大者,名鼖。大司馬云:『諸侯執賁鼓。』古人
云:『以鼖鼓鼓軍事。』鼖與賁通。」(卷第八,頁155)

(1)同族詞分析

鼖:《說文·鼓部》:「鼖,大鼓謂之鼖,鼖八尺而兩面,以鼓軍事。從鼓,
賁省聲,鞼,鼖或從革,賁不省。」《集韻·文韻》:「符分切。」《書·
顧命》:「大貝、鼖鼓在西房。」孔穎達疏引《釋樂》云:「大鼓謂之
鼖。」《周禮·考工記·韗人》:「謂之鼖鼓。」鄭玄注:「大鼓謂之鼖。」

《周禮‧地官‧鼓人》：「以鼖鼓鼓軍事。」鄭玄注：「大鼓謂之鼖，鼖鼓長八尺。」

賁：《說文‧貝部》：「賁，飾也。從貝，卉聲。」《廣韻‧文韻》：「符分切。」《書‧盤庚下》：「用宏茲賁。」孔安國傳：「宏、賁，皆大也。」《尚書大傳》卷二：「天子賁庸。」鄭玄注：「賁，大也。」江淹《建平王讓右將軍荊州刺史表》：「忘賁異等。」胡之驥《彙注》：「賁，大也。」江淹《建平王讓右將軍荊州刺史表》：「空賁恩輝。」胡之驥《彙注》：「賁，大也。」

語音關係：「鼖」和「賁」上古皆爲「並母文部」。

詞義關係：「鼖」指「大鼓」，「賁」形容「大」的樣子，具有共同的核義素「大」，其義素分析如下：

> 鼖＝／名物範疇／＋／大／
>
> 賁＝／性狀範疇／＋／大／
>
> Y〔2〕＝／名物範疇、性狀範疇／＋／大／

筆者按：「鼖」和「賁」在語音上爲「音同」關係，在詞義上具有共同的核義素「大」，故二者可系聯爲一組同族詞。

（2）詞根構擬

「鼖」和「賁」上古爲「並母文部」，擬音爲*bjən，故將其詞根形式擬爲*bjən。

7、鯤：鰥

《爾雅正義》：「鯤爲魚子，亦名爲鰥。《齊風‧敝笱》云：『其魚魴鰥。』鄭箋云：『鰥，魚子也。』古音鯤鰥同，故字亦通用。」（卷第十七，頁276）

（1）同族詞分析

鯤：《廣韻‧魂韻》：「古渾切。」《國語‧魯語上》：「魚禁鯤鮞。」韋昭注：「鯤，魚子也。」《爾雅‧釋魚》：「鯤，魚子也。」郭璞注：「凡魚之子總名鯤。」《禮記‧內則》：「卵醬實蓼。」鄭玄注：「鯤，魚子也。」《文選‧張衡〈西京賦〉》：「摷鯤鮞。」薛綜注：「鯤，魚子也。」

鰥：《說文‧魚部》：「鰥，魚也。從魚，眔聲。」《集韻‧魂韻》：「公渾

切。」《詩・齊風・蔽笱》:「『其魚魴鰥。』馬瑞辰《傳箋通釋》:「魚子謂之鰥,魚之大者亦謂之鰥。」

語音關係:「鯤」和「鰥」上古皆爲「見母文部」。

詞義關係:「鯤」和「鰥」皆指「魚子」,具有共同的核義素「幼小」。

筆者按:「鯤」和「鰥」在語音上爲「音同」關係,在詞義上具有共同的核義素「幼小」,故二者可系聯爲一組同族詞。

（2）詞根構擬

「鯤」和「鰥」上古皆爲「見母文部」,擬音爲*kwən,故將其詞根擬爲*kwən。

九、祭 部

1、艾:乂

《爾雅正義》:「艾者,《小雅・鴛鴦》云:『福祿艾之。』艾通作乂。」

（卷第一,頁76）

（1）同族詞分析

艾:《說文・艸部》:「艾,冰臺也。從草,乂聲。」《廣韻・廢韻》:「魚肺切。」《詩・小雅・小旻》:「或肅或艾。」毛傳:「艾,治也。」朱熹《集傳》:「艾,與乂同,治也。」《孟子・萬章上》:「自怨自艾。」趙岐注:「艾,治也。」焦循《正義》:「艾、乂字通。」《史記・殷本紀》:「作咸艾。」裴駰《集解》引馬融曰:「艾,治也。」

乂:《說文・丿部》:「乂,芟草也。從丿從乀相交。刈,乂或從刀。」《廣韻・廢韻》:「魚肺切。」《書・堯典》:「有能俾乂。」孔安國傳:「乂,治也。」《爾雅・釋詁下》:「乂,治也。」《春秋繁露・五行五事》:「從作乂。」凌曙注引顏師古曰:「乂,治也。」《詩・小雅・小旻》:「或肅或艾。」孔穎達疏:「乂者,治理之名。」

語音關係:「艾」和「乂」上古皆爲「疑母祭部」。

詞義關係:「艾」本義爲「冰臺草（醫草）」,後來引申爲「治理」之意;「乂」本義爲「割草」,後來亦引申爲「治理」之意,具有共同的核義素「治理」。

筆者按:「艾」和「乂」在語音上爲「音同」關係,在詞義上具有共同的核

義素「治理」，故二者可系聯爲一組同族詞。

（2）詞根構擬

「乂」和「义」上古皆爲「疑母祭部」，擬音爲*ŋjadh，故將其詞根擬爲
*ŋjadh。

2、烈：帤

《爾雅正義》：「烈者，舊疏引《大雅・雲漢》詩序云：『宣王承歷王
之烈。』鄭箋：『烈，餘也，通作帤。』」（卷第一，頁79）

（1）同族詞分析

烈：《說文・火部》：「烈，火猛也。從火，列聲。」《廣韻・薛韻》：「良薛
　　切。」《詩・大雅・雲漢序》：「承厲王之烈。」鄭玄箋：「烈，餘也。」
　　《爾雅・釋詁下》：「烈，餘也。」邢昺疏：「烈，謂遺餘也。」《方言》
　　卷一：「烈，餘也。晉鄭之間曰烈。」《漢書・王莽傳中》：「以著黃虞
　　之烈焉。」顏師古注：「烈，餘業也。」

帤：《廣韻・祭韻》：「立制切。」《文選・左思〈魏都賦〉》：「秦於徙帤。」
　　李善注引《廣雅》曰：「帤，餘也。」《玉篇・巾部》：「帤，帛餘也。」：
　　《集韻・祭韻》：「帤，帛餘也。」

語音關係：「烈」和「帤」上古皆爲「來母祭部」。

詞義關係：「烈」本義指「火猛」，後引申爲「遺餘」之意；「帤」指「帛
餘」，具有共同的核義素「餘」，其義素分析如下：

　　　　　烈＝／動作範疇／＋／餘／

　　　　　帤＝／名物範疇／＋／餘／

　　　　　Y〔2〕＝／動作範疇、名物範疇／＋／餘／

筆者按：「烈」和「帤」在語音上爲「音同」關係，在詞義上具有共同的核
義素「餘」，故二者可系聯爲一組同族詞。

（2）詞根構擬

「烈」和「帤」上古皆爲「來母祭部」，「烈」擬音爲*ljat，「帤」則擬音
爲*ljadh，故將其詞根形式擬爲*la。

3、噬：逯

《爾雅正義》：「《方言》云：『蝎、噬，逮也。東齊曰蝎，北燕曰噬，

逮通語也。』郭註蝎作遏，噬作遾，音義同。」（卷第三，頁 85）

（1）同族詞分析

噬：《說文·口部》：「噬，啗也，喙也。從口，筮聲。」《廣韻·祭韻》：「時制切。」《詩·唐風·有杕之杜》：「噬肯適我。」毛傳：「噬，逮也。」王先謙《三家義集疏》：「魯噬作遾。」《方言》卷七：「噬，逮也，北燕曰噬。」戴震《疏證》：「蝎、噬亦作遏、遾。」

遾：《廣韻·祭韻》：「時制切。」《爾雅·釋言》：「遾，逮也。」郭璞注：「東齊曰蝎，北燕曰遾，皆相及也。」

語音關係：「噬」和「遾」上古皆爲「定母祭部」。

詞義關係：「噬」本指「吃」、「咬」，後來引申爲「相及」之意；「遾」則指「相及」之意，故具有共同的核義素「相及」。

筆者按：「噬」和「遾」在語音上爲「音同」關係，在詞義上具有共同的核義素「逮」，故二者可系聯爲一組同族詞。

（2）詞根構擬

「噬」和「遾」上古皆爲「定母祭部」，擬音爲*djadh，故將其詞根擬爲*djadh。

4、忨：翫：愒

《爾雅正義》：「《說文》引《春秋傳》、《左氏·昭元年傳》文，今本作翫歲而愒日，忨、翫、愒、湯音義同。」（卷第三，頁 99）

（1）同族詞分析

忨：《說文·心部》：「忨，貪也。從心，元聲。《春秋傳》：『忨歲而湯日。』」《廣韻·桓韻》：「五丸切。」《廣韻·桓韻》：「忨，忨貪。」《廣雅·釋詁二》：「忨，貪也。」王念孫《疏證》：「忨、翫、玩並通。」《玉篇·心部》：「忨，貪。」

翫：《說文·習部》：「翫，習猒也。從習，元聲。《春秋傳》曰：『翫歲而愒日。』」《廣韻·換韻》：「五換切。」《左傳·昭公元年》：「翫歲而愒日。」杜預注：「翫、，皆貪也。」陸德明《釋文》：「翫，又作玩。」李富孫《異文釋》：「晉語作忨日而湯歲。《說文·心部》引作忨歲而湯日。翫作忨。」《玉篇·習部》：「翫，貪悅也。」

愒：《說文・心部》：「愒，息也。從心，曷聲。」《廣韻・泰韻》：「苦蓋切。」《詩・大雅・雲漢》：「倬比雲漢。」鄭玄箋：「時旱愒雨。」陸德明《釋文》：「愒，貪也。」《左傳・昭公元年》：「主民翫歲而愒日。」陸德明《釋文》：「愒，貪也。」杜預注：「翫、愒，皆貪也。」《爾雅・釋言》：「愒，貪也。」郭璞注：「愒，位貪羨。」《文選・張華〈情詩〉》：「居歡愒夜促。」李善注引《爾雅》曰：「愒，貪也。」

語音關係：「忨」、「翫」上古皆爲「疑母元部」，「愒」爲「溪母祭部」，故爲「疑溪旁紐，元祭對轉」。

詞義關係：「忨」、「翫」、「愒」皆指「貪」之意，具有共同的核義素「貪」。

筆者按：「忨」、「翫」、「愒」在語音上爲「音轉」關係，在詞義上具有共同的核義素「貪」，故三者可系聯爲一組同族詞。

（2）詞根構擬

「忨」、「翫」、「愒」上古爲「疑祭旁紐，元祭對轉」，「忨」、「翫」擬音爲*ŋuanh，「愒」則擬音爲*khadh，故將其詞根形式擬爲*ŋuan~*khad。

十、歌　部

1、惈：果

《爾雅正義》：「惈者，《方言》云：『惈，勇也。』《廣韻》云：『《倉頡篇》果敢作此惈。』《眾經音義》引孫炎云：『惈，決之勝也。』今通作果。」（卷第一，頁55）

（1）同族詞分析

惈：《廣韻・果韻》：「古火切。」《廣韻・果韻》引《倉頡篇》：「惈，果敢。」《玉篇・心部》：「惈，敢也。」《廣雅・釋詁二》：「惈，勇也。」王念孫《疏證》：「惈，通作果。」《文選・左思〈魏都賦〉》：「風俗以韰果爲嫿。」李善注：「果與惈，古字通。」

果：《說文・木部》：「果，木實也，從木，象果形在木之上。」《廣韻・果韻》：「古火切。」《玉篇・木部》：「果，果敢也。」《易・乾》：「或躍在淵，无咎。」王弼注：「不謬於果故，无咎也。」孔穎達疏：「果，謂果敢。」《書・泰誓下》：「爾眾士其尚迪果毅。」孔穎達疏：「果，

謂果敢。」《論語‧憲問》：「果哉末之難也。」邢昺疏：「果，謂果敢。」

語音關係：「㮚」和「果」上古皆爲「見母歌部」。

詞義關係：「㮚」指「果敢」之意，「果」本義爲「果實」，後引申爲「果敢」之意，故具有共同的核義素「果敢」。

筆者按：「㮚」和「果」在語音上爲「音同」關係，在詞義上具有共同的核義素「果敢」，故二者可系聯爲一組同族詞。

（2）詞根構擬

「㮚」和「果」上古皆爲「見母歌部」，擬音爲*kuarx，故將其詞根擬爲*kuarx。

2、垝：祪

《爾雅正義》：「祪者，説文云：『祪，祔祪祖也。』祔、付以聲爲義，上文云：『垝，毀也。』垝、祪聲同。故以爲毀廟主也。」（卷第二，頁79）

（1）同族詞分析

垝：《說文‧土部》：「垝，毀垣也。從土，危聲。《詩》曰：『乘彼垝垣。』陒，垝或從𨸏。」《廣韻‧紙韻》：「過委切。」《詩‧衛風‧氓》：「乘彼垝垣。」毛傳：「垝，毀也。」《爾雅‧釋詁上》：「垝，毀也。」《後漢書‧崔駰傳》：「揚蛾眉於復關兮。」李賢注引《詩》毛萇注云：「垝，毀也。」

祪：《說文‧示部》：「祪，祔祪祖也。從示，危聲。」《廣韻‧紙韻》：「過委切。」《說文‧示部》段玉裁注：「祔謂新廟，祪謂毀廟，皆祖也。」《說文‧示部》徐鍇《繫傳》郭璞曰：「祪，毀也。附新廟毀舊廟也。」《說文‧示部》朱駿聲《通訓定聲》：「將毀而祭曰祪，新廟曰祔。」《爾雅‧釋詁下》：「祪，祖也。」郭璞注：「祪，毀廟主。」郝懿行《義疏》：「祪訓爲毀。」

語音關係：「垝」和「祪」上古皆爲「見母歌部」。

詞義關係：「垝」指「毀垣」，「祪」則指「毀廟」，具有共同的核義素「毀」，其義素分析如下：

垝＝／垣／＋／毀／

垝＝／廟／＋／毀／

Ｙ〔2〕＝／垣、廟／＋／毀／

筆者按：「垝」和「祪」在語音上為「音同」關係，在詞義上具有共同的核義素「毀」，故二者可系聯為一組同族詞。

（2）詞根構擬

「垝」和「祪」上古皆為「見母歌部」，擬音為*kjiarx，故將其詞根擬為*kjiarx。

3、侈：垑

《爾雅正義》：「《廣韻》侈、垑皆承紙切，其義同也。侈本作垑，《說文》云：『垑，恀也。』」（卷第三，頁83）

（1）同族詞分析

侈：《廣韻・紙韻》：「承紙切。」《爾雅・釋言》：「侈，恀也。」郝懿行《義疏》：「侈者，《說文》作垑。」「侈之為言恀也。」《古經解鉤沉》卷二十八《爾雅・釋言注》：「侈，恀事自侈也。」《玄應音義》卷一：「他侈。」注引《爾雅》：「侈，怙恀也。」

垑：《說文・土部》：「垑，恀也。從土，多聲。」《廣韻・紙韻》：「尺氏切。」《說文句讀・土部》：「垑，恀土地也。」《集韻・紙韻》：「垑，《說文》：：『垑，恀也。』謂恀土地也。」

語音關係：「侈」上古為「定母歌部」，「垑」為「透母歌部」，故為「定透旁紐，歌部疊韻」。

詞義關係：「侈」和「垑」皆指「怙恀」之意，具有共同的核義素「怙恀」。

筆者按：「侈」和「垑」在語音上為「聲轉」關係，在詞義上具有共同的核義素「怙恀」，故二者可系聯為一組同族詞。

（2）詞根構擬

「侈」和「垑」上古為「定透旁紐，歌部疊韻」，「侈」擬音為*djarx，「垑」則擬音為*thjarx，故將其詞根形式擬為*dar~*thar。

4、訛：譌：吪

《爾雅正義》：「《堯典》云：『平秩南訛。』《方言》云：『譌，化也。』訛、譌、吪音義同。」（卷第三，頁95）

（1）同族詞分析

訛：《廣韻‧戈韻》：「五禾切。」《書‧堯典》：「平秩南訛。」孔安國傳：

「訛，化也。」《詩‧小雅‧節南山》：「式訛爾心。」鄭玄箋：「訛，

化也。」《爾雅‧釋言》：「訛，化也。」邢昺疏：「訛，匡正之化也。」

《漢書‧楊雄傳上》：「燡訛碩麟。」顏師古注：「訛，化也。」《漢書‧

王莽傳中》：「以勸南偽。」顏師古注：「偽，讀曰訛。訛，化也。」

譌：《說文‧言部》：「譌，譌言也。從言，爲聲。《詩》曰：『民之譌言。』」

《廣韻‧戈韻》：「五禾切。」《方言》卷三：「譌，化也。」《玉篇‧

言部》：「譌，化也。」《廣雅‧釋言》：「蔿，譌也。」王念孫《疏證》：

「譌，猶化也。」《廣雅‧釋言》：「譌，譁也。」王念孫《疏證》：「譌、

譁，皆謂變化也。」

吪：《說文‧口部》：「吪，動也。從口，化聲。《詩》曰：『尚寐無吪。』」

《廣韻‧戈韻》：「五禾切。」《詩‧豳風‧破斧》：「四國是吪。」毛傳：

「吪，化也。」王先謙《三家義集疏》：「魯吪作訛。」《詩‧王風‧兔

爰》：「尚寐無吪。」陸德明《釋文》：「吪，本亦作訛。」

語音關係：「訛」、「譌」、「吪」上古皆爲「疑母歌部」。

詞義關係：「訛」、「譌」本義爲「道聽塗說的言語」，後來引申爲「感化」

之意；「吪」本義爲「行動」，後來引申爲「感化」之意，故具有共同的核義素

「感化」。

筆者按：「訛」、「譌」、「吪」在語音上爲「音同」關係，在詞義上具有共同

的核義素「感化」，故三者可系聯爲一組同族詞。

（2）詞根構擬

「訛」、「譌」、「吪」上古皆爲「疑母歌部」，擬音爲*ŋwar，故將其詞根擬

爲*ŋwar。

5、烓：燬：火

《爾雅正義》：「《周南‧汝墳》云：『王室如燬。』《說文》引作『如

烓』。烓，火也。燬，火也。音義同。《方言》云：『煤，火也。楚

轉語也。猶齊言燬火也。』《詩》釋文云：『齊人謂火曰燬，或曰楚

人名曰燥，齊人曰燬，吳人曰烓，此方俗訛語也。』案：『燬』本

作『烜』，秋官有司烜氏。」（卷第三，頁 98）

（1）同族詞分析

焜：《說文・火部》：「焜，火也。從火，尾聲。《詩》曰：『王室如焜。』」
　　《廣韻・紙韻》：「許委切。」《方言箋疏》卷十：「《詩》（周南・汝墳
　　篇）《釋文》云：『燬，音毀，齊人謂火爲燬。郭璞又音貨。《字書》
　　作『焜』，音毀，《說文》同。一音火尾切。』是『燬』即『焜』之異
　　文，故《方言》『齊曰焜』，《爾雅》郭注作『燬』也。」

燬：《說文・火部》：「燬，火也。從火，毀聲。《春秋傳》曰：『衛矦燬。』」
　　《廣韻・紙韻》：「許委切。」《詩・周南・汝墳》：「王室如燬。」毛
　　傳：「燬，火也。」陸德明《釋文》：「齊人謂火曰燬。」《周禮・秋官・
　　序官》：「司烜氏。」賈公彥疏：「燬，亦火之別名。」《爾雅・釋言》：
　　「燬，火也。」邢昺疏引李巡云：「燬，一名火。」

火：《說文・火部》：「火，焜也。南方之行炎而上，象形，凡火之屬皆從
　　火。」《廣韻・果韻》：「呼果切。」《易・同人卦》：「曰：天與火，同
　　人；君子以類族辨物。」《尚書・盤庚》：「非予自荒茲德，惟汝含德，
　　不惕予一人。予若觀火。予亦拙謀，作乃逸。」

語音關係：「焜」、「燬」、「火」上古皆爲「曉母歌部」。

詞義關係：「焜」、「燬」、「火」皆指「火焰」，具有共同的核義素「火焰」。

筆者按：「焜」、「燬」、「火」在語音上爲「音同」關係，在詞義上具有共同
的核義素「火焰」，故三者可系聯爲一組同族詞。

（2）詞根構擬

　　「焜」、「燬」、「火」上古皆爲「曉母歌部」，「焜」、「燬」擬音爲*hwjərx，
「火」則擬音爲*hwərx，故將其詞根形式擬爲*hwər。

6、隋：隓

　　《爾雅正義》：「《釋文》云：『隋，狹而長。』隋、隓聲相近。」（卷
第十二，頁 205）

（1）同族詞分析

隋：《說文・肉部》：「隋，裂肉也，從肉，從隓省。」《洪武正韻・歌部》：
　　「吐火切。」《儀禮・士冠禮》：「同篋。」鄭玄注：「隋方曰篋。」賈

公彥疏：「隋，謂狹而長也。」《禮記‧月令》：「穿竇窖。」鄭玄注：
「隋曰竇。」陸德明《釋文》：「隋，謂狹而長也。」《詩‧豳風‧破
斧》：「既破我斧。」毛傳：「隋銎曰斧。」陸德明《釋文》：「隋，孔
形狹而長也。」

隋：《說文‧山部》：「隋，山之墮墮者。從山，從惰省聲。讀若相推落之
惰。」《廣韻‧歌韻》：「徒果切。」《詩‧周頌‧般》：「墮山喬嶽。」
陸德明《釋文》引郭云：「墮，山狹而長也。」《爾雅‧釋山》：「巒，
山墮。」陸德明《釋文》：「墮，狹而長也。」邢昺疏：「凡物狹而長
者謂之墮。」

語音關係：「隋」上古爲「透母歌部」，「墮」爲「定母歌部」，故爲「端透
旁紐，歌部疊韻」。

詞義關係：「隋」指「孔形狹而長」，「墮」指「山狹而長」，具有共同的核
義素「狹長」，其義素分析如下：

隋＝／孔形／＋／狹長／

墮＝／山／＋／狹長／

Y〔2〕＝／孔形、山／＋／狹長／

筆者按：「隋」和「墮」在語音上爲「聲轉」關係，在詞義上具有共同的核
義素「狹長」，故二者可系聯爲一組同族詞。

（2）詞根構擬

「隋」和「墮」上古爲「端透旁紐，歌部疊韻」，「隋」擬音爲*thuarx，
「墮」則擬音爲*duarx，故將其詞根形式擬爲*thuar~*duar。

十一、元　部

1、延：梴

《爾雅正義》：「延者，《說文》云：『延，長行也。』《大誥》云：『延
洪惟我幼沖人。』又通作『梴』。《說文》云：『梴，木長也。』《施》
曰：『松桷有梴。』」（卷第一，頁54）

（1）同族詞分析

延：《說文‧延部》：「延，長行也。從延，丿聲。」《廣韻‧仙韻》：「以然

切。」《戰國策・齊策三》：「倍楚之割而延齊。」鮑彪注：「延，長行也。」《資治通鑑・秦紀二》：「延袤萬餘里。」胡三省注：「延，長行也。」《方言》卷一：「延，長也。」錢繹《方言箋疏》：「延、挻、梴，聲義並同。」

梴：《說文・木部》：「梴，長木也。從木，延聲。《詩》曰：『松桷有梴。』」《廣韻・仙韻》：「丑延切。」《方言》卷五：「碓機，陳魏宋楚自關而東謂之梴。」錢繹《方言箋疏》：「梴之言延也。《釋詁》：『延，長也。』《說文》：『梴，長木也。』《釋名》：『鋋，延也，達也，去此至彼之言也。』碓機謂之梴，蓋謂機在此而舂在彼也。」

語音關係：「延」上古為「喻母元部」，「梴」為「透母元部」，故為「喻透旁紐，元部疊韻」。

詞義關係：「延」指「長行」之意，「梴」則指「長木」，具有共同的核義素「長」，其義素分析如下：

延＝／動作範疇／＋／長／

梴＝／名物範疇／＋／長／

Ｙ〔2〕＝／動作範疇、名物範疇／＋／長／

筆者按：「延」和「梴」在語音上為「聲轉」關係，在詞義上具有共同的核義素「長」，故二者可系聯為一組同族詞。

（2）詞根構擬

「延」和「梴」上古為「喻透旁紐，元部疊韻」，「延」擬音為*ran，「梴」則擬音為*thrjan，故將其詞根形式擬為*ran~*than。

2、憚：癉

《爾雅正義》：「……『莫知我勩』，《小雅・雨無正》文。左氏昭十三年傳引作『莫知我肆』，是『肆』與『勩』通。『維王之卬』者，《小雅・巧言》文。『哀我癉人』〈大東〉文。《毛詩》作『憚人』又〈小明〉云：『憚我不暇。』憚通作癉，音義同。《國語》曰：『無功庸者』，《晉語》公族穆子之辭。」（卷第二，頁 64）

（1）同族詞分析

憚：《說文・心部》：「憚，忌難也。從心，單聲。一曰難也。」《廣韻・翰

韻》：「徒案切。」《詩・大雅・雲漢》：「我心憚暑。」毛傳：「憚，勞也。」《慧琳音義》：「不憚。」注引《考聲》：「憚，勞也。」《經義述聞・爾雅上・倫勞也》：「韓子《三守篇》曰：『惡自治之勞。』」王引之按：「憚，與癉同。」《曾子・立事》：「君子終身守此憚憚。」阮元注：「憚憚，勞心也。」

癉：《說文・疒部》：「癉，勞病也。從疒，單聲。」《廣韻・翰韻》：「得案切。」《左傳・襄公十九年》：「荀偃癉疽。」孔穎達疏引《說文》：「癉，勞病也。」《韓非子・解老》：「夫內無痤疽癉痔之害。」王先慎《集解》引《說文》：「癉，勞病也。」《山海經・西山經》：「是可以禦凶，服之已癉。」郝懿行箋疏引《說文》：「癉，勞病也。」

語音關係：「憚」上古為「定母元部」，「癉」上古為「端母元部」，故為「端定旁紐，元部疊韻」。

詞義關係：「憚」指「勞心」之意，「癉」指「勞病」之意，具有共同的核義素「勞」，其義素分析如下：

憚＝／心／＋／勞／

癉＝／病／＋／勞／

Ｙ〔2〕＝／心、病／＋／勞／

筆者按：「憚」和「癉」在語音上為「聲轉」關係，在詞義上具有共同的核義素「勞」，故二者可系聯為一組同族詞。

（2）詞根構擬

「憚」和「癉」上古為「端定旁紐，元部疊韻」，「憚」擬音為*danh，「癉」則擬音為*tan，故將其詞根形式擬為*dan~*tan。

3、僤：亶

《爾雅正義》：「《左傳》疏引樊光註引《詩》云：『逢天亶怒。』《大雅・桑柔》毛傳云：『僤，厚也。』孔疏云：『僤、亶聲近，義亦同。』」

（卷第二，頁 66）

（1）同族詞分析

僤：《說文・人部》：「僤，疾也。從人，單聲。《周禮》曰：『句兵欲無僤。』」《廣韻・旱韻》：「徒旱切。」《詩・大雅・桑柔》：「逢天僤怒。」毛傳：

「僤，厚也。」孔穎達疏：「僤、亶音相近，義亦同。」陸德明《釋文》：「僤，本作亶。」

亶：《說文・亩部》：「亶，多穀也。從亩，旦聲。」《廣韻・旱韻》：「多旱切。」《說文・亩部》段玉裁注：「亶之本義爲多穀，引申之義爲厚也、信也、誠也。」《國語・周語下》：「亶厥心肆其靖之。」韋昭注：「亶，厚也。」《呂氏春秋・重己》：「衣不燀熱。」高誘注：「燀，讀曰亶，亶，厚也。」

語音關係：「僤」上古爲「定母元部」、「亶」上古爲「端母元部」，故爲「端定旁紐，元部疊韻。」

詞義關係：「僤」指「厚」之意，「亶」本義爲「多穀」，後來引申爲「厚」之意，故具有共同的核義素「厚」。

筆者按：「僤」和「亶」在語音上爲「聲轉」關係，在詞義上具有共同的核義素「厚」，故二者可系聯爲一組同族詞。

（2）詞根構擬

「僤」和「亶」上古爲「端定旁紐，元部疊韻」，「僤」擬音爲*danx，「亶」則擬音爲*tanx，故將其詞根形式擬爲*dan~*tan。

4、貫：摜：遺：慣

《爾雅正義》：「《左傳・昭二十六年傳》云：『貫瀆鬼神。』《說文》引作『摜瀆鬼神』，云：『摜，習也。』又云：『遺，習也。』《釋文》作『慣』，云：『本又作貫，又作遺同。』」（卷第二，頁72）

（1）同族詞分析

貫：《說文・毋部》：「貫，錢貝之貫。從毋、貝。」《廣韻・換韻》：「古玩切。」《詩・齊風・猗嗟》：「射則貫兮。」鄭玄箋：「貫，習也。」《左傳・宣公六年》：「以盈其貫。」陸德明《釋文》：「貫，習也。」杜預注：「貫，猶習也。」《國語・魯語下》：「晝而講貫。」韋昭注：「貫，習也。」《漢書・賈誼傳》：「習貫如自然。」顏師古注：「貫，亦習也。」《爾雅・釋詁下》：「閑、狎、串、貫，習也。」

摜：《說文・手部》：「摜，習也。從手，貫聲。《春秋傳》：『瀆鬼神。』」《廣韻・諫韻》：「古患切。」《說文・手部》段玉裁注：「摜與辵部遺

音義皆同，古多假貫爲之。」《說文・手部》王筠句讀：「摜與辵部遦皆貫之分別文，古語有習貫之語，而無專字，假貫爲之，後乃作遦、摜以爲專字，寫經者苦其繁，故今本仍作貫也。」

遦：《說文・辵部》：「遦，習也。從辵，貫聲。」《集韻・諫韻》：「古患切。」《說文・辵部》段玉裁注：「遦與摜音義同。」《說文・辵部》朱駿聲《說文通訓定聲》：「遦，行之習也。」

慣：《廣韻・諫韻》：「古患切。」《爾雅・釋詁下》：「貫，習也。」陸德明《釋文》：「慣，本作貫。」《玉篇・心部》：「慣，習也。」《慧琳音義》卷三十一：「慣習。」注引《文字解說》：「慣，習也。」

字形關係：「摜」、「遦」、「慣」是「貫」字增加意符「手」、「辵」、「心」，表示其初形本義，故「貫」爲原字，「摜」、「遦」、「慣」爲「貫」之同源分化字。

語音關係：「貫」、「摜」、「遦」、「慣」上古皆爲「見母元部」。

詞義關係：「貫」本義爲「古代貫穿錢貝的繩子」，後來引申爲「習慣」之意；「摜」、「遦」、「慣」皆指「習慣」之意，故具有共同的核義素「習慣」。

筆者按：「貫」、「摜」、「遦」、「慣」在字形上爲同源分化字，在語音上爲「音同」關係，在詞義上具有共同的核義素「習慣」，故四者可系聯爲一組同族詞。

（2）詞根構擬

「貫」、「摜」、「遦」、「慣」上古皆爲「見母元部」，「貫」、「遦」擬音爲 *kuanh，「摜」、「慣」則擬音爲 *kruanh，故將其詞根形式擬爲 *kuan。

5、算：撰：選

《爾雅正義》：「《禮》云：『爵無算。』鄭註：『算，數也。』《律歷志》引《逸周書》云：『先其算命。』算與撰、選義通。」（卷第二，頁 76）

（1）同族詞分析

算：《說文・竹部》：「算，數也。從竹，從具。讀若筭。」《廣韻・緩韻》：「蘇管切。」《易・繫辭下》：「若夫雜物算德。」鄭玄注：「算，數也。」《穀梁春秋・隱公三年》：「葬宋繆公。」范寧注：「徐邈曰：『義何足算。』」陸德明《釋文》：「算，數也。」《大戴禮記・曾子立事》：「博學而算焉。」阮元注：「算，選也，撰也。」孔廣森補注：「算，選也。」

《爾雅·釋詁下》：「算，數也。」郝懿行《爾雅義疏》：「算，通作選。」

撰：《廣韻·獮韻》：「雛鯇切。」《易·繫辭下》：「以體天地之撰。」韓
　　康伯注：「撰，數也。」《易·繫辭下》：「若夫雜物撰德。」焦循《章
　　句》：「撰，選也。」陸德明《釋文》：「撰，鄭作算，云：『數也。』」
　　《史記·思馬相如列傳》：「歷撰列辟。」裴駰《集解》引徐廣曰：「撰，
　　一作選。」《周禮·夏官·大司馬》：「羣吏撰車徒。」鄭玄注：「撰，
　　讀曰算。算車徒，謂數擇之也。」

選：《說文·辵部》：「選，遣也。從辵、巽。巽遣之。巽亦聲。一曰選擇
　　也。」《集韻·緩韻》：「損管切。」《書·盤庚上》：「世選爾勞。」孔
　　安國傳：「選，數也。」《詩·邶風·柏舟》：「不可選也。」陸德明《釋
　　文》：「選，數也。」《左傳·襄公三十一年》：「不可選也。」杜預注：
　　「選，數也。」《史記·思馬相如列傳》：「歷選列辟。」司馬貞《索
　　引》引文穎曰：「選，數之也。」

語音關係：「算」、「選」上古皆爲「心母元部」，「撰」爲「從母元部」，故
爲「心從旁紐，元部疊韻」。

詞義關係：「算」、「撰」、「選」皆指「計算」之意，具有共同的核義素「計
算」。

筆者按：「算」、「撰」、「選」在語音上爲「聲轉」關係，在詞義上具有共同
的核義素「計算」，故三者可系聯爲一組同族詞。

（2）詞根構擬

　　「算」、「撰」、「選」上古爲「心從旁紐，元部疊韻」，「算」擬音爲*suanh，
「撰」擬音爲*dzruanx，「選」則擬音爲*sjuanx，故將其詞根形式擬爲
*suan~*dzuan。

6、粲：餐

　　《爾雅正義》：「粲、餐音相近，語有輕重耳。」（卷第三，頁94）

（1）同族詞分析

粲：《說文·米部》：「粲，稻重一秅，爲粟二十斗，爲米十斗，曰毇，爲米
　　六斗太半斗，曰粲。從米，奴聲。」《廣韻·翰韻》：「蒼案切。」《詩·
　　鄭風·緇衣》：「還予授子之粲兮。」毛傳：「粲，餐也。」《禮記·緇

衣》緇衣第三十三，孔穎達疏：「粲，餐也。」《爾雅‧釋言》：「粲，餐也。」邢昺疏：「粲，謂餐食也。」邢昺疏引郭云：「今河北人呼食爲粲。」

餐：《說文‧食部》：「餐，吞也。從食，奴聲。湌，餐或從水。」《廣韻‧寒韻》：「七安切。」《說文‧食部》段玉裁注：「餐，引伸之爲人食之，又引伸之爲人所食。」《詩‧魏風‧伐檀》：「不素餐兮。」朱熹《集傳》：「餐，食也。」《楚辭‧九辯》：「願託志乎素。」朱熹《集注》：「餐，食也。」《爾雅‧釋言》：「粲，餐也。」郭璞注：「今河北人呼食爲餐。」

語音關係：「粲」和「餐」上古皆爲「清母元部」。

詞義關係：「粲」指「餐飯」之意，「餐」則指「吃飯」之意，故具有共同的核義素「飯」。

筆者按：「粲」和「餐」在語音上爲「音同」關係，在詞義上具有共同的核義素「飯」，故二者可系聯爲一組同族詞。

（2）詞根構擬

「粲」和「餐」上古爲「清母元部」，「粲」擬音爲*tshanh，「餐」則擬音爲*tshan，故將其詞根形式擬爲*tshan。

7、干：扞

《爾雅正義》：「干、扞以聲爲義。《周南‧兔罝》云：『公侯干城。』《左氏‧成十二年傳》引《詩》而釋之曰：『此公侯之所以扞城其民也。』」（卷第三，頁99）

（1）同族詞分析

干：《說文‧干部》：「干，犯也。從反入，從一。凡干之屬皆從干。」《集韻‧翰韻》：「居案切。」《書‧牧誓》：「比爾干。」劉逢祿《今古文集解》引《爾雅》：「干，扞也。」《詩‧周南‧兔罝》：「公侯干城。」毛傳：「干，扞也。」鄭玄箋：「干也，城也，皆以禦難也。」《左傳‧襄公二十五年》：「陪臣干撽取有淫者。」孔穎達疏引服虔云：「干，扞也。」《方言》卷九：「盾，自關而東或謂之干。」郭璞注：「干者，扞也。」

扞：《說文‧手部》：「扞，忮也。從手，干聲。」《廣韻‧翰韻》：「去翰

切。」《左傳・成公十二年》:「此公侯之所以扦城其民也。」孔穎達
疏:「扦者,扦禦寇難。」《呂氏春秋・恃君》:「肌膚不足以扦寒暑。」
高誘注:「扦,禦也。」《漢書・鄒陽傳》:「勁不足以扦寇。」顏師古
注:「扦,禦也。」《文選・干寶〈晉紀總論〉》:「是以扦其大患。」
劉良注:「扦,亦禦也。」

字形關係:「扦」是「干」增加意符「手」,表示其初形本義,故「扦」爲
「干」之同源分化字。

語音關係:「干」上古爲「見母元部」,「扦」上古爲「匣母元部」,故爲「見
匣旁紐,元部疊韻」。

詞義關係:「干」甲骨文作「❦」(《合集》21457)等字形,本義爲「先民
狩獵之工具」,後來引申爲「抵禦」之意;「扦」則指「抵禦」之意,故具有共
同的核義素「抵禦」。

筆者按:「干」和「扦」在字形上爲「同源分化字」,在語音上爲「聲轉」
關係,在詞義上具有共同的核義素「抵禦」,故二者可系聯爲一組同族詞。

（2）詞根構擬

「干」和「扦」上古爲「見匣旁紐,元部疊韻」,「干」擬音爲*kanh,「扦」
則擬音爲*ganh,故將其詞根形式擬爲*kan~*gan。

8、間:澗

《爾雅正義》:「《釋名》云:『山夾水曰澗,澗,間也,言在兩山之
間也。』」「《廣雅》云:『澗,間也。』」(卷第十三,頁207)

（1）同族詞分析

間:《類篇・門部》:「居閑切。」《玄應音義》卷二:「間間。」注:「間,
中也。」《管子・內業》:「充攝之間。」尹知章注:「間,猶中也。」
《資治通鑑・周紀三》:「王以其間伐韓。」胡三省注:「間,中間也。」
《資治通鑑・漢紀九》:「而間獨數百千里。」胡三省注引顏師古曰:
「間,中間也。」

澗:《說文・水部》:「澗,山夾水也。從水,間聲。一曰澗水,出弘農新
安,東南入洛。」《廣韻・諫韻》:「古晏切。」《詩・衛風・考槃》:「考
槃在澗。」陸德明《釋文》:「「澗,山夾水也。」《左傳・隱公三年》:

「潤谿沼沚之毛。」洪亮吉《詁》：「山夾水，潤。」《爾雅‧釋山》：「山夾水，潤。」《釋名‧釋水》：「山夾水曰潤。潤，間也，言在兩山之間也。」

字形關係：「間」是「潤」增加意符「水」，故「潤」爲「間」之同源分化字。〔註5〕

語音關係：「間」和「潤」上古皆爲「見母元部」。

詞義關係：「間」指「兩者中間」，「潤」指「兩山中間的流水」，具有共同的核義素「中間」，其義素分析如下：

間＝／兩者／＋／中間／

潤＝／兩山之流水／＋／中間／

Y〔2〕＝／兩者、兩山之流水／＋／中間／

筆者按：「間」和「潤」在字形上爲「同源分化字」，在語音上爲「音同」關係，在詞義上具有共同的核義素「中間」，故二者可系聯爲一組同族詞。

（2）詞根構擬

「間」和「潤」上古皆爲「見母元部」，「間」擬音爲*krian，「潤」則擬音爲*kranh，故將其詞根形式擬爲*kan。

9、䵃：虋

《爾雅正義》：「《大雅生民》云：「維䵃維芑。」孔疏云：『䵃作虋。』音同。」（卷第十四，頁229）

（1）同族詞分析

䵃：《集韻‧魂韻》：「謨奔切。」《集韻‧脂韻》：「䵃，赤苗曰䵃。」《類篇‧禾部》：「䵃，赤苗，嘉穀。」《詩‧大雅‧生民》：「維䵃維芑。」毛傳：「䵃，赤苗也。」陸德明《釋文》：「䵃，赤粱粟也。」

虋：《說文‧艸部》：「虋，赤苗嘉穀也。從艸，釁聲。」《廣韻‧魂韻》：「莫奔切。」《爾雅‧釋草》：「虋，赤苗。」邢昺疏：「虋，與䵃音義同。」郝懿行《義疏》：「虋，猶璊也。」《玉篇‧艸部》：「虋，即今

〔註5〕郝士宏先生云：「總之，潤、癇、鐧都是從間分化而來的，它們是一組同源分化字。」參見郝士宏：《古漢字同源分化研究》（合肥：安徽大學出版社，2008年4月），頁178～180。

赤粱栗也。」

語音關係:「糜」和「虋」上古皆爲「明母文部」。

詞義關係:「糜」和「虋」皆指「幼苗」,具有共同的核義素「幼小」。

筆者按:「糜」和「虋」在語音上爲「音同」關係,在詞義上具有共同的核義素「幼苗」,故二者可系聯爲一組同族詞。

（2）詞根構擬

「糜」和「虋」上古皆爲「明母元部」,擬音爲*mən,故將其詞根擬爲*mən。

十二、葉　部

1、捷:接

《爾雅正義》:「捷,速也。又訓爲接,以聲爲義也。」（卷第二,頁77）

（1）同族詞分析

捷:《說文・手部》:「捷,獵也,軍獲得也。從手,疌聲。《春秋傳》曰:『齊人來獻戎捷。』」《廣韻・葉韻》:「疾葉切。」《爾雅・釋詁下》:「際、接、翜,捷也。」郭璞注:「捷,謂相接續也。」《方言》卷三:「須捷敗也。」錢譯《箋疏》:「捷與接同。」《小爾雅・廣言》:「際,接也。」胡拱《義證》:「古捷、接字通。」

接:《說文・手部》:「接,交也。從手,妾聲。」《廣韻・葉韻》:「即葉切。」《楚辭・九章・哀郢》:「憂與愁其相接。」王逸注:「接,續也。」《戰國策・秦策五》:「故使土人爲木材以接乎。」高誘注:「接,續也。」《莊子・則陽》:「接子之或使。」郭慶藩《集釋》:「接、捷字異而義同。」

語音關係:「捷」上古爲「從母葉部」,「接」爲「精母葉部」,故爲「精從旁紐,葉部疊韻。」

詞義關係:「捷」本指「軍戰勝所獲之物」,後來引申爲「連續」之意;「接」本義爲「交合」之意,後來引申爲「連續」之意,故具有共同的核義素「連續」。

筆者按：「捷」和「接」在語音上為「聲轉」關係，在詞義上具有共同的核義素「連續」，故二者可系聯為一組同族詞。

（2）詞根構擬

「捷」和「接」上古為「精從旁紐，葉部疊韻」，「捷」擬音為*dzjap，「接」則擬音為*tsjap，故將其詞根形式擬為*dzjap~*tsjap。

十三、談　部

1、覃：剡

《爾雅正義》：「今《小雅・大田》篇作『以我覃耜。』覃、剡聲相近。」（卷第二，頁 77）

（1）同族詞分析

覃：《說文・㫗部》：「覃，長味也。從㫗，鹹省聲。《詩》曰：『實覃實吁。』」《集韻・琰韻》：「以冉切。」《詩・小雅・大田》：「以我覃耜。」毛傳：「覃，利也。」王先謙《三家義集疏》：「魯覃作剡。」《文選・張衡〈東京賦〉》：「介馭閒以剡耜。」李善注：「覃，與剡同。」

剡：《說文・刀部》：「剡，銳利也。從刀，炎聲。」《廣韻・琰韻》：「以冉切。」《易・繫辭下》：「剡木為楫。」焦徇《章句》：「剡，銳利也。」陸德明《釋文》：「剡，銳也。」《楚辭・九章・橘頌》：「曾枝剡棘。」王逸注：「剡，利也。」《淮南子・氾論》：「古者剡耜而耕。」高誘注：「剡，利也。」《爾雅・釋詁下》：「剡，利也。」邢昺疏：「剡、覃音義同。」郝懿行《義疏》：「剡，通作覃。」

語音關係：「覃」上古為「定母侵部」，「剡」為「定母談部」，故為「定母雙聲，侵談旁轉」。

詞義關係：「覃」和「剡」皆指「銳利」之意，具有共同的核義素「銳利」。

筆者按：「覃」和「剡」在語音上為「韻轉」關係，在詞義上具有共同的核義素「銳利」，故二者可系聯為一組同族詞。

（2）詞根構擬

「覃」和「剡」上古為「定母雙聲，侵談旁轉」，「覃」擬音為*dəm，「剡」則擬音為*djamx，故將其詞根形式擬為*dəm~*dam。

2、奄：掩：弇

《爾雅正義》：「《周頌・執競》云：『奄有四方。』毛傳：『奄，同也。』
奄與弇通，《詩》疏引孫炎云：『弇，覆也。』蓋亦覆之義。《易・象
傳》云：『剛，弇也。』又通作掩。《盤庚》云：『予不掩爾善。』」
（卷第三，頁98）

（1）同族詞分析

奄：《說文・大部》：「奄，覆也。大有餘也。又，欠也。从大，从申；申，
　　展也。」《廣韻・琰韻》：「衣儉切。」《詩・魯頌・閟宮》：「奄有龜蒙。」
　　鄭玄箋：「奄，覆也。」王先謙三家義集疏：「奄作弇。」《詩・大雅・
　　皇矣》：「奄有四方。」孔穎達疏：「奄，亦是覆蓋之義。」《爾雅・釋
　　言》：「蒙，奄也。』郭璞注：「奄，奄覆也。」

掩：《說文・手部》：「掩，斂也，小上曰掩。从手，奄聲。」《廣韻・琰
　　韻》：「衣儉切。」《孟子・盡心下》：「夷考其行而不掩焉者也。」朱
　　熹集注：「掩，覆也。」《國語・晉語五》：「而三掩人於朝。」韋昭注：
　　「掩，蓋也。」《方言》卷十三：「翳，掩也。」郭璞注：「謂掩覆也。」
　　《文選・司馬相如〈子虛賦〉》：「掩兔轔鹿。」李善注引鄭玄《毛詩
　　箋》：「掩者，覆也。」

弇：《說文・廾部》：「弇，蓋也。从廾，从合。」《廣韻・琰韻》：「衣儉
　　切。」《逸周書・器服》：「二丸弇焚茱膾五昔。」朱又曾集訓校釋引
　　《說文》：「弇，蓋也。」《墨子・耕柱》：「是猶弇其目。」孫詒讓《墨
　　子閒詁》：「弇，蓋也。」《廣雅・釋詁二》：「弇，覆也。」《爾雅・釋
　　言》：「弇，同也。」郝懿行《爾雅義疏》：「弇，通作奄。」

語音關係：「奄」、「掩」、「弇」上古皆爲「影母談部」。

詞義關係：「奄」、「掩」、「弇」皆指「覆蓋」之意，具有共同的核義素「覆
蓋」。

筆者按：「奄」、「掩」、「弇」在語音上爲「音同」關係，在詞義上具有共同
的核義素「覆蓋」，故二者可系聯爲一組同族詞。

（2）詞根構擬

「奄」、「掩」、「弇」上古皆爲「影母談部」，擬音爲*ʔjiamx，故將其詞根
擬爲*ʔjiamx。

十四、魚　部

1、訏：芋

《爾雅正義》:「訏者,《方言》云:『訏,大也。中齊西楚之間曰訏。』
《大雅・生民》云:『實覃實訏,通作芋』《小雅・斯干》云:『君子
攸芋。』毛傳:『芋,大也。』鄭箋:『芋當作幠。』是芋又與幠通
也。」(卷第一,頁 45)

(1) 同族詞分析

訏:《說文・言部》:「訏,詭譌也。從言,于聲。一曰訏譬,齊楚謂信曰
訏。」《廣韻・虞韻》:「況于切。」《詩・鄭風・溱洧》:「洵訏且樂。」
毛傳:「訏,大也。」《詩・大雅・抑》:「訏謨定命。」毛傳:「訏,
大也。」《爾雅・釋詁上》:「訏,大也。」《方言》卷一:「訏,大也。」
郭璞注:「訏,亦作芋,音義同耳。」

芋:《說文・艸部》:「芋,大葉實根,駭人,故謂之芋也。」《廣韻・遇韻》:
「王遇切。」《玄應音義》:「大葉著根之菜,見之驚人,故曰芋,大者
謂之蹲鴟,甚可蒸食也。」《詩・小雅・斯干》:「君子攸芋。」毛傳:
「芋,大也。」《方言》卷十三:「芋,大也。」

語音關係:「訏」上古爲「曉母魚部」,「芋」爲「匣母魚部」,故爲「曉匣
旁紐,魚部疊韻」。

詞義關係:「訏」形容「大」之意,「芋」指「大葉實根之植物」,具有共同
的核義素「大」,其義素分析如下:

訏＝／性狀範疇／＋／大／

芋＝／名物範疇／＋／大／

Y〔2〕＝／性狀範疇、名物範疇／＋／大／

筆者按:「訏」和「芋」在語音上爲「聲轉」關係,在詞義上具有共同的核
義素「大」,故二者可系聯爲一組同族詞。

(2) 詞根構擬

「訏」和「芋」上古爲「曉匣旁紐,魚部疊韻」,「訏」擬音爲*hwjag,「芋」
則擬音爲*gwjag,故將其詞根形式擬爲*hwag~*gwag。

2、幠：荒

《爾雅正義》：「幠、厖，又爲有也。……《毛詩》作『遂荒大東。』
傳云：『荒，有也。』『幠』、『荒』聲之轉，又通作方。」（卷第一，
頁 46）

（1）同族詞分析

幠：《說文・巾部》：「幠，覆也。從巾，無聲。」《廣韻・模韻》：「荒烏
　　切。」《詩・小雅・巧言》：「亂如此幠。」毛傳：「幠，大也。」《方
　　言》卷一：「幠，大也。東齊海岱之間或曰幠。」《爾雅・釋言》：「幠，
　　傲也。」郝懿行《爾雅義疏》：「幠，又通作荒。」

荒：《說文・草部》：「荒，蕪也。從艸，巟聲。一曰草淹地也。」《廣韻・
　　唐韻》：「呼光切。」《書・益稷》：「惟荒度土功。」蔡沈集傳：「荒，
　　大也。」《詩・唐風・蟋蟀》：「好樂無荒。」毛傳：「荒，大也。」《左
　　傳・昭公七年》：「有亡荒閱。」杜預注：「荒，大也。」《法言・孝
　　至》：「荒荒聖德。」李軌注：「荒荒，大也。」

語音關係：「幠」上古爲「透母魚部」，「荒」爲「透母陽部」，故爲「透母
雙聲，魚陽對轉」。

詞義關係：「幠」本義爲「覆蓋」，後來引申爲「大」之意；「荒」本義爲「荒
蕪」，後來引申爲「擴大」之意，故具有共同的核義素「大」。

筆者按：「幠」和「荒」在語音上爲「韻轉」關係，在詞義上具有共同的核
義素「大」，故二者可系聯爲一組同族詞。

（2）詞根構擬

「幠」和「荒」上古爲「透母雙聲，魚陽對轉」，「幠」擬音爲*hnag，「荒」
則擬音爲*hnaŋ，故將其詞根形式擬爲*hnag~*hnaŋ。

3、古：故

《爾雅正義》：「《墨子・經篇》云：『始，當時也。是始，即故也。』
肆爲發端之詞，故爲申釋之詞，其義相通，古、故，以聲爲義也。」
（卷第二，頁 66）

（1）同族詞分析

古：《說文・古部》：「古，故也。從十、口。識前言者也。凡古之屬皆從

古。」《廣韻・姥韻》：「公戶切。」《詩・邶風・日月》：「逝不古處。」
毛傳：「古，故也。」《晏子春秋・內篇雜上》：「重變古常。」孫星衍
《音義》引《爾雅・釋詁》：「古，故也。」《釋名・釋親屬》：「姑，
故也。」王先謙《疏證補》：「王啓原曰：『然姑從古聲，有故義。』」
《爾雅・釋詁下》：「古，故也。」邢昺疏：「古之爲故，謂舊故也。」

故：《說文・攴部》：「故，使爲之也。從攴，古聲。」《廣韻・暮韻》：「古
暮切。」《詩・鄭風・遵大路》：「不寁故也。」朱熹《集傳》：「故，
舊也。」《左傳・昭公三年》：「豐氏故主韓氏。」杜預注：「故，猶舊
也。」《楚辭・招魂》：「反故居些。」王逸注：「故，古也。」《管子・
侈靡》：「尊鬼而守故。」《集校》引丁士涵云：「〈本篇〉云：『法故而
守常。故與古同。』」

字形關係：「故」是「古」增加意符「攴」，表示其初形本義，可見「故」
是「古」之同源分化字。〔註6〕

語音關係：「古」和「故」上古皆爲「見母魚部」。

詞義關係：「古」和「故」皆指「舊」之意，具有共同的核義素「舊」。

筆者按：「古」和「故」在字形上爲「同源分化字」，在語音上爲「音同」
關係，在詞義上具有共同的核義素「舊」，故二者可系聯爲一組同族詞。

（2）詞根構擬

「古」和「故」上古皆爲「見母魚部」，「古」擬音爲*kagx，「故」則擬音
爲*kagh，故將其詞根形式擬爲*kag。

4、愖：憮

《爾雅正義》：「《方言》云：『憮，憐愛也。』韓、鄭曰：『憮，汝潁
之間曰憐。郭註本方言易憮爲愖者。』古者愖、憮音義同。」（卷第
二，頁74）

（1）同族詞分析

愖：《說文・心部》：「愖，愖撫也。從心，某聲。讀若侮。」《廣韻・麌韻》：
「文甫切。」《說文・心部》徐楷《繫傳》：「愖，撫愛之也。」《爾雅・

〔註6〕郝士宏先生云：「從以上分析可見，固、故、姑、枯等字都是從『古』引申分化而
來，是一組同源分化字。」參見郝士宏：《古漢字同源分化研究》，頁150～153。

釋詁》曰：「悔，愛也。」郝懿行《爾雅義疏》：「悔，通作憮。」《方言》卷一：「憮，愛也。」戴正疏證：「悔、憮聲義通。」

憮：《說文‧心部》：「憮，愛也。韓、鄭曰：『憮。』一曰：『不動。』從心，無聲。」《廣韻‧麌韻》：「文甫切。」《爾雅‧釋言》：「憮，撫也。」郭璞注：「憮，憂撫也。」《方言》卷一：「憮，愛也。宋衛邠陶之間曰憮。」

語音關係：「悔」和「憮」上古皆爲「明母魚部」。

詞義關係：「悔」和「憮」皆指「撫愛」之意，具有共同的核義素「撫愛」。

筆者按：「悔」和「憮」在語音上爲「音同」關係，在詞義上具有共同的核義素「撫愛」，故二者可系聯爲一組同族詞。

（2）詞根構擬

「悔」和「憮」上古皆爲「明母魚部」，擬音爲*mjag，故將其詞根擬爲*mjag。

5、獲：穫

《爾雅正義》：「今以獲賊耳爲馘者，毛傳云：『不服者殺而獻其左門耳。馘獲禾爲穫者。』《逸周書》大開武解云：『既秋而不獲，爲禽其饗之，是獲與穫通。』」（卷第一，頁77）

（1）同族詞分析

獲：《說文‧犬部》：「獲，獵所獲也。從犬，蒦聲。」《廣韻‧麥韻》：「胡麥切。」《書‧微子》：「乃罔桓獲。」孫星衍《今古文注疏》引鄭康成曰：「獲，得也。」《詩‧邶風‧綠衣》：「實獲我心。」陳奐傳疏：「獲，得也。」《論語‧雍也》：「仁者先難而後獲。」皇侃疏：「獲，得也。」《易‧隨》：「隨有獲。」惠棟疏：「獲，得也。」

穫：《說文‧禾部》：「穫，刈穀也。從禾，蒦聲。」《廣韻‧鐸韻》：「胡郭切。」《說文‧禾部》段玉裁注：「獲之言穫也。」朱駿聲《通訓定聲》：「獲，謂穫也。」《呂氏春秋‧審時》：「稼就而不穫。」高誘注：「穫，得也。」《爾雅‧釋詁下》：「穫，獲也。」郭璞注：「穫，禾爲穫。」陸德明《釋文》：「穫，一本作獲。」

語音關係：「獲」和「穫」上古皆爲「匣母魚部」。

詞義關係：「獲」指「畋獵所得」，「穫」則指「耕種所得」，具有共同的核義素「得」，其義素分析如下：

獲＝／畋獵／＋／得／

穫＝／耕種／＋／得／

Y〔2〕＝／畋獵、耕種／＋／得／

筆者按：「獲」和「穫」在語音上爲「音同」關係，在詞義上具有共同的核義素「得」，故二者可系聯爲一組同族詞。

（2）詞根構擬

「獲」和「穫」上古皆爲「匣母魚部」，「獲」擬音爲*gwrak，「穫」則擬音爲*gwak，故將其詞根擬爲*gwak。

6、禦：圄

《爾雅正義》：「禦、圄古字通。」（卷第一，頁 87）

（1）同族詞分析

禦：《說文・示部》：「禦，祀也。從示，御聲。」《廣韻・語韻》：「魚巨切。」《詩・小雅・常棣》：「外禦其務。」鄭玄箋：「禦，禁也。」《左傳・昭公十七年》：「平子禦之。」杜預注：「禦，禁也。」《公羊傳・莊公十二年》：「仇牧可謂不謂彊禦矣。」何休注：「禦，禁也。」《國語・周語中》：「外禦其侮。」韋昭注：「禦，禁也。」

圄：《說文・㚅部》：「圄，囹圄，所以拘罪人。」《廣韻・語韻》：「魚巨切。」《逸周書・寶典》：「不圄我哉。」孔晁注：「圄，禁也。」《管子・四時》：「圄分異。」《集校》引張佩綸云引《爾雅》：「圄，禁也。」《墨子・辭過》：「邊足以圄風寒。」孔詒讓《閒詁》引《玉篇》云：「圄，禁也。」《爾雅・釋言》：「圄，禁也。」

語音關係：「禦」和「圄」上古皆爲「疑母魚部」。

詞義關係：「禦」之初文爲「御」，甲骨文爲「攘除不祥之祭名」〔註7〕，後

〔註7〕 張玉金先生根據卜辭的語義，認爲「御」具有被除、攘除之義是可信的，另外也提出「御祭」的產生是因爲發生不祥之事，故「御祭」的目的即是在於被除不祥。參見張玉金：〈釋甲骨文中的「御」〉，《古文字研究》第 24 輯（2002 年 7 月），頁 71～75。

來引申爲「禁止」之意；「圉」本義爲「監獄」，後來引申爲「禁止」之意，具有共同的核義素「禁止」。

筆者按：「禦」和「圉」在語音上爲「音同」關係，在詞義上具有共同的核義素「禁止」，故二者可系聯爲一組同族詞。

（2）詞根構擬

「禦」和「圉」上古皆爲「疑母魚部」，擬音爲*ŋjagx，故將其詞根擬爲*ŋjagx。

7、諄：呼：嘑

《爾雅正義》：「《說文》：『諄，呼諄也。』《魏風・碩鼠》云：『誰之永號。』《春官》：『雞人夜嘑旦。』諄、呼、嘑音義同。」（卷第三，頁 93）

（1）同族詞分析

諄：《說文・言部》：「諄，呼諄也。從言，虖聲。」《廣韻・模韻》：「荒烏切。」《玉篇・言部》：「諄，大叫也。」《爾雅・釋言》：「號，諄也。」郭璞注：「號，今江東皆言諄。」《漢書・景武昭宣元成功臣表》：「下摩侯諄毒尼。」顏師古注：「諄，字與呼同。」《漢書・賈山傳》：「一夫大諄。」顏師古注：「諄，字與呼同，諄叫也。」

呼：《說文・口部》：「呼，外息也。從口，乎聲。」《廣韻・模韻》：「荒烏切。」《漢書・文帝紀》：「一呼士皆袒左。」顏師古注：「呼，叫也。」《山海經・北山經》：「其音如呼。」郝懿行《箋疏》：「嘑與呼聲同義亦同。」《詩・大雅・蕩》：「式號式呼。」陳奐傳疏：「呼，亦號也。」《資治通鑑・周紀四》：「王孫賈乃入市中呼曰。」胡三省注：「呼，叫號也。」

嘑：《說文・口部》：「嘑，唬也。從口，虖聲。」《廣韻・模韻》：「荒烏切。」《說文繫傳・口部》：「嘑，號也。」《說文句讀・口部》：「嘑，號也。」《說文通訓定聲・口部》：「嘑，號也。」《玉篇・口部》：「嘑，亦大聲也。」

語音關係：「諄」、「呼」、「嘑」上古皆爲「曉母魚部」。

詞義關係：「諄」和「嘑」皆指「大聲喊叫」之意，「呼」本義爲「吐氣」，

後來引申爲「大聲喊叫」，故具有共同的核義素「大聲喊叫」。

筆者按：「謼」、「呼」、「嘑」在語音上爲「音同」關係，在詞義上具有共同的核義素「大聲喊叫」，故三者可系聯爲一組同族詞。

（2）詞根構擬

「謼」、「呼」、「嘑」上古皆爲「曉母魚部」，擬音爲*hag，故將其詞根擬爲*hag。

8、圬：杇

《爾雅正義》：「《說文》云：『鏝，鐵杇也。杇所以塗也。』……《論語》云：『糞土之牆，不可圬也。』王肅云：『污，墁也。』污與杇通用。」（卷第六，頁 128）

（1）同族詞分析

圬：《廣韻·模韻》：「哀都切。」《玉篇·土部》：「污，泥墁也。」《論語·公冶長》：「糞土之牆，不可圬也。」何晏《集解》引王肅曰：「污，墁也。」皇侃疏：「污，位污墁之始之平泥也。」《漢書·董仲舒傳》：「糞土之牆，不可圬也。」顏師古注：「污，鏝也，所以泥飾牆也。」《資治通鑑·唐紀五十五》：「元濟殺元卿妻及四男以污射珊。」胡三省注：「污，墁也。」

杇：《說文·木部》：「杇，所以塗也。秦謂之杇，關東謂之墁，從木，亐聲。」《廣韻·模韻》：「哀都切。」《說文·金部》鏝字段玉裁注：「木爲者曰杇，金爲者曰鏝。」《論語·公冶長》：「糞土之牆，不可圬也。」何晏《集解》引王肅曰：「杇，鏝也。」《爾雅·釋宮》：「鏝謂之杇。」郭璞注：「杇，泥鏝。」

語音關係：「圬」和「杇」上古皆爲「影母魚部」。

詞義關係：「圬」和「杇」皆指塗抹牆壁的工具——「鏝刀」，具有共同的核義素「鏝刀」。

筆者按：「圬」和「杇」在語音上爲「音同」關係，在詞義上具有共同的核義素「鏝刀」，故二者可系聯爲一組同族詞。

（2）詞根構擬

「圬」和「杇」上古皆爲「影母魚部」，擬音爲*ʔwag，故將其詞根擬爲

*ʔwag。

9、祚：胙

《爾雅正義》：「《釋文》云：『昨本又作祚，亦作胙，福也。』胙，
祭肉也，義竝同。」（卷第九，頁180）

（1）同族詞分析

祚：《說文新附・示部》：「祚，福也。從示，乍聲。」《廣韻・暮韻》：「昨
誤切。」《國語・周語下》：「永錫祚胤。」韋昭注：「祚，福也。」《爾
雅・釋天》：「夏日復昨。」陸德明《釋文》：「本又作祚。祚，福也。」
《後漢書・襄楷傳》：「以廣嗣斯之。」李賢注：「祚，福也。」《文選・
潘岳〈關中詩〉》：「聖皇紹祚。」呂向注：「祚，福也。」

胙：《說文・肉部》：「胙，祭福肉也。從肉，乍聲。」《廣韻・暮韻》：「昨
誤切。」《說文・肉部》段玉裁注：「引申之凡福皆言胙。」《國語・周
語下》：「天地所胙。」韋昭注：「胙，福也。」

語音關係：「祚」和「胙」上古皆為「從母魚部」。

詞義關係：「祚」指「福氣」之意，「胙」本義是「祭祀祈福所用的肉」，後
引申為「福祐」，具有共同的核義素「福」，其義素分析如下：

祚＝／名物範疇／＋／福／

胙＝／動作範疇／＋／福／

Y〔2〕＝／名物範疇、動作範疇／＋／福／

筆者按：「祚」和「胙」在語音上為「音同」關係，在詞義上具有共同的核
義素「福」，故二者可系聯為一組同族詞。

（2）詞根構擬

「祚」和「胙」上古皆為「從母魚部」，擬音為*dzagh，故將其詞根擬為
*dzagh。

10、沮：阻

《爾雅正義》：「《釋名》云：『水出其前曰阯丘，阯，基阯也。言所
出，然水出其後曰阻丘，此水以為險也。』……沮丘作阻丘，音義
同。」（卷第十一，頁198）

（1）同族詞分析

沮：《說文・水部》：「沮，水。出漢中房陵，東入江。從水，且聲。」《廣
　　韻・語韻》：「慈呂切。」《書・洪範》：「威用六極。」孔安國傳：「所
　　以威沮，人用六極。」孔穎達疏：「沮，止也。」《詩・小雅・小旻》：
　　「何日斯沮。」鄭玄箋：「沮，止也。」《左傳・文公二年》：「亂庶遄
　　沮。」杜預注：「沮，止也。」《孟子・梁惠王》：「嬖人有臧倉者沮君。」
　　朱熹《集注》：「沮，止之之意也。」

阻：《說文・自部》：「阻，險也。從自，且聲。」《廣韻・語韻》：「側呂
　　切。」《左傳・閔公二年》：「狂夫阻之。」孔穎達疏引服虔云：「阻，
　　止也。」《呂氏春秋・知士》：「故非之弗爲阻。」高誘注：「阻，止也。」

語音關係：「沮」上古爲「從母魚部」，「阻」爲「精母魚部」，故爲「精從
旁紐，魚部疊韻」。

詞義關係：「沮」和「阻」皆指「阻止」之意，具有共同的核義素「阻止」。

筆者按：「沮」和「阻」在語音上爲「聲轉」關係，在詞義上具有共同的核
義素「阻止」，故二者可系聯爲一組同族詞。

（2）詞根構擬

「沮」和「阻」上古爲「精從旁紐，魚部疊韻」，「沮」擬音爲*dzjagx，
「阻」則擬音爲*tsrjagx，故將其詞根形式擬爲*dza~*tsa。

十五、陽　部

1、孟：覴

《爾雅正義》：「孟者，班固《幽通賦》云：『盍孟晉以迨羣兮。漢人
用雅訓也。』嘉定錢詹事《日洛誥》云：『汝乃是不覴。』孟、覴聲
之轉。《釋文》引馬融云：『覴，勉也。』孔疏謂：『鄭、王皆訓爲勉
也。』」（卷第一，頁 55）

（1）同族詞分析

孟：《說文・子部》：「孟，長也。從子，皿聲。」《廣韻・映韻》：「莫更
　　切。」《漢書・敘傳上》：「盍孟晉以迨羣兮。」顏師古注引服虔曰：「孟，
　　勉也。」《文選・班固〈幽通賦〉》：「盍孟晉以迨羣兮。」李善注引曹

大家曰：「孟，勉也。」《爾雅・釋詁上》：「孟，勉也。」郝懿行《爾雅義疏》：「孟，聲轉爲蕄。」錢氏大昕《養新錄》云：「《洛誥》：『汝乃是不蕄。』《釋文》：引馬融注：『蕄，勉也。』」

蕄：《廣韻・唐韻》：「莫郎切。」《書・洛誥》：「汝乃是不蕄。」陸德明《釋文》引馬融云：「蕄，勉也。」孔穎達疏：「蕄之爲勉，相傳訓也。鄭、王皆以爲勉。」

語音關係：「孟」和「蕄」上古皆爲「明母陽部」。

詞義關係：「孟」本義爲「庶長之稱」，後來引申爲「勤勉」之意；「蕄」皆指「勤勉」之意，具有共同的核義素「勤勉」。

筆者按：「孟」和「蕄」在語音上爲「音同」關係，在詞義上具有共同的核義素「勤勉」，故二者可系聯爲一組同族詞。

（2）詞根構擬

「孟」和「蕄」上古皆爲「明母陽部」，「孟」擬音爲*mraŋh，「蕄」則擬音爲*maŋ，故將其詞根形式擬爲*maŋ。

2、康：漮：歉

《爾雅正義》：「《方言》云：『康，空也。』郭氏彼注云：『康，食空貌。康，或作歉，虛也。』案康通作歉，《説文》云：『康，屋康良也。』歉，饑虛也，皆與漮亦同。」（卷第二，頁 61）

（1）同族詞分析

康：《説文・宀部》：「康，屋康良也，從宀，康聲。」《廣韻・唐韻》：「苦岡切。」《方言》卷十三：「康，空也。」《玉篇・宀部》：「康，虛也。」《集韻・蕩韻》：「康良，空虛。」

漮：《説文・水部》：「漮，水虛也。從水，康聲。」《廣韻・唐韻》：「苦岡切。」《方言》卷十三：「漮，空也。」《爾雅・釋詁下》：「漮，空也。」郭璞注引《方言》：「漮，之言空也。」邢昺疏：「漮者，亦丘墟之空無。」郝懿行《爾雅義疏》：「漮，又通作康。」

歉：《説文・欠部》：「歉，饑虛也。從欠，康聲。」《廣韻・唐韻》：「苦岡切。」《玉篇》・欠部》：「歉，饑虛也。」《説文・欠部》段玉裁注：「漮者，水之虛。康者，屋之虛。歉者，饑腹之虛。」桂馥《義證》：「歉，

通作康，又通作㽵。」

語音關係：「康」、「㽵」、「歁」上古皆爲「溪母陽部」。

詞義關係：「康」指「屋之空虛」，「㽵」指「水之空虛」，「歁」指「食物之空虛」，具有共同的核義素「空虛」，其義素分析如下：

康＝／屋／＋／空虛／

㽵＝／水／＋／空虛／

歁＝／食物／＋／空虛／

Y〔3〕＝／屋、水、食物／＋／空虛／

筆者按：「康」、「㽵」、「歁」在語音上具有「音同」關係，在詞義上具有共同的核義素「空虛」，故三者可系聯爲一組同族詞。

（2）詞根構擬

「康」、「㽵」、「歁」上古皆爲「溪母陽部」，擬音爲*khaŋ，故將其詞根擬爲*khaŋ。

3、賡：庚

《爾雅正義》：「《說文》云：『續，連也。』古文從庚、貝是賡，即續字也。又通作庚。」（卷第一，頁79）

（1）同族詞分析

賡：《說文・系部》：「賡，古文續，從庚、貝。」《廣韻・庚韻》：「古行切。」《疏・益稷》：「乃賡載歌。」孔安國傳：「賡，續也。」《爾雅・釋詁下》：「賡，續也。」邢昺疏：「賡，謂相繼續也。」郝懿行《義疏》：「賡，通作更。」《管子・國蓄》：「愚者有不賡本之事。」集校引張文虎云：「後山《國詭篇》亦作庚。」

庚：《說文・庚部》：「庚，位西方，象秋時萬物庚庚有實也。庚承己，象人齎。凡庚之屬皆從庚。」《廣韻・庚韻》：「古行切。」《管子・地員》：「庚泥不可得泉。」尹知章注：「庚，續也。」《廣雅・釋言》：「更，償也。」王念孫《疏證》：「〈檀弓〉：『請之。』鄭注云：『庚，償也。』《管子・國蓄篇》：『愚者有不賡本之事。』尹知章注云：『賡，猶償也。更、庚、賡並通。』」

語音關係：「賡」和「庚」上古皆爲「見母陽部」。

詞義關係：「賡」指「繼續」之意，「庚」甲骨文作「」（《合集》20555）、「」（《合集》20018）、「」（《合集》27538）等字形，郭沫若先生認爲是「有耳可搖之樂器」，後來引申爲「繼續」之意，故具有共同的核義素「繼續」。

筆者按：「賡」和「庚」在語音上爲「音同」關係，在詞義上具有共同的核義素「繼續」，故二者可系聯爲一組同族詞。

（2）詞根構擬

「賡」和「庚」上古皆爲「見母陽部」，擬音爲*kraŋ，故將其詞根擬爲*kraŋ。

4、亡：無

《爾雅正義》：「《爾雅》無，《說文》作𣎳，亡也，奇字作无。《谷風》云：『何有何亡。』《地官・司市》云：『亡者使有。』亡與無古通用。」

（卷第一，頁85）

（1）同族詞分析

亡：《說文・亾部》：「亡，逃也。從人，從乚。凡亡之屬皆從亡。」《廣韻・陽韻》：「武方切。」《詩・唐風・葛生》：「予美亡此。」鄭玄箋：「亡，無也。」《穀梁傳・成功七年》：「無乎人矣。」楊士勛疏：「亡，無也。」《儀禮・士喪禮》：「亡則以緇。」鄭玄注：「亡，無也。」《逸周書・大明武》：「謂有所亡。」孔晁注：「亡，無也。」

無：《說文・亾部》：「無，亡也。從亡，無聲。无，奇字无。通於元者。」《廣韻・虞韻》：「武夫切。」《書・洪範》：「無虐煢獨。」陸德明《釋文》：「無虐，馬本作亡侮。一極無凶。劉逢祿《今古文集解》：『無，《史記》作亡，古通。』」《詩・大雅・蕩》：「時無背無側。」李富孫《異文釋》：「《漢五行志》引作亡背亡仄。」

語音關係：「亡」上古爲「明母陽部」，「無」爲「明母魚部」，故爲「明母雙聲，魚陽對轉」。

詞義關係：「亡」甲骨文之初形本義未知，卜辭中借爲「有無」之「無」；「無」本字爲「舞」，像祈雨之舞，後借爲「有無」之「無」，具有共同的核義素「沒有」。

筆者按：「亡」和「無」在語音上爲「韻轉」關係，在詞義上具有共同的核

義素「沒有」，故二者可系聯為一組同族詞。

（2）詞根構擬

「亡」和「無」上古為「明母雙聲，魚陽對轉」，「亡」擬音為*mjaŋ，「無」則擬音為*mjag，故將其詞根形式擬為*maŋ~*mag。

5、橫：光

《爾雅正義》：「案：《祭義》云：『溥之而橫於四海。』《淮南·原道》訓：『橫之而彌於四海。』橫、光聲相近。故漢人稱橫門為光門，後世猶沿其舊矣。」（卷第三，頁85）

（1）同族詞分析

橫：《說文·木部》：「橫，闌木也。從木，黃聲。」《廣韻·庚韻》：「戶盲切。」《史記·樂書》：「號以立橫。」裴駰《集解》引鄭玄曰：「橫，充也。」《禮記·樂記》：「號以立橫。」鄭玄注：「橫，充也。」《呂氏春秋·適音》：「橫塞則振。」《集釋》引王念孫曰：「橫，猶充也。」《急救篇》卷一：「令狐橫。」顏師古注：「橫，充也，大也。」

光：《說文·火部》：「光，明也。從火在人上，光明意也。」《廣韻·唐韻》：「古黃切。」《書·堯典序》：「光宅天下。」孔穎達疏：「光，充也。」《書·堯典》：「光被四表。」孔安國傳：「光，充也。」江聲《集注音疏》：「光之為充，古訓也。」《書·洛誥》：「惟公德明，光于上下。」孔穎達疏：「此光亦為充也。」《爾雅·釋詁上》：「緝，光也。」郝懿行《義疏》：「光，又與橫同。」

語音關係：「橫」上古為「匣母陽部」，「光」為「見母陽部」，故為「見匣旁紐，陽部疊韻。」

詞義關係：「橫」本義為「遮門的闌木」，後來引申為「充」之意；「光」本義為「光明」，後來引申為「充」之意，故具有共同的核義素「充」。

筆者按：「橫」和「光」在語音上為「聲轉」關係，在詞義上具有共同的核義素「充」，故二者可系聯為一組同族詞。

（2）詞根構擬

「橫」和「光」上古為「見匣旁紐，陽部疊韻」，「橫」擬音為*gwraŋ，「光」則擬音為*kwaŋ，故將其詞根形式擬為*gwaŋ~*kwaŋ。

6、訝：迓：迎：逆

《爾雅正義》:「《說文》云:『訝，相迓也。』《周禮》云:『諸侯有卿訝也。』『訝』或作『迓』。」(卷第二,頁 79)「《春秋隱二年紀》:『裂繻來逆女。』《方言》云:『自關而東曰逆,自關而西曰迎。』」(卷第三,頁 89)

(1)同族詞分析

訝:《說文·言部》:「訝,相迎也。從言,牙聲。《周禮》曰:『諸侯有卿訝發。』迓,訝或從辵。」《廣韻·禡韻》:「吾駕切。」《儀禮·士昏禮》:「媵御沃盥。」鄭玄注:「御,當爲訝。訝,迎也。」《儀禮·聘禮》:「皆有訝。」鄭玄注:「訝,主國君所使迎待賓者,如今使者護客。」《爾雅·釋詁下》:「迓,迎也。」陸德明《經典釋文》:「訝,本又作迓。」

迓:《廣韻·禡韻》:「吾駕切。」《書·盤庚中》:「予迓續乃命于天。」孔安國傳:「迓,迎也。」《韓非子·外儲說右上》:「而狗迓而齕之。」王先慎《集解》:「迓作迎。」《左傳·成公十三年》:「迓晉侯於新楚。」杜預注:「迓,迎也。」《後漢書·張衡傳》:「僉恭職而並迓。」李賢注:「迓,迎也。」《爾雅·釋詁下》:「迓,迎也。」邢昺疏:「迓,謂相逢迎也。」

迎:《說文·辵部》:「迎,逢也。從辵,卬聲。」《廣韻·庚韻》:「語京切。」《玉篇·辵部》:「迎,逢迎也。」《荀子·儒效》:「東面而迎太歲。」楊倞注:「迎,謂逆。」《史記·五帝本紀》:「迎日推筴。」張守節正義:「迎,逆也。」《文選·左思〈吳都賦〉》:「迎潮水而振緡。」呂向注:「迎,逆也。」《方言》卷一:「逢、逆,迎也,自關而東曰逆,自關而西或曰迎,或曰逢。」

逆:《說文·辵部》:「逆,迎也。從辵,屰聲。關東曰逆,關西曰迎。」《廣韻·陌韻》:「宜戟切。」《書·禹貢》:「同爲逆河。」孫星衍今古文注疏引《初學記》:「逆,迎也。」《論語·憲問》:「不逆詐。」皇侃疏:「逆者,迎也。」《左傳·僖公二年》:「保於逆旅。」孔穎達疏:「逆,迎也。」《孫子兵法·軍爭》:「背邱勿逆。」杜牧注:「逆

者，迎也。」黃庭堅《觀盧鴻草堂圖》:「黃塵逆帽馬辟易。」任淵注：
「逆，謂迎也。」

語音關係：「訝」、「迓」、「逆」上古爲「疑母魚部」，「迎」爲「疑母陽部」，
故爲「疑母雙聲，魚陽對轉」。

詞義關係：「訝」、「迓」、「迎」皆指「逢迎」之意，「逆」指「接迎」之意，
具有共同的核義素「迎」，其義素分析如下：

　　　　訝＝／逢／＋／迎／

　　　　迓＝／逢／＋／迎／

　　　　迎＝／逢／＋／迎／

　　　　逆＝／接／＋／迎／

　　　　Y〔4〕＝／逢、接／＋／迎／

筆者按：「訝」、「迓」、「迎」、「逆」在語音上爲「韻轉」關係，詞義上具有
共同的核義素「迎」，故二者可系聯爲一組同族詞。

（2）詞根構擬

「訝」、「迓」、「迎」、「逆」上古爲「疑母雙聲，魚陽對轉」，「訝」和「迓」
擬音爲*ŋragh，「迎」擬音爲*ŋjiaŋ，「逆」則擬爲*ŋjak，故其詞根形式擬爲
*ŋaŋ~*ŋak（*ŋag）。

7、方：舫

《爾雅正義》:「上文已云：『舫，舟也。』舫又爲泭，廣異名也。……
韋昭《國語註》云：『方，併也。』編木曰泭，小泭曰桴，舫、方、
泭、桴音義同。」（卷第三，頁92）

（1）同族詞分析

方：《說文・方部》:「方，併船也。象兩舟省總頭形。凡方之屬皆從方，
汸，方或從水。」《廣韻・陽韻》:「府良切。」《管子・乘馬數》:「如
廢方於地。」《集校》引張佩綸引《說文》:「方，併船也。」《文選・
何晏〈景福殿賦〉》:「水方輕舟。」李善注引《爾雅》郭璞注：「方，
併兩船。」《詩・周南・漢廣》:「不可方思。」馬瑞辰《傳箋通釋》:
「方有四義，通作舫。一是併船，一是併木，一是船之通稱，一是用
船以渡。」《爾雅・釋水》:「大夫方舟。」郝懿行《義疏》引金鶚云：

「併船是方本義，通而言之，凡相併皆曰方。」

舫：《說文·舟部》：「舫，船師也。明堂月令曰：『方人，習水者。從舟，方聲。』」《廣韻·漾韻》：「甫妄切。」《楚辭·九懷·尊嘉》：「榜舫兮下流。」洪興祖《補注》：「舫，併船也。」《戰國策·楚策一》：「舫船載卒。」鮑彪注：「舫，併舟也。」《爾雅·釋言》：「舫，舟也。」郭璞注：「舫，並兩船。」《資治通鑑·魏紀一》：「宜解舫輕行。」胡三省注：「方舟曰舫，併兩舟也。」

字形關係：「舫」是「方」增加意符「舟」，表示其初形本義，故「舫」為「方」之同源分化字。

語音關係：「方」和「舫」上古皆為「幫母陽部」。

詞義關係：「方」之本義為「併船」，「舫」亦指「併船」，具有共同的核義素「併船」。

筆者按：「方」和「舫」在字形上為「同源分化字」，在語音上為「音同」關係，在詞義上具有共同的核義素「併船」，故二者可系聯為一組同族詞。

（2）詞根構擬

「方」和「舫」上古皆為「幫母陽部」，「方」擬音為*pjaŋh，「舫」則擬音為*pjaŋ，故將其詞根形式擬為*paŋ。

8、皇：匡

《爾雅正義》：「《皇者·漸漸之石》云：『不皇朝矣。』鄭箋用《爾雅》，皇匡聲相近。」（卷第三，頁97）

（1）同族詞分析

皇：《說文·王部》：「皇，大也。從自；自，始也。始皇者，三皇大君也。自，讀若鼻，今俗以始生子為鼻子。」《廣韻·唐韻》：「胡光切。」《詩·豳風·破斧》：「四國是皇。」王先謙《三家義集疏》引魯說：「皇，正也。」《穆天子傳》卷五：「皇我萬民。」郭璞注：「皇，正也。」《爾雅·釋言》：「皇，正也。」郝懿行《義疏》：「皇者，君之正也。」

匡：《說文·匸部》：「匡，飲器，筥也。從匸㞷聲。筐，匡或從竹。」《廣韻·陽韻》：「去王切。」《書·說命上》：「以匡乃辟。」蔡沈《集傳》：「匡，正也。」《詩·小雅·六月》：「以匡王國。」鄭玄箋：「匡，正

也。」《左傳·襄公十四年》:「過則匡之。」杜預注:「匡,正也。」

《爾雅·釋言》:「匡,正也。」郝懿行《義疏》:「匡、皇同。」馮登府《三家詩異文疏證》卷二:「皇、匡二字,古音義相間。」

語音關係:「皇」上古爲「匣母陽部」,「匡」爲「溪母陽部」,故爲「溪匣旁紐,陽部疊韻」。

詞義關係:「皇」本義爲「大」,後來引申爲「匡正」之意,「匡」則指「正」之意,故具有共同的核義素「正」。

筆者按:「皇」和「匡」在語音上爲「聲轉」關係,在詞義上具有共同的核義素「正」,故二者可系聯爲一組同族詞。

（2）詞根構擬

「皇」和「匡」上古爲「溪匣旁紐,陽部疊韻」,「皇」擬音爲*gwaŋ,「匡」則擬音爲*khwjaŋ,故將其詞根形式擬爲*gwaŋ~*khwaŋ。

十六、宵 部

1、菿:倬

《爾雅正義》:「菿者,《説文》云:『菿,艸大也。』舊疏引韓詩云:『菿,彼甫田本於詩釋文也。』《玉篇》引韓詩與《釋文》同。《毛詩》作倬,古字通用。《説文》云:『倬,箸大也。』《大雅·桑柔》云:『倬彼昊天。』鄭箋:『倬,明大貌。』今本《説文》作『𦳃,艸大也』。『菿』,艸木到,後人所竄易也。」（卷第一,頁45）

（1）同族詞分析

菿:《説文·艸部》:「菿,艸木倒,從艸,到聲。」《廣韻·號韻》:「都導切。」《爾雅·釋詁上》:「菿,大也。」郝懿行《義疏》:「菿,通作倬。」《集韻·覺韻》:「菿,艸大兒。」

倬:《説文·人部》:「倬,箸大也。從人,卓聲。《詩》曰:『倬彼雲漢。』」《廣韻·覺韻》:「竹角切。」《詩·大雅·棫樸》:「倬彼雲漢。」毛傳:「倬,大也。」《文選·潘岳〈西征賦〉》:「倬樊川以激池。」李善注引毛萇曰:「倬,大也。」《玉篇·人部》:「倬,大也。」《詩·小雅·甫田》:「倬彼甫田。」陸德明《釋文》:「倬,韓詩作菿,音同。」

語音關係：「菿」和「倬」上古皆爲「端母宵部」。

詞義關係：「菿」形容「草大」的樣子，「倬」則泛指事物「大而顯著」的樣子，具有共同的核義素「大」，其義素分析如下：

菿＝／草／＋／大／

倬＝／物／＋／大／

Y〔2〕＝／草、物／＋／大／

筆者按：「菿」和「倬」在語音上爲「音同」關係，在詞義上具有共同的核義素「大」，故二者可系聯爲一組同族詞。

（2）詞根構擬

「菿」和「倬」上古皆爲「端母宵部」，「菿」擬音爲*tagwh，「倬」則擬音爲*trakw，故將其詞根形式擬爲*ta。

2、鼗：鞀：鞉

《爾雅正義》：「郭註《王制》云：『以鞀將之。』鄭註：『鞀所以節樂，是鞀爲節樂之器。』顧與和樂之節，連類而及焉。鼗、鞀、鞉古字通用。」（卷第九，頁 158）

（1）同族詞分析

鼗：《說文・鼓部》：「鞀，鞀遼也。從革，召聲。鞉，鞀或從兆。鼗，鞀或從鼓從兆。」《廣韻・豪韻》：「徒刀切。」《周禮・春官・小師》：「掌教鼓、鼗。」鄭玄注：「鼗，如鼓而小，持其柄搖之，旁耳還自擊。」《論語・微子》：「播鼗武入於漢。」邢昺疏：「鼗，如鼓而小，有兩耳，持其柄搖之，旁耳還自擊。」

鞀：《說文・革部》：「鞀，鞀遼也。從革，召聲。鞉，鞀或從兆。鼗，鞀或從鼓從兆。」《廣韻・豪韻》：「徒刀切。」《論語・微子》：「播鞀武入於漢。」皇侃疏：「鞀，鞀鼓也。」《玉篇・革部》：「鞀，如鼓而小，有柄，賓主搖之以節樂也。」《急救篇》卷三：「鐘磬鞀簫鼙鼓鳴。」顏師古注：「鞀，貫把鼓也，搖而鳴之，大者謂之麻，小者謂之料。」

鞉：《廣韻・豪韻》：「徒刀切。」《詩・周頌・有瞽》：「鞉磬柷圉。」毛傳：「鞉，鞉鼓也。」朱熹《集傳》：「鞉，如鼓而小，有柄，兩耳，持其柄搖之，則傍耳而自擊。」《玄應音義》卷七：「法鞉。」注：「鞉，如

鼓而小，持其柄搖之也。」

語音關係：「鼗」、「鞀」、「鞉」上古皆為「定母宵部」。

詞義關係：「鼗」、「鞀」、「鞉」皆指「貫把鼓」，具有共同的核義素「貫把鼓」。

筆者按：「鼗」、「鞀」、「鞉」在語音上為「音同」關係，在詞義上具有共同的核義素「貫把鼓」，故三者可系聯為一組同族詞。

（2）詞根構擬

「鼗」、「鞀」、「鞉」上古皆為「定母宵部」，擬音為*dagw，故將其詞根擬為*dagw。

3、嶠：喬

> 《爾雅正義》：「《釋名》云：『上銳而長曰嶠，形似橋也。』嶠木作喬。」（卷第十二，頁 204）

（1）同族詞分析

嶠：《說文新附·山部》：「嶠，山銳而高也。從山，喬聲。古通用喬。」《廣韻·笑韻》：「渠廟切。」《爾雅·釋山》：「銳而高，嶠。」《列子·湯問》：「員嶠。」殷敬順《釋文》：「嶠，山銳而高也。」《後漢書·馬援傳》：「嶠南悉平。」李賢注引《爾雅》：「山銳而高曰嶠。」柳宗元《桂州裴中丞作訾家洲亭記》：「凡嶠南之山川。」蔣之翹《輯注》：「越人謂山銳而高曰嶠。」

喬：《說文·夭部》：「喬，高而曲也。從夭，從高省。《詩》曰：『南有喬木。』」《廣韻·宵韻》：「巨嬌切。」《書·禹貢》：「厥木為喬。」孔安國傳：「喬，高也。」《詩·小雅·伐木》：「遷於喬木。」毛傳：「喬，高也。」《孟子·梁惠王下》：「非謂有喬木之謂也。」趙歧注：「喬，高也。」《爾雅·釋詁上》：「喬，高也。」郝懿行《義疏》：「喬，又通作嶠。」《列子·湯問》：「周以喬陟。」殷敬順《釋文》注引《爾雅》云：「喬，高曲也。」

語音關係：「嶠」和「喬」上古皆為「匣母宵部」。

詞義關係：「嶠」指「高而尖的山」，「喬」指「高而大的樹」，具有共同的核義素「高」，其義素分析如下：

嶠＝／山／＋／高／

喬＝／樹／＋／高／

Ｙ〔2〕＝／山、樹／＋／高／

筆者按：「嶠」和「喬」在語音上爲「音同」關係，在詞義上具有共同的核義素「高」，故二者可系聯爲一組同族詞。

（2）詞根構擬

「嶠」和「喬」上古爲「匣母宵部」，「嶠」擬音爲*gjagwh，「喬」則擬音爲*gjagw，故將其詞根形式擬爲*gagw。

十七、脂　部

1、謐：密

《爾雅正義》：「郭以謐、溢、諡，古字通用，俱訓爲愼。謐、密古字通用，俱訓爲寧，愼寧皆靜也。……謐、溢、諡、密皆聲之轉，故其義亦同也。」（卷第一，頁52）

（1）同族詞分析

謐：《說文・言部》：「謐，靜語也。從言，宓聲。一曰，無聲也。」《廣韻・質韻》：「彌畢切。」《素問・五運行大論》：「其政爲謐。」王冰注：「謐，靜也。」張志聰集注：「謐，安靜也。」《爾雅・釋詁上》：「謐，靜也。」郝懿行《爾雅義疏》：「謐，通作恤。」《文選・左思〈魏都賦〉》：「開務有謐。」李善注引《爾雅》：「謐，靜也。」《文選・張協〈七命〉》：「函夏謐寧。」李善注引《爾雅》曰：「謐，寧也。」

密：《說文・山部》：「密，山如堂者。從山，宓聲。」《廣韻・質韻》：「美畢切。」《易・繫辭上》：「君不密則失臣。」惠棟述引鄭玄注：「密，靜也。」《書・舜典》：「四海遏密八音。」孔安國傳：「密，靜也。」《管子・大匡》：「夫詐密而後動者勝。」尹知章注：「密，靜也。」《韓非子・忠孝》：「古者黔首悗密蠢愚。」王先愼集解引《爾雅・釋詁》：「密，靜也。」《詩・周頌・昊天有成》：「夙夜基命宥密。」毛傳：「密，寧也。」

語音關係：「謐」和「密」上古皆爲「明母脂部」。

詞義關係：「謐」和「密」皆指「寧靜」之意，具有共同的核義素「寧靜」。

筆者按：「謐」和「密」在語音上爲「音同」關係，在詞義上具有共同的核義素「寧靜」，故二者可系聯爲一組同族詞。

（2）詞根構擬

「謐」和「密」上古皆爲「明母脂部」，擬音爲*mjit，故將其詞根擬爲*mjit。

2、劼：硈

《爾雅正義》：「劼者，《說文》云：『劼，愼也。』愼審故嚴固也，劼又通作硈。」（卷第一，頁57）

（1）同族詞分析

劼：《說文·力部》：「劼，愼也。從力，吉聲。《周書》曰：『汝劼毖殷獻臣。』《廣韻·黠韻》：「恪八切。」《書·酒誥》：「汝劼毖殷獻臣。」孔安國傳：「劼，固也。」《玉篇·力部》「劼，固也。」《爾雅·釋詁下》：「劼，固也。」陸德明《釋文》：「劼，或作硈字。」邢昺疏：「劼者，碻固也。」

硈：《說文·石部》：「硈，石堅也。從石，吉聲。一曰突也。」《廣韻·黠韻》：「恪八切。」《爾雅·釋言》：「硈，鞏也。」郭璞注：「硈者，堅固。」邢昺疏：「硈，謂牢固。」郝懿行《義疏》：「硈、劼通。」《集韻·黠韻》引《爾雅》：「硈，固也。」

語音關係：「劼」和「硈」上古皆爲「溪母脂部」。

詞義關係：「劼」指「穩固」之意，「硈」本義爲「石頭堅固」，後來引申爲「穩固」之意，故具有共同的核義素「穩固」。

筆者按：「劼」和「硈」在語音上爲「音同」關係，在詞義上具有共同的核義素「穩固」，故二者可系聯爲一組同族詞。

（2）詞根構擬

「劼」和「硈」上古皆爲「溪母脂部」，擬音爲*khrit，故將其詞根擬爲*khrit。

3、腝：肶

《爾雅正義》：「肶者，《說文》云：『腝，牛百葉也。』腝或作肶。」（卷第一，頁66）

（1）同族詞分析

膍：《說文・肉部》：「膍，牛百葉也。從肉，毘聲。一曰鳥膍胵。肶，或
　　從比。」《廣韻・脂韻》：「房脂切。」《詩・小雅・采菽》：「福祿膍之。」
　　毛傳：「膍，厚也。」陸德明《釋文》：「韓詩作肶，膍作肶。」《集韻・
　　齊韻》：「膍，或作肶。」

肶：《廣韻・脂韻》：「房脂切。」《爾雅・釋詁下》：「肶，厚也。」郝懿
　　行《義疏》：「肶，通作毗。」《玉篇・肉部》：「肶，同膍。」

語音關係：「膍」和「肶」上古皆爲「並母脂部」。

詞義關係：「膍」和「肶」本義皆指「牛羊等反芻動物的胃」，後引申爲「厚」
之意，具有共同的核義素「厚」。

筆者按：「膍」和「肶」在語音上爲「音同」關係，在詞義上具有共同的核
義素「厚」，故二者可系聯威一組同族詞。

（2）詞根構擬

「膍」和「肶」上古皆爲「並母脂部」，擬音爲*bjid，故將其詞根擬爲*bjid。

4、躋：隮

　　《爾雅正義》：「躋者，《說文》云：『躋，登也。』《商書》曰：『告
　女顚躋。』躋通作隮。」（卷第一，頁73）

（1）同族詞分析

躋：《說文・足部》：「躋，登也。從足，齊聲。《商書》曰：『予顚躋。』」
　　《廣韻・齊韻》：「祖稽切。」《易・震》：「躋于九陵。」陸德明《釋
　　文》：「躋，升也。」《詩・秦風・蒹葭》：「道阻且躋。」毛傳：「躋，
　　升也。」《左氏春秋・文公二年》：「躋僖公。」杜預注：「躋，升也。」
　　《國語・魯語上》：「烝將躋僖公。」韋昭注：「躋，升也。」

隮：《廣韻・齊韻》：「祖稽切。」《書・顧命》：「由賓階隮。」蔡沈《集
　　傳》：「隮，升也。」《詩・鄘風・蝃蝀》：「朝隮于西。」毛傳：「隮，
　　升也。」《儀禮・士虞禮》：「來日某隮祔爾于爾皇祖某甫。」鄭玄注：
　　「隮，升也。」《史記・樂書》：「地氣上隮。」裴駰《集解》引鄭玄
　　曰：「隮，升也。」

語音關係：「躋」和「隮」上古皆爲「精母脂部」。

詞義關係：「躋」和「隮」皆指「升上」之意，具有共同的核義素「升上」。

筆者按：「躋」和「隮」在語音上爲「音同」關係，在詞義上具有共同的核義素「升上」，故二者可系聯爲一組同族詞。

（2）詞根構擬

「躋」和「隮」上古皆爲「精母脂部」，擬音爲*tsid，故將其詞根擬爲*tsid。

5、尼：昵：暱：䵑

《爾雅正義》：「《説文》云：『膠，昵也。』《釋言》云：『䵑，膠也。』

䵑與昵通。」「即訓爲尼，尼與昵同。昵，爲近也。」「暱者，《説文》

云：『暱，日近也。』暱或作昵。」（卷第一，頁58、79、80）

（1）同族詞分析

尼：《説文・尸部》：「尼，從後近之。從尸，匕聲。」《廣韻・脂韻》：「女
　　夷切。」《爾雅・釋訓》：「宴宴粲粲，尼居息也。」邢昺疏：「尼，近
　　也。」《小爾雅・廣詁》：「尼，近也。」《爾雅・釋詁下》：「即，尼也。」
　　郭璞注：「尼者，近也。」陸德明《釋文》：「尼，本亦作昵，同。」郝
　　懿行《義疏》：「尼與昵通。」

昵：《説文・日部》：「暱，或從尼。」《廣韻・質韻》：「尼質切。」《疏・高
　　宗肜日》：「典祀無豐于昵。」孔安國傳：「昵，近也。」《左傳・昭公
　　二十五年》：「私降昵宴。」杜預注：「昵，近也。」《漢書・敘傳上》：
　　「召見宴昵殿。」蕭該《音義》：「昵，近也。」《文選・曹植〈送應氏
　　詩〉》：「親昵並集送。」李善注引《爾雅》：「昵，近也。」

暱：《説文・日部》：「暱，日近也。從日，匿聲。《春秋傳》曰：『私降昵燕。
　　昵，或從尼。』」《廣韻・質韻》：「尼質切。」《詩・小雅・菀柳》：「無
　　自暱焉。」毛傳：「暱，近也。」《左傳・閔公元年》：「諸夏親暱。」
　　杜預注：「暱，近也。」《國噢・齊語》：「野處而不暱。」韋昭注：「暱，
　　近也。」

䵑：《説文・黍部》：「䵑，黏也。從黍，日聲。《春秋傳》曰：『不義不䵑。』」
　　《廣韻・質韻》：「尼質切。」《廣雅・釋詁四》：「「䵑，黏也。」王
　　念孫《疏證》：「䵑、䵟、暱、昵並通。」「引《左傳・隱元年》：『不
　　義不䵑。』今本䵑作昵。」

語音關係：「尼」、「昵」、「暱」、「䶎」上古皆爲「泥母脂部」。

詞義關係：「尼」、「昵」、「暱」皆指「親近」之意，「䶎」指「膠黏」，引申有「親近」之意，具有共同的核義素「親近」。

筆者按：「尼」、「昵」、「暱」、「䶎」在語音上爲「音同」關係，在詞義上具有共同的核義素「親近」，故四者可系聯爲一組同族詞。

（2）詞根構擬

「尼」、「昵」、「暱」、「䶎」上古皆爲「泥母脂部」，「尼」擬音爲*nrjid，「昵」、「暱」、「䶎」則擬音爲*nrjit，故將其詞根形式擬爲*ni。

6、伊：繄

《爾雅正義》：「《士冠禮》云：『嘉薦伊脯。』鄭註：『伊，維也。』
賈疏云：『助句辭，非爲義也。』伊又通作繄。」（卷第一，頁80）

（1）同族詞分析

伊：《說文・人部》：「伊，殷聖人阿衡，尹治天下者。從人、從尹。」《廣韻・脂韻》：「於脂切。」《漢書・禮樂志》：「伊樂厥福。」顏師古注：「伊，是也。」《文選・盧諶〈贈劉琨〉》：「至此伊順。」呂向注：「伊，是也。」《詩・邶風・谷風》：「不遠伊邇。」陳奐《傳疏》：「伊，猶是也。」《太玄・廊》：「伊德攸興。」范望注：「伊，猶是也。」

繄：《說文・糸部》：「繄，戟衣也。從糸，殹聲。」《廣韻・齊韻》：「烏奚切。」《詩・邶風・雄雉》：「自詒伊阻。」鄭玄箋：「伊當作繄。」陸德明《釋文》：「繄，是也。」《左傳・僖公五年》：「惟德繄物。」陸德明《釋文》：「繄，是也。」《國語・周語下》：「豈繄多寵。」韋昭注：「繄，是也。」《助字辨略》卷一：「伊、繄通用，並維辭也。」

語音關係：「伊」和「繄」上古皆爲「影母脂部」。

詞義關係：「伊」指「是」之意，「繄」本義爲「戟衣」，後來引申爲「是」之意，具有共同的核義素「是」。

筆者按：「伊」和「繄」在語音上爲「音同」關係，在詞義上具有共同的核義素「是」，故二者可系聯爲一組同族詞。

（2）詞根構擬

「伊」和「繄」上古皆爲「影母脂部」，「伊」擬音爲*ʔjid，「繄」則擬音

為*ʔid，故將其詞根形式擬為*ʔid。

7、柢：邸

《爾雅正義》：「《釋文》云：『柢，本也。』柢與邸通。」（卷第七，頁 153）

（1）同族詞分析

柢：《說文・木部》：「柢，木根也。從木，氐聲。」《廣韻・薺韻》：「都禮切。」《儀禮・士喪禮》：「進柢。」鄭玄注：「柢，本也。」《爾雅・釋言》：「柢，本也。」郭璞注：「柢，謂根本。」《漢書・鄒陽傳》：「蟠木根柢。」顏師古注引張晏曰：「柢，根下本也。」《文選・左思〈魏都賦〉》：「萌柢疇昔。」李善注引《爾雅》曰：「柢，本也。」

邸：《說文・邑部》：「邸，屬國舍。從邑，氐聲。」《廣韻・薺韻》：「都禮切。」《爾雅・釋器》：「邸謂之柢。」郭璞注：「根、柢皆物之邸，邸即底，通語也。」邢昺疏：「根柢名邸，邸，本也。」郝懿行《義疏》：「邸者，本為邸舍，經典借為根柢。」《周禮・春官・典瑞》：「四圭有邸。」鄭玄注引鄭思農引《爾雅》：「邸，本也。」

語音關係：「柢」和「邸」上古皆為「端母脂部」。

詞義關係：「柢」本義是「樹根」，後引申為「根本」之意；「邸」本義是「邸舍」，後引申為「器物之底部」、「根本」之意。故「柢」和「邸」具有共同的核義素「根本」。

筆者按：「柢」和「邸」在語音上為「音同」關係，在詞義上具有共同的核義素「根本」，故二者可系聯為一組同族詞。

（2）詞根構擬

「柢」和「邸」上古皆為「端母脂部」，「柢」擬音為*tid，「邸」則擬音為*tidx，故將其詞根擬為*tid。

十八、眞　部

1、展：允：亶：愼

《爾雅正義》：「誠訓為信，展、諶、允、亶又訓為誠，其義同也。

賈公彥云：『展者，言之誠。亶者，行之誠。此各就文義分釋之耳。』

慎者，《說文》：『慎，謹也。』王制云：『慎，測禮器之量。』禮器
云：『有所竭情盡慎皆言誠也。』」（卷第一，頁 50）

（1）同族詞分析

展：《說文・尸部》：「展，轉也。從尸，裹省聲。」《廣韻・獼韻》：「知演
　　切。」《詩・邶風・雄雉》：「展矣君子。」毛傳：「展，誠也。」《國
　　語・楚語下》：「復言而不謀身，展也。」韋昭注：「展，誠也。」《爾
　　雅・釋詁上》：「展，信也。」邢昺疏：「展，謂誠實不欺也。」《周禮・
　　天官・內司服》：「展衣。」賈公彥疏：「展者，言之誠。」

允：《說文・儿部》：「允，信也。從儿，㠯聲。」《廣韻・準韻》：「余準切。」
　　《書・君奭》：「朕允。」孫星衍《今古文注疏》：「允者，誠也。」《逸
　　周書・大匡》：「伊言於允。」朱又曾集訓校釋：「允，誠也。」《墨子・
　　明鬼下》：「若能共允。」孫詒讓閒詁引江聲云：「允，誠也。」《爾雅・
　　釋詁上》：「允，誠也。」邢昺疏：「允，謂至誠。」

亶：《說文・亩部》：「亶，多穀也。從亩，旦聲。」段注：「亶之本義爲多
　　穀，引伸之義爲厚也，信也，誠也。」《廣韻・旱韻》：「多旱切。」
　　《書・盤庚中》：「誕告用亶其有眾。」陸德明《釋文》：「亶，誠也。」
　　《詩・大雅・生民》：「胡臭亶時。」毛傳：「亶，誠也。」《爾雅・釋
　　詁下》：「亶，厚也。」邢昺疏：「亶者，誠之厚也。」《周禮・天官・
　　內司服》：「鞠衣展衣。」鄭玄注：「亶，誠也。」賈公彥疏：「亶者，
　　行之誠也。」

慎：《說文・心部》：「慎，謹也。從心，眞聲。」《廣韻・震韻》：「時刃
　　切。」《書・堯典》：「慎徽五典。」孫星衍《今古文注疏》引《詩傳》
　　云：「慎，誠也。」《書・皋陶謨》：「慎厥身。」孫星衍《今古文注疏》
　　引《釋詁》云：「慎，誠也。」《詩・小雅・白駒》：「慎爾優游。」毛
　　傳：「慎，誠也。」《詩・小雅・巷伯》：「慎爾言也。」鄭玄箋：「慎，
　　誠也。」

　　語音關係：「展」、「亶」上古爲「端母元部」，「允」爲「喻母文部」，「慎」
爲「定母眞部」，故爲「端、喻、定旁紐，眞、文、元旁轉」。

　　詞義關係：「展」本義爲「轉」，後來引申爲「言語之誠實」；「允」指「誠
實」之意；「亶」本義爲「多穀」，後來引申爲「行爲之誠實」；「慎」本義爲「謹

愼」，後來引申爲「誠實」之意，故具有共同的核義素「誠實」。

筆者按：「展」、「允」、「亶」、「愼」在語音上爲「音轉」關係，在詞義上具有共同的核義素「誠實」，故四者可系聯爲一組同族詞。

（2）詞根構擬

「展」、「允」、「亶」、「愼」上古爲「端、喻、定旁紐，眞、文、元旁轉」，「展」擬音爲*trjanx，「允」擬音爲*rǝnx，「亶」擬音爲*tanx，「愼」擬音爲*djinh，故將其詞根形式擬爲*tan~*din~*rǝn。

2、洵：詢

《爾雅正義》：「鄭風溱洧云：『洵訏且樂。』洵、詢音義同。」（卷第一，頁 50）

（1）同族詞分析

洵：《說文・水部》：「洵，過水中也。從水，旬聲。」《廣韻・諄韻》：「相倫切。」《詩・邶風・靜女》：「洵美且異。」鄭玄箋：「洵，信也。」陸德明《釋文》：「本亦作詢，信也。」《詩・邶風・擊鼓》：「于嗟洵兮。」朱熹集傳：「洵，信也。」《詩・陳風・宛丘》：「洵有情兮。」毛傳：「洵，信也。」《文選・左思〈魏都賦〉》：「洵美之所不渝。」李善注引鄭玄曰：「洵，信也。」《爾雅・釋言》：「洵，均也。」郝懿行義疏：「洵，又通作詢。」

詢：《說文新附・言部》：「詢，謀也。從言，旬聲。」《廣韻・諄韻》：「相倫切。」《爾雅・釋詁上》：「詢，信也。」《文選・左思〈魏都賦〉》：「洵美之所不渝。」呂向注：「詢，信也。」《爾雅・釋詁上》：「詢，信也。」郝懿行義疏：「詢者，洵之叚音也。」

語音關係：「洵」和「詢」上古皆爲「心母眞部」。

詞義關係：「洵」本義爲「過水中」，後來引申爲「信」之意；「詢」本義爲「謀」，後來引申爲「信」之意，故具有共同的核義素「信」。

筆者按：「洵」、「詢」在語音上爲「音同」關係，在詞義上具有共同的核義素「信」，故二者可系聯爲一組同族詞。

（2）詞根構擬

「洵」、「詢」上古皆爲「心母眞部」，擬音爲*skwjin，故將其詞根擬爲

*skwjin。

3、寅：夤

《爾雅正義》:「寅者，司馬法云:『殷曰寅車。』《六月》毛傳引之鄭箋:『寅，進也。』《漢書・律歷志》云:『引達於寅。』寅通作夤。」（卷第一，頁57）

（1）同族詞分析

寅:《說文・寅部》:「寅，髕也。正月陽氣動，去黃泉欲上出，陰尙彊，像宀不達，髕寅於下也。」《廣韻・眞韻》:「翼眞切。」《書・堯典》:「寅賓出日。」孔安國傳:「寅，敬也。」《逸周書・祭公》:「我不則寅哉。」孔晁注:「寅，敬也。」《爾雅・釋詁下》:「寅，敬也。」《後漢書・殤帝紀》:「兢兢寅畏。」李賢注:「寅，敬也。」

夤:《說文・夕部》:「夤，敬惕也。從夕，寅聲。《易》曰:『夕惕若夤。』」《廣韻・眞韻》:「翼眞切。」《易・乾》:「夕惕若夤厲。」惠棟述:「夤，敬也。」《漢書・敘傳下》:「夤用刑名。」顏師古注引鄧展曰:「夤，敬也。」《文選・顏延之〈宋郊祀歌二首〉》:「夤威寶命。」呂延濟注:「夤，敬也。」

語音關係:「寅」和「夤」上古皆爲「喻母眞部」。

詞義關係:「寅」甲骨文作「𡨥」（《合集》35473）、「𡩟」（《合集》36194）、「𡩟」（《合集》36227）等字形，用爲地支之一，後來引申爲「恭敬」之意;「夤」則指「敬惕」之意，具有共同的核義素「敬」。

筆者按:「寅」和「夤」在語音上爲「音同」關係，在詞義上具有共同的核義素「敬」，故二者可系聯爲一組同族詞。

（2）詞根構擬

「寅」和「夤」上古皆爲「喻母眞部」，擬音爲*rin，故將其詞根形式擬爲*rin。

4、塡：塵

《爾雅正義》:「《小雅・常棣》云:『烝也無戎。』……毛傳:『烝，塡也。』《豳風・東山》云:『烝在桑野。』毛傳:『烝，寘也。』鄭箋:『古聲塡、寘、塵，同是烝。聲義相兼也。』」（卷第三，頁95）

（1）同族詞分析

塡：《說文・土部》：「塡，塞也。從土，眞聲。」《集韻・眞韻》：「池鄰切。」
《說文・土部》段玉裁注：「塡，其義引伸爲久。」《詩・大雅・桑柔》：
「倉兄塡兮。」毛傳：「塡，久也。」朱熹《集傳》：「塡，舊說與塵、
陳同，蓋言久也。」《詩・大雅・瞻卬》：「孔塡不寧。」毛傳：「塡，
久也。」孔穎達《正義》：「古書塡與塵同，故以爲久。」

塵：《廣韻・眞韻》：「直珍切。」《爾雅・釋詁下》：「塵，久也。」《後漢書・
張衡傳》：「允塵邈而難虧。」李賢注：「塵，久也。」《文選・顏延之
〈祭屈原文〉》：「藉用可塵。」呂向注：「塵，久也。」《經集述聞・爾
雅中・烝塵也》：「烝，塵也。」王引之按引家大人曰：「是塵訓爲久，
非謂塵埃也。」

語音關係：「塡」上古爲「端母眞部」，「塵」上古爲「定母文部」，故爲「端
定旁紐，眞文旁轉」。

詞義關係：「塡」本義爲「塞」，後來引申爲「久」之意；「塵」本義爲「土」，
後來引申爲「久」之意，故具有共同的核義素「久」。

筆者按：「塡」和「塵」在語音上爲「音轉」關係，在詞義上具有共同的核
義素「久」，故二者可系聯爲一組同族詞。

（2）詞根構擬

「塡」和「塵」上古爲「端定旁紐，眞文旁轉」，「塡」擬音爲*trjin，「塵」
則擬音爲*drjiən，故將其詞根形式擬爲*tin~*dən。

十九、佳　部

1、係：繫

《爾雅正義》：「係通作繫，《說文》云：『系，繫也。』（卷第一，頁
52）

（1）同族詞分析

係：《說文・人部》：「係，絜束也。從人、系，系亦聲。」《廣韻・霽韻》：
「古詣切。」《玄應音義》卷十八：「係在。」注引《說文》：「係，絜
束也。」《慧琳音義》卷九十四：「係轐。」注引《說文》：「係，絜束

也。」《國語・吳語》:「係馬舌。」韋昭注:「係,縛也。」

繫:《說文・糸部》:「繫,繫繺也。一曰惡絮。從糸,轂聲。」《廣韻・霽韻》:「古詣切。」玄應音義》卷一:「繫心。」注:「繫,束也。」《希麟音義》卷三:「羈繫。」注引《玉篇》:「繫,束也。」《廣韻・霽韻》:「繫,縛繫。」

語音關係:「係」和「繫」上古皆為「見母佳部」。

詞義關係:「係」本義為「繫物的繩子」,後來引申為「束縛」之意;「繫」指「束縛」之意,故具有共同的核義素「束縛」。

筆者按:「係」和「繫」在語音上為「音同」關係,在詞義上具有共同的核義素「束縛」,故二者可系聯為一組同族詞。

（2）詞根構擬

「係」和「繫」上古皆為「見母佳部」,擬音為*kigh,故將其詞根擬為*kigh。

2、袿:裾

《爾雅正義》:「《方言》云:『袿謂之裾。』郭氏彼注云:『衣後裾也,或作袪。』」(卷第七,頁 142)

（1）同族詞分析

袿:《廣韻・齊韻》:「古攜切。」《釋名・釋衣服》:「婦人上服曰袿,其下垂者上廣下狹,如刀圭也。」《文選・張衡〈思玄賦〉》:「揚雜錯之袿徽。」李善注引《釋名》曰:「婦人上服謂之袿。」《晉書音義・列傳卷六十四》引《字林》曰:「袿,婦人之上衣也。」

裾:《說文・衣部》:「裾,衣袍也。從衣,居聲。讀與居同。」《說文通訓定聲》:「裾,衣之前襟也。今蘇俗曰大襟。」《廣韻・魚韻》:「九魚切。」《群經平議・爾雅二》:「袀謂之裾。」俞樾按:「蓋自衣領至腋下謂之襟,而自腋下垂至末謂之裾。」《文選・鄒陽〈上書吳王〉》:「不可曳長裾乎。」李周翰注:「裾,衣裾也。」《文選・曹植〈洛神賦〉》:「曳霧綃之輕裾。」呂向注:「裾,裙裾也。」

語音關係:「袿」上古為「見母佳部」,「裾」上古為「見母魚部」,故為「見母雙聲,魚佳旁轉」。

詞義關係：「袿」指「上服」，「裾」指「下裙」，具有共同的核義素「衣」，其義素分析如下：

袿＝／上衣／＋／衣／

裾＝／下裙／＋／衣／

Y〔2〕＝／上服、下裙／＋／衣／

筆者按：「袿」和「裾」在語音上為「韻轉」關係，在詞義上具有共同的核義素「衣」，故二者可系聯為一組同族詞。

（2）詞根構擬

「袿」和「裾」上古為「見母雙聲，魚佳旁轉」，「袿」擬音為*kig，「裾」則擬為*kjag，故將其詞根形式擬為*kig~*kag。

二十、耕　部

1、洞：迥

《爾雅正義》：「迥者，《大雅》云：『洞酌彼行潦。』毛傳：『洞，遠也。』迥、洞音義同，又通作夐。《詩》釋文引韓詩云：『于嗟夐兮。』夐亦遠也。」（卷第一，頁 53）

（1）同族詞分析

洞：《說文・水部》：「洞，滄也。從水，同聲。」《廣韻・迥韻》：「戶頂切。」《詩・大雅・洞酌》：「洞濁彼行潦。」毛傳：「洞，遠也。」《玉篇・水部》：「洞，遠也。」「洞，亦與迥字同。」柳宗元《為韋京兆祭太常崔少卿文》：「敬陳洞酌。」蔣之翹輯注引《詩注》：「洞，遠也。」

迥：《說文・辵部》：「迥，遠也。從辵，同聲。」《廣韻・迥韻》：「戶頂切。」《史記・司馬相如列傳》：「迥闊泳沫。」裴駰《集解》：「迥，遠也。」《後漢書・班固傳》：「匿亡迥而不泯。」李賢注：「迥，遠也。」《文選・班彪〈北征賦〉》：「迥千里而無家。」李善注：「迥，遠也。」《爾雅・釋詁上》：「迥，遠也。」邢昺疏：「迥、洞音義同。」郝懿行《爾雅義疏》：「迥，通作洞。」

語音關係：「洞」和「迥」上古皆為「匣母耕部」。

詞義關係：「洞」和「迥」皆指「遙遠」之意，具有共同的核義素「遙遠」。

筆者按：「泂」和「迥」在語音上爲「音同」關係，在詞義上具有共同的核義素「遙遠」，故二者可系聯爲一組同族詞。

（2）詞根構擬

「泂」和「迥」上古皆爲「匣母耕部」，擬音爲*gwiŋx，故將其詞根擬爲*gwiŋx。

2、令：伶

《爾雅正義》：「《說文》云：『使，伶也。』伶與令通。」（卷第一，頁77）

（1）同族詞分析

令：《說文・卩部》：「令，發號也。從人、卩。」《廣韻・青韻》：「郎丁切。」《詩・秦風・車鄰》：「寺人之令。」朱熹《集傳》：「令，使也。」《漢書・食貨志上》：「令命家田三輔公田。」顏師古注引李奇曰：「令，使也。」《資治通鑑・周紀二》：「令天下之將相會於洹水之上。」胡三省注：「令，使也。」《戰國策・韓策三》：「此一勝立尊。」鮑彪注：「令，使也。」

伶：《說文・人部》：「伶，弄也。從人，令聲。益州有建伶縣。」《廣韻・青韻》：「郎丁切。」《說文・人部》朱駿聲《通訓定聲》：「伶者，令也。」《玉篇・人部》：「伶，使也。」《詩・秦風・車鄰》：「寺人之令。」陸德明《釋文》引韓詩：「令，作伶。」

字形關係：「伶」是「令」增加意符「人」，表示其初形本義，故「伶」爲「令」之同源分化字。

語音關係：「令」和「伶」上古皆爲「來母耕部」。

詞義關係：「令」和「伶」皆指「發號令使有爲」之意，具有共同的核義素「使命令」。

筆者按：「令」和「伶」在字形上爲「同源分化字」，在語音上爲「音同」關係，在詞義上具有共同的核義素「使命令」，故二者可系聯爲一組同族詞。

（2）詞根構擬

「令」和「伶」上古皆爲「來母耕部」，擬音爲*liŋ，又和「命」具有族屬關係，「命」擬音爲*mjiŋh，故將其詞根形式擬爲*mliŋ。

3、拼：抨：伻

《爾雅正義》：「《立政》云：『乃伻我有夏。』拼通作絣。班固典引云：『將絣萬物。』項岱註：『絣，使也。』抨通作伻。」（卷第一，頁 77）

（1）同族詞分析

拼：《廣韻・耕韻》：「北萌切。」《爾雅・釋詁下》：「拼，使也。」郭璞注：「俾、拼、伻，皆謂使令。」陸德明《釋文》：「以利使人曰拼。」郝懿行《義疏》：「拼者，當作並，是從之使也。」《慧琳音義》卷七十二：「索拼。」注引孔注《尚書》：「拼，使也。」

抨：《說文・手部》：「抨，撣也。從手，平聲。」《廣韻・耕韻》：「普耕切。」《爾雅・釋詁下》：「抨，使也。」陸德明《釋文》：「抨，字又作伻，音同，使人也。」郝懿行《義疏》：「抨，又通作伻。」《廣雅・釋言》：「彈，抨也。」王念孫《書證》：「抨，與拼同。」《玄應音義》卷九：「抨則。」注：「抨，又作拼，同。」

伻：《廣韻・耕韻》：「普耕切。」《書・洛誥》：「伻來以圖。」蔡沈《集傳》：「伻，使也。」《漢書・劉向傳》：「伻來以圖。」顏師古注引孟康曰：「伻，使也。」《爾雅・釋詁下》：「俾、拼、伻，使也。」陸德明《釋文》：「伻，使人也。」《書・立政》：「乃伻我有夏。」孫星衍《今古文注疏》：「伻，與抨同。」

語音關係：「拼」上古爲「幫母耕部」，「抨」、「伻」皆爲「滂母耕部」，故爲「幫滂旁紐，耕部疊韻」。

詞義關係：「拼」、「抨」、「伻」皆指「使令」之意，具有共同的核義素「使令」。

筆者按：「拼」、「抨」、「伻」在語音上爲「聲轉」關係，在詞義上具有共同的核義素「使令」，故三者可系聯爲一組同族詞。

（2）詞根構擬

「拼」、「抨」、「伻」上古爲「幫滂旁紐，耕部疊韻」，「拼」擬音爲*priŋ，「抨」和「伻」則擬音爲*phriŋ，故將其詞根形式擬爲*piŋ~*phiŋ。

二十一、侯 部

1、遘：覯：遻：迕

《爾雅正義》:「遘通作覯，……遻通作寤，《漢書》鄧展註:『寤，逢遇也。』應通作迕。」(卷第一，頁 67)

(1) 同族詞分析

遘:《說文·辵部》:「遘，遇也。從辵，冓聲。」《廣韻·候韻》:「古候切。」《易·姤》:「遘，女壯。」鄭玄注:「遘，遇也。」《書·金縢》:「遘厲虐疾。」陸德明《釋文》:「遘，遇也。」《爾雅·釋詁下》:「遘，遇也。」《漢書·敘傳上》:「考遘愍以行謠。」顏師古注:「遘，遇也。」《後漢書·皇后紀上》:「冢嗣遘屯。」李賢注:「遘，遇也。」

覯:《說文·見部》:「覯，遇見也。從見，冓聲。」《廣韻·候韻》:「古候切。」《詩·召南·草蟲》:「亦既覯止。」毛傳:「覯，遇。」《莊子·天運》:「覯而多責。」陸德明《釋文》:「覯，遇。」《詩·小雅·車舝》:「鮮我覯爾。」陳奐傳疏:「覯，皆訓爲遇。」江淹《建平王慶改號啓》:「既覯昭晨。」胡之驥彙注:「覯，遇見也。」

遻:《說文·辵部》:「遻，相遇驚也。從辵、從屰，屰亦聲。」《集韻·鐸韻》:「逆各切。」《列子·黃帝》:「遻物而不慴。」殷敬順《釋文》:「遻，遇也。」《後漢書·崔駰傳》:「美伊傅之遻時。」李賢注引《爾雅》:「遻，遇也。」《爾雅·釋詁下》:「遻，見也。」

迕:《廣韻·暮韻》:「五故切。」《荀子·富國》:「午其軍。」楊倞注:「迕，遇也。」《玉篇·辵部》:「迕，遇也。」《漢書·陳蕃傳》:「與蕃相迕。」李賢注:「迕，猶遇也。」

語音關係:「遘」、「覯」上古皆爲「見母侯部」，「遻」、「迕」皆爲「疑母魚部」，故爲「見疑旁紐，魚侯旁轉」。

詞義關係:「遘」、「覯」、「迕」皆指「遇見」之意，「遻」則指「意外相遇」，具有共同的核義素「遇見」。

筆者按:「遘」、「覯」、「遻」、「迕」在語音上爲「音轉」關係，在詞義上具有共同的核義素「遇見」，故四者可系聯爲一組同族詞。

（2）詞根構擬

「遘」、「覯」、「遻」、「迕」上古爲「見疑旁紐，魚侯旁轉」，「遘」、「覯」擬音爲*kugh，「遻」、「迕」則擬音爲*ŋagh，故將其詞根形式擬爲*kug~*ŋag。

2、盝：漉

《爾雅正義》：「揮者，《考公記》幎氏云：『清其灰而盝之，而揮之。』是揮與盝皆爲澄而去之也，盝通作漉。」（卷第一，頁 73）

（1）同族詞分析

漉：《說文・水部》：「漉，浚也。從水，鹿聲。」《廣韻・屋韻》：「盧谷切。」《禮記・月令》：「毋漉陂池。」陸德明《釋文》：「漉，竭也。」《慧琳音義》卷九十二：「不漉。」注引《爾雅》：「漉，竭也。」《玉篇・水部》：「漉，竭也。」《方言》卷十二：「盪，涸也。」錢繹《箋疏》：「盪、漉、盝並通。」慧琳音義》卷三十六：「浸漉。」注引《方言》：「漉，涸也。」

盝：《廣韻・屋韻》：「盧谷切。」《爾雅・釋詁下》：「盝，竭也。」郭璞注：「《月令》曰：『無漉陂池。』邢昺疏：「盝，即漉也。」郝懿行《義疏》：「盝，即盪之省文也。」《玉篇・皿部》：「盝，竭也。」

語音關係：「漉」和「盝」上古皆爲「來母侯部」。

詞義關係：「漉」和「盝」皆指「竭盡」之意，具有共同的核義素「竭盡」。

筆者按：「漉」和「盝」在語音上爲「音同」關係，在詞義上具有共同的核義素「竭盡」，故二者可系聯爲一組同族詞。

（2）詞根構擬

「漉」和「盝」上古皆爲「來母侯部」，擬音爲*luk，故將其詞根形式擬爲*luk。

3、泭：桴

《爾雅正義》：「《詩》釋文引孫炎云：『方木置水中爲泭筏也。』又引郭璞云：『木曰簿，竹曰筏，小筏曰泭。』簿音皮佳反，泭筏同音伐。」……韋昭《國語註》云：『方，併也。編木曰泭，小泭曰桴。』舫、方、泭、桴音義同。」（卷第三，頁 92）

（1）同族詞分析

泭：《說文・水部》：「泭，編木以渡也。從水，付聲。」《廣韻・虞韻》：「防無切。」《詩・周南・漢廣》：「不可方思。」毛傳：「方，泭也。」陸德明《釋文》引郭璞云：「泭，水中籜筏也。」《國語・齊語》：「方舟設泭，乘桴濟河。」董增齡《正義》：「泭、桴得通名也。」《爾雅・釋言》：「舫，泭也。」邢昺疏：「泭、桴音義同。」

桴：《說文・水部》：「桴，棟名。從木，孚聲。」《廣韻・尤韻》：「縛謀切。」《文選・左思〈吳都賦〉》：「浮石若桴。」劉逵注：「桴，舟也。」《國語・齊語》：「方舟設泭，乘桴濟河。」韋昭注：「編木曰泭，小泭曰桴。」《爾雅・釋水》：「度人乘泭。」邢昺疏：「泭、桴音義同。」《方言》卷九：「泭謂之𥱼。」錢繹《箋疏》：「泭、桴、柎，並與泭同。」

語音關係：「泭」上古為「並母侯部」，「桴」為「並母幽部」，故為「並母雙聲，侯幽旁轉」。

詞義關係：「泭」指「編木筏（竹筏）」，「桴」則指「木筏（竹筏）」，具有共同的核義素「木筏（竹筏）」，其義素分析如下：

泭＝／動作範疇／＋／木筏（竹筏）／

桴＝／名物範疇／＋／木筏（竹筏）／

Y〔2〕＝／動作範疇、名物範疇／＋／木筏（竹筏）／

筆者按：「泭」和「桴」在語音上為「韻轉」關係，在詞義上具有共同的核義素「木筏（竹筏）」，故二者可系聯為一組同族詞。

（2）詞根構擬

「泭」和「桴」上古為「並母雙聲，侯幽旁轉」，「泭」擬音為*bjug，「桴」則擬音為*bjəgw，故將其詞根形式擬為*bug~*bəg。

4、踣：仆

《爾雅正義》：「踣本或作仆。《說文》云：『仆，頓也。』左氏隱元年傳云：『必自斃。』疏引〈釋言〉云：『斃，踣也。』孫炎云：『前覆曰踣。』定八年傳云：『與一人俱斃。』疏引〈釋言〉：『斃，仆也。』踣、仆字同，前覆者不能起，故兼覆亡之義。」（卷第三，頁96）

（1）同族詞分析

踣：《說文·足部》：「踣，僵也。从足，音聲。《春秋傳》曰：『晉人踣之。』」
《廣韻·德韻》：「蒲北切。」《爾雅·釋言》：「斃，踣也。」郭璞注：
「踣，前覆也。」《左傳·襄公二十七年》：「單斃其死。」杜預注：「斃，
踣也。」孔穎達疏：「前覆曰踣，謂倒地死也。」《文選·張協〈七命〉》：
「僵踣掩澤。」李善注引郭璞《爾雅注》曰：「踣，前覆也。」

仆：《說文·人部》：「仆，頓也。从人，卜聲。」《廣韻·遇韻》：「芳遇
切。」《戰國策·秦策四》：「頭顱僵仆。」鮑彪注：「仆，倒也。」《釋
名·釋姿容》：「仆，踣也，頓踣而前也。」《慧琳音義》卷九十三：「偃
仆。」注引《考聲》：「仆，前倒覆也。」《玄應音義》卷三：「倒仆。」
注：「仆，或作踣。」《爾雅·釋言》：「窴，仆也。」郭璞注：「仆，
頓躓倒仆。」

語音關係：「踣」和「仆」上古皆爲「滂母侯部」。

詞義關係：「踣」指「跌倒」之意，「仆」則指「跌倒而伏在地上」，具有共
同的核義素「跌倒」。

筆者按：「踣」和「仆」在語音上爲「音同」關係，在詞義上具有共同的核
義素「跌倒」，故二者可系聯爲一組同族詞。

（2）詞根構擬

「踣」和「仆」上古皆爲「滂母侯部」，擬音爲*phugh，故將其詞根擬爲
*phugh。

5、瘐：愈

《爾雅正義》：「《小雅·正月》云：『憂心愈愈。』毛傳：『愈愈，憂
懼也。』《釋文》：『瘐，本作庾。』庾、愈音義同。」（卷第四，頁
107）

（1）同族詞分析

瘐：《集韻·麌韻》：「勇主切。」《玉篇·广部》：「瘐，病也。」《資治通
鑑·後漢紀》：「或歷年至有瘐死者。」胡三省注引蘇林曰：「瘐，病
也。」《漢書·宣帝紀》：「今繫者或以掠辜若飢寒瘐死獄中。」顏師
古注引蘇林曰：「囚徒病，律名曰瘐。」顏師古注引如淳曰：「囚以飢

寒而死曰瘐。」

愈：《廣韻·麌韻》：「以主切。」《左傳·襄公三十一年》：「夫亦愈知治
　　矣。」孔穎達疏：「病差謂之愈。」《左傳·昭公二十年》：「相從為愈。」
　　孔穎達疏：「病差謂之愈。」《左傳·襄公十三年》：「不猶愈乎。」孔
　　穎達疏引服虔云：「愈，猶病愈。」《慧琳音義》卷十五：「瘳愈。」
　　注引《考聲》云：「病瘳曰愈。」

語音關係：「瘐」和「愈」上古皆為「喻母侯部」。

詞義關係：「瘐」指「病死」，「愈」則指「病好轉」，具有共同的核義素
「病」，其義素分析如下：

　　　　瘐＝／死／＋／病／

　　　　愈＝／好轉／＋／病／

　　　　Ｙ〔2〕＝／死、好轉／＋／病／

筆者按：「瘐」和「愈」在語音上為「音同」關係，在詞義上具有共同的核
義素「病」，故二者可系聯為一組同族詞。

（2）詞根構擬

「瘐」和「愈」上古皆為「喻母侯部」，「瘐」擬音為*rug，「愈」則擬音
為*rugx，故將其詞根形式擬為*rug。

6、斲：欘

《爾雅正義》：「《說文》又云：『斲，斫也。』徐鉉云：『亞，器也。

斤以斲之。』斲與欘義同。」（卷第六，頁 139）

（1）同族詞分析

斲：《說文·斤部》：「斲，斫也。從斤，亞聲。」《廣韻·覺韻》：「竹
　　角切。」《楚辭·九歌·湘君》：「斲冰兮積雪。」王逸注：「斲，斫也。」《漢
　　書·食貨志上》：「斲木為耜。」顏師古注：「斲，斫也。」《文選·嵇
　　康〈琴賦〉》：「乃斲孫枝。」李善注引《說文》：「斲，斫也。」《莊子·
　　天道》：「輪扁斲輪於堂下。」成玄英疏：「斲，雕斫也。」

欘：《說文·木部》：「欘，斫也。齊謂之鎡錤。一曰斤柄，性自曲者。從
　　木，屬聲。」《廣韻·燭韻》：「陟玉切。」《說文·木部》段玉裁注：
　　「欘，謂斫木之斤及斫田之器，其木首接金者，生而內句，不假煣治，

是之謂欘。」

語音關係：「斸」和「欘」上古皆爲「端母侯部」。

詞義關係：「斸」指「砍削木頭」，「欘」則指「砍削木頭的器具」，具有共同的核義素「砍削」，其義素分析如下：

斸＝／動作範疇／＋／砍削／

欘＝／名物範疇／＋／砍削／

Ｙ〔2〕＝／動作範疇、名物範疇／＋／砍削／

筆者按：「斸」和「欘」在語音上爲「音同」關係，在詞義上具有共同的核義素「砍削」，故二者可系聯爲一組同族詞。

（2）詞根構擬

「斸」和「欘」上古皆爲「端母侯部」，「斸」擬音爲*truk，「欘」則擬音爲*trjuk，故將其詞根形式擬爲*tuk。

二十二、東　部

1、洪：鴻

《爾雅正義》：「洪者，〈洪範〉云：『不異洪範九疇』《史記集解》引

鄭註：『以爲大道也』《漢書》作鴻範，洪鴻古字通用。」（卷第一，

頁 45）

（1）同族詞分析

洪：《說文·水部》：「洪，洚水也。從水，共聲。」《廣韻·東韻》：「戶公

切。」《書·堯典》：「滔滔洪水方割。」孔安國傳：「洪，大也。」《書·

洪範》：「洪範。」孔安國傳：「洪，大也。」《詩·商頌·長發》：「洪

水芒芒。」毛傳：「洪，大也。」《孟子·滕文公上》：「洪水橫流。」

朱熹《集注》：「洪，大也。」《爾雅·釋詁上》：「洪，大也。」郝懿行

《義疏》：「洪者，水之大也。」

鴻：《說文·鳥部》：「鴻，鴻鵠也。從鳥，江聲。」《廣韻·東韻》：「戶公

切。」《易·漸》：「鴻漸于干。」李鼎祚《集解》引虞翻注：「鴻，大

雁也。」《詩·豳風·九罭》：「鴻飛遵渚。」鄭玄箋：「鴻，大鳥也。」

《楚辭·九思·悼亂》：「鴻鸕兮振翅。」舊注：「鴈之大者曰鴻。」

語音關係：「洪」和「鴻」上古皆爲「匣母東部」。

詞義關係：「洪」指「大水」，「鴻」指「大雁」，具有共同的核義素「大」，其義素分析如下：

　　　　洪＝／水／＋／大／

　　　　鴻＝／雁／＋／大／

　　　　Y〔2〕＝／水、雁／＋／大／

筆者按：「洪」和「鴻」在語音上爲「音同」關係，在詞義上具有共同的核義素「大」，故二者可系聯爲一組同族詞。

（2）詞根構擬

「洪」和「鴻」上古皆爲「匣母東部」，擬音爲*guŋ，故將其詞根擬爲*guŋ。

2、竦：愯：聳：悚

《爾雅正義》：「竦、愯、聳、悚古字通用，恐訓爲懼義之通行者耳。」

（卷第一，頁 62）

（1）同族詞分析

竦：《說文・立部》：「竦，敬也。從立、從束。束，自申束也。」《廣韻・腫韻》：「息拱切。」《師・傷送・長發》：「不戁不竦。」毛傳：「竦，懼也。」《爾雅・釋詁下》：：「竦，懼也。」《太玄・失》：「卒而從而。邮而竦而。」范望注：「從、邮、竦皆是憂懼，憂懼卒至之貌也。」《希麟音義》卷一：「竦慄。」注引杜注《左傳》云：「竦，悚懼也。」

愯：《說文・心部》：「愯，懼也。從心，雙省聲。《春秋傳》曰：『駟氏愯。』」《廣韻・腫韻》：「息拱切。」《玉篇・心部》：「愯，懼也。」《說文・心部》桂馥《義證》引《倉頡篇》：「愯，驚也。」

聳：《說文・耳部》：「聳，生而聾曰聳。從耳，從省聲。」《廣韻・腫韻》：「息拱切。」《左傳・襄公四年》：「邊鄙不聳。」杜預注：「聳，懼也。」《國語・周語下》：「身聳除潔。」韋昭注：「聳，懼也。」《文選・顏延之〈車駕幸京口三月三日侍遊曲阿後湖作〉》：「人靈騫都野，麟翰聳淵丘。」李善注：「騫、聳皆驚懼之意也。」

悚：《廣韻・腫韻》：「息拱切。」《孔子家語・弟子行》：「不戁不悚。」

王肅注:「悚,懼也。」《玉篇·心部》:「悚,懼也。」《文選·潘岳〈笙賦〉》:「晉野悚而投琴。」李善注引杜預《左氏傳注》曰:「悚,懼也。」《方言》卷十三:「聳,懼也。」錢繹《方言箋疏》:「悚,與愯、竦音義並同。」

語音關係:「竦」、「愯」、「聳」、「悚」上古皆爲「心母東部」。

詞義關係:「竦」、「愯」、「悚」皆指「恐懼」之意,「聳」本義爲「聾子」,後來引申爲「恐懼」之意,故具有共同的核義素「恐懼」。

筆者按:「竦」、「愯」、「聳」、「悚」在語音上爲「音同」關係,在詞義上具有共同的核義素「恐懼」,故四者可系聯爲一組同族詞。

(2)詞根構擬

「竦」、「愯」、「聳」、「悚」上古皆爲「心母東部」,擬音爲*sjuŋx,故將其詞根形式擬爲*sjuŋx。

3、共:供

《爾雅正義》:「《左傳·僖四年傳》云:『共其資糧扉屨。』共與供通。」(卷第一,頁74)

(1)同族詞分析

共:《說文·共部》:「共,同也。從廿、廾,凡共之屬皆從共。」《廣韻·鍾韻》:「九容切。」《詩·小雅·巧言》:「匪其止共。」陸德明《釋文》:「共,作恭。」《尚書大傳》卷二:「若是共禦。」鄭玄注:「共,讀爲恭。」《漢書·宣帝紀》:「顯前又使女侍醫淳于衍進藥殺共哀后。」顏師古注:「共,讀爲恭。」《史記·屈原賈生列傳》:「共承嘉惠兮。」裴駰《集解》引張晏曰:「共,敬也。」

供:《說文·人部》:「供,設也,從人,共聲。一曰供給。」《廣韻·鍾韻》:「九容切。」《孔子家語·入官》:「富而能供。」王肅注:「供,宜爲共,古恭字。」《莊子·天地》:「至无而供其求。」陸德明《釋文》:「供,本亦作恭。」《管子·牧民》:「不恭祖舊則孝悌不備。」集校引尹桐陽云:「供、恭聲轉通用。」

字形關係:「共」是「供」增加意符「人」,表示其初形本義,故「供」爲「共」之同源分化字。

語音關係：「共」和「供」上古皆爲「見母東部」。

詞義關係：「共」本字爲「廾」，像拱手之形，本義指「雙手共用」，後來引申爲「恭敬」之意；「供」本義是「雙手進獻」，後來亦引申有「恭敬」之意，具有共同的核義素「恭敬」。

筆者按：「共」和「供」在字形上爲「同源分化字」，在語音上爲「音同」關係，在詞義上具有共同的核義素「恭敬」，故二者可系聯爲一組同族詞。

（2）詞根構擬

「共」和「供」上古皆爲「見母東部」，擬音爲*kjuŋ，故將其詞根擬爲*kjuŋ。

第二節　《爾雅正義》同族聯綿詞分析

由於「同族聯綿詞」和「同族詞」皆隸屬「詞源學」的範疇，故皆具有「同一來源」、「聲音相同或相近」和「意義相同或相關」三種共同的特徵和條件，只不過「同族詞」是屬於單音詞派生詞「構詞理據」的分析，「同族聯綿詞」則屬於複音詞派生詞「構詞理據」的探究。因此「同族聯綿詞」和「同族詞」的研究方法相同，在語音分析上根據李方桂先生的「上古音系統」和董爲光先生的「聲母格式」〔註8〕；在詞義分析上，則使用王寧先生的「同族詞義素分析法」。最後將系聯出來的 15 組同族聯綿詞分爲「雙聲同族聯綿詞」、「異聲同族聯綿詞」〔註9〕、「疊音同族聯綿詞」和「倒言同族聯綿詞」〔註10〕四種類型，但由於詞根不易確定，故本文僅列出聲母格式，初步探求

〔註8〕董爲光：〈漢語「異聲聯綿詞」初探〉，《語言研究》第 2 期（1986 年），頁 163～174。

〔註9〕關於「異聲聯綿詞」的名稱，董爲光先生云：「聯綿詞的分類，是根據音節之間的聲韻配合。傳統上分爲『雙聲』、『疊韻』以及既非雙聲又非疊韻的『第三種形式』。這種分類法自然有它的道理和長處，尤其適於修辭音律等方面的研究。不過，如改從詞滙學的角度分析，從聯綿詞的演化著眼，則將發現那些聲母不相同的聯綿詞，不論疊韻與否，倒是自成一類的。無以名之，暫稱之爲『異聲聯綿詞』。」參見董爲光：〈漢語「異聲聯綿詞」初探〉，頁 163。

〔註10〕殷煥先先生云：「聯綿字上下兩字互換的情形，訓詁學家一般稱它做『倒言』，比如『敎游』和『游敎』，文獻中常見的是說『敎游』，那我們就算『游敎』是倒言。」參見殷煥先：〈聯綿字的性質、分類及上下兩字的分合（聯綿字簡論之一）〉，收錄於《殷煥先語言論集》（山東：山東大學出版社，1990 年 4 月），頁 271。

「漢語同族聯綿詞」的音變規律和語音特徵。

一、同族聯綿詞分析

1、亹亹：蠠沒：勉勉：勿勿：密勿：黽勉

《爾雅正義》：「《說文》云：『勉，彊也。』亹亹、蠠沒，以聲轉爲義也。《繫辭傳》云：『成天下之亹亹者。』鄭註：『亹亹，沒沒也。』《禮器》云：『君子達亹亹焉。』鄭註：『亹亹，勉勉也。』《周語》云：『亹亹怵惕。』韋昭註：『亹亹，勉勉也。』《大雅・棫樸》云：『勉勉我王。』《荀子》引作『亹亹我王。』『蠠沒』轉爲『沒沒』，又轉爲『勿勿』。《曾子・立事篇》云：『君子終身守此勿勿也。』盧辨註：『勿勿猶勉勉也。』《祭義》云：『勿勿乎其欲饗之也。』鄭註：『勿勿猶勉勉也。』又轉作『密勿』。《小雅・十月之交》云：『黽勉從事。』《漢書・劉向傳》作『密勿從事。』《邶風・谷風》云：『黽勉同心。』《文選》註引韓詩作『密勿同心。』傳云：『密勿，僶勉也。』是皆聲之轉也。」（卷第一，頁 55）

（1）同族聯綿詞分析

亹亹：《詩經・大雅・崧高》：「亹亹申伯，王纘之事。」《漢書・張敞傳》：「今陛下游意於太平，勞精於政事，亹亹不捨晝夜。」

蠠沒：《爾雅・釋詁第一上》：「亹亹、蠠沒、孟、敦、勖、釗、茂、劭、勔，勉也。」郭璞注：「《詩》曰：『亹亹文王。』蠠沒猶黽勉。《書》曰：『茂哉茂哉。』《方言》云：『周鄭之間相勸勉爲勔釗。』『孟』未聞。」邢昺疏：「『蠠沒』猶『黽勉』者，以其聲相近，方俗語有輕重耳。」

勉勉：《詩・大雅・棫樸》：「勉勉我王，綱紀四方。」朱熹集傳：「勉勉，猶言不已也。」

勿勿：《禮記・禮器》：「卿大夫從君，命婦從夫人，洞洞乎其敬也，屬屬乎其忠也，勿勿乎其欲其饗之也。」鄭玄注：「勿勿，猶勉勉也。」

密勿：《漢書・劉向傳》：「君子獨處守正，不撓眾枉，勉彊以從王事則反見憎毒讒愬，故其詩曰：『密勿從事，不敢告勞。無罪無辜，讒口嗸嗸。』」顏師古注：「密勿，猶黽勉從事也。」《後漢書・班固傳》：「密勿之

　　輔。」李賢注：「密勿，猶黽勉也。」

黽勉：《詩經·邶風·谷風》：「黽勉同心，不宜有怒。」毛傳：「言黽勉者，
　　　思與君子同心也。」陸德明《釋文》：「黽勉，猶勉勉也。」

語音關係：「亹亹」上古為「明母微部」，「蠠沒」為「明母文部、明母微
部」，「勉勉」為「明母元部」，「勿勿」為「明母微部」，「密勿」為「明母脂
部、明母微部」，「黽勉」則為「明母眞部、明母元部」，故其聲母格式為「明
／明」式。

詞義關係：「亹亹」、「蠠沒」、「勉勉」、「勿勿」、「密勿」、「黽勉」皆指「勤
勉不倦的樣子」，故具有共同的核義素「勤勉」。

（2）筆者按

　　「亹亹」、「蠠沒」、「勉勉」、「勿勿」、「密勿」、「黽勉」在語音上為「雙聲
同族聯綿詞」，在詞義上具有共同的核義素「勤勉」，故六者可系聯為一組同族
聯綿詞。

2、茀離：迷離：彌離：蒙蘢

《爾雅正義》：「茀離即彌離者，彌離又轉作佹離。《王風·中谷有蓷》
云：『有女佹離。』又云彌離即蒙蘢者，蒙蘢又轉作厖茸，《左氏僖
五年傳》云：『狐裘厖茸。』後世彌離轉作迷離，又轉作靡麗，蒙蘢
轉作蒙戎，又轉作蔥蘢，皆語之遞轉。」（卷第二，頁 71）

（1）同族聯綿詞分析

茀離：《玉篇·艸部》：「茀，茀離，由蒙蘢也。」《集韻·勿韻》：「茀，茀
　　　離，草木翳薈也。」《爾雅·釋詁下》：「覭髳，茀離也。」郭璞注：
　　　「謂草木之叢茸翳薈也。茀離即彌離，彌離猶蒙蘢耳。孫叔然字別
　　　為義，失矣。」

迷離：《樂府詩集·橫吹曲辭五·木蘭詩》：「雄兔腳撲朔，雌兔眼迷離，兩
　　　兔傍地走，安能辨我是雄雌？」

彌離：《爾雅·釋詁下》：「覭髳，茀離也。」郭璞注：「謂草木之叢茸翳薈
　　　也。茀離即彌離，彌離猶蒙蘢耳。孫叔然字別為義，失矣。」

蒙蘢：《漢書·列傳·鼂錯傳》：「屮木蒙蘢，支葉茂接。」顏師古注：「蒙
　　　蘢，覆蔽之貌也。蘢音來東反。」《文選·孫綽〈游天臺山賦〉》：「披

荒楨之蒙蘢。」呂向注:「蒙蘢,草樹茂盛貌。」《爾雅・釋詁下》:
「覭髳,茀離也。」郭璞注:「謂草木之叢茸翳薈也。茀離即彌離,
彌離猶蒙蘢耳。孫叔然字別爲義,失矣。」

語音關係:「茀離」上古爲「滂母微部、來母歌部」,「迷離」爲「明母脂部、
來母歌部」,「彌離」爲「明母歌部、來母歌部」,「蒙蘢」爲「明母東部、來母
東部」,故其聲母格式爲「明/來」式,音轉爲「滂/來」式。

詞義關係:「茀離」、「迷離」、「彌離」皆指「模糊不清」的樣子,「蒙蘢」
本義爲「草木茂盛」的樣子,後來引申爲「模糊不清」的樣子,故具有共同的
核義素「模糊不清」。

(2)筆者按

「茀離」、「迷離」、「彌離」、「蒙蘢」在語音上爲「異聲同族聯綿詞」,在詞
義上具有共同的核義素「模糊不清」,故四者可系聯爲一組同族聯綿詞。

3、繩繩:愧愧

《爾雅正義》:「《周南・螽斯》云:『宜爾子孫繩繩兮。』毛傳:「繩
繩,戒愼也。」薛瓚《漢書註》引《爾雅》:「繩繩,戒也。」應劭
云:「謹敬更正意也。」今本或作『愧愧』,音義同。」(卷第四,頁
103～104)

(1)疊音同族聯綿詞分析

繩繩:《說文・糸部》:「繩,索也。從糸,蠅省聲。」《廣韻・蒸韻》:「食
陵切。」《詩・大雅・抑》:「子孫繩繩。」鄭箋:「繩繩,戒也。」
《詩・周南・螽斯》:「繩繩兮。」毛傳:「繩繩,戒愼也。」王先謙
三家集疏引《韓說》:「繩繩,敬貌也。」《漢書・禮樂志》:「繩繩意
變。」顏師古注引臣瓚曰:「繩愧,戒也。」

愧愧:《廣韻・蒸韻》:「食陵切。」《爾雅・釋訓》:「愧愧,戒也。」郭璞
注:「愧愧,戒愼。」邢昺疏:「愧、愧音義同。」

語音關係:「繩繩」和「愧愧」上古皆爲「定母蒸部」。

詞義關係:「繩」之本義爲長索,「繩繩」則引申有「戒愼」之意;「愧愧」
指「戒愼」之意,故具有共同的核義素「戒愼」。

（2）筆者按

「繩繩」和「愧愧」在語音上爲「音同」關係，在詞義上具有共同的核義素「戒愼」，故二者可系聯爲一組疊音同族聯綿詞。

4、秩秩：栗栗

《爾雅正義》：「《良耜》云：『穫之挃挃，積之栗栗。』疏引孫炎云：『挃挃，穫聲也。』李巡云：『栗栗，積聚之衆也。』《說文》云：『挃挃，穫禾聲也。』、『穫，刈穀也。』、『積，積禾也。』、『秩，積也』。《詩》曰：『積之秩秩。』《繫傳》云：『堆積已刈之禾也。』積、積、秩、栗，皆聲之轉，字異義同。」（卷第四，頁108）

（1）疊音同族聯綿詞分析

秩秩：《說文・禾部》：「秩，積也。從禾，失聲。《詩》曰：『積之秩秩。』」《廣韻・質韻》：「直一切。」《管子・國蓄》：「故人君御穀物之秩相勝。」尹知章注：「秩，積也。」《玉篇・禾部》：「秩，積也。」《廣韻・質韻》：「秩，積也。」《資治通鑑・周紀二》：「明尊卑爵秩等級。」胡三省注：「秩，積也。」《說文解字注・禾部》：「秩，積兒。」

栗栗：《說文・卤部》：「栗，木也。從木，其實下垂，故從。卤，古文樂，從西、從二卤。徐巡說：『木至西方戰樂。』」《廣韻・質韻》：「力質切。」《爾雅・釋訓》：「栗栗，衆也。」郭璞注：「栗栗，積聚緻。」邢昺疏引李巡曰：「栗栗，積聚之衆也。」《詩・周頌・良耜》：「積之栗栗。」朱熹《集傳》：「栗栗，積之密也。」王先謙《三家義集疏》：「魯說曰栗栗，衆也。齊、韓作之秩秩。栗栗作秩秩。」

語音關係：「秩秩」上古爲「定母脂部」，「栗栗」爲「來母脂部」，故爲「定來旁紐，脂部疊韻」。

詞義關係：「秩秩」指「堆積」之意，「栗栗」則指「堆積衆多」之意，具有共同的核義素「堆積」。

（2）筆者按

「秩秩」和「栗栗」在語音上爲「聲轉」關係，在詞義上具有共同的核義素「堆積」，故二者可系聯爲一組疊音同族聯綿詞。

5、叟叟：溲溲

《爾雅正義》：「今本作『釋之叟叟，蒸之浮浮。』毛傳：『釋，淅米
也。叟叟，聲也。浮浮，氣也。』叟、溲聲之轉，烰、浮音義同。」
（卷第四，頁 108）

（1）疊音同族聯綿詞分析

叟叟：《集韻・尤韻》：「疎鳩切。」《詩・大雅・生民》：「釋之叟叟。」毛
傳：「叟叟，聲也。」陸德明《釋文》：「叟叟，淘米聲也。」《集韻・
尤韻》：「叟，叟叟，淅米聲。」

溲溲：《廣韻・豪韻》：「蘇遭切。」《廣韻・豪韻》：「溲，淅米。」《玉篇・
水部》：「溲，溲溲，淅米聲。」《爾雅・釋訓》：「溲溲，淅也。」
郭璞注：「溲溲，洮米聲。」邢昺疏：「《大雅・生民》云：『釋之叟
叟。』溲、叟，音異義同。」邵晉涵《正義》引孫炎云：「溲溲，
淅米聲。」郝懿行《義疏》：「溲者，《詩》作叟。《毛傳》：『叟叟，
聲也。』」《釋文》：『叟，字又作溲，淘米聲也。』然則《詩》及《爾
雅》正文當作溲，《毛詩》古文省作叟，《爾雅》今又變作溲耳。』

語音關係：「叟叟」和「溲溲」上古皆為「心母幽部」。

詞義關係：「叟叟」和「溲溲」皆形容「淘米的聲音」，具有共同的核義素
「淘米聲」。

（2）筆者按

「叟叟」和「溲溲」在語音上為「音同」關係，在詞義上具有共同的核義
素「淘米聲」，故二者可系聯為一組疊音同族聯綿詞。

6、籧篨：戚施：醲䵣

《爾雅正義》：「籧篨、戚施，本物名。《說文》云：『籧篨，粗竹席
也。』又云：『醲䵣，詹諸也。』《詩》曰：『得此醲䵣。』《太平御覽》
引《韓詩》云：『得此戚施。』薛君云：『戚施、蟾蜍喻醜惡，是《說
文》本《韓詩》。』醲䵣、戚施，聲之轉也。二物皆粗醜，故借以為
人疾之名。」（卷第四，頁 113）

（1）同族聯綿詞分析

籧篨：《說文・竹部》：「籧，籧篨，粗竹席也。从竹，遽聲。」《說文・竹

部》段玉裁注：「《晉語》、《毛詩》皆云：『籧篨不可使俯。』此謂捲籧篨而豎之，其物不可俯，故《詩》風以言醜惡，《爾雅》以名口柔也。」《詩·邶風·新臺》：「籧篨不鮮。」孔穎達疏：「籧篨、戚施，本人疾之名。」朱熹《詩集傳》：「籧篨，不能俯，疾之醜者也。蓋籧篨本竹席之名，人或編以爲囷，其狀如人之擁腫而不能俯者，故又因以名此疾矣。」馬瑞辰傳箋通釋：「籧篨與戚施蓋醜惡之通稱。」《國語·晉語四》：「籧篨不可使俛。」董增齡正義：「籧篨，本物名，借以喻人醜惡之疾。」

戚施：《詩·邶風·新臺》：「得此戚施。」毛轉：「戚施，不能仰者。」鄭玄箋：「戚施，面柔，下人以色，故不能仰也。」陸德明《經典釋文》：「戚施，面柔不能仰者。」朱熹《詩集傳》：「戚施，不能仰，亦醜疾也。」陳奐傳書引薛君章句云：「戚施即蟾蜍，喻醜惡。」馬瑞辰傳箋通釋：「蟾蜍醜惡名䵟䵨，而人之醜惡亦名戚施。」《淮南子·脩務》：「籧篨戚施。」高誘注：「籧篨，偃也。戚施，僂也，皆醜貌。」《爾雅·釋訓》：「戚施，面柔也。」郭璞注：「戚施之疾不能仰，面柔之人常俯，似之，因以名云。」陸德明《經典釋文》引賈逵注《國語》曰：「戚施，僂也。」

䵟䵨：《說文·黽部》：「䵨，䵟䵨，詹諸也。《詩》曰：『得此䵟䵨。』言其行䵨䵨。從黽，爾聲。」《廣韻·支韻》：「䵨，䵟䵨，蟾蜍別名。」《經義述聞·爾雅下》：「《說文》『䵨』字注曰：『䵟䵨，詹諸也。《詩》曰：『得此䵟䵨。』言其行䵨䵨。今《詩》『䵨』作『施』，『䵨䵨』之言『施施』也。』

語音關係：「籧篨」上古爲「群母魚部、定母魚部」，「戚施」爲「清母幽部、曉母歌部」，「䵟䵨」則爲「清母宵部、曉母歌部」。

詞義關係：「籧篨」本義爲「粗竹蓆」，後來引申爲「人類殘疾的名稱」、「醜陋」之意；「戚施」本義爲「人類殘疾的名稱」，後來引申爲「醜陋」之意，又被借爲「蟾蜍」之名；「䵟䵨」本義爲「蟾蜍」，後來引申爲「醜陋」之意，故具有共同的核義素「醜陋」。

（2）筆者按

「籧篨」、「戚施」、「䵟䵨」雖然在語音上較爲疏遠，劉又辛先生認爲此組

同族聯綿詞的母詞爲「縮縮」、「蹙蹙」，由語源義「縮小貌」引申而來，並云：
「從語音上説，『蟾蜍』的『蟾』韻類較遠，那是因爲這類聯綿詞的音變規律和
單音詞的音變有所不同的緣故。」〔註11〕在詞義上具有共同的核義素「醜陋」，
故三者可系聯爲一組同族聯綿詞。

7、虋冬：門冬：滿冬

《爾雅正義》：「《釋文》云：『《山海經》云：『條谷山，其草多芍藥、
虋冬。』郭云：『《本草》一名滿冬。』案：《本草》天門冬一名顚勒，
麥門冬秦名羊韭，齊名愛韭，楚名馬韭，越名羊蓍，一名禹葭，一
名禹餘糧，葉似韭，冬夏生，無名滿冬者。《説文繫傳》所説與《釋
文》同。今案：『門』、『滿』聲之轉，郭君所見《本草》有作滿冬者，
故註引之。」（卷第十四，頁235～236）

（1）同族聯綿詞分析

虋冬：《説文・艸部》：「虋，赤苗嘉穀也。从艸，䕶聲。」《爾雅・釋草》：
「蘠蘼，虋冬。」郭璞注：「虋冬，一名滿冬。今作門，俗字耳。」
陸德明《經典釋文》：「虋，本皆作門，亦作虋。」

門冬：《説文・門部》：「門，聞也。从二戶，象形。凡門之屬皆从門。」《廣
韻・魂韻》：「門，莫奔切。」《爾雅・釋草》：「蘠蘼，虋冬。」郭璞
注引《本草》：「門冬，一名滿冬。」

滿冬：《説文・水部》：「滿，盈溢也。从水，㒼聲。」《爾雅・釋草》：「蘠
蘼，虋冬。」郭璞注：「虋冬，一名滿冬。今作門，俗字耳。」

語音關係：「虋冬」上古爲「明母文部、端母中部」，「門冬」爲「明母文
部、端母中部」，「滿冬」則爲「明母元部、端母中部」，故其聲母格式爲「明
／端」式。

詞義關係：「虋冬」、「門冬」、「滿冬」皆指同一種植物名「蘠蘼」，故具有
故同的核義素「蘠蘼」。

（2）筆者按

「虋冬」、「門冬」、「滿冬」在語音上爲「雙聲同族聯綿詞」，在詞義上具

〔註11〕劉又辛：〈釋籧篨〉，收錄於《文字訓詁論集》（北京：中華書局，1993年6月），
頁290。

有共同的核義素「薦麋」，故三者可系聯爲一組同族聯綿詞。

8、蚍蟥：蟜蟥：發蟥

《爾雅正義》：「蚆，一名蚍蟥，《說文》作『蚆，蟜蟥。』《考工記》
云：『以翼鳴者。』鄭註以爲發黃之屬也。蚍通作蟜，又轉作發蟥，
省作黃，其音義同也。」（卷第十六，頁266）

（1）同族聯綿詞分析

蚍蟥：《廣韻·屑韻》：「蚍蟥、蚆，甲蟲也。蒲結切。」《爾雅·釋蟲》：「蚍
蟥，蚆。」郭璞注：「甲蟲也，大如虎豆，綠色，今江東呼黃蚆。」
郝懿行《爾雅義疏》：「蚍，《說文》作蟜。」

蟜蟥：《說文·虫部》：「蟜，蟜蟥也。从虫，喬聲。」段玉裁《說文解字
注·虫部》：「蟜，蟜蟥，蚆也。」桂馥《說文義證·虫部》：「發皇、
蟜蟥、蚍蟥一物也。」朱駿聲《說文通訓定聲·虫部》：「此虫長寸
許，金碧熒然。吾蘇婦女用爲首飾，俗謂之金烏蟲。」《廣韻·術
韻》：「蟜，蟜蟥也。餘律切。」《玉篇·虫部》：「蟜，蟜蟥也。」

發蟥：《考工記·梓人》：「以翼鳴者。」鄭注：「翼鳴，發黃屬。發黃，即
蚍蟥也。」《說文解字注·虫部·蚆》：「發黃，即蚍蟥也。」

語音關係：「蚍蟥」上古爲「並母微部、匣母陽部」，「蟜蟥」爲「定母微部、
匣母陽部」，「發蟥」則爲「幫母祭部，匣母陽部」，故其聲母格式爲「並／匣」
式，音轉爲「幫／匣」式、「定／匣」式。

詞義關係：「蚍蟥」、「蟜蟥」、「發蟥」皆指同一種蟲名「金烏蟲」，故具有
共同的核義素「金烏蟲」。

（2）筆者按

「蚍蟥」、「蟜蟥」、「發蟥」在語音上爲「異聲同族聯綿詞」，在詞義上具有
共同的核義素「金烏蟲」，故三者可系聯爲一組同族聯綿詞。

9、鼅鼄：蠾蝓：侏儒

《爾雅正義》：「《方言》云：『鼅鼄，鼅蟊也。自關而西、秦晉之間
謂之鼅蟊，自關而東、趙魏之郊謂之鼅鼄，或謂之蠾蝓。蠾蝓者，
侏儒語之轉也。北燕朝鮮洌水之間謂之蝀蜍。』」（卷第十六，頁
271）

· 225 ·

（1）同族聯綿詞分析

鼅鼄：《說文・黽部》：「鼅，鼅鼄，鼄蟊也。从黽，智省聲。」、「鼄，鼅鼄也。从黽，朱聲。蛛，或从虫。」《方言》卷十一：「鼅鼄，鼄蟊也。自關而西秦晉之間謂之鼄蟊，自關而東趙魏之郊謂之鼅鼄，或謂之蠾蝓。」錢繹《方言箋疏》：「鼅鼄，八足，身短，腹大，善結網捕飛蟲以食。」《慧琳音義》卷四十「鼅鼄」注引《考聲》：「鼅鼄，罔蟲名也。」

蠾蝓：《廣韻・燭韻》：「蠾，蠾蝓，蜘蛛。之欲切。」《玉篇・虫部》：「蠾同蜀。」《方言》卷十一：「鼅鼄，鼄蟊也。自關而西秦晉之間謂之鼄蟊，自關而東趙魏之郊謂之鼅鼄，或謂之蠾蝓。蠾蝓者，侏儒語之轉也。」

侏儒：《國語・晉語四》：「侏儒不可使援。」韋昭注：「侏儒，短者。」《韓非子・八姦》：「優笑侏儒。」王先謙集解引舊注：「侏儒，短人也。」《荀子・王霸》：「俳優侏儒婦女之請竭以悖之。」楊倞注：「侏儒，短人可戲弄者。」《戰國策・齊策五》：「和樂倡優侏儒之笑不之。」鮑彪注：「侏儒，短小人。」《廣雅・釋訓》：「侏儒，疾也。」

語音關係：「鼅鼄」上古爲「端母佳部、端母侯部」，「蠾蝓」爲「端母侯部、喻母侯部」，「侏儒」則爲「端母侯部、泥母侯部」，故其聲母格式爲「端／泥」式，音轉爲「端／喻」式、「端／端」式。

詞義關係：「鼅鼄」和「蠾蝓」皆指「蜘蛛」，「侏儒」指「身材短小之人」，劉又辛先生云：「麼麼、縮縮既有縮小義，於是又引申爲特別矮小的人，名爲侏儒，至今仍有侏儒病名，亦患此疾者之稱。……按《方言》的說法，蜘蛛一詞乃由侏儒轉來。蜘蛛形狀短小而大腹便便，和侏儒有相似處，所以得此名。」[註12] 故「鼅鼄」、「蠾蝓」、「侏儒」皆由「麼麼」、「縮縮」的「縮小義」引申而來，具有共同的核義素「短小」，其義素分析如下：

鼅鼄＝／昆蟲類／＋／短小／

蠾蝓＝／昆蟲類／＋／短小／

侏儒＝／人類／＋／短小／

〔註12〕劉又辛：〈釋邋際〉，收錄於《文字訓詁論集》，頁 291。

$$Y〔3〕＝／昆蟲類、人類／＋／短小／$$

（2）筆者按

「鼀䵷」、「蠾蝓」、「侏儒」在語音上雖然變化較大，但進一步觀察，其聲母格式爲「端／泥」式，音轉爲「端／喻」式、「端／端」式，「端」、「泥」、「喻」上古爲「旁紐」關係，故各聲式在語音上仍可相通；在詞義上具有共同的核義素「短小」，故三者可系聯爲一組同族聯綿詞。

10、孑孓：蛣蠛

《爾雅正義》：「《廣雅》云：『孑孓，蛝。』《說文》云：『孑，無右臂也。』、『孓，無左臂也。』蓋此蟲無足，似人無左右臂，故蒙此名矣。亦謂之『蛣蠛』，與『孑孓』同音也。」（卷第十七，頁278）

（1）同族聯綿詞分析

孑孓：《說文・了部》：「孑，無右臂也。从了乚，象形。」、「孓，無左臂也。从了𠃊，象形。」《廣雅・釋蟲》：「孑孓，蛝也。」王筠《說文句讀・了部・孓》：「孑孓，借言人者以名蟲，蛣蠛又後作之專字。」王念孫《廣雅疏證》：「孑孓，猶蛣蠛耳。」《爾雅・釋魚》：「蛝，蠉。」郭璞注：「井中小蛣蠛，赤蟲，一名孑孓。」

蛣蠛：《集韻・屑韻》：「蛣，蛣蠛，井中小蟲。」《廣雅・釋詁二》：「孑孓，短也。」王念孫《廣雅疏證》：「孑孓與蛣蠛聲義並同。」《廣雅・釋蟲》：「孑孓，蛝也。」王念孫《廣雅疏證》：「蛣蠛之言詰屈也。」

語音關係：「孑孓」上古皆爲「見母祭部」，「蛣蠛」爲「溪母脂部、見母祭部」，故其聲母格式爲「見／見」式，音轉爲「溪／見」式。

詞義關係：「孑孓」和「蛣蠛」皆指同一種昆蟲名「蛝」，具有共同的核義素「蛝」。

（2）筆者按

「孑孓」和「蛣蠛」在語音上爲「異聲同族聯綿詞」，在詞義上具有共同的核義素「蛝」，故二者可系聯爲一組同族聯綿詞。

11、布穀：搏穀：撥穀：穫穀：擊穀

《爾雅正義》：「『布穀』、『穫穀』皆聲之轉，故鄭康成又謂之『搏穀』。

《月令》疏云：『布、搏聲相近。』謂之搏穀，以聲呼之，或以爲此鳥鳴布種其穀云。《詩》疏引陸璣疏云：『一名擊穀。』《陳藏器本草》云：『亦名郭公。』北人名『撥穀』，皆聲之轉也。」（卷第十八，頁286）

（1）同族聯綿詞分析

布穀：《後漢書・襄楷傳》：「臣聞布穀鳴於孟夏。」李賢注：「布穀，一名戴紝，一名戴勝。」《方言》卷八：「布穀，自關而東梁楚之間爲之結誥，周魏之間謂之擊穀，自關而西或謂之布穀。」郭璞注：「布穀，今江東呼爲穫穀。」錢繹《方言箋疏》：「布穀，轉而爲搏穀、撥穀、勃姑、步姑。」《爾雅・釋鳥》：「鳲鳩，鴶鵴。」郭璞注：「鳲鳩，今之布穀也。江東呼爲穫穀。」《廣雅・釋鳥》：「擊穀，布穀也。」王念孫《廣雅疏證》：「布穀，江東呼爲郭公，北人云撥穀。」

搏穀：《方言》卷八：「布穀，自關而東梁楚之間爲之結誥，周魏之間謂之擊穀，自關而西或謂之布穀。」郭璞注：「布穀，今江東呼爲穫穀。」錢繹《方言箋疏》：「布穀，轉而爲搏穀、撥穀、勃姑、步姑。」

撥穀：《方言》卷八：「布穀，自關而東梁楚之間爲之結誥，周魏之間謂之擊穀，自關而西或謂之布穀。」郭璞注：「布穀，今江東呼爲穫穀。」錢繹《方言箋疏》：「布穀，轉而爲搏穀、撥穀、勃姑、步姑。」

穫穀：《方言》卷八：「布穀，自關而東梁楚之間爲之結誥，周魏之間謂之擊穀，自關而西或謂之布穀。」郭璞注：「布穀，今江東呼爲穫穀。」

擊穀：《方言》卷八：「布穀，自關而東梁楚之間爲之結誥，周魏之間謂之擊穀，自關而西或謂之布穀。」《續方言》卷下：「梁宋之間謂布穀爲鴶鵴，一名擊穀，一名桑鳩。」《廣雅・釋鳥》：「擊穀，布穀也。」王念孫《廣雅疏證》：「布穀，江東呼爲郭公，北人云撥穀。」

語音關係：「布穀」、「搏穀」上古皆爲「幫母魚部、見母侯部」，「撥穀」爲「幫母祭部、見母侯部」，「穫穀」則爲「匣母魚部、見母侯部」，故其聲母格式爲「幫／見」式，音轉爲「匣／見」式。

詞義關係：「布穀」、「搏穀」、「撥穀」、「穫穀」、「擊穀」皆指「杜鵑鳥」，故具有共同的核義素「杜鵑鳥」。

（2）筆者按

「布穀」、「搏穀」、「撥穀」、「穫穀」、「擊穀」在語音上爲「異聲同族聯綿詞」，在詞義上具有共同的核義素「杜鵑鳥」，故五者可系聯爲一組同族聯綿詞。

12、鵙鶝：鶝鵙

《爾雅正義》：「《禮記》疏引李巡云：『戴勝一名鵙鶝。』今本訛作一名『鵙鳩』，『鵙鶝』《說文》作『𩿪鶝』，語互轉也。」（卷十八，頁 293）

（1）同族聯綿詞分析

鵙鶝：《說文·鳥部》：「鵙，𩿪鶝也。从鳥，皀聲。」《廣韻·緝韻》：「鵙，彼及切。」《玉篇·鳥部》：「鵙，鶝鵙，戴鳷，今呼戴勝。」《爾雅·釋鳥》：「鵙鶝，戴鳷。」郭璞注：「鳷即頭上勝，今亦呼爲戴勝。鵙鶝猶𩿪鶝，語聲轉耳。」

鶝鵙：《說文·鳥部》：「𩿪，𩿪鶝也。从鳥，乏聲。」朱駿聲《說文通訓定聲·鳥部》：「𩿪，字或作鶝。」《集韻·屋韻》：「𩿪，鶝鵙，鳥名，戴勝也。」《爾雅·釋鳥》：「鵙鶝，戴鳷。」郭璞注：「鳷即頭上勝，今亦呼爲戴勝。鵙鶝猶𩿪鶝，語聲轉耳。」

語音關係：「鵙鶝」上古爲「幫母緝部、並母緝部」，「鶝鵙」則爲「並母緝部，幫母緝部」，故其聲母格式爲「幫／並」式、「並／幫」式。

詞義關係：「鵙鶝」和「鶝鵙」皆指同一種鳥名「戴勝」，故具有共同的核義素「戴勝」。

（2）筆者按

「鵙鶝」和「鶝鵙」在語音上爲「倒言同族聯綿詞」，在詞義上具有共同的核義素「戴勝」，故二者可系聯爲一組同族聯綿詞。

13、鶹鷅：鶹離

《爾雅正義》：「『鶹鷅』《說文》作『鶹離』，聲之轉也。《邶風·旄丘》：云『瑣兮尾兮，流離之子。』毛傳：『瑣、尾，少好之貌。流離，鳥也。少好長醜。』《詩》釋文云：『流本又作鶹。』」（卷第十八，頁 300）

（1）同族聯綿詞分析

鶹鶊：《廣韻・質韻》：「鶊，鶹鶊，流離鳥。力質切。」《山海經・北山
經》：「其鳥多鶹。」郭璞注：「鶹，鵂鶹也。」《爾雅・釋鳥》：「鳥
少美長醜爲鶹鶊。」郭璞注：「鶹鶊猶留離，《詩》所謂『留離之子』。」
陸德明《經典釋文》：「鶊，本亦作栗。」邢昺疏：「鳥之少爲子而
美，長食母而醜，其名爲鶹鶊。」《玄應音義》卷十一「鷄鶬」注：
「鶊鶹，謂黃鳥也。」

鶹離：《說文・鳥部》：「鶹，鳥少美長醜爲鶹離。从鳥，留聲。」《廣韻・
尤韻》：「鶹，鶹離，鳥名，少美長醜。力求切。」

語音關係：「鶹鶊」上古爲「來母幽部、來母脂部」，「鶹離」則爲「來母幽
部、來母歌部」，故其聲母格式爲「來／來」式。

詞義關係：「鶹鶊」和「鶹離」皆指同一種鳥名「流離鳥」，故具有共同
的核義素「流離鳥」。

（2）筆者按

「鶹鶊」和「鶹離」在語音上爲「雙聲同族聯綿詞」，在詞義上具有共同的
核義素「流離鳥」，故二者可系聯爲一組同族聯綿詞。

14、狒狒：費費

《爾雅正義》：「『狒狒』，《說文》引《爾雅》作『𧱮𧱮』。《王會篇》
云：『州靡費費。』其形人身，反踵自笑，笑則上脣翕，其目食人，
北方謂之土螻。『狒狒』作『費費』，因聲近而轉也。」（卷第十九，
頁 308）

（1）疊音同族聯綿詞分析

狒狒：《廣韻・未韻》：「扶沸切。」《爾雅・釋獸》：「狒狒，如人，被髮，
迅走，食人。」郭璞注：「梟羊也。《山海經》曰：『其狀如人，面
長脣黑，身有毛，反踵，見人則笑。交廣及南康郡山中亦有此物。
大者長丈許，俗呼之曰『山都』。」邢昺疏：「狒狒，獸名，狀如人，
被髮，疾走，食人。《山海經》謂之『梟羊』，又謂之『贛巨人』，《周
書・王會》云：『北方謂之吐嘍』。」

費費：《逸周書・王會》：「州靡費費。」孔晁注：「費費，曰梟羊，好立

行，如人，被髮，前足指長。」朱右曾集訓校釋：「『費』，《爾雅》
作『沸』。」王念孫《讀書雜志・逸周書第三・翕其目》：「『費費』，
《說文》作『䠋䠋』。」

語音關係：「狒狒」上古皆爲「並母微部」，「費費」則爲「滂母微部」，故
爲「滂並旁紐，微部疊韻」。

詞義關係：「狒狒」和「費費」皆指同一指動物「狒狒」，故具有共同的核
義素「狒狒」。

（2）筆者按

「狒狒」和「費費」在語音上爲「聲轉關係」，在詞義上具有共同的核義素
「狒狒」，故二者可系聯爲一組疊音同族聯綿詞。

15、委夷：威夷：委虒

《爾雅正義》：「《說文》云：『委虒，虎之有角者也。』『委』、『威』
聲相近，如『周道倭遲。』《韓詩》作『周道威夷。』是也。『虒』
有『夷』音，是『威夷』即『委虒』也。《廣韻》云：『虒似虎，有
角，好行水中。』」（卷第十九，頁309）

（1）同族聯綿詞分析

委夷：《說文・女部》：「委，委隨也。从女，从禾。」《廣韻・支韻》：「委，
於爲切。」《爾雅・釋獸》：「威夷，長脊而泥。」郭璞注：「泥少
才力。」邵晉涵正義：「《說文》云：『委虒，虎之有角者也。』『委』、
『威』聲相近，如『周道倭遲。』《韓詩》作『周道威夷。』是也。」

威夷：《說文・女部》：「威，姑也。从女，从戌。《漢律》曰：『婦告威姑。』」
《廣韻・微韻》：「威，於非切。」《爾雅・釋獸》：「威夷，長脊而
泥。」郭璞注：「泥少才力。」邵晉涵正義：「《說文》云：『委虒，
虎之有角者也。』『委』、『威』聲相近，如『周道倭遲。』《韓詩》
作『周道威夷。』是也。『虒』有『夷』音，是『威夷』即『委虒』
也。《廣韻》云：『虒似虎，有角，好行水中。』」

委虒：《說文・虎部》：「虒，委虒，虎之有角者也。从虎，厂聲。」《廣
韻・支韻》：「虒，似虎，有角，能行水中。息移切。」《玉篇・虎
部》：「虒，委虒，虎之有角者也。」《集韻・紙韻》：「虒，委虒，

獸名，似虎而角，出廣陽。」

語音關係：「委夷」上古為「影母歌部、喻母脂部」，「威夷」為「影母微部、喻母脂部」，「委虒」則為「影母歌部、心母佳部」，故其聲母格式為「影／心」式，音轉為「影／喻」式。

詞義關係：「委夷」、「威夷」、「委虒」皆指同一種動物名「委虒」，故具有共同的核義素「委虒」。

（2）筆者按

「委夷」、「威夷」、「委虒」在語音上為「異聲同族聯綿詞」，在詞義上具有共同的核義素「委虒」，故三者可系聯為一組同族聯綿詞。

二、小　結

本文根據《爾雅正義》「因聲求義」的 31 條複音詞詞條，總共系聯出 15 組同族聯綿詞，歸納如下表：

編號	同族聯綿詞組	聲母格式	核義素	類　　型
1	亹亹：蠠沒：勉勉：勿勿：密勿：黽勉	明／明式	勤勉	雙聲同族聯綿詞
2	茀離：迷離：彌離：蒙蘢	明／來式	模糊不清	異聲同族聯綿詞
3	繩繩：愩愩		戒慎	疊音同族聯綿詞
4	秩秩：栗栗		堆積	疊音同族聯綿詞
5	叟叟：溞溞		淘米聲	疊音同族聯綿詞
6	籧篨：戚施：齷齪		醜陋	
7	蘴多：門冬：滿冬	明／端式	薔蘼	雙聲同族聯綿詞
8	蚥蟥：蠐蟥：發蟥	並／匣式	金烏蟲	異聲同族聯綿詞
9	鼅鼄：蠾蝓：侏儒	端／泥式	短小	
10	孑孓：蛣蟩	見／見式	蜎	異聲同族聯綿詞
11	布穀：搏穀：撥穀：穫穀：擊穀	幫／見式	杜鵑鳥	異聲同族聯綿詞
12	鶝鶔：鵑鶝	幫／並式、並／幫式	戴勝	倒言同族聯綿詞
13	鶹鷅：鶹離	來／來式	流離鳥	雙聲同族聯綿詞
14	狒狒：費費		狒狒	疊音同族聯綿詞
15	委夷：威夷：委虒	影／心式	委虒	異聲同族聯綿詞

由上表所知：《爾雅正義》的同族聯綿詞屬於「異聲同族聯綿詞」有 5 組，「疊音同族聯綿詞」有 4 組，「雙聲同族聯綿詞」有 3 組，「倒言同族聯綿詞」有 1 組，另外有兩組語音關係較疏遠的是劉又辛先生所系聯，其母詞皆為「縮縮」、「蹙蹙」，由語源義「縮小貌」引申而來。根據筆者的觀察，《爾雅正義》的 15 組同族聯綿詞所呈現的語音特徵如下：

1、「雙聲同族聯綿詞」的聲母格式相同，韻部大多具有「旁轉」和「對轉」的關係，例如：「蠠沒」上古為「明母文部、明母微部」，「密勿」為「明母脂部、明母微部」，「黽勉」為「明母真部、明母元部」。故其聲母格式為「明／明式」，韻部關係有「文微對轉」、「脂微旁轉」和「真元旁轉」三種情形。

2、「異聲同族聯綿詞」的聲母格式相通，韻部大多具有「疊韻」和「旁轉」的關係，例如：「茀離」上古為「滂母微部、來母歌部」，「迷離」為「明母脂部、來母歌部」，「彌離」為「明母歌部、來母歌部」，「蒙蘢」為「明母東部、來母東部」。故其聲母格式為「明／來」式，音轉為「滂／來」式，「明」、「滂」同為「唇音」；韻部關係則有「歌部疊韻」、「東部疊韻」、「微歌旁轉」和「脂歌旁轉」四種情形。

3、「疊音同族聯綿詞」在語音上具有「音同」或「聲轉」的關係，例如：「繩繩」和「憴憴」上古皆為「定母蒸部」，故為「音同」關係；「秩秩」上古為「定母脂部」，「栗栗」為「來母脂部」，故為「定來旁紐，脂部疊韻」，屬於「聲轉」關係。

4、「倒言同族聯綿詞」的聲母格式為「變體」〔註13〕，例如：「鵻鴹」上古為「幫母緝部、並母緝部」，「鴹鵻」則為「並母緝部，幫母緝部」，故其聲母格式為「幫／並」式、「並／幫」式。

綜合以上所述，「聲母格式相同或相通」為同族聯綿詞的重要語音特徵，韻部的變化比較大，這是因為漢語的「聲母」變化較為穩定，大多是「同類相轉」，故「聲母格式相同或相通」可作為系聯同族聯綿詞的基本原則。

〔註13〕董為光先生云：「異聲聯綿詞的前後音節互倒，假如詞義沒有大的變遷，也可把二者視為格式的變體。例如：劣屭～屭劣；撑崒～崒撑；峻嶒～嶒峻等。音節倒換在異聲格式的發展過程中是一種後起現象，它大大豐富了異聲聯綿詞的語音形式。」參見董為光：〈漢語「異聲聯綿詞」初探〉，頁167。

第五章 《爾雅正義》同族詞的語音關係和詞義關係分析

第一節 語音關係類型

　　本文以邵晉涵《爾雅正義》作爲研究對象，總共系聯出 103 組單音節同族詞，首先採用李方桂先生的上古音系統來構擬各組同族詞的上古音值和詞根，其次再將單音節同族詞的語音關係類型區分爲「音同」、「音近」和「音轉」三大類，其中「音轉類」又包括「聲轉」、「韻轉」和「聲韻皆轉」三小類，分別論述如下：

一、音同類

　　所謂「音同」，乃指一組同族詞的上古聲紐和韻部皆相同。根據筆者統計，《爾雅正義》的同族詞組屬於「音同類」的總共有 63 組，如下表所示：

【表 5-1】《爾雅正義》同族詞「音同類」統計表

編號	詞　　組	上古聲紐	上古韻部	詞根構擬
1	逼：偪	幫	之	*pjiək
2	悝：瘰：慸	來	之	*ljəg
3	勑：飭	透	之	*thrjək

4	薶：埋	明	之	*mrəg
5	繇：由	喻	幽	*rəgw
6	犫：儔	定	幽	*djəgw
7	摯：遒	精	幽	*tsjəgw
8	裒：捊	定	幽	*bəgw
9	翿：纛	定	幽	*dəgwh
10	枹：苞	幫	幽	*prəgw
11	鞠：鞫	見	幽	*kjəkw
12	妉：湛：耽	定	侵	*təm
13	函：涵	匣	侵	*gəm
14	禽：擒	群	侵	*gjiəm
15	薆：僾：愛	影	微	*ʔədh
16	愷：豈：凱	溪	微	*khədx
17	頳：悴：瘁	從	微	*dzjədh
18	蟣：幾	群	微	*gjəd
19	逡：踆：竣	清	文	*tshjən
20	鼖：賁	並	文	*bjən
21	鯤：鯀	見	文	*kwən
22	隕：磒	喻	文	*gwjənx
23	惇：敦	端	文	*tən
24	饙：饋	幫	文	*pjən
25	噬：逝	定	祭	*djadh
26	艾：乂	疑	祭	*ŋadh
27	列：迾	來	祭	*ljat
28	塊：㙓	見	歌	*kjiarx
29	訛：譌：吪	疑	歌	*ŋwar
30	倮：果	見	歌	*kuarx
31	粲：餐	清	元	*tshan
32	間：澗	見	元	*kan
33	糜：䴢	明	元	*mən
34	奄：掩：弇	影	談	*ʔjiamx
35	古：故	見	魚	*kag
36	謨：憮	明	魚	*mjag
37	譁：呼：嘑	曉	魚	*hag

38	圬：杇	影	魚	*ʔwag
39	柞：胙	從	魚	*dzagh
40	禦：圄	疑	魚	*ŋjag
41	康：漮：歗	溪	陽	*khaŋ
42	方：舫	幫	陽	*paŋ
43	賡：庚	見	陽	*kraŋ
44	鼗：鞀：鞉	定	宵	*dagw
45	嶠：喬	群	宵	*gagw
46	菿：倬	端	宵	*ta
47	謐：密	明	脂	*mjit
48	柢：邸	端	脂	*tid
49	劼：硈	溪	脂	*khrit
50	膍：肶	並	脂	*bid
51	躋：隮	精	脂	*tsid
52	尼：昵：暱：䵒	泥	脂	*nrji
53	洵：詢	心	眞	*skwjin
54	寅：夤	喻	眞	*rin
55	係：繫	見	佳	*kigh
56	泂：迥	匣	耕	*gwiŋx
57	令：伶	來	耕	*liŋ
58	瘐：愈	喻	侯	*rug
59	盝：漉	來	侯	*luk
60	踣：仆	滂	侯	*phugh
61	洪：鴻	匣	東	*guŋ
62	竦：慫：聳：悚	心	東	*sjuŋx
63	共：供	見	東	*kjuŋ

　　由【表5-1】可見：《爾雅正義》同族詞「音同類」包括：「之部」（4組）、「幽部」（7組）、「侵部」（3組）、「微部」（4組）、「文部」（6組）、「祭部」（3組）、「歌部」（3組）、「元部」（3組）、「談部」（1組）、「魚部」（6組）、「陽部」（3組）、「宵部」（3組）、「脂部」（6組）、「眞部」（2組）、「佳部」（1組）、「耕部」（2部）、「侯部」（3組）、「東部」（3組），合計18個韻部、63組同族詞。

二、音近類

所謂「音近」，乃指一組同族詞在上古具有「雙聲」或「疊韻」的關係，但是「介音」有所不同。根據筆者統計，《爾雅正義》的同族詞組屬於「音近類」的總共有 9 組，如下表所示：

【表 5-2】《爾雅正義》同族詞「音近類」統計表

編號	詞　組	上古聲紐	上古韻部	詞根構擬
1	慽：棘：革	見	之	*kə
2	宏：弘	匣	蒸	*gwəŋ
3	麻：茠	曉	幽	*həgw
4	焜：燬：火	曉	歌	*hwər
5	貫：摜：遺：慣	見	元	*kuan
6	獲：穫	匣	魚	*gwrak
7	孟：蕛	明	陽	*maŋ
8	伊：繄	影	脂	*ʔid
9	斲：欘	端	侯	*tuk

由【表 5-2】可見：《爾雅正義》同族詞「音近類」包括：「之部」（1 組）、「蒸部」（1 組）、「幽部」（1 組）、「歌部」（1 組）、「元部」（1 組）、「魚部」（1 組）、「陽部」（1 組）、「脂部」（1 組）、「侯部」（1 組），合計 9 個韻部、9 組同族詞。

三、音轉類

關於「音轉」的定義，孫雍長先生云：

> 不同地域或不同時代的人們，在使用同一語詞來表達某一相同意義時，其語言有可能呈現出具有一定規律的變異。這種意義不變而語音有所變易的現象，我們稱之為「音轉義存」，簡稱「音轉」或「聲轉」。[註1]

吳澤順先生更進一步定義道：

> 本文所謂音轉，是指詞語由於歷史的（同源分化）、地域的（方言

[註1] 孫雍長：《訓詁原理》（北京：語文出版社，1997 年 12 月），頁 47。

差異）以及文字使用上的（音近假借、一詞多形）種種原因而產生的語音流轉現象。這種語音流轉，往往伴生著詞形或詞義的變化。〔註2〕

根據孫雍長和吳澤順二位先生的看法，「音轉」是指某一語詞經過時間和空間的轉移，而造成某一語詞在語音上和詞義上具有「歷時」和「共時」的變化。只不過孫雍長先生所言的「音轉」著重在「音轉而義不變」的層面，吳澤順先生所言的「音轉」則全面涵蓋了「音轉而義不變」（即方言差異、一詞多形）、「音轉義變而分化為不同的詞」（即同源分化）和「音轉義變為另一個意義完全不同的詞」（即音近假借）三個方面。

本文所謂的「音轉」，乃指一組同族詞的上古聲紐或韻部發生了轉化，又可分為「聲轉」、「韻轉」和「聲韻皆轉」三小類。根據筆者統計，《爾雅正義》的同族詞組屬於「音轉類」的總共有28組，以下分別論述之：

（一）聲　轉

所謂「聲轉」，乃指一組同族詞的上古韻部相同，而聲紐卻產生了轉化。從「語音學」的角度來看，其聲紐轉化的條件在於「發音部位相同」，分布情形統計如下：

【表5-3】《爾雅正義》同族詞「聲轉類」統計表

編號	詞　組	上古聲轉關係	上古韻部	詞根構擬
1	鳩：述	見、群旁紐	幽	*kəgw~*gəgw
2	崇：嵩	從、心旁紐	中	*dzəŋ~*səŋ
3	紟：衿	群、見旁紐	侵	*gəm~*kəm
4	逮：隸	定、喻旁紐	微	*dəd~*rəd
5	茀：莆	幫、滂旁紐	微	*pjət~*phət
6	侈：垑	定、透旁紐	歌	*dar~*thar
7	隋：隓	透、定旁紐	歌	*thuar~*duar
8	憚：癉	定、端旁紐	元	*dan~*tan
9	僤：亶	定、端旁紐	元	*dan~*tan
10	算：選：撰	心、從旁紐	元	*suan~*dzuan

〔註2〕吳澤順：《漢語音轉研究》（長沙：岳麓書社，2006年1月），頁4～5。

11	干：扞	見、匣旁紐	元	*kan~*gan
12	延：梴	喻、透旁紐	元	*ran~*than
13	捷：接	從、精旁紐	葉	*dzjap~*tsjap
14	訐：芌	曉、匣旁紐	魚	*hwag~*gwag
15	沮：阻	從、精旁紐	魚	*dza~*tsa
16	橫：光	匣、見旁紐	陽	*gwaŋ~*kwaŋ
17	皇：匡	匣、溪旁紐	陽	*gwaŋ~*khwaŋ
18	拼：抨：伻	幫、滂旁紐	耕	*priŋ~*phriŋ

由【表 5-3】可見：《爾雅正義》同族詞「聲轉類」包括：「幽部」（1 組）、「中部」（1 組）、「侵部」（1 組）、「微部」（2 組）、「歌部」（2 組）、「元部」（5 組）、「葉部」（1 組）、「魚部」（2 組）、「陽部」（2 組）、「耕部」（1 部），合計 9 個韻部、18 組同族詞。我們進一步分析：「茈：茀」、「拼：抨：伻」的發音部位皆屬於「唇音」，「逮：隶」、「侈：誃」、「隋：隨」、「憚：癉」、「僤：亶」、「延：梴」皆屬於「舌音」，「鳩：逑」、「紟：衿」、「干：扞」、「橫：光」、「皇：匡」皆屬於「牙音」，「崇：嵩」、「算：選：撰」、「捷：接」、「沮：阻」皆屬於「齒音」，「訐：芌」則皆屬於「喉音」，這 18 組同族詞皆是「旁紐」關係。

（二）韻　轉

所謂「韻轉」，乃指一組同族詞的上古聲紐相同，而韻部卻產生了轉化。從「語音學」的角度來看，「旁轉」的條件在於「聲母和韻尾相同，主要元音不同」，「對轉」的條件則是「聲母和主要元音相同，韻尾不同」，分布情形統計如下：

【表 5-4】《爾雅正義》同族詞「韻轉類」統計表

編號	詞　組	上古聲紐	上古韻轉關係	詞根構擬
1	墣：坺	滂	侯、之旁轉	*phuk~*phək
2	覃：剡	定	侵、談旁轉	*dəm~*dam
3	憮：荒	透	魚、陽對轉	*hnag~*hnaŋ
4	訝：迓：迎：逆	疑	魚、陽對轉	*ŋak~*ŋaŋ
5	亡：無	明	魚、陽對轉	*mjag~*mjaŋ
6	袿：裾	見	佳、魚旁轉	*kig~*kag
7	泭：桴	並	侯、幽旁轉	*bug~*bəgw

由【表 5-4】可見：《爾雅正義》同族詞「韻轉類」包括：「侵、之旁轉」（1
組）、「侵、談旁轉」（1 組）、「魚、陽對轉」（3 組）、「佳、魚旁轉」（1 組）、「侯、
幽旁轉」（1 組），合計 7 組同族詞，屬於「旁轉」關係的有 4 組，「對轉」關
係的則有 3 組。我們進一步分析：「憮：荒」、「亡：無」屬於「陰入對轉」，「訝：
迓：迎：逆」屬於「陽入對轉」，其韻尾皆是相同的發音部位——「舌根」，
故屬於同部位輔音韻尾轉換的音韻現象。[註3]關於「旁轉」的概念，黃侃先
生曾云：

> 古音通轉之理，前人多立對轉、旁轉之名；今謂對轉於音理實有，
> 其餘名目皆不可立；以雙聲疊韻二理，可賅括而無餘也。[註4]

由上述可知，黃侃先生並不贊同「旁轉」的條例。何九盈先生則云：

> 我們認爲「旁轉」屬於「合韻」範圍，如幽宵合韻，之歌合韻，眞
> 文合韻，古書不乏其例。從根本上否定「旁轉」，也就是否定合韻，
> 錢黃（筆者按：錢玄同、黃侃）之說不可從。事實上黃侃本人有時
> 也大談旁轉。[註5]

孟蓬生先生也認爲：

> 旁轉作爲一個術語，它是否具有價值和意義，關鍵取決於它對語言
> 事實的概括與解釋能力。像侵談、元文這樣主要元音不同而收尾音
> 相同的韻部之間存在大量同源詞是不可否認的語言事實，因此指稱
> 這種語音關係的術語應該在同源詞的術語體系中占有一席之地。
>
> [註6]

根據何九盈和孟蓬生二位先生的看法，由於「旁轉」的音轉模式大量出現在漢

[註3] 根據龔煌城先生的研究，「原始漢藏語」亦出現同部位輔音韻尾轉換的現象，其
云：「原始漢藏語有同部位輔音韻尾的音韻轉換現象，即傳統漢語音韻學上所謂
『對轉』的現象。這種現象細分之，有『陰陽對轉』、『陰入對轉』與『陽入對轉』
三種……。」參見龔煌城：〈從原始漢藏語到上古漢語以及原始藏緬語的韻母演
變〉，收錄於《漢藏語研究論文集》（北京：北京大學出版社，2004 年 9 月），頁
219。

[註4] 黃侃：〈音略・略例〉，收錄於《黃季剛先生論學雜著》，頁 63。

[註5] 何九盈：《中國現代語言學史（修訂本）》，頁 340。

[註6] 孟蓬生：《上古漢語同源詞語音關係研究》，頁 167。

語同族詞之中，因此「旁轉」的名稱和規律是可以成立的。從【表 5-4】可見，「墣：墢」、「覃：剡」、「袿：裾」、「泝：柝」皆屬於「旁轉」的關係，其「主要元音」出現了「高化」或「低化」的演變規律。〔註7〕至於各組具體的演變過程和語言現象，必須進一步經過親屬語言的驗證。

（三）聲韻皆轉

所謂「聲韻皆轉」，顧名思義，乃指一組同族詞的上古聲紐和韻部皆產生了轉化。從「語音學」的角度來看，其轉化條件在於「發音部位相同，主要元音或韻尾其中有一個相同」，分布情形統計如下：

【表 5-5】《爾雅正義》同族詞「聲韻皆轉類」統計表

編號	詞　組	上古聲轉關係	上古韻轉關係	詞根構擬
1	疊：慴	定、端旁紐	緝、葉旁轉	*diəp~*tjap
2	旦：晨	端、定旁紐	元、文旁轉	*tan~*dən
3	忨：翫：愒	疑、溪旁紐	元、祭對轉	*ŋuan~*kha
4	展：允：亶：愼	端、喻、定旁紐	元、文、眞旁轉	*tan~*rən~*din
5	塡：塵	定、端旁紐	眞、文旁轉	*tin~*dən
6	逪：覯：遘：迕	見、疑旁紐	侯、魚旁轉	*kug~*ŋag

由【表 5-5】可見：《爾雅正義》同族詞「聲韻皆轉類」包括：「緝、葉旁轉」（1組）、「元、文旁轉」（1組）、「元、祭旁轉」（1組）、「元、文、眞旁轉」（1組）、「眞、文旁轉」（1組）、「侯、魚旁轉」（1組），合計 6 組同族詞，屬於「旁紐旁轉」關係的有 5 組，「旁紐對轉」關係的則有 1 組。

關於漢語同族詞「聲韻皆轉」的原因，孟蓬生先生云：

> 同源詞的派生過程中，不外乎聲轉和韻轉，但它們轉移或運動的方向就像水流或電流一樣，總是流向阻力較小的地方。聲類之間有關係密切的伙伴時，韻轉的範圍相對較窄，反之則韻轉的範圍相對較

〔註7〕吳澤順先生將「旁轉」解釋爲「元音高化低化規律」，其云：「王氏（筆者按：王士元「元音高化理論」）的理論雖然是就歷史音變而言，但對我們理解旁轉的性質很有啓發。正是語言內部的這種轉化機制，導致了元音的高化和低化，從而產生旁轉現象。每一個韻部都是運動著的音變鏈上的一個點，相鄰的可以流轉，相隔遠的同樣可以通過中介點產生流轉。」參見吳澤順：《漢語音轉研究》，頁 266～271。

寬。聲轉與韻轉相挾跟對轉與旁轉相挾一樣，是系統的各個要素之
間相互作用的結果，歸根結底是系統性的體現。〔註8〕

根據孟蓬生先生的看法，同族詞「聲韻皆轉」是一種系統性的體現，主要是因
爲漢語同族詞在派生的過程中，系統的各個要素之間相互作用所產生的結果。
由【表 5-5】可見，這 6 組同族詞的發音部位皆相同，韻部則出現了「主要元
音」或「韻尾」轉換的音變現象。

四、小　結

綜合以上所述，《爾雅正義》同族詞「語音關係」的分類和統計如下：

【表 5-6】《爾雅正義》同族詞「語音關係」分類統計表

分　類		同族詞組數	所占比例
音同		63	61.2%
音近		9	8.7%
音轉	聲轉	18	30.1%
	韻轉	7	
	聲韻皆轉	6	
音同、音近、音轉		103	100%

由【表 5-6】可見：《爾雅正義》同族詞屬於「音同類」的有 63 組，占單音節
同族詞 61.2%，所占比例最多。「音轉類」則有 31 組（包含聲轉 18 組、韻轉
7 組、聲韻皆轉 6 組），占單音節同族詞 30.1%，所占比例爲其次。「音近類」
的有 9 組，占單音節同族詞 8.7%，所占比例爲最少。

第二節　詞義關係類型

本文在分析《爾雅正義》同族詞的詞義關係類型上，首先利用王寧、黃
易青二位先生的「同族詞義素分析法」和孟蓬生先生的「範疇義素分析法」，
將同族詞的義位區分爲「類義素」和「核義素」兩個部分，從中歸納每一組
同族詞內部的詞源意義。其次採用胡繼明先生所提出的「詞義相同」和「詞
義相關」兩種類型的分類，再加上筆者所獨立的「同族字和同族詞之重疊關

〔註8〕孟蓬生：《上古漢語同源詞語音關係研究》，頁 245。

係」一類，總共分爲三類，分別論述如下：

一、同族字和同族詞之重疊部分

　　王力先生在〈同源字論〉〔註9〕中將同族詞的詞義類型分爲「實同一詞」、「同義詞」（完全同義、微別）和「各種關係」（共15種關係）三種情形，孟蓬生先生認爲王力先生所分的「實同一詞」（包含異體字和分別字）是屬於「文字問題」，〔註10〕孟蓬生先生所言很有道理，因爲「字」和「詞」本來就不是相同的概念，「字」是「詞」的書寫符號，著重在「字形」，「詞」則是表意的最小單位，著重在「語音」和「意義」，因此「文字問題」不應該放入「詞」的範疇來討論。不過近來有學者研究指出：「同族字」〔註11〕和「同族詞」具有交叉重疊的部分，此部分的「同族字」就等同於「同族詞」，因此這就不僅是文字問題，也牽涉到詞語的語音和詞義問題，於是本文將此類詞義關係類型的同族詞獨立出來討論。

　　關於「同族字」和「同族詞」的名稱和內涵，早期學者將「同族字」和「同族詞」等同於一個概念，認爲兩者是沒有分別的，如王力、周祖謨、朱星、許嘉璐等先生。經過「詞源學」和「字源學」的不斷發展，近來學者逐漸改變傳統的觀點，並試圖將「同族字」和「同族詞」作明確的區分，如謝磊、王蘊智、張興亞、殷寄明、杜永俐、張桂光、郝士宏等先生。其中造成「同族字」和「同族詞」混淆的主要原因，就是二者存在著交叉重疊的關係。至於「同族字」和「同族詞」二者交叉重疊的關係，王蘊智先生在〈殷周古文同源分化探論〉中提到：

　　　可見同源字和同源詞雖不屬於同一概念，但二者之間有時所存在的
　　　這種交叉聯繫則是不能抹煞掉的。應當明確的是，凡意義相近的同
　　　源字，從詞義角度看，也一定是同源詞；凡從同一書寫形式分化出

〔註9〕　王力：〈同源字論〉，收錄於《同源字典》，頁20～38。

〔註10〕　孟蓬生：《上古漢語同源詞語音關係研究》，頁31。

〔註11〕　前輩學者將「同族字」稱之爲「同源字」，由於所指涉的內容皆是漢語內部所派生的語詞，爲求名稱之統一性，故本文暫且稱爲「同族字」，藉以和「同族詞」作系統上的對比。

來的同源詞，亦必然屬於同源字的範疇。〔註12〕

另外，杜永俐先生認為漢語同族詞和同族字具有「重疊」、「是同族字而非同族詞」「是同族詞而非同族字」三種關係，並在「重疊關係」中舉例說明道：

> 例如：冓：媾、遘、購、覯、構、篝、溝，這組字，形體上具有共同的來源，即都是由「冓」孳乳而來，因此是一組同源字；同時，它們所記錄的一組詞，都具有「交合」的隱性義素，因而也是一組同源詞。可見，由於詞義引申而產生的孳乳分化字，既是同源字，它們所記錄的詞是一組同源詞。這種情況下的同源字與同源詞具有重合關係。〔註13〕

由上述可知，「同族字」和「同族詞」雖屬於不同的領域，著重的地方也不相同，但兩者的關係又十分的密切，就好像是兩個圓形互相交疊，其中兩圓具有交互重疊的部分，此部分的同族字是等同於同族詞，故具有重疊的關係。如下圖所示：

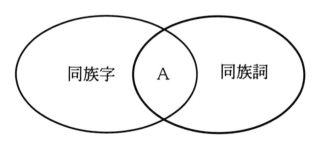

上圖 A 區即屬於「同族字」和「同族詞」的交叉重疊部分，在字形上具有「分化孳乳」的關係，在語音上具有「音同」、「音轉」的關係，在意義上則具有共同的「核義素」，故二者可以劃上等號。根據筆者統計，《爾雅正義》同族詞屬於「同族字和同族詞重疊部分」的共有 11 組，列舉如下：

〔註12〕王蘊智：〈殷周古文同源分化探論〉，收錄於東海大學中文系編：《花園莊東地甲骨論叢》（台北：聖環圖書，2006 年 7 月），頁 285。

〔註13〕杜永俐：〈漢語同源字與同源詞〉，《煙台師範學院學報（哲學社會科學版）》第 21 卷第 3 期（2004 年 9 月），頁 71。

【表 5-7】《爾雅正義》同族詞「同族字和同族詞之重疊部分」統計表

編號	韻部	詞　組	原字	分化字	核義素
1	侵	禽：擒	禽	擒	捕獲
2	微	逮：隶	隶	逮	相及
3	歌	惈：果	果	惈	果敢
4	元	貫：摜：遦：慣	貫	摜、遦、慣	習慣
5	元	干：扦	干	扦	抵禦
6	元	間：澗	間	澗	中間
7	魚	古：故	古	故	舊
8	陽	方：舫	方	舫	併船
9	宵	喬：嶠	喬	嶠	高
10	耕	令：伶	令	伶	使命令
11	東	共：供	共	供	恭敬

由【表 5-7】可見：《爾雅正義》同族詞「同族字和同族詞之重疊部分」包括：「侵部」（1 組）、「微部」（1 組）、「歌部」（1 組）、「元部」（3 組）、「魚部」（1 組）、「陽部」（1 組）、「陽部」（1 組）、「宵部」（1 組）、「耕部」（1 組）、「東部」（1 組），合計 11 組同族詞、9 個韻部。

二、詞義相同

　　殷寄明先生將同族詞的語義親緣關係類型分為「相同」、「相反或相對」、「相通」三大類，其中「相同類」包含了「義項相同」、「含有相同義素」、「此詞之義項與彼詞之義素相同」三種情形，並在「義項相同」又細分為「各語詞的意義側重點不同」、「各語詞的輕重程度不同」和「各語詞的意義在其語義系列中所處的位置不同」（本義與引申義相同、本義與本義相同、引申義與引申義相同）。〔註14〕胡繼明先生在殷寄明先生的分類基礎上，進而將「詞義相同」定義道：

> 所謂相同是指一組同源詞中詞與詞之間的意義關係表現為相同或相近。相同或相近是就詞的義位而言的。義位完全相同，在任何語境中都能替換的同義詞叫絕對同義詞或等義詞。同義詞中絕大多數是

〔註14〕殷寄明：《語源學概論》，頁 162～195。

相對同義詞，或叫近義詞。相對同義詞是指義位的理性意義和色彩
意義不完全相同的一對詞，它們的理性意義有交叉或重合的部分，
但還有差別。〔註15〕

根據胡繼明先生的看法，「詞義相同」是指一組同族詞中源詞與派生詞或派生
詞與派生詞之間的詞義關係為相同或相近，也就是所謂的「同義詞」〔註16〕。
義位完全相同即屬於「等義詞」（絕對同義詞），但這類同義詞較為少見；義
位部分相同則屬於「近義詞」（相對同義詞），一般同義詞大部分皆隸屬此類。
由於「同義詞」在漢語同族詞中佔有一定的數量，故王力先生云：

音義皆近的同義詞，在原始時代本屬一詞。後來由於各種原因（如
方言影響），語音分化了，但詞義沒有分化，或者只有細微的分別。
這種同義詞，在同源字中佔很大的數量。……所謂同義，是說這個
詞的某一意義和那個詞的某一意義相同，不是說這個詞的所有意義
和那個詞的所有意義都相同。〔註17〕

王力先生不僅將同族詞詞義關係類型中的「同義詞」分為「完全同義」和「微
別」兩類，更進一步提出「同義」是指「某些意義」相同，並非是「所有意
義」相同。值得注意的是：「同族詞」的「義同」是限定於「核義素」相同，
「同義詞」的「義同」則不限定某個義位，〔註18〕故「同族詞」不能完全等同
於「同義詞」，此即王力先生所云：「同源字必然是同義詞，或意義相關的詞。

〔註15〕 胡繼明：《廣雅疏證同源詞研究》，頁 476。

〔註16〕 張永言先生將「同義詞」分為「表意同義詞（相對同義詞）」、「風格同義詞」和「絕
　　　　對同義詞」三大類，並將「同義詞」定義為：「同義詞就是語音不同、具有一個或
　　　　幾個類似意義的詞，這些意義表現同一個概念，但是在補充意義、風格特徵、感
　　　　情色彩以及用法（包括跟其他詞的搭配關係）上則可能有所不同。」參見張永言：
　　　　《詞彙學簡論》（武漢：華中工學院出版社，1982 年 9 月），頁 108～110。

〔註17〕 王力：〈同源字論〉，收錄於《同源字典》，頁 23～24。

〔註18〕 黎千駒先生指出：「同族詞」的「義同」和「同義詞」的「義同」具有本質上的區
　　　　別，前者是指詞的內部特點相同，即不同義位間的核義素相同；後者則指某一義
　　　　位相同，可以是核義素，也可以是表義素（筆者按：即類義素）。參見黎千駒：〈淺
　　　　談系聯同源字的標準——讀《同源字典》後記〉，收錄於《訓詁方法與實踐》，頁
　　　　180～181。

但是，我們不能反過來說，凡同義詞都是同源字。」〔註19〕本文採用胡繼明先生「詞義相同」的說法，並將《爾雅正義》同族詞「詞義相同」的類型區分為「本義與本義相同」、「本義與引申義相同」、「引申義與引申義相同」三小類，分別列舉如下：

（一）本義與本義相同

【表 5-8】《爾雅正義》同族詞「本義與本義相同」統計表

編號	韻部	詞　組	本　義	核義素
1	之	勑：飭	整頓	整頓
2	之	墣：堛	土塊	土塊
3	之	逼：偪	強迫	強迫
4	幽	繇：由	於	於
5	幽	雔：儔	匹配	匹配
6	幽	翿：纛	羽扇	羽扇
7	侵	紟：衿	衣帶	衣帶
8	微	愷：豈：凱	軍勝之樂	軍勝之樂
9	微	薆：僾：愛	隱蔽	隱蔽
10	微	茦：莋	草木茂盛	草木茂盛
11	文	隕：磒	墜落	墜落
12	文	旦：晨	早上	早上
13	文	惇：敦	篤厚	篤厚
14	文	餴：饙	蒸飯	蒸飯
15	文	逡：踆：竣	退	退
16	文	鯤：鯤	魚子	幼小
17	祭	忼：瓵：愒	貪	貪
18	歌	侈：垑	怙恃	怙恃
19	歌	烜：燬：火	火焰	火焰
20	元	算：撰：選	計算	計算
21	元	麋：蘪	幼苗	幼小
22	談	覃：剡	銳利	銳利
23	談	奄：掩：弇	覆蓋	覆蓋

〔註19〕王力：〈同源字論〉，收錄於《同源字典》，頁 5。

24	魚	慔：憮	撫愛	撫愛
25	魚	圬：杇	鏝刀	鏝刀
26	魚	沮：阻	阻止	阻止
27	宵	鼗：韶：鞉	貫把鼓	貫把鼓
28	脂	謐：密	寧靜	寧靜
29	脂	躋：隮	升上	升上
30	耕	泂：迥	遙遠	遙遠
31	耕	拼：抨：伻	使令	使令
32	侯	盝：漉	竭盡	竭盡

由【表5-8】可見：《爾雅正義》同族詞「本義與本義相同」包括：「之部」（3組）、「幽部」（3部）、「侵部」（1組）、「微部」（3組）、「文部」（7組）、「祭部」（1組）、「歌部」（2組）、「元部」（2組）、「談部」（2組）、「魚部」（3組）、「宵部」（1組）、「脂部」（2組）、「耕部」（2組）和「侯部」（1組），合計32組同族詞、14個韻部。

（二）本義與引申義相同

【表5-9】《爾雅正義》同族詞「本義與引申義相同」統計表

編號	韻部	詞　組		本　義	引申義	核義素
1	幽	摮：遒	摮	收束	聚歛	聚歛
			遒	聚歛		
2	幽	鳩：逑	鳩	鶻鵃鳥	聚集	聚
			逑	聚歛		
3	幽	鞠：鞠	鞠	窮困		窮困
			鞠	毬子	窮困	
4	幽	庥：茠	庥	樹蔭		樹蔭
			茠	拔除田草	樹蔭	
5	緝	疊：慴	疊	重	恐懼	恐懼
			慴	恐懼		
6	侵	妉：湛：耽	妉	喜樂		喜樂
			湛	喜樂		
			耽	大耳垂	喜樂	
7	祭	噬：遾	噬	吃、咬	相及	相及
			遾	相及		

8	歌	訛：譌：吪	訛	道聽塗說之言語	感化	感化
			譌	道聽塗說之言語	感化	
			吪	行動	感化	
9	元	僤：亶	僤	厚		厚
			亶	多穀	厚	
10	魚	諕：呼：嚤	諕	大聲喊叫		大聲喊叫
			呼	吐氣	大聲喊叫	
			嚤	大聲喊叫		
11	陽	孟：蘉	孟	庶長之稱	勤勉	勤勉
			蘉	勤勉		
12	陽	賡：庚	賡	繼續		繼續
			庚	有耳可搖之樂器	繼續	
13	陽	皇：匡	皇	大	正	正
			匡	正		
14	脂	劫：硈	劫	穩固		穩固
			硈	石頭堅固	穩固	
15	脂	尼：昵：暱：黏	尼	親近		親近
			昵	親近		
			暱	親近		
			黏	膠黏	親近	
16	脂	伊：繄	伊	是		是
			繄	戟衣	是	
17	眞	展：允：亶：慎	展	轉	言語誠實	誠實
			允	誠實		
			亶	多穀	行爲誠實	
			慎	謹慎	誠實	
18	佳	係：繋	係	繫物的繩子	束縛	束縛
			繋	束縛		
19	東	竦：悚：聳：悚	竦	恐懼		恐懼
			悚	恐懼		
			聳	聾子	恐懼	
			悚	恐懼		

由【表 5-9】可見：《爾雅正義》同族詞「本義與引申義相同」包括：「幽部」（4 組）、「緝部」（1 組）、「侵部」（1 組）、「祭部」（1 組）、「歌部」（1 組）、「元部」（1 組）、「魚部」（1 組）、「陽部」（3 組）、「脂部」（3 組）、「眞部」（1 組）、「佳部」（1 組）、「東部」（1 組），合計 19 組同族詞、12 個韻部。

（三）引申義與引申義相同

【表 5-10】《爾雅正義》同族詞「引申義與引申義相同」統計表

編號	韻部	詞　組		本　義	引申義	核義素
1	之	愶：棘：革	愶	警戒	心急	急
			棘	酸棗樹	急	
			革	獸皮	急	
2	幽	枹：苞	枹	鼓槌	草木叢生	草木叢生
			苞	蓆草	草木叢生	
3	侵	函：涵	函	藏矢所用之圅	包容	包容
			涵	水澤多的樣子	包容	
4	微	豑：幾	豑	完成事情後的快樂	近	近
			幾	近		
5	祭	艾：乂	艾	冰臺草（醫草）	治理	治理
			乂	割草	治理	
6	葉	捷：接	捷	軍戰勝所得之物	連續	連續
			接	交合	連續	
7	魚	幠：荒	幠	覆蓋	大	大
			荒	荒蕪	擴大	
8	魚	禦：圉	禦	攘除不祥之祭名	禁止	禁止
			圉	監獄	禁止	
9	陽	亡：無	亡	未知（《說文》爲逃）	沒有	沒有
			無	祈雨之舞	沒有	
10	陽	橫：光	橫	遮門的闌木	充	充
			光	光明	充	
11	脂	膍：肶	膍	牛羊等反芻動物的胃	厚	厚
			肶	牛羊等反芻動物的胃	厚	
12	脂	柢：邸	柢	樹根	根本	根本
			邸	邸舍	根本	

13	眞	洵：詢	洵	過水中	信	信
			詢	謀	信	
14	眞	塡：塵	塡	塞	久	久
			塵	土	久	

由【表 5-10】可見：《爾雅正義》同族詞「引申義與引申義相同」包括：「之
部」（1 組）、「幽部」（1 組）、「侵部」（1 組）、「微部」（1 組）、「祭部」（1 組）、
「葉部」（1 組）、「魚部」（1 組）、「陽部」（1 組）、「脂部」（1 組）、「眞部」（1
組），合計 14 組同族詞、10 個韻部。

三、詞義相關

　　王力先生將同族詞「意義相關」的類型稱之爲「各種關係」，並區分爲十
五種關係，包括：「凡藉物成事，所藉之物就是工具」、「對象」、「性質，作用」、
「共性」、「特指」、「行爲者，受事者」、「抽象」、「因果」、「現象」、「原料」、
「比喻、委婉語」、「形似」、「數目」、「色彩」和「使動」。〔註20〕關於「詞義
相關」的定義，胡繼明先生云：

> 所謂相關指一組同源詞中詞與詞之間的意義關係表現爲具有某些
> 共同的特質、特點等。我們可以從詞義的構成和詞義所反映的對象
> 兩方面進行分析。從詞義構成的角度看，源詞與派生詞有共同的限
> 定義素；從詞義反映的對象看，源詞與其派生詞所反映的事物或現
> 象不一定同類，祇是在内在性質或外部特徵上有某種相同或相似。
>
> 〔註21〕

根據胡繼明先生的看法，「詞義相近」是指一組同族詞中源詞與派生詞或派生
詞與派生詞之間的詞義具有某些共同的性質或特點，並將《廣雅疏證》同族
詞「詞義相關」的類型分爲「具有共同的特質」、「具有共同的特徵」、「具有
泛指與特指的關係」和「表示因果」四種。本文採用胡繼明先生「詞義相關」
的說法，並將《爾雅正義》同族詞「詞義相關」的類型區分爲「具有相同特
徵」、「具有相同性質」、「泛指與特指」三小類，分別列舉如下：

〔註20〕王力：〈同源字論〉，收錄於《同源字典》，頁 27～38。

〔註21〕胡繼明：《廣雅疏證同源詞研究》，頁 487～488。

（一）具有相同特徵

【表5-11】《爾雅正義》同族詞「具有相同特徵」統計表

編號	韻部	詞　　組	詞	義	相同特徵	核義素
1	之	薶：埋	薶	藏於草下	藏	藏
			埋	藏於地下		
2	蒸	弘：宏	弘	發揚擴大	大	大
			宏	聲音大而亮		
3	微	頦：悴：瘁	頦	憂傷成病	病	病
			悴	憂傷成病		
			瘁	勞累成病		
4	文	鼖：賁	鼖	大鼓	大	大
			賁	大的樣子		
5	祭	烈：栵	烈	遺餘	餘	餘
			栵	帛餘		
6	歌	垝：祪	垝	毀垣	毀	毀
			祪	毀廟		
7	歌	隋：嶞	隋	孔形狹而長	狹長	狹長
			嶞	山狹而長		
8	元	延：梴	延	長行	長	長
			梴	長木		
9	元	憚：癉	憚	勞心	勞	勞
			癉	勞病		
10	魚	訏：芋	訏	大	大	大
			芋	大葉實根之植物		
11	魚	獲：穫	獲	畋獵所得	得	得
			穫	耕種所得		
12	陽	康：漮：歉	康	屋空虛	空虛	空虛
			漮	水空虛		
			歉	食物空虛		
13	宵	嶠：喬	嶠	高而尖的山	高	高
			喬	高而大的樹		
14	佳	袿：裾	袿	上衣	衣	衣
			裾	下裙		
15	東	洪：鴻	洪	大水	大	大
			鴻	大雁		

由【表 5-11】可見：《爾雅正義》同族詞「具有相同特徵」包括：「之部」（1組）、「蒸部」（1組）、「微部」（1組）、「文部」（1組）、「祭部」（1組）、「歌部」（2組）、「元部」（2組）、「魚部」（2組）、「陽部」（1組）、「宵部」（1組）、「佳部」（1組）、「東部」（1組），合計 15 組同族詞、12 個韻部。

（二）具有相同性質

【表 5-12】《爾雅正義》同族詞「具有相同性質」統計表

編號	韻部	詞　組	詞　義		相同特質	核義素
1	之	悝：痶：慈	悝	心憂	心憂	心憂
			痶	心憂之病		
			慈	心憂		
2	幽	裒：捊	裒	引聚	聚	聚
			捊	聚之多		
3	元	粲：餐	粲	餐飯	飯	飯
			餐	吃飯		
4	魚	祚：胙	祚	福氣	福	福
			胙	祭祀祈福的肉		
5	陽	訝：迓：迎：逆	訝	逢迎	迎	迎
			迓	逢迎		
			迎	逢迎		
			逆	接迎		
6	侯	遘：覯：遻：迕	遘	遇見	遇見	遇見
			覯	遇見		
			遻	意外相遇		
			迕	遇見		
7	侯	泭：桴	泭	編木筏（竹筏）	木筏（竹筏）	木筏（竹筏）
			桴	木筏（竹筏）		
8	侯	踣：仆	踣	跌倒	跌倒	跌倒
			仆	跌倒而伏在地上		
9	侯	瘐：愈	瘐	病死	病	病
			愈	病好轉		
10	侯	斲：欘	斲	砍削木頭	砍削	砍削
			欘	砍削木頭的器具		

由【表 5-12】可見：《爾雅正義》同族詞「具有相同性質」包括：「之部」（1組）、「幽部」（1組）、「元部」（1組）、「魚部」（1組）、「陽部」（1組）、「侯部」（5組），合計 10 組同族詞、6 個韻部。

（三）特指與泛指

【表 5-13】《爾雅正義》同族詞「特指與泛指」統計表

編號	韻部	詞　組		特　指	泛　指	核義素
1	中	崇：嵩	崇		物高大之稱	高大
			嵩	山大而高		
2	宵	莦：倬	莦	草大		大
			倬		事物大而顯著	

由【表 5-13】可見：《爾雅正義》同族詞「特指與泛指」包括：「中部」（1組）、「宵部」（1組），合計 2 組同族詞、2 個韻部。

四、小　結

綜合以上所述，《爾雅正義》同族詞「詞義關係」的分類和統計如下：

【表 5-14】《爾雅正義》同族詞「詞義關係」分類統計表

分　　類		同族詞組數	所占比例
同族字和同族詞之重疊部分		11	10.68%
詞義相同	本義與本義相同	32	63.11%
	本義與引申義相同	19	
	引申義與引申義相同	14	
詞義相關	具有相同特徵	15	26.21%
	具有相同性質	10	
	特指與泛指	2	
同族字和同族詞之重疊部分、詞義相同、詞義相關		103	100%

由【表 5-14】可見：《爾雅正義》同族詞屬於「詞義相同」的有 65 組（包含本義與本義相同 32 組、本義與引申義相同 19 組、引申義與引申義相同 14 組），占單音節同族詞 63.11%，所占比例最多。「詞義相關」則有 27 組（包含具有相同特徵 15 組、具有相同性質 10 組、特指與泛指 2 組），占單音節同族詞

26.21%，所占比例爲其次。「同族字和同族詞之重疊部分」的有 11 組，占單音
節同族詞 10.68%，所占比例爲最少。

第六章　結　論

第一節　《爾雅正義》同族詞研究的貢獻

　　《爾雅正義》二十卷不僅是清代最早注疏《爾雅》的著作，更是邵晉涵在注疏學上的成名之作，邵晉涵從「構想」、「撰寫」到「完稿」，大約經過了十年的工夫才完成這部著作，雖然並未像左思〈三都賦〉造成「洛陽紙貴」的熱烈迴響，但仍受當時著名學者章學誠、洪亮吉、魯仕驥等人的推崇，故楊薇、張志雲二位先生說道：「《爾雅正義》是清代第一本對《爾雅》作新疏的著作，也是一部在《爾雅》注本文獻發展史上承上啟下的重要注本。……它第一次透徹明白地解釋了《爾雅》各條的詞義和郭注的含義，開清人研治《爾雅》風氣之先，對清代《爾雅》研究繁榮局面的形成作出不可磨滅的貢獻。」〔註1〕

　　本文以邵晉涵《爾雅正義》所收之同族詞作為研究對象，探討《爾雅正義》詞條類聚群分的詞語關係，分析歸納其義衍音轉的漢語詞族，總共系聯了104組單音節同族詞。就整體來觀察《爾雅正義》在同族詞研究上的貢獻，大致上可從「理論」、「方法」和「實踐」三個層面來加以討論，以下分別論述之：

〔註1〕楊薇、張志雲：《中國傳統語言文獻學》（武漢：崇文書局，2006年8月），頁84。

一、理論層面

邵晉涵在《爾雅正義·序》中說到其寫作是為了達到「存古義」、「廣古訓」和「存古音」三個目的，我們亦可從此三個目的來推求邵晉涵在「同族詞」理論上的貢獻：

（一）存古義

邵晉涵《爾雅正義·序》云：

> 漢人治《爾雅》，若舍人、劉歆、樊光、李巡、孫炎之註，遺文佚句，散見羣籍。梁有沈旋集注，陳有顧野王音義，唐有裴瑜註，徵引所及，僅存數語。或與郭訓符合，或與郭義乖違，同者宜得其會通，異者可博其旨趣。今以郭氏為主，無妨兼采諸家，分疏於下，用俟辨章。譬川流而滙其支潰，非木落而離其本根也。郭註體崇矜慎，義有幽隱，或云未詳。今考齊、魯、韓詩，馬融、鄭康成之《易》註、《書》註，以及諸經舊說，會粹羣書，尚存梗槩，取證雅訓，辭意暸然。其跡涉疑似，仍闕而不論，確有据者，補所未備。附尺壤於崇邱，勉千慮之一得，所以存古義也。〔註2〕

由上述可知，邵晉涵在闡釋《爾雅》詞條的意義時，並非根據當時的解釋或自己的意見，而是先以郭璞《爾雅注》為主要依據，再參考先秦典籍和後代各家注疏的說法作為補充，可謂旁徵博引、繹彰詞義，藉以達到「存古義」的目的。試舉例如下：

> 《爾雅·釋詁第一上》：「弘、廓、宏、溥、介、純、夏、幠、厖、墳、嘏、丕、奕、洪、誕、戎、駿、假、京、碩、濯、訏、宇、穹、壬、路、淫、甫、景、廢、壯、冢、簡、箌、昄、旺、將、業、席，大也。」（卷第一，頁 44〜45）

> 郭璞《爾雅注》：「《詩》曰：『我受命溥將。』又曰：『亂如此幠。』、『為下國駿厖』、『湯孫奏假』、『王公伊濯』、『訏謨定命』、『有壬有林』、『厥聲載路』、『既有淫威』、『廢為殘賊』、『爾土宇昄章』、『緇

衣之蔗分』。廓落、宇宙、穹隆、至極，亦爲大也。莥義未聞。《尸子》曰：『此皆大，有十餘名而同一實。』」

《爾雅正義》：「……莥者，《說文》云：『莥，艸大也。』舊疏引韓詩云：『莥，彼甫田本於詩釋文也。』《玉篇》引韓詩與《釋文》同。《毛詩》作倬，古字通用。《說文》云：『倬，著大也。』《大雅‧桑柔》云：『倬彼昊天。』鄭箋：『倬，明大貌。』今本《說文》作『菿，艸大也』。『莥』，艸木到，後人所竄易也。……」

我們從上面所舉的例子可知，郭璞《爾雅注》云：「莥義未聞。」邵晉涵不僅引《說文》、《玉篇》、《釋文》、《毛詩》、鄭箋等古代典籍和後人注疏之說法加以闡釋，更提到「莥」和「倬」是「古字通用」，由於「莥」是形容「草大」的樣子，「倬」則泛指事物「大而顯著」的樣子，在詞義上具有共同的核義素「大」，上古又皆爲「端母宵部」，在語音上爲「音同」關係，故「莥」和「倬」可系聯爲一組同族詞。

由於「聲音」和「意義」的聯繫是系聯同族詞兩條不可或缺的紐帶，尤其在判斷同族詞的「詞義關係」時，更容易帶有「主觀臆測」的成分，例如：王念孫的《釋大》將有關「大」義的詞語全部系聯在一起，總共收錄了 176 個詞目，並依照「見」、「溪」、「群」、「疑」、「影」、「喻」、「曉」、「匣」八個牙喉音聲母排列成八篇。然而，根據劉精盛先生〈王念孫《釋大》「大」義探微〉〔註3〕的研究，《釋大》中的「大」義可細分爲「側重於面」、「側重於體」、「側重於程度」、「側重於眾多、盛大」、「側重於內在」、「側重於感情色彩」、「側重於動態」和「特指與泛稱」八種情形，可見其收詞的意義範疇過於廣泛。因此，我們可以推知：邵晉涵不僅利用先秦典籍和後人注疏的說法來考證詞義，進而達成「存古義」的目標，更未過度穿鑿附會或任意擴大同族詞之間的意義聯繫，而是將聲音和意義相近的詞語系聯在一起，這種觀念已經初步具有現代詞源學「科學化」的觀點。

（二）廣古訓

邵晉涵《爾雅正義‧序》云：

郭氏多引《詩》文爲證，陋儒不察，遂謂《爾雅》專用釋《詩》。今

〔註3〕劉精盛：〈王念孫《釋大》「大」義探微〉，頁89～92。

據《易》、《書》、《周官》、《儀禮》、《春秋三傳》、《大小戴記》，與夫
周秦諸子、漢人撰著之書，遐稽約取，用與郭註相證明。俾知訓詞
近正，原於制字之初，成於明備之世，久而不墜。遠有端緒，六藝
之文，曾無隔閡，所以廣古訓也。〔註4〕

由上述可知，邵晉涵首先通過考證來解釋詞語的本義，其次引用《易經》、《尚
書》、《周禮》、《儀禮》、《春秋三傳》、《大小戴記》、先秦諸子和漢人撰著等古
代典籍，進而探求詞語的引申義和通假的情形，藉以達到「廣古訓」的目的。
試舉例如下：

《爾雅·釋詁第一下》：「摯、歛、屈、收、戢、蒐、哀、鳩、樓，
聚也。」（卷第二，頁60）

郭璞《爾雅注》：「《禮記》曰：『秋之言摯。』摯，歛也。春獵爲蒐，
蒐者，以其聚人眾也。《詩》曰：『屈此羣醜。』、『原隰哀矣。』《左
傳》曰：『以鳩其民。』簍猶今言拘樓，聚也。」

《爾雅正義》：「……摯者，《說文》引詩云：『百祿是摯。』《毛詩·
商頌·長發篇》作『百祿是遒。』傳云：『遒，聚也。』《釋文》云：
『摯、郭音遒。』摯、遒音義同。《方言》云：『凡斂物而細謂之摯。』
是摯爲聚之多也。……」

我們從上面所舉的例子可知，邵晉涵引用《說文》、《毛詩》、《釋文》、《方言》
來說明「摯」本義爲「收束」，後來引申爲「聚歛」之義，「遒」亦指「聚歛」
之義，在詞義上具有共同的核義素「聚歛」，上古又皆爲「精母幽部」，在語音
上爲「音同」關係，故「摯」和「遒」可系聯爲一組同族詞。

王鳳陽先生曾在《漢語詞族叢考·序》中說道：

接受歷史上詞源探討中的教訓，我們有必要在詞義間的真實聯繫和
虛妄的聯繫之間畫出一個界限。目前我們對詞義之間的聯繫關係，
認識得還很不夠，還不能提出完整、具體的類型及細目。但是因爲
詞族是多義詞的獨立的結果，所以籠統的可以說，詞義的引申途徑，

〔註4〕〔清〕邵晉涵：《爾雅正義·序》，收錄於《續修四庫全書·經部·小學類》，第187
冊，頁36。

就是詞族間意義聯繫的通道。〔註5〕

根據王鳳陽先生的說法，「詞義引申的途徑」是同族詞之間意義聯繫的主要通道，因此邵晉涵這種利用先秦典籍和漢人著作來探求詞語的本義和引申義之方法，進而達成「廣古訓」的目標，已經初步具有探求同族詞「詞義關係」的框架。

（三）存古音

邵晉涵《爾雅正義·序》云：

> 聲音遞轉，文字日孳；聲近之字，義存乎聲。自隸體變更，韻書割裂，古音漸失，因致古義漸湮。今取聲近之字，旁推交通，申明其說，因是以闡揚古訓，辨識古文，遠可依類以推，近可舉隅而反，所以存古音也。〔註6〕

由上述可知，邵晉涵以「義存乎聲」作為其「因聲求義」理論的重要內容，主張掌握語音轉變的規律，就能夠達到探求詞義的目的，了解詞語的真正來源，這就是「以聲音通訓詁」的原則。試舉例如下：

> 《爾雅正義·釋詁第一上》：「『繇』又通作『由』，《大雅》抑云：『無易由也。』鄭箋：『由，於也。』皆以其聲近故義同也。」（卷第一，頁51）

我們從上面所舉的例子可知，「繇」和「由」上古皆為「喻母幽部」，又皆指「由」之意，在語音上為「音同」關係，在詞義上具有共同的核義素「於」，故「繇」和「由」可系聯為一組同族詞。

回顧詞源學的歷史，最早可推溯到先秦時期的「聲訓」，經過「轉語說」和「右文說」的發展，到了宋末元初的戴侗提出「因聲以求義」理論之後，使「詞源學」的研究方法加以轉型，從「文字」進入到「聲音」的範疇；明代方以智的《通雅》是「因聲求義」理論的繼承與發揚之作，直到清代，「因聲求義」的理論邁向系統化、科學化的趨向，在戴震、程瑤田、段玉裁、王念孫等學者的

〔註5〕 張希峰：《漢語詞族叢考》（成都：巴蜀書社，1999年6月），頁23。

〔註6〕 〔清〕邵晉涵：《爾雅正義·序》，收錄於《續修四庫全書·經部·小學類》，第187冊，頁36。

身上發揚光大，尤其以段玉裁的《說文解字注》和王念孫《廣雅疏證》為集大成者。然而在邵晉涵《爾雅正義》撰成之前，《說文解字注》和《廣雅疏證》皆未出現，古音的研究也尚未成熟，因此邵晉涵從音義結合的關係去研究詞義，使用「聲近義同」、「聲近義通」、「聲義相兼」、「音義同」、「音義通」、「音義相兼」等「轉語」的術語來系聯同族詞，不僅體現了「因聲求義」的訓詁方法，更對於乾嘉學者在「詞源學」的研究上產生了莫大的影響。

二、方法層面

殷寄明先生《語源學概論》[註7]將「系源」的工作劃分為「訓詁實踐的系源」和「專書編寫的系源」兩大類，其中「訓詁實踐的系源」又包括：「根據聲訓原理系源」、「根據語轉說原理系源」、「根據右文說原理系源」和「根據轉注字原理系源」四種方法。由於邵晉涵《爾雅正義》屬於傳統訓詁實踐的工作，故以下根據殷寄明先生所區分的四種方法，分別論述之：

（一）根據聲訓原理系源

殷寄明先生云：

> 聲訓有廣義和狹義之分，廣義的聲訓泛指因聲求義；狹義的聲訓則指以語音相同或極相近的語詞相互為訓。我們在這裡所說的聲訓，乃狹義者。[註8]

根據殷寄明的說法，古代傳統訓詁著作系聯同族詞所使用「聲訓方法」，大多是以語音相同或相近的語詞來相互訓釋。根據筆者觀察，《爾雅正義》亦使用「聲訓法」來系聯同族詞，試舉例如下：

> 《爾雅正義・釋詁第一上》：「《小雅・鹿鳴》云：『和樂且湛。』鄭箋：『湛，樂之久也。』《衛風・氓》：『無與士耽。』鄭箋：『耽，非禮之樂。』『妉』、『湛』、『耽』音義同『般』。」（卷第一，頁48）

我們從上面所舉的例子可知，「妉」、「湛」、「耽」上古皆為「端母侵部」，在語音上為「音同」關係，在詞義上皆指「軍戰勝而歸所奏之樂曲」之意，具有共同的核義素「軍勝之樂」，故「妉」、「湛」、「耽」可系聯為一組同族詞。

[註7] 殷寄明：《語源學概論》，頁196〜210。

[註8] 殷寄明：《語源學概論》，頁197〜198。

（二）根據語轉說原理系源

「語轉」又稱為「轉語」、「聲轉」、「一聲之轉」，關於「轉語」的定義，朱國理先生云：「所謂轉語，顧名思義，就是轉化的語詞。具體的講，就是指因時代不同或地域不同而語音發生轉化的語詞。」〔註9〕「轉語」一詞最早起源於西漢揚雄的《方言》，晉代郭璞《方言注》亦使用「轉語」的術語，但皆未說明其內容涵義；一直到宋末元初戴侗的《六書故》，「轉語」進而轉型為「因聲求義」的理論，並且興盛於清代。《爾雅正義》不僅使用「轉語」的方法來系聯同族詞，根據筆者統計，其使用的「轉語」術語更高達 45 種，〔註10〕試舉例如下：

> 《爾雅正義‧釋詁第一下》：「袤者，《周頌‧殷武》云：『袤荊之旅，是聚之多者為袤。』《釋文》云：『袤，古字作襃，本或作捊。』案孟氏易以捊多益寡，今本謙卦象傳作袤多益寡，侯果云：『袤，聚也。』袤、捊聲之轉也。」（卷第二，頁 60）

我們從上面所舉的例子可知，邵晉涵將「袤」和「捊」系聯為一組同族詞，並使用「聲之轉」的轉語術語。由於「袤」和「捊」上古皆為「並母幽部」，在語音上為「音同」關係；在詞義上，「袤」形容「聚之多」，「捊」指「引聚」之意，具有共同的核義素「聚」，故「袤」和「捊」可系聯為一組同族詞。

（三）根據右文說原理系源

曾昭聰先生云：

> 右文說是古人繼承聲訓之後探求詞源的第二種方式。用我們今天的眼光來看，右文說應該是指同聲符的同源字具有相同的源義素這樣一種學術觀點、研究方法，但古人為了探求形聲字所表示的詞義的來源，走過了漫長而曲折的道路。〔註11〕

根據曾昭聰先生的說法，「右文法」是利用具有相同「源義素」的同聲符形聲字來系聯同族詞。根據筆者觀察，《爾雅正義》亦使用「右文法」來系聯同族詞，試舉例如下：

〔註 9〕 朱國理：〈試論轉語理論的歷史發展〉，頁 32。

〔註 10〕 參見本文第二章第四節【表 2-1】，頁 13～15。

〔註 11〕 曾昭聰：《形聲字聲符示源功能述論》，頁 100。

《爾雅正義・釋詁第一下》：「《方言》云：『康，空也。』郭氏彼注
云：『康，㑊空貌。康，或作歉，虛也。』案康通作歉，《說文》云：
『康，屋康㑊也。』歉，饑虛也，皆與溇亦同。」（卷第二，頁 61）

我們從上面所舉的例子可知，邵晉涵將同從「康」聲的「康」、「溇」、「歉」系
聯在一起，「康」、「溇」、「歉」上古皆為「溪母陽部」，在語音上為「音同」關
係；「康」指「屋之空虛」，「溇」指「水之空虛」，「歉」指「食物之空虛」，在
詞義上具有共同的核義素「空虛」，故「康」、「溇」、「歉」三者可系聯為一組
同族詞。

（四）根據轉注字原理系源

殷寄明先生云：

> 任何一個文字個體都不能憑空說它是轉注字，轉注字是相參照而
> 言的。轉注字產生的原因是多方面的。如：同一個語言被重複紀錄
> ——由於造字方法不同或由於方言音殊、古今音變，在造字表詞時
> 產生轉注字。再如：語源的分化。同一個語源可以成為多個語詞的
> 構詞理據，適應思想交流、表達的多種客觀需要，人們根據同一語
> 言來構制近義詞，在文字上也往往體現為轉注字的產生。轉注字有
> 兩類。其一是「火、燬」類。即用象形或指事、會意方法構制一個
> 文字表示某個語詞，記錄了某個語源，在不同的時間或空間（地域）
> 又用形聲的辦法即借用一個現有文字記錄該語詞並輔之以表示義類
> 的形符構成的一個形聲文字。其二是「蕾薑」類。即已構制一個形
> 聲字紀錄某個語詞、語源，在不同的時間或場合又構制另一形聲字
> 記錄同一語詞、語源，兩個形聲字形符相同，聲符字形體不同但其
> 音相同或相通。〔註12〕

根據殷寄明先生的說法，利用「轉注字原理」來系聯同族詞的方法有兩種：
一種是先用「象形」、「指事」、「會意」等方法來表示某個詞語，再借用另一
個形聲字來表示其義類的形符。另一種則是先用某一個形聲字來記錄某個詞
語，再借用另一個形符相同、聲符不同的形聲字來表示同一詞語。根據筆者
觀察，《爾雅正義》亦使用「轉注字原理」來系聯同族詞，試舉例如下：

〔註12〕殷寄明：《語源學概論》，頁 208。

《爾雅正義·釋言第二》：「《周南·汝墳》云：『王室如燬。』《說文》
引作『如燀』。燀，火也。燬，火也。音義同。《方言》云：『煤，火
也。楚轉語也。猶齊言燬火也。』《詩》釋文云：『齊人謂火曰燬，
或曰楚人名曰燥，齊人曰燬，吳人曰煜，此方俗訛語也。』案：『燬』
本作『炬』，秋官有司炬氏。」（卷第三，頁98）

我們從上面所舉的例子可知，邵晉涵將「煜」、「燬」、「火」系聯在一起，由於
「煜」、「燬」、「火」上古皆爲「曉母歌部」，在語音上爲「音同」關係，在詞義
上又皆指「火焰」，具有共同的核義素「火焰」，故「煜」、「燬」、「火」三者可
系聯爲一組同族詞。

三、實踐層面

（一）系聯同族詞

《爾雅正義》雖然是注疏學的著作，隸屬於傳統訓詁學的範疇，但是邵
晉涵在《爾雅正義》中不僅利用「因聲求義」的訓詁方法來闡釋《爾雅》的
詞條，更進而系聯了一批同族詞。根據筆者統計，《爾雅正義》中單音詞「因
聲求義」的條例共有212條，經過本文全面考察、系聯之後的同族詞共有103
組，其中包含了「邵晉涵已系聯的同族詞」43組和「邵晉涵未系聯的同族詞」
61組，如下表所示：

【表6-1】邵晉涵已系聯和未系聯的同族詞統計表

分　　類	使用術語	同族詞組數	所占比例
邵晉涵未系聯的同族詞		55	53.4%
邵晉涵已系聯的同族詞	同	5	46.6%
	音同	1	
	音義同	18	
	音相近、語有輕重	1	
	聲同	1	
	聲之轉	5	
	聲相近	4	
	聲近爲義	1	
	聲近義同	2	

聲義相兼	1	
以聲爲義	3	
義同	5	
義通	1	
邵晉涵已系聯和未系聯的同族詞總計	103	100%

由【表 6-1】可見:「邵晉涵未系聯的同族詞」共有 55 組,占單音節同族詞
53.4%,所占比例較高。「邵晉涵已系聯的同族詞」共有 48 組,所使用術語包
括:「同」(5 組)、「音同」(1 組)、「音義同」(18 組)、「音相近、語有輕重」
(1 組)、「聲同」(1 組)、「聲之轉」(5 組)、「聲相近」(4 組)、「聲近爲義」
(1 組)、「聲近義同」(2 組)、「聲義相兼」(1 組)、「以聲爲義」(3 組)、「義
同」(5 組)和「義通」(1 組),占單音節同族詞 46.6%,所占比例較低。我
們若將「邵晉涵已系聯的同族詞」48 組放到其單音詞「因聲求義」條例的 212
條中來計算,所占比例雖然只有 22.64%,但是就邵晉涵所處的時代和環境來
看,我們不能過於苛求其缺失,主要原因有二:第一、邵晉涵當時的「古音
研究」尚未達到成熟,在上古聲紐方面,只有錢大昕(西元 1728～1804 年)
提出「古無輕唇音」和「古無舌上音」等理論;在上古韻部方面,只有顧炎
武(西元 1613～1682 年)分古韻爲「十部」、江永(西元 1681～1762 年)分
古韻爲「十三部」、戴震(西元 1723～1777 年)分古韻爲「九類二十五部」、
孔廣森(西元 1752～1786 年)分古韻爲「十八部」,至於段玉裁和王念孫的
著作皆未出版。第二、邵晉涵當時的「詞源研究」處於過渡階段,從「聲訓」、
「轉語說」、「右文說」到「因聲求義」理論的提出,清代詞源學雖有黃生《字
詁》和《義府》、戴震《轉語》、程瑤田〈果臝轉語記〉奠基在前,但段玉裁
《說文解字注》和王念孫《廣雅疏證》等集大成之作尚未出現,故當時的詞
源理論介於未成熟→成熟的過渡時期。以本文所系聯的 103 組單音節同族詞
而言,「邵晉涵已系聯的同族詞」占了 46.6%,幾乎接近一半的比例,這對於
漢語同族詞的研究已經具有相當大的貢獻和成就。

(二)涉及同族字和同族詞的重疊部分

「同族字」和「同族詞」是兩個不同的概念,前者屬於「字源學」的領域,
後者則屬於「詞源學」的範疇,然而早期學者將「同族字」和「同族詞」劃上
等號的原因就在於——二者具有交叉重疊的部分。根據筆者統計,《爾雅正義》

同族詞屬於「同族字和同族詞之重疊部分」共有11組，其中包含了「邵晉涵已系聯的同族詞」5組和「邵晉涵未系聯的同族詞」6組，如下表所示：

【表6-2】「同族字和同族詞之重疊部分」分析表

分　　類	使用術語	同族詞組數	所占比例
邵晉涵未系聯的同族詞		6	54.55%
邵晉涵已系聯的同族詞	同	1	45.45%
	音義同	2	
	以聲爲義	2	
邵晉涵已系聯和未系聯的同族詞總計		11	100%

由【表6-2】可見：「邵晉涵未系聯的同族詞」共有6組，占「同族字和同族詞之重疊部分」54.55%，所占比例較高。「邵晉涵已系聯的同族詞」共有5組，所使用術語包括：「同」（1組）、「音義同」（2組）和「以聲爲義」（2組），占「同族字和同族詞之重疊部分」45.45%，所占比例較低。由於漢字是由「形」、「音」、「義」三個部分所構成，故形音義三者必須同時兼顧，不能有所偏重。邵晉涵在校勘文字之餘，不僅利用「聲音」和「意義」來系聯同族詞，更進一步涉及到「同族字和同族詞之重疊部分」，也就是「原字和分化字」、「源詞和派生詞」之間的交疊關係，這對於漢語「詞源」和「字源」的發展也邁向了一大步。

（三）系聯同族聯綿詞

《爾雅正義》不僅利用「因聲求義」的訓詁方法來系聯同族詞，更進一步使用「轉與」的術語來系聯同族聯綿詞。根據筆者統計，《爾雅正義》「因聲求義」的詞條「複音詞」共有31條，使用了14種「轉語」術語，經過本文全面考察、系聯之後的同族聯綿詞共有15組，如下表所示：

【表6-3】《爾雅正義》「同族聯綿詞」統計表

分　　類	使用術語	因聲求義複音詞條例	所占比例
本文剔除的同族聯綿詞		16	51.61%
本文證實的同族聯綿詞	同音	1	48.39%
	音義同	3	
	聲之轉	6	

語之轉	1	
語互轉	1	
語之遞轉	1	
聲相近	1	
聲近而轉	1	
總計	31	100%

由【表 6-3】可見：本文所剔除的同族聯綿詞共有 16 組，占《爾雅正義》「因聲求義複音詞條例」的 51.61%，所占比例較高。本文所證實的同族聯綿詞共有 15 組，包括：「同音」（1 組）、「音義同」（3 組）、「聲之轉」（6 組）、「語之轉」（1 組）、「語互轉」（1 組）、「語之遞轉」（1 組）、「聲相近」（1 組）和「聲近而轉」（1 組），占《爾雅正義》「因聲求義複音詞條例」的 48.39%，所占比例較低。

第二節　《爾雅正義》同族詞研究的局限

本文在上小節探討《爾雅正義》在同族詞研究上所做出的貢獻，主要可從三個層面來討論：第一、理論層面，包括「存古義」、「廣古訓」和「存古音」。第二、方法層面，根據殷寄明先生對於「系源工作」的分類，包括「根據聲訓原理系源」、「根據語轉說原理系源」、「根據右文說原理系源」和「根據轉注字原理系源」四種方法。第三、實踐層面，包含「系聯同族詞」和「涉及同族字和同族詞的重疊部分」。然而，由於時代的影響和歷史的限制，《爾雅正義》在系聯同族詞上也難免產生了缺失和局限，分別論述如下：

一、「同音詞」與「同族詞」相混

關於「同音詞」的定義，王寧先生云：

> 意義沒有關係而聲音相同或相近的詞，叫同音詞。同音詞必定不同源。例如「尞」、「樂」古音同，是同音詞，但「療」（從「尞」得聲）、「藥」（從「樂」得聲）意義相通，雖音同而不作為同音詞，只作為同源詞。〔註13〕

〔註13〕 王寧〈訓詁原理概說〉，收錄於《訓詁學原理》，頁 49。

根據王寧先生的說法，所謂「同音詞」只是在「聲音」上相同或相近的詞語，在「意義」上卻沒有關係，因此「同音詞」只符合「同族詞」在「聲音」上的聯繫這條紐帶，二者的關係如下表所示：[註14]

【表6-4】「同音詞」與「同族詞」關係表

音義關係 類型	音	義
同音詞	相同（近）（○）	無關（×）
同族詞	相同（近）（○）	相通（○）

邵晉涵在《爾雅正義》中也出現將「同音詞」系聯爲「同族詞」的情形，試舉例如下：

> 《爾雅正義·釋詁第一上》：「『鶩』、『務』聲近義同，《說文》作『孜』，彊也。今通作『務』。」（卷第一，頁 55）

我們從上面的例子可知，邵晉涵將「鶩」和「務」系聯在一起，並且使用「聲近義同」的轉語術語。雖然「鶩」和「務」上古皆爲「明母侯部」，在語音上爲「音同」關係；但是在詞義上，「鶩」的本義「亂馳」（《說文·馬部》：「鶩，亂馳也。從馬，孜聲。」），後來引申爲「奔馳」、「疾行」之意，至於「務」的本義爲「趨」（《說文·力部》：「務，趣也。從力，孜聲。」），後來引申爲「專心致力」之意，故「鶩」和「務」在意義上沒有共同的「核義素」，故只屬於「同音詞」，不能系聯爲一組同族詞。

二、「同義詞」與「同族詞」相混

關於「同義詞」的定義，王寧先生云：

> 聲音沒有源淵而意義局部相近的詞叫同義詞。同義詞必定不同源。兩個詞只要有一個義項的義值相近，就可稱爲在這個意義上的同義詞。例如：「數」和「密」在「空間距離小」這個意義上相同，即可稱爲在「比密」意義上的同義詞。[註15]

根據王寧先生的說法，所謂「同義詞」只是在「意義」上局部相近的詞語，在

[註14] 王寧〈訓詁原理概說〉，收錄於《訓詁學原理》，頁 48。

[註15] 王寧〈訓詁原理概說〉，收錄於《訓詁學原理》，頁 48。

「聲音」上卻沒有關係，因此「同義詞」只符合「同族詞」在「意義」上的聯繫這條紐帶，二者的關係如下表所示：[註16]

【表6-5】「同義詞」與「同族詞」關係表

類型 ＼ 音義關係	音	義
同義詞	無關（×）	相近（○）
同族詞	相同（近）（○）	相通（○）

另外，王力先生更進一步指出：

> 同源字必然是同義詞，或意義相關的詞。但是，我們不能反過來說，凡同義詞都是同源字。例如：「關」與「閉」同義，「管」與「籥」同義，但是，它們不是同源字，因為讀音相差很遠，即使在原始時代，也不可能同音。語音的轉化是有條件的。[註17]

由上述可知，王力先生認為「同族詞」必然是「同義詞」，因為同族詞的條件是意義相通，但「同義詞」並非都是「同族詞」，因為「同義詞」不一定聲音相同或相近。邵晉涵在《爾雅正義》中也出現將「同義詞」系聯為「同族詞」的情形，試舉例如下：

> 《爾雅正義·釋詁第一上》：「協者，《左氏·僖二十六年傳》云：『謀其不協。』『協』與『賓』義同。故鄭註《樂記》云：『賓，協也。』」（卷第一，頁48）

我們從上面的例子可知，邵晉涵將「協」和「賓」系聯在一起，並且使用「義同」的轉語術語。「協」和「賓」在詞義上雖然都具有「服」之意，但是「協」上古為「匣母葉部」，「賓」則為「幫母真部」，在語音上相差很遠，故「協」和「賓」不能系聯為一組同族詞。

三、「本字」、「通假字」與「同族詞」相混

關於「通假字」和「同族詞」之間的關係，王力先生云：

> 通假字不是同源字，因為它們不是同義詞，或意義相近的詞。例如

[註16] 王寧〈訓詁原理概說〉，收錄於《訓詁學原理》，頁48。

[註17] 王力：〈同源字論〉，收錄於《同源字典》，頁5。

「蚤」和「早」，「政」和「征」。我們不能說跳蚤的「蚤」和早晚的「早」有什麼關係，也很難說政治的「政」和征伐的「征」有什麼必然的關係。〔註18〕

根據王力先生的看法，由於「通假字」並非「同義詞」或意義相近的詞語，因此不能系聯爲一組同族詞。張博先生更進一步補充道：

> 通假字與本字相對而言，是「本字：通假字」這一對立性範疇的單一方面，通假字自身談不上「同源」。從舉例說明來看，王力先生的本意是否定通假字和本字之間存在同源關係。因此，首先應當把「通假字不是同源字」修訂爲「本字與通假字不是同源字」。……事實說明，本字與通假字是否爲同族詞是一個難以絕對肯定或絕對否定的複雜問題。我們以爲，對於本無其字的假借來說，只要在假借字借義的基礎上孳生出新詞，或某詞孳生出的新詞用假借字表示，那麼，不論這個假借字的借義是否有了後起本字，都不影響該假借字與孳生詞或所由孳生的源詞之間的同族關係。……對於本有其字的通假來說，判斷本字與通假字是否爲同族詞的關鍵應取決於通假字是否發展出與借義相關的新義。……〔註19〕

由上述可歸納爲兩個重點：第一、張博先生認爲王力先生所言「通假字不是同源字」意味著「本字」與「通假字」之間不存在同源關係，故應修改爲「本字與通假字不是同源字」。第二、張博先生認爲一般的「通假字」只是被用來記錄另一個聲音相同或相近的詞語，意義上沒有關係，當然就沒有「族屬」關係。然而，就「本無其字的通假」而言，如果假借字在借義的基礎上孳生出新詞或某詞孳生出的新詞用假借字表示，這樣通假字與孳生詞之間就存在著「族屬」關係。就「本有其字的通假」而言，如果「通假字」發展出與借義相關的新義，這樣就和本字之間存在著「族屬」關係。《爾雅正義》中也出現將「本字」、「通假字」系聯爲「同族詞」的情形，試舉例如下：

> 《爾雅正義・釋詁第一上》：「亮者，《詩》釋文引韓詩云：『亮彼武王。』亮，相也。《毛詩》作『涼彼武王。』音義同。」（卷第一，

〔註18〕王力：〈同源字論〉，收錄於《同源字典》，頁5。

〔註19〕張博：《漢語同族詞的系統性與驗證方法》，頁71～72。

頁 57）

我們從上面的例子可知，邵晉涵將「涼」和「亮」系聯在一起，並使用「音義同」的轉語術語。「涼」和「亮」雖然上古皆爲「來母陽部」，在語音上爲「音同」關係；但在詞義上，《說文・水部》：「涼，薄也。從水，京聲。」又《說文・儿部》：「亮，明也。從儿、高省。」可見「亮」的本義爲「明」之意，「涼」的本義則爲「薄寒」，後來「亮」假借爲「涼」和「諒」，引申有「信」之意。故「亮」和「涼」屬於「本有其字的通假」，二者不能系聯爲一組同族詞。

四、「異體字」與「同族詞」相混

關於「異體字」與「同族詞」二者的關係，王力先生云：

> 異體字不是同源字，因爲它們不是同源而是同字，即一個字的兩種或多種寫法。例如「綫」和「線」、「姻」和「嫺」、「簀」和「簣」、「迹」和「蹟、速」等。〔註20〕

根據王力先生的說法，由於「異體字」是一個字的不同寫法，故不具有「同源」的關係。張博先生更進一步補充道：一般說來，異體字是記錄同一個詞的書寫符號，談不上是同族詞。但是，文字的異體關係是可以發生變化的，因爲異體關係具有歷史性和人爲性。……出現下列兩種情況之一者，文字的異體關係變爲反映詞語的同族關係：（1）一個詞的意義發生引申分化後，原來記錄它的兩個不同形體各司其職，分別記錄它的一個（或幾個）義位。……（2）記錄同一詞語的異體字，到後代讀音產生歧異。……〔註21〕

由上述可知，張博先生也贊同王力先生的看法，認爲一般情況下「異體字」不算是同族詞。不過有兩種情形是例外，一種是某個詞的意義引申分化之後，與另一不同形體的字各自代表其義位；另一種則是同一詞語的異體字演變到後代，其讀音產生了變化。《爾雅正義》中也出現將「異體字」系聯爲「同族詞」的情形，試舉例如下：

> 《爾雅正義・釋詁第一下》：「神者，《小雅・信南山》云：『維禹甸之。』毛傳：『甸，治也。』鄭註《地官・稍人》云：『甸讀如維禹

〔註20〕王力：〈同源字論〉，收錄於《同源字典》，頁 5。

〔註21〕張博：《漢語同族詞的系統性與驗證方法》，頁 74～76。

敶之之敶。』《韓詩》『旬』作『陳』。古者『旬』、『陳』聲同，『陳』
又轉爲『神』，其義同也。」（卷第二，頁 76）

我們從上面的例子可知，邵晉涵將「陳」和「敶」系聯在一起，並使用「義同」
的轉語術語。「陳」和「敶」上古皆爲「定母眞部」，在語音上爲「音同」關係，
在詞義上皆指「陳列」之意，但由於「陳」和「敶」爲異體字，故二者不能系
聯爲一組同族詞。

五、術語使用的任意性

筆者曾在第二章第四節【表 2-1】統計《爾雅正義》中所使用的「轉語」
術語，「單音詞」和「複音詞」合計竟然高達 45 種之多，大致上可分爲「音同
類」（如音同、古音同、古音通等）、「音近類」（如音近、音相近、聲相近等）、
「音義同類」（如音義同、音義相兼、音義相通等）、「聲轉類」（如聲轉、聲之
轉、聲之遞轉等）、「語轉類」（如語之轉、語互轉、語之遞轉）、「聲近類」（如
聲近、聲相近、聲近而轉）、「義同類」（如義同、義並同、義通等）和「其他類」
（如雙聲、諧聲、以聲爲義等）七大類。爲了更深入了解其術語使用的差別，
我們進一步分析「邵晉涵已系聯的同族詞」48 組中所使用的轉語術語，如下表
所示：

【表 6-6】《爾雅正義》「同族詞」使用術語分析表

分　類	使用術語	語音關係	詞義關係
音同類	同	音同、音近	相同、相關
	音同	音同	相同
	聲同	音同	相關
音近類	音相近、語有輕重	音同	相同
音義同類	音義同	音同、聲轉、韻轉、音轉	相同、相關
	聲義相兼	音轉	相同
聲轉類	聲之轉	音同、音近、韻轉	相同
聲近類	聲相近	聲轉、韻轉	相同、相關
	聲近義同	音同、聲轉	相同
	聲近爲義	音同	相同
義同類	義同	音同、音近、聲轉、音轉	相同、相關
	義通	聲轉	相同
其他類	以聲爲義	音同、聲轉	相同

由【表 6-6】可見：「邵晉涵已系聯的同族詞」48 組中使用了 13 種轉語術語，其中術語「同」、「音同」、「音相近、語有輕重」、「聲之轉」、「聲近義同」、「聲近爲義」、「義同」和「以聲爲義」的內容皆是指同族詞的語音關係爲「音同類」、詞義關係爲「相同類」，「通」和「聲之轉」皆是指同族詞的語音關係爲「音近類」、詞義關係爲「相同類」或「相關類」，「音義同」、「聲相近」、「聲近義同」、「義同」和「以聲爲義」又皆是指同族詞的語音關係爲「聲轉類」、詞義關係爲「相同類」或「相關類」，「音義同」、「聲之轉」和「聲相近」皆指同族詞的語音關係爲「韻轉類」、詞義關係爲「相同類」或「相關類」，「音義同」、「聲義相兼」和「義同」又皆指同族詞的語音關係爲「音轉」、詞義關係爲「相同類」或「相關類」。因此邵晉涵利用「因聲求義」的轉語術語來系聯同族詞時，具有相當大的任意性，所指涉的內容互相重疊、交錯，這在漢語同族詞的研究上是一個比較明顯的缺失。

第三節　未來研究的方向和展望

　　王寧先生論及漢語詞源學邁向「科學化」時說道：

> 因此，漢語詞源學只要經過同源詞（字）的系聯，將詞源意義——也就是造詞理據歸納出來，也就完成了最基本的任務。科學的詞源學應當首先繼承這一點，並進一步完善有關這一工作的可操作方法。科學的漢語詞源學除探討單音節派生詞的造詞理據外，還必須完成以下三方面的任務：第一、探求後代已成爲單純詞的連綿詞與疊字詞的詞源；第二、探求漢語雙音合成詞的詞源；第三、分辨漢語詞與外來詞，並探求外來詞的來歷及其漢化的過程。完成這樣三方面的任務，都要從探討單音的漢語派生詞起步，也都要涉及漢語的書寫形式漢字，所以，傳統字源學的經驗和成就，對於它們都是有用的。特別是漢語本身的雙音合成詞探源，與單音派生詞的探源，應當是一項任務的兩個方面。〔註22〕

本文以《爾雅正義》爲研究對象，總共系聯了 103 組單音節同族詞和 15 組雙音節同族詞，這只是完成了最基本的任務和「聯綿詞和疊字詞的詞源」，另外

〔註22〕王寧：〈漢語詞源的探求與闡釋〉，收錄於《訓詁學原理》，頁 148。

還必須探求「漢語雙音合成詞的詞源」和「分辨漢語詞和外來詞」。其中要達到「分辨漢語詞和外來詞」的任務，就必須靠「親屬語言的比較」才能夠完成，也就是利用西方的「歷史比較法」〔註23〕，剔除「偶然同音」和「借詞」的成分，進而找出親屬語言之間具有「語音對應關係」的同源詞。由於語言發展的「不平衡性」和「規律性」，因此如果能夠在親屬語言中找到其「語音對應關係」，就更能夠確定其同一來源的依據，故張博先生云：

> 漢語中一組聲近義通的詞和親屬語言中一組聲近義通的詞如果在語
> 義和語音上都有對應關係，那麼它們可以彼此互證，既證實對方的
> 同族關係為眞，又證實自身的同族關係為眞。這種驗證方法我們稱
> 之為親屬語言同族詞與漢語同族詞的族際互證。〔註24〕

除了「親屬語言的族際互證」之外，張博先生認為也必須參照「諧聲」、「重文」、「讀若」、「異文」、「又音」、「通假」、「聲訓」等古代文獻材料作為佐證，這樣不僅能夠確定漢語同族詞的準確性，更能夠進一步建立科學的「漢語詞族學」〔註25〕之理論體系，並且為漢藏語系的同族詞研究奠定厚實的基礎。同族詞是漢語義衍音轉構詞的產物，《爾雅正義》詞條類聚群分的詞語關係正是義衍音轉的漢語詞族，故可利用這些同族詞所建立的詞根形式，進而找出古漢語的形態。本文以邵晉涵《爾雅正義》作為研究對象，總共構擬了 103 組同族詞的詞根形式，未來研究的方向將擴展至其他漢語的文獻材料，找出相對應的藏緬詞語，建立漢藏同源詞表和形態類型，最終目標是希望能夠重新建構原始漢藏語的形式。因此本文只是一個初步的工作，未來必須再將漢

〔註23〕關於「歷史比較法」的定義，徐通鏘先生云：「歷史比較法的基本內容是：通過兩種或幾種方言或親屬語言的差別的比較，找出相互間的語音對應關係，確定語言間的親屬關係和這種親屬關係的親疏遠近，然後擬測或重建（reconstruction）它們的共同源頭──原始形式。」至於「歷史比較法」的步驟，徐通鏘先生又提出四個步驟：一、收集、鑑別資料，剔除偶然同音和借用現象；二、在方言或親屬語言中找出語音對應關係，據此確定同源成分；三、確定年代先後順序；四、擬測原始形式。參見徐通鏘：《歷史語言學》，頁 80～105。

〔註24〕張博：《漢語同族詞的系統性與驗證方法》，頁 368。

〔註25〕所謂「漢語詞族學」，張博先生云：「漢語詞族學是系統研究漢語同族詞和詞族的學科。其研究對象的特殊性和複雜性決定了它必須採用推測與驗證相結合的研究方法。」參見張博：《漢語同族詞的系統性與驗證方法》，頁 112。

語的詞族和藏緬語的詞族加以建構,進而比較其「語音對應規律」,找出漢藏同源的成分,再加上漢藏語的比較和上古音的研究趨於系統化、理論化,「原始漢藏語」的構擬必定能夠獲得更豐碩的成果。

參考書目

（按姓名筆劃排列）

一、古代典籍

1. 〔晉〕郭象注：《新編諸子集成・莊子集釋》，北京：中華書局，1961 年。

2. 〔宋〕沈括撰、胡道靜校注：《新校正夢溪筆談》，北京：中華書局，1957 年 11 月。

3. 〔宋〕張世南撰、李心傳點校：《游宦紀聞》，台北：木鐸出版社，1982 年 2 月。

4. 〔宋〕不著撰人：《宣和書譜》，收錄於《文淵閣四庫全書・子部・藝術類》，台北：商務印書館，1983 年，第 815 冊，卷六，頁 246。

5. 〔宋〕王觀國：《學林》，收錄於《景印文淵閣四庫全書・子部・雜家類》，台北：商務印書館，1983 年），第 851 冊，卷五，頁 134～135。

6. 〔宋〕戴侗：《六書故・六書通釋》，收錄於《景印文淵閣四庫全書・經部・小學類》，台北：商務印書館，1983 年，第 226 冊，頁 1～14。

7. 〔宋〕李昉等編撰；夏劍欽、張意民點校：《太平御覽（第四卷）》，石家莊：河北教育出版社，2000 年 3 月重印。

8. 〔宋〕陳彭年等重修、〔民國〕林尹校訂：《新校正切宋本廣韻》，台北：黎明文化，2001 年 10 月。

9. 〔元〕脫脫等撰、楊家駱主編：《新校本宋史并附編三種》，台北：鼎文書局，1980 年。

10. 〔明〕陳第：《讀詩拙言》，收錄於《學津討原》，台北：藝文印書館，1965 年，第 13 冊，頁 1～14。

11. 〔明〕陳第：《毛詩古音考》，台北：廣文書局，1977 年 10 月。

12. 〔清〕阮元:《重刊宋本十三經注疏附校勘記・論語》,台北:藝文印書館,1965
年。

13. 〔清〕阮元:《重刊宋本十三經注疏附校勘記・禮記》,台北:藝文印書館,1965
年。

14. 〔清〕阮元:《重刊宋本十三經注疏附校勘記・孟子》,台北:藝文印書館,1965
年。

15. 〔清〕阮元:《重刊宋本十三經注疏附校勘記・周易》,台北:藝文印書館,1965
年。

16. 〔清〕章學誠:《章氏遺書》,台北:漢聲出版社,1973 年 1 月,卷十三,頁 262
～263;卷十八,頁 395～398。

17. 〔清〕趙爾巽等撰、楊家駱校:《清史稿・列傳二百六十八・儒林傳二》,台北:
鼎文書局,1981 年。

18. 〔清〕王昶:〈翰林院侍講學士充國史館提調官邵君晉涵墓表〉,收錄於〔清〕李
桓輯:《國朝耆獻類徵初編》,台北:明文書局,1985 年,卷第一百三十,頁 735
～762。

19. 〔清〕錢繹撰集;李發舜、黃建中點校:《方言箋疏》,北京:中華書局,1991 年
11 月。

20. 〔清〕戴震撰、張岱年主編:《戴震全書(六)》,合肥:黃山書社,1995 年 10 月。

21. 〔清〕程瑤田:〈果臝轉語記〉,收錄於《續修四庫全書・經部・小學類》,上海:
上海古籍出版社,1995 年,第 191 冊,頁 517～526。

22. 〔清〕邵晉涵:《爾雅正義》,收錄於《續修四庫全書・經部・小學類》,上海:上
海古籍出版社,1995 年,第 187 冊,頁 35～320。

23. 〔清〕洪亮吉:《漢魏音・後敘》,收錄於《續修四庫全書・經部・小學類》,上海:
上海古籍出版社,1995 年,第 245 冊,頁 606～609。

24. 〔清〕王引之:《經傳述聞・序》,收錄於《續修四庫全書・經部・群經總義類》,
上海:上海古籍出版社,1995 年,第 174 冊,頁 250～251。

25. 〔清〕王念孫:《廣雅疏證》,收錄於《小學名著六種》,北京:中華書局,1998
年 11 月,頁 1～294。

26. 〔清〕朱駿聲:《說文通訓定聲》,北京:中華書局,1998 年 12 月 2 刷。

27. 〔清〕王先謙:《釋名疏證補・序》,收錄於《漢小學四種》,成都:巴蜀書社,2001
年 7 月,頁 1458。

28. 〔清〕錢大昕:《潛研堂文集・日講起居注官翰林院侍講學士邵君墓誌銘》,收錄
於《續修四庫全書・集部・別集類》,上海:上海古籍出版社,2002 年,第 1439
冊,卷四十三,頁 177～178。

29. 〔清〕邵晉涵:《南江文鈔》,收錄於《續修四庫全書・集部・別集類》,上海:上
海古籍出版社,2002 年),第 1463 冊,頁 478。

30. 〔清〕阮元:《揅經室二集・南江邵氏遺書序》,收錄於《續修四庫全書・集部・

別集類》，上海：上海古籍出版社，2002 年，第 1479 冊，卷七，頁 157～158。

31. 〔清〕胡培翬：《研六室文鈔‧郝蘭皋先生墓表》，收錄於《續修四庫全書‧集部‧別集類》，上海：上海古籍出版社，2002 年，第 1507 冊，卷十，頁 484～485。

32. 〔清〕皮錫瑞：《增註經學歷史》，台北：藝文印書館，2004 年 3 月。

33. 〔清〕黃生撰、〔清〕黃承吉合按、劉宗漢點校：《字詁義府合按》，北京：中華書局，2006 年 7 月重印。

34. 〔清〕段玉裁：《說文解字注》台北：藝文印書館，2007 年 8 月。

二、工具用書

1. 于省吾：《甲骨文字釋林》，北京：中華書局，1999 年 11 月 4 刷。

2. 于省吾主編、姚孝遂案語編撰：《甲骨文字詁林》第一冊~第四冊，北京：中華書局，1999 年 12 月。

3. 中國大百科全書編輯部編：《中國大百科全書‧語言文字》，北京：中國大百科全書出版社，1988 年 2 月。

4. 中國社會科學院考古研究所編輯：《甲骨文編》，北京：中華書局，1996 年 9 月。

5. 王力：《同源字典》，台北：文史哲出版社，1991 年 10 月。

6. 沈兼士主編：《廣韻聲系》，北京：中華書局，2006 年 3 月重印。

7. 宗福邦、陳世鐃、蕭海波主編：《故訓匯纂》，北京：商務印書館，2004 年 3 月。

8. 胡厚宣主編、肖良瓊等編：《甲骨文合集材料來源表》，北京：中國社會科學出版社，1999 年 8 月。

9. 姚孝遂、肖丁主編：《殷墟甲骨刻辭類纂》上冊、中冊、下冊，北京：中華書局，1989 年 1 月。

10. 徐中舒：《甲骨文字典》，成都：四川辭書社，1990 年 9 月。

11. 殷寄明：《漢語同源字詞叢考》，上海：東方出版中心，2007 年 1 月。

12. 張希峰：《漢語詞族叢考》，成都：巴蜀書社，1999 年 6 月。

13. 張希峰：《漢語詞族續考》，成都，巴蜀書社，2000 年 5 月。

14. 張希峰：《漢語詞族三考》，北京：北京語言大學出版社，2006 年 3 月 2 刷。

15. 齊衝天：《聲韻語源字典》，重慶：重慶出版社，1997 年 3 月。

16. 劉鈞杰：《同源字典補》，北京：商務印書館，1999 年 8 月。

17. 劉鈞杰：《同源字典再補》，北京：語文出版社，1999 年 10 月。

三、近人專著

1. 王寧：《訓詁學原理》，北京：中國國際廣播出版社，1996 年 8 月。

2. 王寶剛：《方言箋疏因聲求義研究》，上海：上海辭書出版社，2004 年 12 月。

3. 王力：《中國語言學史》，上海：復旦大學出版社，2006 年 3 月。

4. 王力：《漢語史稿》，北京：中華書局，2007 年 8 月 12 刷。

5. 白兆麟：《簡明訓詁學（增訂本）》，台北：學生書局，1996 年 3 月。

6. 向熹：《詩經語言研究》，成都：四川人民出版社，1987 年 4 月。

7. 任繼昉：《漢語語源學》，重慶：重慶出版社，2006 年 6 月第 2 版。

8. 伍宗文：《先秦漢語複音詞研究》，成都：巴蜀書社，2001 年 7 月。

9. 沈兼士：《段硯齋雜文》，香港：滙文閣書局，1947 年 8 月。

10. 沈兼士：《沈兼士學術論文集》北京：中華書局，1986 年 12 月。

11. 李建國：《漢語訓詁學史》，安徽：安徽教育出版社，1986 年 9 月。

12. 李開：《漢語語言研究史》，江蘇：江蘇教育出版社，1993 年 9 月。

13. 李方桂：《上古音研究》，北京：商務印書館，1998 年 5 月。

14. 李開：《戴震語文學研究》，江蘇：江蘇古籍出版社，1998 年 9 月。

15. 李建誠：《邵晉涵爾雅正義研究》，高雄：復文書局，2003 年 9 月。

16. 李恕豪：《中國古代語言學簡史》，成都：巴蜀書社，2003 年 10 月。

17. 何九盈：《中國古代語言學史（新增訂本）》，北京：北京大學出版社，2006 年 6 月。

18. 何九盈：《中國現代語言學史（修訂本）》，北京：商務印書館，2008 年 8 月。

19. 吳雁南、秦學頎、李禹階主編：《中國經學史》，台北：五南圖書，2005 年 8 月。

20. 吳澤順：《漢語音轉研究》，長沙：岳麓書社，2006 年 1 月。

21. 林尹：《訓詁學概要》，台北：正中書局，1994 年 11 月 16 版。

22. 竺家寧師：《聲韻學》，台北：五南，2004 年 10 月 2 版 11 刷。

23. 竺家寧師：《漢語詞彙學》，台北：五南，2004 年 10 月 2 刷。

24. 孟蓬生：《上古漢語同源詞語音關係研究》，北京：北京師範大學出版社，2001 年 6 月。

25. 周碧香：《實用訓詁學》，台北：洪葉文化，2006 年 10 月。

26. 姚榮松：《古代漢語詞源研究論衡》，台北：學生書局，2006 年 5 月再版。

27. 胡奇光：《中國小學史》，上海：上海人民出版社，1987 年 11 月。

28. 胡樸安：《中國訓詁學史》，台北：商務印書館，1988 年 11 月 11 版。

29. 胡樸安：《中國文字學史（下冊）》，台北：商務印書館，1992 年 9 月 11 刷。

30. 胡楚生：《訓詁學大綱》，台北：華正書局，1994 年 9 月 5 版。

31. 胡繼明：《廣雅疏證同源詞研究》，成都：巴蜀書社，2003 年 1 月。

32. 查中林：《四川方言語詞和漢語同族詞研究》，成都：巴蜀書社，2002 年 4 月。

33. 高本漢著、張世祿譯：《漢語詞類》，上海：商務印書館，1937 年 1 月。

34. 馬宗霍：《中國經學史》，台北：商務印書館，1968 年 10 月 2 版。

35. 馬重奇：《爾雅漫談》，台北：頂淵文化，1997 年 8 月。

36. 孫雍長：《訓詁原理》，北京：語文出版社，1997 年 12 月。

37. 耿振生：《20世紀漢語音韻學方法論》，北京：北京大學出版社，2005年9月2刷。

38. 殷寄明：《語源學概論》，上海：上海教育出版社，2000年3月。

39. 章太炎：《民國章太炎先生炳麟自訂年譜》，台北：商務印書館，1980年7月。

40. 章太炎撰、陳平原導讀：《國故論衡・小學略說》，上海：上海古籍出版社，2003年4月。

41. 黃雲眉：《邵二雲先生年譜》，台北：廣文書局，1971年11月。

42. 黃侃（季剛）：《黃季剛先生論學名著》，台北：九思出版社，1977年9月。

43. 黃侃述、黃焯編：《文字聲韻訓詁筆記》，上海：上海古籍出版社，1983年4月。

44. 黃易青：《上古漢語同源詞意義系統研究》，北京：商務印書館，2007年4月。

45. 梁啓超：《中國近三百年學術史》，台北：中華書局，1958年6月2版。

46. 陳新雄：《古音學發微》，台北：嘉新水泥公司文化基金會，1972年11月。

47. 陳新雄：《訓詁學（下冊）》，台北：學生書局，2005年11月。

48. 陳建初：《釋名考論》，長沙：湖南師範大學出版社，2007年3月。

49. 陸宗達、王寧：《訓詁與訓詁學》，太原：山西教育出版社，2005年7月。

50. 徐振邦：《聯綿詞概論》，北京：大眾文藝出版社，1998年7月。

51. 徐通鏘：《歷史語言學》，北京：商務印書館，2008年7月4刷。

52. 許威漢：《訓詁學導論（修訂版）》，北京：北京大學出版社，2003年7月。

53. 許道勛、徐洪興：《中國經學史》，上海：上海人民出版社，2006年10月。

54. 莊雅州：《經學入門》，台北：台灣書店，1997年9月。

55. 崔樞華：《說文解字聲訓研究》，北京：北京師範大學出版社，2000年10月。

56. 張永言：《詞滙學簡論》，武漢：華中工學院出版社，1982年9月。

57. 張永言：《訓詁學簡論》，湖北：華中工學院出版社，1985年4月。

58. 張宗祥輯錄、曹錦炎點校：《王安石《字說》輯》，福州：福建人民出版社，2005年1月。

59. 張博：《漢語同族詞的系統性與驗證方法》，北京：商務印書館，2006年2月2刷。

60. 馮蒸：《說文同義詞研究》，北京：首都師範大學出版社，1995年12月。

61. 葉國良、夏長樸、李隆獻編著：《經學通論》，台北：空大，1996年1月。

62. 葉正渤：《上古漢語詞滙研究》，北京：中央文獻出版社，2007年3月。

63. 華學誠匯證、王智群、謝榮娥、王彩琴協編：《揚雄方言校釋匯證》，北京：中華書局，2006年9月。

64. 華學誠：《周秦漢晉方言研究史（修訂本）》，上海：復旦大學出版社，2007年3月。

65. 曾昭聰：《形聲字聲符示源功能述論》，合肥：黃山書社，2002年7月。

66. 趙振鐸：《訓詁學史略》，河南：中州古籍出版社，1988年3月。

67. 趙振鐸：《訓詁學綱要》，四川：巴蜀書社，2003 年 10 月。

68. 趙克勤：《古代漢語詞滙學》，北京：商務印書館，2005 年 10 月 2 刷。

69. 楊端志：《訓詁學（下）》，台北：五南圖書出版，1997 年 11 月。

70. 楊光榮：《藏語漢語同源詞研究——一種新型的、中西合璧的歷史比較語言學》，北京：民族出版社，2000 年 8 月。

71. 楊薇、張志雲：《中國傳統語言文獻學》，武漢：崇文書局，2006 年 8 月。

72. 楊樹達：《積微居小學金石論叢》，上海：上海古籍出版社，2007 年 2 月。

73. 楊樹達：《積微居小學述林全編》，上海：上海古籍出版社，2007 年 8 月

74. 楊光榮：《詞源觀念史》，成都：巴蜀書社，2007 年 12 月。

75. 蔣紹愚：《古漢語詞滙綱要》，北京：商務印書館，2007 年 7 月 2 刷。

76. 齊佩瑢：《訓詁學概論》，台北：華正書局，2006 年 2 月 2 版。

77. 黎千駒：《訓詁方法與實踐》，桂林：廣西師範大學出版社，1997 年 2 月。

78. 劉葉秋：《中國字典史略》，台北：漢京文化，1984 年 3 月。

79. 劉又辛、李茂康：《訓詁學新論》，四川：巴蜀書社，1989 年 11 月。

80. 劉君惠：《揚雄方言研究》，四川：巴蜀書社，1992 年 10 月。

81. 劉川民：《方言箋疏研究》，北京：台海出版社，2002 年 10 月。

82. 劉堅主編：《二十世紀的中國語言學》，北京：北京大學出版社，2004 年 8 月 2 刷。

83. 鄧文彬：《中國古代語言學史》，成都：巴蜀書社，2002 年 9 月。

84. 濮之珍：《中國語言學史》，上海：上海古籍出版社，2002 年 8 月。

85. 竇秀豔：《中國雅學史》，濟南：齊魯書社，2004 年 9 月。

86. 顧廷龍、王世偉：《爾雅導讀》，成都：巴蜀書社，1990 年 1 月。

87. 龔煌城：《漢藏語研究論文集》，北京：北京大學出版社，2004 年 9 月。

四、期刊論文

1. 丁邦新：〈以音求義，不限形體——論清代語文學的最大成就〉，收錄於《中國語言學論文集》（北京：中華書局，2008 年 12 月），頁 527～537。

2. 于靖嘉：〈戴震《轉語》考索〉，《徽州師專學報（哲社版）》第 3 卷第 1 期（1987 年），頁 1～10

3. 王國維：〈致沈兼士・古文學中聯綿字之研究〉，收錄於吳澤主編、劉寅生、袁英光編：《王國維全集・書信》（北京：中華書局，1984 年 3 月），頁 332～336。

4. 王繼如：〈藤堂明保《漢字語源辭典》述評〉，《辭書研究》第 1 期（1988 年），頁 115～124。

5. 王力：〈略論清儒的語言研究〉，收錄於《王力文集》（濟南：山東教育出版社，1990 年 5 月），第十六卷，頁 14～72。

6. 王松木：〈從《果蠃轉語記》談漢語語源研究的幾個重要課題〉，《訓詁論叢（第

四輯)》（台北：文史哲出版社，1999 年 9 月），頁 343～368。

7. 王鳳陽：〈漢語詞源研究的回顧與前瞻〉，收錄於張希峰：《漢語詞族續考》（成都：巴蜀書社，2000 年 5 月），頁 1～49。

8. 王力：〈新訓詁學〉，收錄於《王力語言學論文集》（北京：商務印書館，2003 年 4 月 2 刷），頁 498～510。

9. 王建莉：〈論《爾雅》詞源義與「同義爲訓」詞義的關係〉，《內蒙古師範大學學報（哲學社會科學版）》第 33 卷第 1 期（2004 年 1 月），頁 105～108。

10. 王蘊智：〈殷周古文同源分化探論〉，收錄於東海大學中文系編：《花園莊東地甲骨論叢》（台北：聖環圖書，2006 年 7 月），頁 281～305。

11. 方環海、王仁法：〈論《爾雅》中同源詞的語義關係類型〉，《徐州師範大學學報（哲學社會科學版）》第 26 卷第 4 期（2000 年 12 月），頁 67～71。

12. 方環海：〈論《爾雅》的語源訓釋條例及其方法論價值〉，《語言研究》第 4 期（2001 年），頁 83～88。

13. 方環海：〈《爾雅》與漢語語源學研究方法〉，《徐州師範大學學報（哲學社會科學版）》第 28 卷第 1 期（2002 年 3 月），頁 9～13。

14. 白兆麟：〈「右文說」是對早期聲訓的反動——關於「右文說」的再思考〉，《安徽大學學報（哲社版）》第三期（1988 年），頁 110～115。

15. 申小龍：〈雅學史論綱〉，《曲靖師專學報》第 14 卷第 4 期（1995 年 5 月），頁 1～6。

16. 申小龍：〈雅學史論綱（上）〉，《語言學研究》第 6 期（1998 年），頁 59～64。

17. 朱星：〈論轉語與詞源學〉，《朱星古漢語論文集》（台北：洪葉文化，1996 年 1 月），頁 161～177。

18. 朱國理：〈《廣雅疏證》對右文說的繼承與發展〉，《上海大學學報（社會科學版）》第 7 卷第 4 期（2000 年 8 月），頁 16～21。

19. 朱國理：〈試論轉語理論的歷史發展〉，《古漢語研究》第 1 期（2002 年），頁 32～36。

20. 朱國理：〈《廣雅疏證》中的轉語〉，《上海大學學報（社會科學版）》第 10 卷第 2 期（2003 年 3 月），頁 23～27。

21. 朱冠明：〈方以智《通雅》謰語考〉，《辭書研究》第 4 期（2003 年），頁 135～140。

22. 朱子輝：〈《廣雅疏證》同源聯綿詞音轉規律研究〉，收錄於《語言論集‧第六輯》（北京：中國社會科學出版社，2009 年 3 月），頁 141～160。

23. 朴興洙：〈從右文說看《說文通訓定聲》〉，《南京師範大學文學院學報》第 4 期（2001 年 9 月），頁 61～66。

24. 汪啓明：〈章太炎的轉注假借理論和他的字源學〉，收錄於《漢小學文獻語言研究叢稿》（成都：巴蜀書社，2003 年 4 月），頁 97～159。

25. 杜永俐：〈漢語同源字與同源詞〉，《煙台師範學院學報（哲學社會科學版）》第 21 卷第 3 期（2004 年 9 月），頁 69～72。

26. 何書：〈《說文解字注》的同源詞研究〉，《南通師範學院學報（哲學社會版）》第20卷第2期（2004年6月），頁73～76。

27. 李音好：〈《爾雅》中的聲訓類型〉，《懷化師專學報》第15卷第4期（1996年12月），頁412～415。

28. 李建誠：〈黃侃論邵晉涵《爾雅正義》「篤守疏不破注」說商榷〉，《正修通識教育學報》第1期（2004年6月），頁181～194。

29. 李嘉翼：〈論邵晉涵《爾雅正義》的地名訓詁特色〉，《漢字文化》第2期（2008年），頁38～42。

30. 李嘉翼：〈論邵晉涵《爾雅正義》因聲求義的訓詁成就〉，《江西社會科學》第4期（2008年），頁214～217。

31. 李長興：〈說轉語〉，《國立中央大學第十六屆全國中文所研究生論文研討會》（2009年10月），桃園：國立中央大學中國文學系，頁1～12。

32. 吳賢俊：〈從《說文》聲訓追蹤同源詞族舉隅〉，《僑光學報》第24期（2004年10月），頁19～27。

33. 周法高：〈論中國語言學的過去、未來和現在〉，《論中國語言學》（香港：香港中文大學出版社，1980年1月），頁1～20。

34. 林明波：〈清代雅學考〉，收錄於《慶祝高仲華先生六秩誕辰論文集》（台北：學生書局，1968年3月），頁69～214。

35. 房建昌：〈藤堂明保與漢語辭書編纂〉，《辭書研究》第1期（1986年），頁131～136。

36. 姚榮松：〈高本漢漢語同源詞說評析〉，《國文學報》第9期（1980年6月），頁1～19。

37. 施向東：〈聯綿詞的音韻學透視〉，收錄於《音史尋幽——施向東自選集》（天津：南開大學出版社，2009年9月），頁241～263。

38. 侯占虎：〈對《同源字典》的一點看法〉，《古籍整理學刊》第1期（1996年），頁15～18。

39. 侯占虎：〈考語源、求字義——楊樹達先生學術研究的特點〉，《聊城大學學報（哲學社會科學）》第3期（2002年），頁109～112。

40. 胡世文：〈黃侃《手批爾雅義疏》同族詞疏證〉，《語言研究》第27卷第3期（2007年3月），頁92～94。

41. 馬眞：〈先秦複音詞初探〉，收錄於北京大學中國傳統文化研究中心編：《北京大學百年國學文粹·語言文獻卷》（北京：北京大學出版社，1998年4月），頁284～302。

42. 殷孟倫：〈果贏轉語記疏證敘說〉，《子雲鄉人類稿》（濟南：齊魯書社，1985年2月），頁262～271。

43. 殷煥先：〈聯綿字的性質、分類及上下兩字的分合（聯綿字簡論之一）〉，收錄於《殷煥先語言論集》（山東：山東大學出版社，1990年4月），頁256～273。

44. 黃易青：〈同源詞義素分析法──同源詞意義分析語比較的方法之一〉，《古漢語研究》第 3 期（1999 年），頁 31～36。

45. 張以仁：〈聲訓的發展與儒家的關係〉，《中國語文學論集》（台北：東昇，1981 年 9 月），頁 53～84。

46. 張世祿：〈高本漢與中國語文〉，收錄於《張世祿語言學論文集》（上海：學林出版社，1984 年 10 月），頁 176～184。

47. 張博：〈試論王念孫《釋大》〉，《寧夏大學學報》（社會科學版）第 1 期（1988 年 1 月），頁 33～38。

48. 張令吾：〈王念孫《釋大》同族詞研究舉隅〉，《湛江師範學院學報（哲學社會科學版）》第 17 卷第 1 期（1996 年 3 月），頁 72～76。

49. 張永言：〈關於詞的「內部形式」〉，收錄於《語文學論集（增補本）》（北京：語文出版社，1999 年 5 月），頁 164～176。

50. 張永言：〈論郝懿行的《爾雅義疏》〉，收錄於《語文學論集（增補本）》（北京：語文出版社，1999 年 5 月），頁 19～45。

51. 張博：〈同源詞、同族詞、詞族〉，收錄於《古代漢語詞滙研究》（銀川：寧夏人民出版社，2000 年 1 月），頁 119～125。

52. 張博：〈《六書故》同族詞研究述評〉，收錄於《古代漢語詞滙研究》（銀川：寧夏人民出版社，2000 年 1 月），頁 107～118。

53. 張義、姜永超：〈《爾雅正義》引「賈誼書」考〉，《淮北煤炭師範學院學報（哲學社會科學版）》第 28 卷第 4 期（2007 年 8 月），頁 136～138。

54. 陸忠發：〈《說文段注》同源詞研究〉，《古漢語研究》第 3 期（1994 年），頁 45～47。

55. 徐朝東：〈《方言箋疏》同族詞的研究方法及其評價〉，《古籍整理研究學刊》，2000 年 5 月第 5 期，頁 46～48。

56. 徐玲英：〈論《方言疏證》因聲求義之法〉，《現代語文（語言研究版）》第 2 期（2007 年），頁 28～31。

57. 陳亞平：〈清人「因聲求義」述評〉，《玉溪師範學院學報》第 21 卷第 4 期（2005 年），頁 78～82。

58. 馮蒸：〈古漢語同源聯綿詞試探──爲紀念唐蘭先生而作〉，《寧夏大學學報（社科版）》第 1 期（1987 年），頁 26～33。

59. 馮蒸：〈《說文》聲訓型同源詞研究〉，《北京師範學院學報（社科版）》第 1 期（1989 年），頁 25～32。

60. 雲維莉：〈《爾雅正義》與《爾雅義疏》之比較研究〉，《南洋大學中國語文學報》第 2 期（1969 年），頁 51～65。

61. 華學誠：〈論《方言箋疏》的「因聲求義」〉，《揚州師院學報（社會科學版）》，1989 年 1 月第 1 期，頁 54～60。

62. 曾昭聰：〈郭璞《爾雅注》中的詞源研究述評〉，《南陽師範學院學報（社會科學

版)》第 4 卷第 8 期（2005 年 8 月），頁 45～48。

63. 彭慧：〈論《廣雅疏證》的「因聲求義」〉，《中州學刊》第 2 期（2006 年 3 月），
頁 248～250。

64. 葛毅卿：〈釋判渙〉，《中國文化研究彙刊》第 6 卷（1947 年），頁 19～29。

65. 董爲光：〈漢語「異聲聯綿詞」初探〉，《語言研究》第 2 期（1986 年），頁 163～
174。

66. 楊健忠：〈方以智《通雅》「因聲求義」的實踐〉，《黃山學院學報》第 6 卷第 1 期
（2004 年 2 月），頁 68～74。

67. 楊琳：〈論因聲求義法〉，《長江學術》第 3 期（2008 年），頁 94～102。

68. 楊秀芳：〈詞族研究在方言本字考求上的運用〉，《語言學論叢》第四十輯（北京：
商務印書館，2009 年），頁 193～211。

69. 管錫華：〈20 世紀的《爾雅》研究〉，《辭書研究》第 2 期（2002 年），頁 75～85。

70. 鄧躍敏：〈戴震的轉語理論及其用於《方言疏證》取得的訓詁成就〉，《學習與探
索》第 6 期（2007 年），頁 207～210。

71. 蔣禮鴻：〈讀《同源字論》後記〉，收錄於《懷任齋文集》（上海：上海古籍出版
社，1986 年 6 月），頁 82～97。

72. 劉又辛：〈「右文說」說〉，《語言研究》第 1 期（1982 年），頁 163～178。

73. 劉又辛：〈釋籧篨〉，收錄於《文字訓詁論集》（北京：中華書局，1993 年 6 月），
頁 283～294

74. 劉世俊、張博：〈說轉語〉，《寧夏社會科學》第 5 期（1993 年，頁 82～88。

75. 劉福根：〈戴侗「因聲以求義」的理論與實踐〉，《古漢語研究》第 4 期（1996 年），
頁 28～32。

76. 劉精盛：〈王念孫《釋大》「大」義探微〉，《古漢語研究》第 3 期（2006 年 3 月），
頁 88～94。

77. 蔡永貴、李岩：〈「右文說」新探〉，《新疆師範大學學報（哲社版）》第 1 期（1988
年），頁 46～53。

78. 鮑恒：〈論黃生的訓詁研究及其歷史地位〉，《安徽大學學報（哲學社會科學版）》
第 4 期（1996 年），頁 54～59。

79. 羅炳良、朱鐘頤：〈邵晉涵學術述論〉，《湖南教育學院學報》第 16 卷第 1 期（1998
年 2 月），頁 43～47。

80. 羅常培：〈漢語音韻學的外來影響〉，收錄於《羅常培語言學論文集》（北京：商
務印書館，2004 年 12 月），頁 359～374。

81. 〔日本〕藤堂明保著、王繼如譯：〈漢字語源研究中的音韻問題〉，《古漢語研究》
第 2 期（1994 年），頁 7～12。

82. 黨懷興：〈重新審視「聲符」──宋元「右文說」的起始與發展〉，《陝西師範大
學學報（哲學社會科學版）》第 36 卷第 6 期（2007 年 11 月），頁 122～126。

83. 嚴學窘：〈論漢語同族詞內部屈折的變換模式〉，《中國語文》第 2 期（1979 年），

頁 85～92。

84. 顧之川：〈論方以智的音轉學說〉，《淮陰教育學院學報》（1991 年），頁 59～65～。

懷興：〈重新審視「聲符」——宋元「右文說」的起始與發展〉，《陝西師範大學學報（哲學社會科學版）》第 36 卷第 6 期（2007 年 11 月），頁 122～126。

83. 嚴學宭：〈論漢語同族詞內部屈折的變換模式〉，《中國語文》第 2 期（1979 年），頁 85～92。

84. 顧之川：〈論方以智的音轉學說〉，《淮陰教育學院學報》（1991 年），頁 59～65。

五、學位論文

1. 卞仁海：《楊樹達訓詁研究》，廣州：暨南大學文學院博士論文，2007 年 7 月。

2. 丘彥遂：《論上古漢語的詞綴形態及其語法功能》，台北：國立台灣師範大學國文學系博士論文，2008 年 6 月。

3. 李潤生：《郝懿行爾雅義疏同族詞研究》，四川：西南師範大學中文系碩士論文，2002 年 4 月。

4. 李長興：《方言時代漢苗同源詞研究》，彰化：國立彰化師範大學國文研究所碩士論文，2006 年 1 月。

5. 吳美珠：《說文解字同源詞研究》，台北：私立淡江大學中國文學研究所碩士論文，2000 年 6 月。

6. 林良如：《邵晉涵之文獻學探究》，台北：國立台灣師範大學國文研究所碩士論文，2003 年 6 月。

7. 姚榮松：《上古漢語同源詞研究》，台北：國立台灣師範大學國文研究所博士論文，1982 年 6 月。

8. 胡海瓊：《爾雅義疏同族詞研究》，湖北：華中科技大學中文系碩士論文，2004 年 5 月。

9. 胡世文：《黃侃手批爾雅義疏同族詞研究》，湖南：湖南師範大學文學院博士論文，2008 年 4 月。

10. 陳偉：《沈兼士字族理論研究》，重慶：西南大學中文系碩士論文，2006 年 6 月。

11. 陳志峰：《高郵王氏父子「因聲求義」之訓詁方法研究》，台北：國立台灣大學文學院中國文學系碩士論文，2007 年 6 月。

12. 黃青：《楊樹達先生語源學研究的成就》，湖南：湖南師範大學文學院碩士論文，2006 年 10 月。

13. 楊皎：《詩經疊音詞及其句法功能研究》，銀川：寧夏大學人文學院碩士論文，2005 年 3 月。

14. 楊淑麗：《說文通訓定聲聲符研究淺探》，湖南：湖南師範大學文學院碩士論文，2008 年 5 月。

15. 廖逸婷：《方以智通雅同族詞研究》，台北：國立台灣師範大學國文研究所碩士論文，2008 年 1 月。

16. 鄧景:《字詁義府同源詞研究》,湖南:湖南師範大學文學院碩士論文,2006 年 4 月。

17. 劉巧芝:《戴震方言疏證同族詞研究》,四川:西南師範大學中文系碩士論文,2005 年 4 月。

18. 燕朝西:《邵晉涵的生平、著述及其史學成就》,四川:四川師範大學碩士論文,2004 年 7 月。

19. 盧國屏:《清代爾雅學》,台北:國立政治大學中國文學研究所碩士論文,1987 年 12 月。

20. 蘇秀娟:《詩經時代聲母現象與上古漢藏語關係》,彰化:國立彰化師範大學國文研究所碩士論文,2004 年 6 月。

21. 蘭佳麗:《聯綿詞詞族研究》,上海:華東師範大學中國語言文學系博士論文,2007 年 5 月。

六、網路資源

1. 中央研究院・歷史語言研究所:《漢籍電子文獻資料庫》(2000 年 2 月),網址:http://hanji.sinica.edu.tw/。

2. 中華民國國語推行委員會編輯:《教育部異體字字典》(2004 年 1 月正式 5 版),網址:http://dict.variants.moe.edu.tw/main.htm。

3. 故宮【寒泉】古典文獻全文檢索資料庫,網址:http://210.69.170.100/s25/index.htm。

4. 教育部國語推行委員會編纂:《重編國語辭典修訂本》(2007 年 12 月臺灣學術網路四版),網址:http://dict.revised.moe.edu.tw/。

附錄一　《爾雅正義》同族詞組索引

一、之　部

編號	同族詞組	語音關係	詞義關係	核義素	詞根構擬	頁碼
1	悝：瘝：慈	音同	相關	憂	*ləg	113
2	勅：飭	音同	相同	整頓	*thrjək	114
3	慽：棘：革	音近	相同	急	*krə	115
4	薶：埋	音同	相關	藏	*mrəg	116
5	墣：堛	韻轉	相同	土塊	*phuk~*phək	116
6	逼：偪	音同	相同	強迫	*pjiək	117

二、蒸　部

編號	同族詞組	語音關係	詞義關係	核義素	詞根構擬	頁碼
1	弘：宏	音近	相關	大	*gwəŋ	118

三、幽　部

編號	同族詞組	語音關係	詞義關係	核義素	詞根構擬	頁碼
1	繇：由	音同	相同	於	*rəgw	119
2	儔：儔	音同	相同	匹	*djəgw	119
3	摯：遒	音同	相同	聚歛	*tsjəgw	120

4	鳩：逑	聲轉	相同	聚	*kəgw~*gəgw	121
5	裒：抱	音同	相關	聚	*bəgw	122
6	鞫：鞠	音同	相關	窮困	*kjəkw	123
7	麻：茠	音近	相同	樹蔭	*həgw	123
8	翿：纛	音同	相同	羽扇	*dəgwh	124
9	枹：苞	音同	相同	草木叢生	*prəgw	125

四、中　部

編號	同族詞組	語音關係	詞義關係	核義素	詞根構擬	頁碼
1	崇：嵩	聲轉	相關	高大	*dzəŋ~*səŋ	125

五、緝　部

編號	同族詞組	語音關係	詞義關係	核義素	詞根構擬	頁碼
1	疊：慴	音轉	相同	恐懼	*diəp~*tjap	127

六、侵　部

編號	同族詞組	語音關係	詞義關係	核義素	詞根構擬	頁碼
1	妉：湛：耽	音同	相同	喜樂	*təm	128
2	函：涵	音同	相同	包容	*gəm	129
3	紟：衿	聲轉	相關	衣	*gəm~*kəm	129
4	禽：擒	音同	同族字和同族詞之重疊部分	捕獲	*gjiəm	130

七、微　部

編號	同族詞組	語音關係	詞義關係	核義素	詞根構擬	頁碼
1	愷：豈：凱	音同	相同	軍勝之樂	*khədx	131
2	頧：悴：瘁	音同	相關	病	*dzjədh	132
3	譏：幾	音同	相同	近	*gjəd	133
4	薆：僾：愛	音同	相同	隱蔽	*ʔədh	134
5	逮：隶	聲轉	同族字和同族詞之重疊部分	相及	*dəd~*rəd	134
6	茀：芾	聲轉	相同	草木茂盛	*pjət~*phət	135

八、文 部

編號	同族詞組	語音關係	詞義關係	核義素	詞根構擬	頁碼
1	隕：磒	音同	相同	墜落	*gwjənx	136
2	旦：晨	音轉	相同	早朝	*tan~*dən	137
3	惇：敦	音同	相同	篤厚	*tən	138
4	饙：餴	音同	相同	蒸飯	*pjən	138
5	逡：踆：竣	音同	相同	退	*tshjən	139
6	歕：賁	音同	相關	大	*bjən	140
7	鯤：鰥	音同	相同	魚子	*kwən	141

九、祭 部

編號	同族詞組	語音關係	詞義關係	核義素	詞根構擬	頁碼
1	艾：乂	音同	相同	治理	*ŋjadh	141
2	烈：쭉	音同	相關	餘	*ljat	142
3	噬：逮	音同	相同	逮	*djadh	143
4	忨：翫：愒	音轉	相同	貪	*ŋuan~*khad	144

十、歌 部

編號	同族詞組	語音關係	詞義關係	核義素	詞根構擬	頁碼
1	猓：果	音同	相同	果敢	*kuarx	144
2	垝：祪	音同	相關	毀	*kjiarx	145
3	悡：㾭	聲轉	相同	怙恃	*dar~*thar	146
4	訛：譌：吪	音同	相同	化	*ŋwar	147
5	焜：熄：火	音近	相同	火焰	*hwər	148
6	隋：隨	聲轉	相關	狹長	*thuar~*duar	148

十一、元 部

編號	同族詞組	語音關係	詞義關係	核義素	詞根構擬	頁碼
1	延：梴	聲轉	相關	長	*ran~*than	149
2	僤：癉	聲轉	相關	勞	*dan~*tan	150
3	僤：亶	聲轉	相同	厚	*dan~*tan	151

4	貫：摜：遺：慣	音近	同族字和同族詞之重疊部分	習慣	*kuan	152
5	算：撰：選	聲轉	相同	數	*suan~*dzuan	153
6	粲：餐	音同	相同	飯	*tshan	154
7	干：扞	聲轉	同族字和同族詞之重疊部分	抵禦	*kan~*gan	155
8	間：澗	音同	相關	中間	*kan	156
9	麋：藦	音同	相同	幼苗	*mən	157

十二、葉 部

編號	同族詞組	語音關係	詞義關係	核義素	詞根構擬	頁碼
1	捷：接	聲轉	相同	連續	*dzjap~*tsjap	157

十三、談 部

編號	同族詞組	語音關係	詞義關係	核義素	詞根構擬	頁碼
1	覃：剡	韻轉	相同	銳利	*dəm~*dam	158
2	奄：掩：弇	音同	相同	覆蓋	*ʔjiamx	159

十四、魚 部

編號	同族詞組	語音關係	詞義關係	核義素	詞根構擬	頁碼
1	訏：芋	聲轉	相關	大	*hwag~*gwag	160
2	憮：荒	韻轉	相同	大	*hnag~*hnaŋ	161
3	古：故	音同	同族字和同族詞之重疊部分	舊	*kag	162
4	悆：憮	音同	相同	撫愛	*mjag	163
5	獲：穫	音近	相關	得	*gwak	163
6	禦：圉	音同	相同	禁止	*ŋjagx	164
7	諻：呼：嘑	音同	相同	大聲喊叫	*hag	165
8	坊：枋	音同	相同	鑲刀	*ʔwag	166
9	祚：胙	音同	相關	福	*dzagh	166
10	沮：阻	聲轉	相同	阻止	*dza~*tsa	167

十五、陽 部

編號	同族詞組	語音關係	詞義關係	核義素	詞根構擬	頁碼
1	孟：蘉	音近	相同	勤勉	*maŋ	168
2	康：�：歉	音同	相關	空虛	*khaŋ	169
3	賡：庚	音同	相同	繼續	*kraŋ	170
4	亡：無	韻轉	相同	沒有	*maŋ~*mag	170
5	橫：光	聲轉	相同	充	*gwaŋ~*kwaŋ	171
6	訝：迓：迎：逆	韻轉	相同	迎	*ŋaŋ~*ŋak（*ŋag）	172
7	方：舫	音同	同族字和同族詞之重疊部分	併船	*paŋ	174
8	皇：匡	聲轉	相同	匡正	*gwaŋ~*khwaŋ	174

十六、宵 部

編號	同族詞組	語音關係	詞義關係	核義素	詞根構擬	頁碼
1	菿：倬	音同	相關	大	*ta	175
2	鼗：韜：鞉	音同	相同	貫把鼓	*dagw	176
3	嶠：喬	音同	相關	高	*gagw	177

十七、脂 部

編號	同族詞組	語音關係	詞義關係	核義素	詞根構擬	頁碼
1	謐：密	音同	相同	寧靜	*mjit	178
2	劼：硈	音同	相同	穩固	*khrit	179
3	膍：肶	音同	相同	厚	*bjid	179
4	躋：隮	音同	相同	登上	*tsid	180
5	尼：昵：暱：䵒	音同	相同	親近	*ni	181
6	伊：繄	音近	相同	是	*ʔid	182
7	柢：邸	音同	相同	根本	*tid	183

十八、眞　部

編號	同族詞組	語音關係	詞義關係	核義素	詞根構擬	頁碼
1	展：允：亶：愼	音轉	相同	誠實	tan~*din~*rən	183
2	洵：詢	音同	相同	信	*skwjin	185
3	寅：夤	音同	相同	敬	*rin	185
4	塡：塵	音轉	相同	久	*tin~*dən	186

十九、佳　部

編號	同族詞組	語音關係	詞義關係	核義素	詞根構擬	頁碼
1	係：繫	音同	相同	束縛	*kigh	187
2	袿：裾	韻轉	相關	衣	*kig~*kag	188

二十、耕　部

編號	同族詞組	語音關係	詞義關係	核義素	詞根構擬	頁碼
1	泂：迥	音同	相同	遙遠	*gwiŋx	188
2	令：伶	音同	同族字和同族詞之重疊部分	使命令	*liŋ	189
3	拼：抨：伻	聲轉	相同	使令	*piŋ~*phiŋ	190

二十一、侯　部

編號	同族詞組	語音關係	詞義關係	核義素	詞根構擬	頁碼
1	遘：覯：遻：迋	音轉	相同	遇見	*kug~ŋag	191
2	盝：漉	音同	相同	竭盡	*luk	192
3	泭：桴	韻轉	相關	木筏（竹筏）	*bug~*bəg	193
4	踣：仆	音同	相同	跌倒	*phugh	193
5	瘉：愈	音同	相關	病	*rug	194
6	斲：欘	音近	相關	砍削	*tuk	195

二十二、東　部

編號	同族詞組	語音關係	詞義關係	核義素	詞根構擬	頁碼
1	洪：鴻	音同	相關	大	*guŋ	196
2	竦：悚：聳：悚	音同	相同	恐懼	*sjuŋx	197
3	共：供	音同	同族字和同族詞的重疊部分	恭敬	*kjuŋ	198

附錄二 《爾雅正義》同族聯綿詞組索引

編號	同族聯綿詞組	聲母格式	核義素	類　型	頁碼
1	亹亹：蠠沒：勉勉： 勿勿：密勿：黽勉	明／明式	勤勉	雙聲同族聯綿詞	199
2	茀離：迷離：彌離： 蒙蘢	明／來式	模糊不清	異聲同族聯綿詞	200
3	繩繩：憴憴		戒慎	疊音同族聯綿詞	201
4	秩秩：栗栗		堆積	疊音同族聯綿詞	202
5	叟叟：溞溞		淘米聲	疊音同族聯綿詞	203
6	籧篨：戚施：醜䵞		醜陋		204
7	蘪多：門多：滿多	明／端式	薔薇	雙聲同族聯綿詞	205
8	蚊蟥：蠐蟥：發蟥	並／匣式	金烏蟲	異聲同族聯綿詞	206
9	黿黿：蠝蝓：侏儒	端／泥式	短小		207
10	孑孓：蛣蟩	見／見式	蜎	異聲同族聯綿詞	208
11	布穀：搏穀：撥穀： 穫穀：擊穀	幫／見式	杜鵑鳥	異聲同族聯綿詞	208
12	鵖鴔：鴔鵖	幫／並式、並 ／幫式	戴勝	倒言同族聯綿詞	210
13	鶹鷅：鶹離	來／來式	流離鳥	雙聲同族聯綿詞	210
14	狒狒：費費		狒狒	疊音同族聯綿詞	211
15	委夷：威夷：委虒	影／心式	委虒	異聲同族聯綿詞	212